LE MASQUE
Collection de romans d'aventures
créée par
ALBERT PIGASSE

PAR ÉLIMINATION

Né à New York en 1923, George Baxt a longtemps exercé divers métiers, tous en rapport avec le théâtre et le cinéma, et a écrit de façon ininterrompue pour le théâtre, le cinéma et la télévision, notamment des scénarios de films de la grande époque du cinéma fantastique anglais.
Auteur de treize romans policiers, il a reçu en 1986 un Edgar Poe Award pour *Bourreau de parents*, et est aujourd'hui considéré comme un des meilleurs auteurs de romans policiers satiriques.

DU MÊME AUTEUR

DANS LE MASQUE :

LE MEURTRE D'ALFRED HITCHCOCK
CRIME ET SENTIMENT

George Baxt

PAR ÉLIMINATION

Traduit de l'américain par Jean-Michel Alamagny

Librairie des Champs-Élysées

Ce roman a paru sous le titre original :

PROCESS OF ELIMINATION

PROLOGUE

J'ai horreur des enterrements. C'est toujours la même chose. Jusqu'à tout récemment, je n'avais pas assisté à des obsèques depuis des années. Pas depuis qu'Andrew est passé par-dessus la falaise. Je le détestais, Andrew. Je ne détestais pas les jumelles, mais il fallait qu'elles meurent. Maintenant, à mon avis, il va y en avoir d'autres. Et cette pauvre cloche à qui je croyais stupidement pouvoir faire confiance. Enfin, c'est la vie. C'est facile, en fait, de tuer. Ça n'a pas été très propre, avec les jumelles, mais finalement assez facile. Les autres aussi, ça a été facile. Ils ne trouveront jamais rien. Ils n'ont même pas deviné. J'ai bien possédé tout le monde. Ça fait déjà toutes ces années que je... oh et puis zut, je ne vais pas m'endormir sur mes lauriers. Mieux vaut s'occuper de l'avenir. Quel drôle de mélange ils font! Quel inventaire! Mes frères. Mes sœurs. Mes victimes. Par élimination. Je suis la dernière personne qu'on soupçonnera. J'ai l'air d'avoir beaucoup de peine. Je pleure amèrement. Joli numéro. Mais attention à ne pas trop en faire. Voilà, comme ça c'est mieux. Je contrôle. Je contrôle toujours.

1

Bella Wallace ne ratait jamais une entrée. Chez Tomaldo, elle marqua un temps d'arrêt en haut du petit escalier qui séparait le bar de la salle de restaurant. Là, elle fut un bref instant le point de mire de tous les regards. Le barman chuchota à l'oreille d'un touriste qu'en effet, il s'agissait bien de la célèbre présentatrice de télévision Bella Wallace, et qu'elle déjeunait souvent ici parce que c'était plus pratique pour elle, depuis le studio où son interview mensuelle était enregistrée. C'était l'un des derniers restaurants à la mode, un tout nouveau joyau dans le diadème du West Side chic. Il avait joué des coudes pour s'installer sur Colombus Avenue entre un bar fatigué et une boîte à pizza, destinés l'un et l'autre à se faire avaler tout cru par Tomaldo dans sa boulimie expansionniste. Lequel Tomaldo, un Italien obséquieux de trente-cinq ans environ, se précipita de son bureau au pied des escaliers pour accueillir lui-même la grande dame.

– Mademoiselle Wallace, que je suis heureux de vous revoir. Vous êtes resplendissante. Jamais ma femme ne pourrait porter une couleur abricot comme celle-là !

– Moi non plus, normalement, fit Bella avec le léger zézaiement que son vaste public féminin trouvait si attachant, mais je me sens d'humeur intrépide, aujourd'hui. Mon invitée est-elle là?

– Miss Graymoor vous attend à votre table.

Il la précéda pour lui ouvrir le chemin jusqu'au fond de la salle. Ce finaud de Tomaldo savait que les célébrités, tout en affectant de désirer l'anonymat, se délectaient avec volupté d'une attention qu'elles estimaient justement mériter. La reine Elisabeth s'avançant dans Westminster Abbey n'était qu'une débutante à côté de Bella Wallace traversant la salle du restaurant.

A la table, Laura Graymoor observait cette procession d'un œil amusé. Bonté divine, songea-t-elle, cette couleur abricot! On dirait un melon trop mûr.

Elle prit une gorgée de son apéritif, sortit son fume-cigarette orné de pierreries, y plaça une blonde, alluma son briquet et souffla un rond de fumée en direction de la table voisine. Dommage qu'elle n'ait pas apporté la lessive : elle aurait largement eu le temps de la faire, pendant que Bella traversait la pièce.

– Laura, ma chérie, vocalisa Bella d'une voix à faire cailler le lait, excusez-moi d'arriver si tard, mais j'ai eu un pépin de dernière minute pour l'émission de cette semaine. Paul Newman m'a fait faux bond.

– Je vous demande un peu.

– Alors j'ai sauté sur le téléphone pour dégoter un remplaçant, et devinez qui j'ai trouvé? (Laura eut un geste d'ignorance.) Votre mari.

– Harvey? Mon Harvey dans votre émission? Quelle idée!

– Je n'ai encore jamais invité d'expert en assurances. J'ai pensé que ça serait l'occasion de présenter à mon public quelqu'un de nouveau, comprenez-vous, quelqu'un qui change un peu de ces éternels symboles sexuels.

– Oh, il lui arrive d'être sexy, fit Laura. (Soyons honnête, se dit-elle : il est *toujours* sexy, même si ce n'est pas toujours moi qui en profite.) Dites, Harvey cette semaine, le reste de la famille le mois prochain : vous avez pris un abonnement avec les Graymoor.

– Et pourquoi pas? Vous avez une famille peu ordinaire.

Elle se rappela soudain que Tomaldo faisait toujours le pied de grue à côté. Bella commanda un apéritif, Laura et elle choisiraient leur repas le temps qu'il arrive. Quand Tomaldo fut parti, Bella s'avança d'un air conspirateur :

– Du nouveau au sujet des meurtres?

Les meurtres.

Lydia et Annette Graymoor, deux des dix orphelins adoptés par Helga et Andrew Graymoor au cours des quarante dernières années, avaient été retrouvées sauvagement assassinées dans le loft de Soho qu'elles partageaient depuis deux ans. Le double crime, qui remontait à plus d'un mois, avait fait la une pendant près de quatre jours. Les deux victimes avaient été assommées avec une statuette sculptée par Annette – un chevalier sur sa monture. Pour masquer sa véritable peine, Harvey avait émis l'hypothèse que c'était peut-être un critique d'art qui avait fait le coup : il tenait Annette pour une artiste de second ordre, même si elle se vendait, semble-t-il, bien. L'autre victime, Lydia, était danseuse d'avant-garde, et Harvey, par esprit charitable, s'était abstenu de suggérer qu'elle avait pu être liquidée par un chorégraphe. Là, ce n'était plus du deuxième mais du cinquième ordre, mais elle avait toujours été demandée par de petites compagnies qui survivent de tournées en tournées, dans des localités dont Laura prétendait que même les missionnaires n'avaient jamais entendu parler.

– Aucune piste nouvelle, les pauvres chéries, répondit Laura. Comme il n'y avait pas de signe d'effraction dans le loft, ce devait être quelqu'un qu'elles connaissaient l'une ou l'autre, ou toutes les deux. Mais qui les a tabassées jusqu'à les rendre méconnaissables. C'est ce malheureux Harvey qui a dû aller identifier les corps, et il affirme avoir dit au hasard qui était qui. Nous n'avons jamais été proches de ces filles. C'était les deux dernières des dix enfants adoptés, et à ce moment-là, Harvey et moi entrions dans l'adolescence : nous découvrions les mystères de l'île, et nous nous découvrions l'un l'autre.

– Les mystères de l'île, répéta Bella d'une voix sépulcrale comme en écho. L'île Graymoor. Le manoir Graymoor. Personne d'autre n'a donc pensé à faire une émission sur les Graymoor?

– Si, mais Andrew a toujours refusé. Maintenant qu'il est mort, ce vieux salaud, Helga s'en donne à cœur joie.

– Vous n'allez pas traiter votre père adoptif de vieux salaud, tout de même?

Un serveur apporta l'apéritif et Bella se demanda tout haut pourquoi Tomaldo se désintéressait d'elle à présent. Le serveur la rassura : ce serait le patron en personne qui viendrait prendre les commandes.

– Andrew Graymoor était un véritable monstre.

– Mais il a adopté dix enfants!

– L'idée ne venait pas de lui. Il a accepté pour faire plaisir à Helga. Elle voulait des enfants mais ne pouvait pas en avoir. Et elle n'était pas disposée à passer le restant de sa vie toute seule dans un manoir aussi grand que sinistre sur une île désolée au large du Connecticut. Etre mariée à un Ecossais austère était une chose, vivre la vie d'un Ecossais austère en était une autre.

– Pourquoi diable l'a-t-elle épousé, alors?

Laura considéra son hôtesse d'un regard étonné.

– Il était merveilleusement beau, merveilleusement riche, et elle n'était qu'une petite sténo sous-payée de son secrétariat. Elle n'avait aucune chance de devenir milliardaire toute seule. (Laura fit la grimace.) Ces romans à l'eau de rose qu'elle pond à la chaîne. En avez-vous jamais lu un seul?

Bella se pencha de nouveau en avant.

– Mais j'en raffole! (Laura réprima un frisson de dégoût.) *L'amour au corps, L'amour encor,* et le préféré de mes préférés, *L'amour à tort.*

– Vous êtes sérieuse, donc! fit Laura en la regardant avec l'air de compassion qu'elle réservait habituellement aux enfants attardés.

– C'est mon vice secret. Voilà pourquoi je suis si impatiente de pouvoir mettre le grappin sur Helga Graymoor.

Tomaldo revint comme promis, et elles commandèrent des salades. A peine avait-il tourné les talons que Bella fouilla dans son immense sac et en extirpa un petit magnétophone. Elle gratifia Laura d'un clin d'œil appuyé.

– Ça ne vous ennuie pas si nous débroussaillons un peu le terrain avant qu'on nous serve?

– Vous m'avez prévenue que ce serait un déjeuner de travail.

Dieu sait pourtant que je n'ai pas de temps à perdre, faillit ajouter Laura. Je dois présenter ma collection de printemps dans quelques jours, et une présentation de Laura Graymoor attire même les concurrents de Paris et de Rome. Elle resta silencieuse, pourtant, alluma une cigarette et s'adossa à son siège, les bras croisés.

– Commençons donc par l'île Graymoor. De quand date-t-elle?

– L'île elle-même? Dieu seul le sait. De l'époque glaciaire, peut-être. Elle fait partie de cette myriade qui parsème la côte de Nouvelle Angleterre. Je sais qu'elle est venue entre les mains des Graymoor avant le début de la guerre de Sécession. Attendez un peu, que je réfléchisse. Oui, c'est ça. C'est ce vieux requin d'Evan Graymoor, le magnat, qui avait acheté l'île. (Bella était attentive à l'extrême, les paupières mi-closes, hochant lentement la tête à mesure que toutes ces informations s'enregistraient en elle en même temps que sur la bande. Laura comprenait à présent pourquoi cette femme connaissait tant de succès avec ses interviews.) Quand il l'a achetée, une partie du manoir était déjà construite, mais pas comme nous le connaissons maintenant. Il se trouve que l'endroit était un dédale de caves souterraines, de galeries secrètes...

– Ça alors, quelle histoire!

– ...et de cellules avec des chaînes scellées dans le mur. Il y a même une rivière souterraine qui mène à l'Atlantique.

– Et qui a construit tout ça? fit Bella comme une gamine des rues autorisée à fouiller dans une confiserie.

– Le précédent propriétaire faisait, semble-t-il, dans la contrebande et la traite de nègres. C'est dans ces souterrains qu'il devait conserver ses marchandises et ses malheureux esclaves. Ironie du sort, le vieux Evan Graymoor était abolitionniste. L'île Graymoor devint le principal refuge pour les esclaves en cavale qui voulaient rejoindre le Canada. Aucun relevé n'a jamais été fait de ces galeries secrètes, vous savez. Le vieil Andrew nous rappelait toujours, quand nous étions gosses, que des gens avaient mystérieusement disparu là-dessous, qu'on n'avait plus jamais entendu parler d'eux. Bien entendu, nous rigolions de ces sornettes, jusqu'au jour où Robert s'est perdu et où il fallut cinq expéditions de recherche et trois jours pour le retrouver.

– Lequel est-ce, Robert?

– Ah je le déteste, celui-là.

– Ça ne me dit pas lequel c'est.

Les salades arrivèrent, mais Bella ne fit aucun mouvement pour arrêter le magnétophone. Un déjeuner de travail, avec elle, c'était un déjeuner de travail.

– Bella, il faut que je vous explique : à ma connaissance, aucun de nous dix n'a jamais su d'où il venait. En fait, il y a eu une période très délicate où Harvey et moi avons réalisé que nous nous aimions et que nous voulions nous marier. Là, voyez-vous, j'ai eu ce doute horrible : peut-être étions-nous *vraiment* frère et sœur, mais Helga nous a assurés que tel n'était pas le cas, bien que j'aie cru discerner une lueur mauvaise dans les yeux du vieil Andrew, sur le moment. Ce qu'il pouvait nous détester, cet homme-là !

– Vous croyez vraiment qu'il vous détestait? Vous êtes sûre?

– Allons, Bella, comme si vous ne le saviez pas : Andrew Graymoor avait *horreur* des enfants. Plus Helga en adoptait, moins il passait de temps sur l'île.

– Malgré son amour pour Helga?

– Vous auriez dû voir la façon dont il se comportait quand les livres de sa femme ont commencé à prendre. Il en commandait des cartons pleins juste pour pouvoir se mettre au milieu d'un des salons et les déchirer page par page. Pourtant, je crois que moi, il m'avait à la bonne : un jour, il m'a emmenée dans les souterrains et m'a même ramenée. C'était pour me montrer les caves à vin. Il y en a plein.

– Revenons à Robert.

Laura poussa sa salade de côté.

– Prenons-les dans l'ordre. La première à avoir été adoptée était Martha. Elle a quarante ans maintenant, elle est vieille fille et vit à Graymoor avec Helga. C'est sa compagne. Sa garde-malade. Sa préférée. Elle est prise au piège.

– C'est peut-être elle qui héritera de tout, insinua malicieusement Bella.

– Je reviendrai là-dessus plus tard, fit Laura d'un air un peu mystérieux. Après Martha, est venu Robert. Il est conseiller dans une société de gestion. C'est sa société qui contrôle et administre l'argent qu'Andrew nous a légué à tous par fidéicommis.

– S'il vous a laissé tant que ça, il ne pouvait pas vous haïr à ce point !

– Je n'ai jamais dit qu'il nous avait laissé tant que ça. Il a institué un fidéicommis. Soyez patiente,

Bella, vous saurez avant le café. Comme je le disais, je déteste Robert et je me méfie de lui. Entre autres méfaits, il a fait croire à Martha qu'il l'épouserait un jour. Elle attend encore qu'on la conduise devant l'autel, la pauvre.

– Robert est toujours célibataire?

– Toujours. Troisième de la liste, voici Victor. Il est juriste. Je l'aimais bien quand j'étais petite. Il n'essayait pas de jouer au docteur avec moi comme Robert et Harvey.

– Vous avez pourtant épousé Harvey, remarqua vivement Bella.

– Cher vieil Harvey. Mais revenons-en à Victor. Il s'est trouvé mêlé, nous le savons maintenant, à un certain nombre de transactions douteuses à la limite de la légalité. En plusieurs occasions, quand la loi était à deux doigts de lui tomber dessus, heureusement qu'Helga, Robert et leurs relations sont venus à la rescousse. Victor et Robert se sont toujours entendus comme larrons en foire, c'est le cas de le dire.

– Victor ne s'est jamais marié?

– Oh si. Avec la belle, la délicate, la fragile Greta. Elle a pris une surdose de somnifères il y a quelques années. Pour ménager Helga, nous avons tous dit que c'était accidentel. Ils n'avaient pas d'enfants. Et maintenant nous en arrivons à Arnold.

– On dirait qu'il vous plaît bien, lui.

– Ah, c'est un numéro, notre Arnold. (Les yeux de Laura s'allumèrent tandis qu'elle l'évoquait.) Il gagne sa vie sur le dos des dames riches qui adorent être ses victimes.

– Faute d'une meilleure expression, vous voulez dire que c'est un gigolo?

– Il fait vraiment la pute, mais il le fait très bien. Vous trouverez son nom dans toutes les rubriques mondaines. Il est très recherché, comme homme de compagnie, et, bien sûr, être le fils d'Helga Graymoor ne gâte rien. J'ai pris un pot avec lui, l'autre soir. Le pauvre chéri reconnaît qu'il commence à prendre de la bouteille et que ses jours de chevalier servant professionnel sont comptés. Il envisage même de se remarier.

– Combien de femmes a-t-il eues?

Laura leva les yeux vers le plafond comme si elle espérait y trouver marqué le compte exact des ex-compagnes d'Arnold. Elle énuméra une héritière de l'industrie de l'acier, une star de cinéma fanée, une Hongroise croqueuse d'hommes à en faire pâlir les sœurs Gabor...

– ...et cette petite biche timide, fille d'un magnat du chocolat, qui est toujours dans une clinique très privée du Texas. Il n'a pas été tendre, avec elle – il avait horreur du chocolat. Voilà, je crois qu'on a fait le tour d'Arnold. Ce qui nous amène à Natalie.

– Natalie Graymoor? Vous parlez de cette femme qui joue dans ce piano bar de l'est de la Cinquante-huitième Rue?

– C'est elle. Pauvre Natalie. Chanteuse d'opéra ratée, sex symbol ratée. Trois fois veuve, la malheureuse, et à peine trente ans. Harvey pense qu'elle les a empoisonnés tous les trois, mais je croirais plutôt que c'est sa voix qui les a tués. Vous avez déjà entendu Natalie chanter? On dirait l'heure de la pâtée des cochons dans l'Ohio. C'est ce pervers d'Andrew qui ne cessait de l'encourager. Il lui disait qu'elle était une des grandes voix du monde – sans jamais préciser lequel : à mon avis, il parlait de l'autre : l'enfer. Voilà pour Natalie. Vous avez encore assez de bande, au moins? (Bella régla le magnétophone puis après avoir commandé le café, Laura poursuivit.) Après elle, il y a eu Lydia et Annette. Elles étaient jumelles.

– Les journaux n'ont jamais mentionné ce point, quand elles ont été tuées.

– Elles ne se ressemblaient pas, mais Helga affirme qu'elles étaient jumelles. Nous passons à Nicholas, car il n'y a pas grand-chose à ajouter sur l'histoire tragique de Lydia et d'Annette. Nicholas, c'est mon chouchou. J'adore Nicholas. Seulement il n'arrivera jamais. Il est vendeur chez Bloomingdale. Et pourtant, ce qu'il est beau! Il aurait dû être mannequin professionnel, mais il lui manque ce qu'il faut pour percer. C'est un parfait idiot. Pas une once de cervelle. Il est marié à Marjorie, tout aussi niaise, vulgaire avec ça et animée de mauvaises intentions. Marjorie est la dernière d'une race qui se meurt : elle est manucure, mais tellement gourde! Confiez-lui vos doigts, elle vous les raccourcit en moins de deux! Enfin, bon an mal an, elle arrive malgré tout à se promener d'institut de beauté en institut de beauté, de plateau de manucure à plateau de manucure, son regard vide posé sur n'importe quoi devant elle sauf les doigts dont elle est censée prendre soin. Nous nous demandons si l'union entre Nicholas et Marjorie n'a pas été une des petites farces du Bon Dieu, mais ils sont mariés depuis quelque chose comme deux ans maintenant. Je suppose qu'ils doivent bien dormir ensemble, parce que ce ne sont pas les sujets de conversation qui peuvent les tenir éveillés. Ce que Marjorie espère, en fait, c'est que Nicholas héritera un jour de beaucoup d'argent. Et ce jour pourrait bien arriver.

– Vous avez oublié Harvey et vous.

– Oh nous, nous venons entre Victor et Arnold. Harvey est arrivé le premier. Il est expert en assurances, gagne beaucoup d'argent et mérite sa très mauvaise réputation : il est la bête noire de beaucoup de grosses boîtes, surtout quand il conclut contre elles.

– Il est bon mari?

Bella était connue pour décocher des traits soudains comme celui-là.

– Vous voulez dire, est-ce qu'il rapporte? Peu importe, je me débrouille très bien toute seule.

– Non, je veux dire... est-ce que c'est un *bon* mari?

Laura sourit et se versa une nouvelle tasse de café.

– Je crois me souvenir qu'il se défendait bien au lit.

– Vous êtes vraiment franche.

– Je suis une femme de mon époque. Qu'est-ce que j'ai à cacher? Tout le monde sait qu'il est coureur. Le seul à le nier c'est Harvey lui-même.

– Et vous avez aussi vos petites aventures de votre côté?

– Il vaut mieux. Parce que c'est pas ce qu'il y a d'intéressant à la télévision... (Laura but une gorgée de son café.) Mais je vais vous dire, quand même. Notre relation, c'est un peu à la vie, à la mort. Peu importe s'il y a quelqu'un d'autre, nous nous aimons, tous les deux.

– Maintenant, Laura, fit Bella d'une voix qui reléguait presque leur précédente conversation au second plan, vous avez fait une mystérieuse allusion à ce legs en fidéicommis laissé par Andrew Graymoor à vous tous, les enfants.

– Et à Helga.

– Et à Helga. Comment se présente-t-il?

– Sous forme de tontine.

– Sous forme de *quoi*?

– De tontine. Une tontine est un système d'assurance collective dont le capital ne peut être récupéré que par le dernier survivant. C'est cela que le vieil Andrew a confié à fidéicommis pour Helga et nous, les dix enfants.

Bella se redressa d'un coup.

– Ce qui signifie qu'un *seul* d'entre vous pourra ramasser le paquet?

– Exactement.

– Il a lié toute sa fortune à cette seule tontine?

– Sauf la maison et l'île qui reviennent directement à Helga. Mais tout le reste, tous ces millions de dollars en tas sont liés à la tontine.

– Mon Dieu! Pour espérer toucher l'argent, il faut survivre à tous les autres.

– C'est ça. Lydia et Annette ont déjà été tuées. Restent donc encore neuf personnes.

Bella regarda au fond de sa tasse de café, comme si elle avait tout à coup acquis les propriétés mystiques d'une boule de cristal. Puis elle releva la tête avant de la pencher de côté d'un air malicieux.

– Laura, je parie que vous vous êtes dit ce que je commence à me dire.

– Que l'assassin est l'un des neuf survivants.

– Vous lisez dans mon esprit.

– Juste ce qui est écrit entre les lignes.

– Et votre mari est d'accord avec vous?

– C'est la première chose sur laquelle nous sommes d'accord depuis des mois. (Son regard se dirigea vers les escaliers, à l'autre bout de la salle.) D'ailleurs quand on parle du loup, le voilà justement, Harvey.

2

De l'avis des femmes, Harvey Graymoor était un charmeur invétéré. Même les hommes l'aimaient bien. Tandis qu'il se tenait en haut des escaliers, cherchant des yeux quiconque pouvait ressembler à Laura, il était conscient de l'intérêt qu'il suscitait parmi tout un ensemble de la clientèle du restaurant. Enfant, quand il s'agissait de s'affirmer parmi neuf frères et sœurs, c'est le plus souvent lui qui parvenait à se mettre en vedette, par tous les moyens, bons ou mauvais. Il savait satisfaire son désir d'accaparer l'attention, jusqu'à ce que Laura vînt lui damer le pion. Là, plutôt que de l'affronter, il préféra se joindre à elle, et ils se marièrent.

– Puis-je vous aider? fit derrière lui Tomaldo de sa voix melliflue.

– Je cherche ma femme, répondit Harvey avec son timbre sonore d'idole de ces dames. Elle déjeune avec Bella Wallace.

– Mais certainement. Si vous voulez bien me suivre. Je ne savais pas que vous étiez attendu.

– Mais je ne suis pas attendu. C'est une surprise.

Il suivit le restaurateur un peu en retrait afin d'éviter le flot d'onctuosité que celui-ci pouvait laisser dans son sillage. Voyant Harvey approcher, Bella se réadossa à sa chaise avec l'air satisfait de la bonne grosse mère de famille qui vient de choisir son dessert. Laura sembla tomber des nues. D'ailleurs, songea Harvey, elle a toujours l'air de tomber des nues quand elle me voit, comme si ça l'étonnait que je sois encore dans les parages.

– Bonjour, chéri, fit-elle d'une voix un peu rauque, quelle bonne surprise.

– Vous voyez? lâcha Harvey à Tomaldo.

Laura le présenta à Bella tandis que le patron s'éclipsait. Harvey prit une chaise à la table voisine et se joignit aux deux femmes. Un serveur apparut et Harvey commanda un café.

– J'espère que je ne vous interromps pas. Laura m'a dit que c'était un déjeuner de travail.

Bella s'espérait aussi ensorcelante que possible. Si Harvey Graymoor était coureur, elle était prête à faire un tour de piste avec lui.

– Je viens juste d'apprendre pour la tontine. Quelle terrible chose pour vous tous!

– Pour tous, sauf deux, rectifia Harvey. (S'adressant à Laura.) Marjorie m'a téléphoné ce matin.

– La femme de Nicholas, rappela-t-elle à Bella en tortillant son index. La manucure. Tiens, j'ignorais qu'elle savait composer un numéro.

– Elle s'est rappelé quelque chose au sujet de Lydia et d'Annette. (Les sourcils de Laura se levèrent.) Vous n'enregistrez pas ça, bien sûr? demanda-t-il à Bella.

– Bien sûr que non.

– Il paraîtrait qu'elle a déjeuné avec Lydia la veille du meurtre des jumelles, poursuivit-il. Et Lydia aurait dit à Marjorie qu'Annette et elle avaient été approchées par un petit malin qui offrait de leur acheter leur futur héritage pour une fraction de sa valeur supposée.

– Marjorie doit délirer, fit Laura.

– Oh non, parce que le même type a approché Nicholas hier. (Il sortit son portefeuille et en tira un morceau de papier.) Il s'appelle Nathan Manx, ce loustic.

– Je croyais que les acheteurs d'héritage, on ne trouvait ça qu'en Angleterre, dit Bella.

Les yeux de Laura s'arrondirent.

– Ah, parce que vous avez déjà entendu parler de ce genre de chose?

– Bien sûr, voyons, répondit Bella avec son aplomb habituel, qu'elle sût ou non de quoi elle parlait. J'ai vu un reportage là-dessus aux actualités, il y a deux ans environ. Ces gens vont en général débusquer de jeunes aristocrates en attente d'héritage mais d'ici là fauchés comme les blés, le plus souvent. Alors ils leur offrent de l'argent contre un transfert de succession par acte notarié. Le tout en bonne et due forme et parfaitement légal.

– Mais n'est-ce pas un sacré coup de poker? demanda Harvey. L'héritage pourrait s'avérer moins important que prévu?

– Ils se renseignent à fond avant d'entrer en pourparlers. Autant que je m'en souvienne, ils sont rarement perdants. Ce serait plutôt le contraire, en fait.

– Une question, intervint Laura. Je pensais que les dispositions d'un testament étaient confidentielles?

Bella eut un haussement d'épaules.

– Vous êtes bien tous au courant de la tontine.

– Parce qu'Andrew nous l'a dit. Et nous savons qu'elle existe vraiment parce que c'est la société de gestion de Robert qui l'administre. Il paraîtrait d'ailleurs qu'elle grossit à vue d'œil, ça me rend malade. Maintenant, ce que je me demande, c'est comment ce Mr...

– Manx. Nathan Manx, fit Harvey.

– Oui, c'est ça. Alors *lui,* comment croyez-vous qu'il ait pu en entendre parler?

Laura alluma une autre cigarette.

– Tu ne devrais pas, observa Harvey.

– Je ne devrais pas quoi?

– Fumer autant.

Elle rejeta un rond de fumée et adressa un sourire charmeur en direction de Bella.

– Vous voyez, il est toujours aux petits soins pour moi. (Elle tapota la joue de Harvey.) Tu es un chou de t'inquiéter comme ça. Mais revenons-en à Mr Manx.

Le serveur apporta enfin le café de Harvey. Ce dernier lui adressa un regard meurtrier.

– Ça fait des mois que j'ai commandé ce café.

– Désolé, monsieur, s'excusa le garçon en posant la tasse, mais une de nos machines est cassée.

Et il opéra une retraite précipitée.

– Nous en étions à ce Mr Manx, souffla Laura à Harvey.

– Hier soir, il est passé voir Nicholas.

– Tiens, tiens, murmura Laura. Même proposition?

– Même proposition. C'est ça qui a rappelé à Marjorie l'offre faite à Lydia et Annette. Et comme elle m'a toujours considéré comme le plus intelligent du lot, elle m'a tout de suite téléphoné.

– Sait-elle si les filles étaient disposées à accepter?

– Elles l'ont envoyé promener. En fait, Lydia était tellement ulcérée qu'elle voulait absolument raconter à Helga ce qui se tramait. (Harvey repoussa furieusement de la main la fumée de Laura. Celle-ci comprit le message et écrasa l'objet du délit dans le cendrier.) Mais je suppose que ni elle ni Annette ne l'ont fait, sinon Helga nous en aurait parlé.

Les pupilles de Bella se contractèrent.

– Tout ceci ne présage rien de bon, à mon avis. Harvey, vous devriez retrouver ce Nathan Manx et exiger une explication.

– Elle est simple, l'explication : l'un de nous travaille avec Manx.

– Mon Dieu, fit Laura d'un air tellement abattu que Harvey lui tapota la main. Quelle horreur de penser que nous pourrions avoir un assassin parmi nous. Parce que dans ce cas, mon chéri, toi et moi serions les prochaines victimes.

– Je sais, ma biche, fit Harvey d'un air désinvolte. C'est pourquoi à partir de maintenant j'aimerais bien que tu regardes un peu plus souvent derrière toi.

Bella tambourinait la table avec ses doigts.

– Je pense que vous devriez dire tout cela à la police.

– Je le ferai, répondit Harvey, dès que j'aurai eu ma petite entrevue avec Nathan Manx. (Il lança un clin d'œil à Laura.) Ça tombe bien que je me sois souvenu où tu déjeunais : je voulais que tu saches qui je vais voir, au cas où je me ferais assassiner.

Bella remarqua l'expression de sollicitude qui passa sur le visage de Laura et trouva cela touchant.

– S'il te plaît, ne te fais pas assassiner, implora cette dernière. Je suis tellement habituée à toi.

Harvey la remercia d'un baiser.

– Je te téléphonerai plus tard, ma chérie. (Puis, à Bella.) Heureux de vous avoir enfin rencontrée.

– Oh, mais vous me verrez encore, répondit Bella à Harvey qui se demanda si cette perspective l'enchantait vraiment.

Quand il fut parti, elle se tourna vers Laura.

– Dire que ce vieux cliché de l'amour d'enfance a

pu engendrer un Harvey! Vous savez, votre saga, à vous les Graymoor, va plus loin que je ne l'imaginais. Je veux dire que mon idée quand je vous ai contactée, c'était de connaître l'histoire d'Helga Graymoor, auteur hors du commun d'une pléthore de livres romantiques : sa vie; les dix enfants qu'elle a adoptés, comment ils ont grandi... Ça va être du gâteau, je me suis dit. Seulement le gâteau est recouvert d'un glaçage, un glaçage rouge vif. Rouge sang. La couleur du meurtre. Alors maintenant, fit-elle d'un air décidé, je vais attendre la suite de l'histoire, Laura, mais je veux que vous m'en promettiez l'exclusivité. Je veux attendre de voir ce qui sortira des investigations de votre mari.

– Il n'en sortira que ce qui sort de toutes les investigations de mon mari : rien de bon. Je dois retourner à mon salon de présentation, à présent. J'ai une kyrielle de mannequins très chers qui attendent d'être habillés.

– Ah, c'est vrai que vous sortez une nouvelle collection. (Elle fit signe au serveur d'apporter l'addition.) C'est pour quand?

– Après-demain à 3 heures. Vous pourrez venir?

– J'aimerais bien. (Elle regarda d'un air navré sa robe abricot.) Je commence à me sentir tellement mal fagotée dans ce truc kitsch qui m'a coûté les yeux de la tête.

– Mais pas du tout, fit Laura avec un large sourire. Je trouve que c'est tout à fait vous.

Martha Graymoor se sentait comme une héroïne d'Emily Brontë, debout au bord de la falaise à regarder les vagues qui s'écrasaient en contrebas contre les terribles rochers. Les cheveux d'une héroïne de Brontë auraient volé au vent, ses jupes ondoyé comme possédées d'étranges démons, ses yeux fouillé anxieusement l'horizon à la recherche d'un Heathcliff ou d'un Rochester, au choix. Mais la tête de Martha était commodément coiffée d'un chapeau cloche en laine, son corps enserré dans un épais manteau de cuir. Ses jupes ne pouvaient ondoyer puisqu'elle était en jeans, et ses pieds étaient chaussés de lourdes bottes. Pour un observateur de passage, Martha paraissait à peu près aussi attirante que l'Homme du Picardie dans l'œil d'un cyclone. Au-dessus, les mouettes tournoyaient avec des cris rauques cependant que de gros nuages noirs annonçaient l'orage.

– Robert! cria-t-elle.

Mais seules les mouettes répondirent. Les yeux emplis de larmes, elle redescendit de la falaise en direction du manoir Graymoor. Elle s'arrêta pour se reposer sur un rocher qui surplombait l'escarpement et considéra, en bas, la vaste bâtisse qui avait été sa demeure pendant près de quarante ans. Ai-je jamais été jolie, se demanda-t-elle? S'est-on vraiment intéressé à moi? Quand elle était enfant, se souvint-elle, Helga et Andrew recevaient beaucoup. Des bateaux étaient spécialement affrétés pour amener des invités du continent, et si le temps se gâtait, il y avait plus de chambres qu'il n'en fallait pour permettre aux visiteurs de passer la nuit. Mais on s'ébaubissait devant les enfants davantage par politesse que par conviction. Plus tard, quand Martha devint adolescente et qu'elle était déjà amoureuse de Robert, de deux ans son cadet, les réceptions se firent de plus en plus rares, tout comme diminuait l'amour entre Helga et Andrew. Et maintenant, songeait-elle avec une triste résignation, la fête est passée et il est trop tard pour être jolie ou pour qu'on s'intéresse vraiment à moi. Enfin, il y a toujours Robert, et tant qu'il y a Robert, il y a de l'espoir. Les premières gouttes de pluie commencèrent à tomber et elle se remit vivement en route.

Helga Graymoor était assise à son bureau en chêne massif, dans le salon du premier étage qui était devenu, après trente ans de cet usage, sa salle d'écriture. Tenant un crayon entre ses doigts arthritiques, elle rédigeait la page quotidienne de son journal. Prise d'une pensée soudaine, elle lâcha le crayon qui retomba légèrement sur le cahier et se câla dans son antique fauteuil Reine Anne. Elle regarda par la fenêtre, à l'autre bout de la pièce, Martha descendre de la falaise et battre précipitamment en retraite devant l'orage imminent.

– Ma pauvre Martha, murmura-t-elle doucement, ma pauvre chérie, toujours en train de courir mais sans jamais savoir où.

Avec un douloureux effort, elle se leva de son fauteuil et se dirigea vers la cheminée. Elle voulut sonner pour demander à un domestique de venir tisonner le feu mais se souvint que les domestiques ne résidaient plus à la maison depuis longtemps. Ils venaient par bateau le matin et repartaient par bateau en fin d'après-midi. Winston, l'homme à tout faire, vaquait à ses occupations quotidiennes cependant que Rebecca, la cuisinière et gouvernante, préparait les repas et laissait le dîner dans le four à réchauffer. Seule la femme de ménage chantait. C'était Juanita, qui ne se plaignait jamais, ni pour s'occuper de la petite section du manoir que partageaient Helga et Martha, ni pour ouvrir d'autres ailes du bâtiment quand il y avait des visiteurs à héberger, quel que soit leur nombre. Helga se montrait toujours fort généreuse à Noël.

Helga leva soudain la tête et fixa du regard un portrait de son défunt mari, Andrew Graymoor, peint une cinquantaine d'années auparavant, à l'époque où sa seule vue pouvait encore la conduire à des excès sexuels.

– Oh, Andrew, murmura-t-elle lugubrement, pourquoi as-tu été une telle déception?

– Peut-être parce que vous attendiez trop de lui.

Elle n'avait pas entendu Martha entrer, et pourtant elle ne sursauta pas au son de sa voix. Une voix toujours douce, mélodieuse, qui s'excusait presque.

Martha s'approcha du feu et commença à attiser les braises avec un tisonnier. Puis elle l'alimenta de petit bois et de bûches que les flammes vinrent lécher par-dessous avec sensualité et érotisme.

– Andrew s'est trompé de siècle, fit Helga en se dirigeant vers les fenêtres. Il aurait dû être boucanier ou général dans une belle guerre.

– La guerre n'a rien de beau, mère.

– Oh si, quand on la faisait au cinéma pour la Warner Bros. Tu es retournée sur la falaise?

– Oui.

– Je suppose qu'il est inutile de te rappeler combien c'est dangereux?

– Je suis capable de faire attention.

– Mais, ma chérie, si tu n'es plus là, qui s'occupera de moi?

Martha s'approcha du bureau et commença à mettre de l'ordre dans les affaires d'Helga.

– Est-ce que vous pensez à écrire un nouveau roman? Le dernier remonte à trois ans.

– J'aimerais bien, mais cette sacrée arthrite me rend folle.

– Vous pourriez me le dicter, s'empressa de proposer Martha. Je vous le taperais, ça me donnerait l'occasion de me remettre à la machine. Dites oui, mère! Ce serait tellement bien d'avoir un projet commun!

Helga s'approcha de Martha et la serra dans ses bras.

– Un projet commun. Ma pauvre Martha. Pauvre Martha chérie.

– Ah non, fit cette dernière sur un ton d'impatience, plus de ça. Pauvre Martha. Pauvre Martha chérie. Enchaînée à sa mère. Pas d'homme dans sa vie. Pas d'enfants. Une vieille fille.

– Tu me caricatures de façon vraiment méchante, dit Helga en se drapant dans sa dignité.

– C'est que je suis tellement fatiguée de cette

litanie, répondit Martha. Bon sang, si j'avais voulu, je serais partie d'ici depuis des années.

– Pour aller où? Tu ne sais rien faire, à part t'occuper de quelqu'un. Et attendre Robert...

– Au diable Robert! tonna Martha.

– C'est maintenant que tu le dis, rétorqua Helga sur un ton un peu narquois.

– Annette et Lydia m'avaient suppliée de venir vivre avec elles.

– Tu serais bien avancée! Tu serais morte, toi aussi. Tu aurais été tuée comme elles. Mes pauvres petites chéries qui n'avaient même pas de talent. Oh, pourquoi, pourquoi la mort frappe-t-elle ainsi à tort et à travers? (Elle s'était rassise à son bureau.) Je me demande si la police fait encore quelque chose à leur sujet, ou si l'affaire a été « classée ». Quelle horreur d'imaginer Annette et Lydia « classées ».

– Deux de moins, fit Martha avec une vivacité soudaine. La malédiction de la tontine. Un titre à sensation pour un roman de gare.

– Andrew, maudit Andrew, quelle perversité! Il tient ça de ses ancêtres écossais.

– Les tontines viennent d'Ecosse, à l'origine, vous savez. Je me demande si les Macbeth en avaient une.

Dehors, l'orage éclata avec une violence qui fit trembler le manoir. Les coups de tonnerre claquaient juste au-dessus, un éclair donna un instant à la pièce une beauté incandescente. Martha se posta devant la fenêtre, bras croisés, se délectant de la splendeur des éléments déchaînés.

– Vous savez ce que je pense? cria-t-elle pardessus la tempête. Que l'assassin est l'un d'entre nous. (Un coup de tonnerre ponctua cette déclaration.) Et vous savez quoi? Je crois que vous pensez exactement la même chose.

Elle se rapprocha d'Helga qui, raidie dans son fauteuil, regardait fixement dans la cheminée.

– Qui est-ce, à votre avis, mère? Certainement ni vous ni moi. Nous sommes toutes les deux ici, sur cette île. Nous sommes l'alibi l'une de l'autre. Mais parmi les autres, lequel? Père affirmait que l'un d'entre nous avait des tendances homicides, qui était-ce déjà? Je ne me trompe pas, hein? Je l'ai bien entendu dire un jour que l'un de nous était un assassin en puissance?

– Je ne me rappelle pas, articula faiblement Helga en un souffle quasi fantomatique.

– Essayez de vous rappeler, mère, essayez... C'était quand notre petit caniche toy a disparu...

– Esmeralda, fit Helga d'une voix saccadée.

– Esmeralda, exactement. Nous l'avons cherchée partout. C'est Laura qui l'a retrouvée étranglée dans une des caves à vin. Je me rappelle que père la grondait quand elle descendait toute seule dans les caves, et que Laura riait. Elle bravait toujours tout le monde, n'avait peur de rien. Vous ne croyez pas que si elle savait où se trouvait Esmeralda c'est parce que c'est elle qu'il l'y avait mise?

– Allons, tu deviens ridicule, explosa Helga.

– C'est peut-être Nicholas, alors. La chienne lui faisait toujours une peur bleue parce qu'elle lui mordillait les chevilles. Vous l'avez bien vu lui donner un coup de pied, une fois.

– Je le lui ai rendu. (Elle s'agita nerveusement dans son fauteuil.) Nicholas serait bien incapable d'organiser un meurtre, ou quoi que ce soit d'autre, d'ailleurs. Sa tête est une mine de stupidité.

– Et Victor? N'est-il pas la cause indirecte de la mort de sa Greta?

– C'était un accident. Arrête de m'énerver!

– Arnold? Natalie? Ce cher Harvey?

Helga soutint le regard de Martha.

– Ou Robert?

Elles entendirent un nouveau grondement de tonnerre commencer au loin, comme s'il prenait son élan, acquérait une puissance monstrueuse et s'apprêtait à exploser autour d'elles avec une férocité atomique. L'électricité commença à trembloter.

Lorsqu'il éclata finalement, Helga porta ses mains à sa gorge.

– J'en ai assez de ces histoires de meurtres, articula-t-elle d'une voix altérée par la peur. Parlons d'autre chose. Oui, je pense écrire un nouveau livre, et pourquoi ne m'aiderais-tu pas? Ça nous ferait passer le temps – Dieu sait que nous en avons, ici. Et puis tu sais, j'ai un titre merveilleux.

Elle se carra dans son fauteuil. Martha attendit. Helga prononça les mots comme si elle était en train de polir une pierre précieuse.

– *L'amour à mort*.

Ce qui fut salué par un coup de tonnerre parfaitement synchronisé.

Harvey se trouvait au milieu d'un groupe d'immeubles de la Quarante-deuxième Rue ouest et levait les yeux sur celui qui abritait le bureau de Nathan Manx. L'entrée se trouvait entre un cinéma porno et un ancien théâtre qui offrait à présent une triple affiche de films de kung-fu. Jetant un regard circulaire sur les débris de l'humanité qui l'entouraient – poivrots, camés, revendeurs, voyous, ados fugueurs aux yeux déjà trop marqués pour leur jeune visage – il se sentait comme un nageur pris dans une marée mortelle de boue visqueuse. Il regrettait d'être aussi bien habillé. En franchissant l'entrée miteuse, il fut assailli par une puanteur d'urine rance et de pinard à bon marché. Il consulta la liste jaunie des locataires et vit que N. Manx était au 601. Au fond du hall, se trouvaient deux ascenseurs. Il appuya sur le bouton, et après plusieurs années, à ce qu'il lui sembla, l'un des deux finit par arriver. En y pénétrant, il se dit qu'il aurait bien voulu avoir une arme – un revolver, un couteau, un batteur à œufs, n'importe quoi. Harvey avait peur.

La montée de l'ascenseur fut longue et chaotique. Il fallait sûrement moins de temps pour vaincre l'Everest. Quand il s'arrêta enfin, la porte s'ouvrit lentement et Harvey se retrouva seul dans un couloir humide, froid et peu engageant. Il trouva le 601 tout au bout. Rien qui laissât deviner la profession de Manx. Etait-ce là le genre d'habitation d'un type qui se propose pour racheter des héritages? Certainement pas, songea Harvey, et si j'avais tant soit peu de bon sens, je filerais vite fait. D'un autre côté, maintenant que je suis venu jusqu'ici et que j'ai dit à Laura que je le ferais, autant frapper à la porte.

Ce qu'il fit. Sans réponse. Il essaya de nouveau. Il avait eu Manx au téléphone, un peu plus tôt, et ils étaient convenus de ce rendez-vous. Manx avait même paru impatient et avide. Il devrait donc normalement attendre avec impatience et avidité dans son bureau. Harvey essaya le bouton de la porte : elle s'ouvrit sans problème. Il entra tout doucement, n'avançant que de quelques pas au-delà du seuil. Il vit un bureau, un fauteuil pivotant derrière et, au-delà, une fenêtre qui ouvrait sur le splendide panorama des briques du mur voisin. Sur le bureau, une lampe allumée, un téléphone, un bloc-notes, et un encrier à l'ancienne. Deux chaises en bois à dossier droit faisaient face au mur. A droite, Harvey aperçut une porte légèrement entrouverte et pensa qu'elle devait donner sur des toilettes.

– Manx? (La voix de Harvey semblait anormalement faible.) Nathan Manx?

Il avança un peu plus dans la pièce après avoir refermé derrière lui, se dirigea vers les toilettes et regarda à l'intérieur. Ce qu'il vit l'enveloppa d'une chape de nausée. Un homme qu'il supposa être Nathan Manx était assis tout habillé sur le trône, ses jambes raides pointées vers le bureau, les bras ballants pendant comme deux saucissons à leur crochet dans une charcuterie, la tête baissée et légèrement inclinée au-dessus du lavabo. Manx avait la gorge tranchée et le minuscule réduit était une symphonie rouge sang. Heureusement, la veste de Manx était suspendue à une patère derrière la porte, ce qui évita à Harvey d'avoir à toucher le cadavre. Il y trouva un portefeuille dans la poche intérieure et l'examina attentivement. Oui, il s'agissait bien de Nathan Manx.

Harvey découvrit des cartes de crédit, un permis de conduire, des photos d'une femme grassouillette avec ses deux filles – elles aussi dodues – qui n'avaient pas dix ans, et tout un assortiment de cartes professionnelles parmi lesquelles des invitations de salons de massages et de bars de célibataires qui, à n'en pas douter, devaient être des établissements aussi sordides que salaces et méritaient peut-être investigation. Il y avait trente-six dollars en liquide ainsi qu'une feuille de papier soigneusement pliée. Il l'ouvrit et lut une liste de noms qui était celle des héritiers de la tontine d'Andrew Graymoor. Ceux d'Annette et de Lydia Graymoor étaient barrés d'un trait. A côté du nom de Nicholas, un point d'interrogation, tout comme à côté du sien. Harvey poussa un léger soupir, fourra le papier dans sa poche et remit le portefeuille de Manx en place.

Il se dirigea ensuite vers le bureau, mais sa fouille attentive ne révéla rien d'intéressant. La plupart des tiroirs étaient vides. Nathan Manx était de toute évidence un petit escroc qui s'était fourré dans un guêpier fatal. Harvey retourna à la porte du couloir, l'entrebâilla, et quand il fut sûr que la voie était libre, s'éclipsa non sans avoir refermé derrière lui. Il lui fallut une éternité avant de pouvoir se retrouver dans la rue. Il dut marcher jusqu'à la Cinquième Avenue pour trouver une cabine téléphonique libre et lancer un appel anonyme à la police. Son devoir de bon citoyen accompli, il descendit d'un pas nonchalant l'avenue vers le sud, en direction du bureau et du salon de présentation de Laura, à l'extrémité du Centre de la Confection.

Il se demanda comment il pouvait siffloter de façon aussi désinvolte alors qu'il se trouvait jusqu'au cou dans une affaire de meurtre. Annette et Lydia, ses sœurs par adoption, avaient été assassinées. Nathan Manx qui, il en était convaincu, n'était pas étranger à ces crimes, avait été envoyé – Harvey l'espérait – dans un monde meilleur où ne lui manqueraient que sa femme grassouillette et ses enfants dodus. Et Harvey avait à présent acquis la certitude que l'un de ses frères ou sœurs par adoption était un fou meurtrier. Il avait hâte de faire partager cette funeste nouvelle à Laura.

3

La griffe Laura Graymoor, sur une robe, garantissait à la cliente élégance et confort. Les femmes de toutes tailles, de toutes corpulences et de tous âges pouvaient porter les habits de Laura. Au début de sa carrière, elle avait pris la sage décision de ne pas marcher sur les brisées des spécialistes, tant sur le plan national qu'à l'étranger, avec pour résultat de se faire un nom respecté dans le monde de la confection. Son atelier, installé dans un loft de la Trente-sixième Rue ouest, à l'intersection de la Cinquième Avenue, était toujours une véritable ruche, et ce jour-là, à quarante-huit heures de la présentation de sa collection de printemps, Laura se demandait si elle était vraiment trop jeune pour prendre sa retraite. Ses assistantes remontaient des bas de robes, descendaient des encolures, ouvraient des coutures autour des hanches. Les dessus de table étaient maculés de taches rondes laissées par les tasses de café, et la réceptionniste tombait follement amoureuse de Harvey : dans le calme relatif de la salle d'accueil, ce dernier avait pris la peine de la complimenter pour sa coiffure, ce qui avait un bref instant fait pétiller le regard éteint de la jeune fille et avait fait monter à ses joues un rose pastel d'aquarelle défraîchie. Elle venait d'être engagée et n'avait jamais vu Harvey auparavant.

– Mrs Graymoor a dit qu'elle ne voulait être dérangée par personne, mais si vous affirmez être son mari...

– Oui, je suis son mari. Je peux même vous montrer l'emplacement exact où elle a deux grains de beauté coquins sur la fesse droite.

– Je vais la prévenir, fit vivement la fille.

Deux minutes plus tard, il embrassait Laura dans l'intimité de son bureau.

– Ce doit être urgent pour que tu débarques comme ça, fit-elle.

– J'ai trouvé Nathan Manx la gorge tranchée.

Elle se laissa choir dans son fauteuil. Harvey s'allongea sur un canapé tandis qu'il lui expliquait, dans les détails les plus atroces, les circonstances de sa découverte. Puis il lui agita sous les yeux la liste récupérée dans le portefeuille du mort. Comme il n'avait manifestement pas l'intention de quitter le canapé, Laura se leva, attrapa le papier et le parcourut rapidement. Ses yeux s'arrondirent.

– Harvey, fit-elle de sa voix la plus sérieuse, je crois qu'il faut que tu appelles la police, que tu dises que c'est toi qui as trouvé le corps et que tu demandes protection pour nous tous.

– Nous ne l'obtiendrons pas. Trop cher. (Il se redressa.) Tu as l'air toute chose. (Il lui reprit la liste et la remit dans sa poche.) A ce que j'ai vu du bureau de Manx et de l'immeuble miteux dans lequel il est situé, je peux vite cerner le personnage. C'était probablement un huissier indépendant, qui devait aussi à ses heures jouer les intermédiaires dans des affaires pas très claires. Quand il a été engagé par celui, quel qu'il soit, qui est derrière les offres de pré-achat de l'héritage, il n'avait pas idée de l'importance prévisible du legs. C'est Nicholas qui a dû lâcher le morceau. Alors Mr Manx s'est dit qu'il méritait meilleure rémunération que celle qu'il avait acceptée au départ. Comme il devenait dangereux, adieu Nathan, qui laisse derrière lui une femme grassouillette et deux petites filles dodues.

– Allons bon, comment sais-tu cela? (Harvey lui parla de la photo qu'il avait vue.) Et ce point d'interrogation, à côté du nom de Nicholas?

– Il veut sans doute juste dire que Nick est en train de réfléchir – à quoi, Dieu seul le sait.

Laura s'assit sur le bureau.

– Ce qui signifie que les autres n'ont pas encore été contactés. Tu ne l'as pas été. Moi non plus, et de nous tous, Martha et Helga sont les moins facilement accessibles.

– Ce sont aussi des cibles faciles.

– Tu me donnes froid dans le dos. Harvey, ne joue pas au détective. D'accord, je sais que tu peux être très bon à ça quand tu t'y mets, mais là, c'est autre chose. Je t'en prie, va trouver la police.

Il se leva de son canapé et posa ses mains sur les épaules de Laura.

– Chérie, on devrait peut-être régler ça en famille.

– Très drôle.

– Non, je suis tout à fait sérieux. La semaine prochaine, Helga va fêter son soixante-quinzième anniversaire. Voilà une bonne occasion pour tenir notre réunion annuelle sur l'île.

– Ce qui te permettrait de faire ton petit effet en annonçant au dîner : « Je suppose que vous vous demandez pourquoi je vous ai tous rassemblés ici aujourd'hui. »

– Tu brûles. Mais je vais faire en sorte que le meurtrier se trahisse.

– Ou la meurtrière?

– En effet. Je vois bien Natalie avoir une folie secrète. Une voix comme la sienne peut entraîner toutes sortes de dérèglements.

– Et moi? Tu as pensé à moi?

– Si c'est toi, je te tords le cou.

Il lui déposa un petit baiser sur le bout du nez.

– Tu es anormalement affectueux, aujourd'hui. Est-ce parce que tu te fais vraiment du souci ou parce que ta petite amie t'a quitté?

– *Quelle* petite amie? se récria-t-il d'une voix qu'il espéra convenablement outrée. Ça fait des mois que je n'ai pas de petite amie. En plus, elles comptent pour du beurre, c'est comme mettre une feuille de salade dans un sandwich au corned beef. Non, tu es ma première et ma seule femme. Bon sang, on se connaît depuis qu'on marche sur nos pattes. Il y en a qui ne pourraient pas supporter l'idée.

– Harvey, fit Laura sur un ton las, il faut que je retourne travailler. Va faire une expertise quelque part.

– Tu ne veux pas connaître mon plan? Je l'ai concocté pendant que je marchais jusqu'ici. Vois-tu, la principale raison pour laquelle il ne sert à rien d'aller trouver la police pour l'instant, c'est que lorsque nous serons tous sur l'île, nous serons en dehors de leur secteur. A moins qu'ils coopèrent d'un Etat à l'autre.

– Eh bien, alertons la police du Connecticut, dans ce cas. (Elle prit une cigarette dans un étui d'argent sur le bureau et l'alluma, en dépit du froncement de sourcils désapprobateur de Harvey.) Mieux encore, préviens Martha et Helga de se méfier de tout visiteur inconnu. (Elle resta un instant plongée dans ses pensées, puis s'exclama soudain :) Nicholas!

– Quoi, Nicholas?

– Le point d'interrogation après son nom, sur la liste. Cela pourrait indiquer qu'il est visé! Mon Dieu, il a peut-être été assassiné, lui aussi!

– En plein Bloomingdale? Ridicule. Calme-toi et écoute, plutôt. Je crois qu'Helga et Martha sont relativement en sécurité tant que nous ne sommes pas tous liquidés. (Laura eut un frisson.) Car les supprimer *elles* avant les autres reviendrait à révéler la machination, en fait.

– Mais elles sont tellement vulnérables, seules là-bas sur leur île.

– C'est justement là le comble de la cruauté : l'assassin sait qu'elles vont s'y attendre.

– Et nous? Harvey, toi et moi, Robert et Victor, nous sommes tous à l'aise, financièrement. Pourquoi l'un d'entre nous sauterait-il sur l'occasion de vendre par anticipation?

– Allons bon, c'est à *moi* que ça fait froid dans le dos, maintenant. Tu vois, je suis persuadé que nous sommes des victimes désignées. Comme Koko dans *Le Mikado,* ce monstre gambade en chantant « J'ai une petite liste ». Ça n'a pas de sens, il doit avoir une autre idée derrière la tête que de nous acheter nos parts.

Une expression d'admiration vint malgré lui sur son visage lorsqu'il vit Laura, avec calme et tranquillité, exhaler un rond de fumée parfait.

– Eh bien j'espère que ton plan tient la route, mon chéri. Je veux dire, qu'il tient *vraiment* la route.

– Je crois que oui.

– C'est merveilleux, toute la famille va se trouver de nouveau réunie pour mon anniversaire!

Helga était redevenue comme une petite fille, les yeux pétillants d'excitation et d'impatience. Martha trouva à ce moment-là que l'enthousiasme ramenait la vieille femme des années en arrière. Les domestiques étaient rassemblés dans la bibliothèque, Helga leur donnait ses instructions comme aux plus beaux jours. Rebecca s'engagea à atteindre de nouveaux sommets dans l'art culinaire. Winston se dédoublerait en maître d'hôtel et Juanita préparerait des chambres supplémentaires en les agrémentant de fleurs fraîches qu'elle irait spécialement quérir sur le continent.

– Tout est parfait, fit Helga dont le front se rembrunit soudain.

Martha comprit qu'elle repensait à Lydia et

Annette. Elle congédia les domestiques, et quand ils furent partis, elle prit Helga par la main et la conduisit à un fauteuil. Elles s'assirent l'une à côté de l'autre et restèrent un moment à regarder sans mot dire le jardin, maintenant vide de feuilles et de fleurs à l'approche de l'hiver. Même l'orage de la veille ne semblait pas lui avoir infligé grande punition.

– J'aimerais acheter une nouvelle robe, fit Martha en rompant le silence.

Helga se tourna vers elle avec un grand sourire.

– Bien sûr, ma chérie. Voilà d'ailleurs longtemps que je ne t'ai pas vue porter quelque chose d'un peu fantaisie et féminin.

– Je crois que je vais prendre le bateau cet après-midi. Pourquoi ne viendriez-vous pas avec moi? Ça vous changerait un peu d'ici. On pourrait prendre le thé comme on faisait il y a quelques années, insista-t-elle. Et même s'offrir le cinéma. Allez, dites oui.

– Je voudrais bien, mais la mer n'est vraiment pas bonne, ce matin. Et tu sais que je n'ai pas le pied marin pour deux sous. Je serais bien capable de passer par-dessus bord! Tu ne voudrais pas ça, n'est-ce pas?

– Non, fit Martha dans un souffle à peine audible. Pour rien au monde.

– Tu as les ongles dégoûtants, fit Marjorie Graymoor à son mari à peine rentré du travail.

Il l'avait trouvée dans la cuisine en train d'essayer de sortir une pizza livrée à domicile de son emballage sans en renverser la plus grande partie sur la table.

Nicholas lui brandit le journal sous le nez.

– Regarde qui a été assassiné! (Marjorie écarta le journal d'un revers de main.) Regarde, je te dis!

Elle jeta un œil et eut le souffle coupé. Il y avait une photo de Nathan Manx sous un titre annonçant un mystérieux règlement de comptes dans le milieu.

– Tu crois qu'il était de la mafia? demanda-t-elle tout en se léchant les doigts.

– Je ne vois pas la mafia s'intéresser à mon héritage.

– Et alors? Il paraît qu'ils achèteraient n'importe quoi.

– Tu crois que je dois aller à la police?

– Pour quoi faire?

Elle s'évertuait avec beaucoup d'ingéniosité à couper la pizza en quatre avec un couteau à beurre.

– Pour témoigner.

Elle le considéra avec un air de merveilleuse perplexité.

– Témoigner de quoi?

Nicholas se demandait parfois s'il existait quelqu'un au monde de plus bête que sa femme. Il ne s'était jamais pris en compte.

– Ce Manx m'a fait une proposition. Au fait, je me demande s'il a approché l'un des autres?

– On sait qu'il a vu Annette et Lydia.

– Non, depuis, je veux dire. Bon sang, j'ai mal à la tête.

– C'est toujours comme ça quand t'essaies de réfléchir. Qu'est-ce que tu veux boire, avec ta pizza?

– Une bière. Enfin, on en reparlera le week-end prochain, j'imagine.

– Qu'est-ce qu'il y a, le week-end prochain? (Quand Nicholas l'eut mise au courant de la réunion d'anniversaire prévue sur l'île, elle répondit :) J'ai rien à me mettre.

– Mais si, voyons. Ce truc rose, qui est peut-être juste un peu serré?

– C'est un des modèles de Laura. Elle va le reconnaître.

– Elle sera flattée.

– Ta famille ne m'aime pas.

– Mais si, ils t'aiment bien. (Il réfléchit un instant.) En fait, je ne pense pas que ça les préoccupe tellement.

– J'ai dit à Laura que tu avais reçu une offre de Mr Manx.

Nicholas était en train de tomber veste et cravate.

– Pourquoi tu lui as dit ça?

Marjorie prit son air de petite fille perdue.

– Parce qu'elle est futée, elle. Je lui ai dit aussi qu'Annette et Lydia avaient eu la même proposition. D'ailleurs c'est drôle, ça, tu sais.

– Quoi donc?

– Elles sont mortes juste après la visite de Manx. Maintenant, Manx te fait l'offre à toi et c'est *lui* qui meurt. Nicky, c'est pas toi qui l'as tué, au moins?

– Alors ça, c'est la meilleure!

– Il ne te plaisait pas. Je voyais bien, qu'il ne te plaisait pas. Quand il est parti, tu as dit qu'il était gluant.

– Il ne me plaisait pas et ne m'inspirait pas confiance. Et puis pourquoi est-ce que je vendrais? Je suis le plus jeune, je vais leur survivre à tous.

Le visage de Marjorie s'illumina d'un coup.

– Tiens, j'avais pas pensé à ça!

– M'étonne pas. Tu es juste capable de réfléchir à la sorte de pizza que tu vas acheter pour le dîner, mais sorti de là... (Il resta songeur un moment, puis demanda :) Tu crois que ça peut tuer, une surdose de pizza?

– Il me faut une nouvelle robe.

– Oh, c'est bon, va t'en prendre une chez Laura! Elle a toujours dit qu'elle te ferait des prix. Mais rien de trop cher, hein, je t'en *supplie*!

Il relut le bref article sur l'assassinat de Manx. Un bureau miteux dans un immeuble miteux. La gorge tranchée. Marjorie avait-elle raison? Y avait-il un lien entre les trois meurtres? Manx était venu le voir il y avait quelques jours à peine. Annette et Lydia étaient ses sœurs adoptives. Ils étaient tous héritiers de cette saleté de tontine. Nicholas commençait à se sentir mal à l'aise. Les paumes de ses mains étaient moites. Il regarda Marjorie qui, de l'autre côté de la table, était en train de mastiquer d'un air pensif une bouchée de pizza.

– Chérie? (Elle leva les yeux.) Je vais téléphoner à Harvey.

Harvey était assis en face d'un vieil ami, dans le coin le plus isolé d'un petit restaurant italien perdu au fin fond d'une ruelle de Greenwich Village. Le vieil ami s'appelait Mickey Redfern, et il était tellement occupé à écouter Harvey que ses spaghetti marinara étaient en train de se figer. Mickey avait une façon particulière de se tenir penché en avant, les deux mains cachées sous la table et sagement croisées sur les genoux comme un écolier obéissant. De temps à autre, il hochait la tête comme pour assurer Harvey qu'il enregistrait et comprenait chacun de ses mots. Harvey parlait lentement, avec précision, coupant parfois ses phrases de « Qu'est-ce que tu en penses? » auxquels répondaient invariablement des « Ça me paraît bon ». Mickey était un homme musclé de près de quarante ans, au faciès de boxeur retiré des rings bien qu'il n'eût jamais été professionnel. Il savait que la CIA avait un dossier parfaitement détaillé sur ses activités de mercenaire en Asie, en Afrique et en Amérique du Sud. Rien par contre, il en était certain, sur la série de contrats qu'il avait exécutés une bonne dizaine d'années auparavant, au moment où il ne se considérait encore que comme un novice. Ces cinq dernières années, avait-il expliqué à Harvey, il était resté « blanc comme neige ». Il effectuait des travaux de police pour des particuliers et s'était montré particulièrement efficace avec Harvey dans nombre d'expertises délicates. Il adorait débusquer les arnaques à l'assurance. Il se complaisait dans les sales boulots mais n'usait de violence physique qu'en dernier ressort, car il connaissait depuis longtemps le tueur qui sommeillait en lui. Un producteur de télévision voulait s'inspirer des exploits de Mickey pour une série, mais cela ne l'intéressait pas. Une de ses petites amies racontait à tout le monde qu'il était doux comme un agneau.

Quand il eut fini de parler, Harvey but une gorgée de son gin tonic qui n'avait plus rien de tonique.

– Rien de plus dégueulasse qu'un gin tiède, fit-il avec une grimace.

– Plus c'est chaud, plus ça marche, dit Mickey à qui le mot tiède rappela soudain qu'il avait une assiette de nourriture devant lui.

Il la repoussa de côté avec un bref grognement de dégoût et laissa ses mains sur la table. Des mains aux doigts impeccablement soignés. Marjorie Graymoor aurait apprécié.

– Qu'en penses-tu, Mickey?

– Que tu nous as mis une affaire intéressante entre les mains.

Harvey aimait la façon dont il avait dit *nous*. Mickey ne tergiversait jamais lorsqu'on lui proposait quelque chose. C'était tout de suite « oui » ou « non ». Il obéissait à son instinct.

– La réunion du clan commence quand? Vendredi prochain?

– Vendredi prochain.

– Sous réserve que personne ne se fasse buter entre-temps.

– Je pense qu'il ne se passera rien jusque-là.

– Bon, ben il me semble que je pourrais aller pêcher un peu le long de la côte du Connecticut. Il y aura peut-être du flet en balade, par là-bas.

– Tu peux louer un bateau au village du coin, East Gate.

– Et quand je voudrai aller fouiner un peu dans l'île, quel est l'endroit le plus discret pour accoster?

Sur une nappe en papier, Harvey traça une carte des lieux, montrant le manoir, les falaises, le quai privé des Graymoor où le bateau était amarré. Environ deux kilomètres au-delà des falaises, de l'autre côté de l'île, il indiqua une petite crique.

– Je me réfugiais là pendant des heures, quand j'avais envie d'être seul. Dix gamins qui jouent des coudes pour avoir leur espace vital, ça ne favorise pas la recherche de solitude. C'est là que j'ai fait l'amour à Laura pour la première fois. Là, il y a une grotte. L'hiver, elle est cachée par des ajoncs et des broussailles, mais à cette époque de l'année, tu devrais la voir. Ne t'aventure pas trop à jouer les explorateurs, elle est traître. Laura et moi sommes les deux seuls, je crois, à savoir nous y retrouver. Mais il y a un passage qui rejoint le manoir. Autre chose (il tapota une autre partie de la carte du bout de son stylo) : ici, il y a une cabane. Mon père l'utilisait pour observer les oiseaux ou pour faire je ne sais quoi quand il en avait assez de nous, ce qui était fréquent. On ne s'en sert plus, maintenant. J'y ai jeté un coup d'œil la dernière fois que je suis allé sur l'île, en septembre, pour le week-end de la Fête du Travail. Elle est toujours en bon état. Il y a un lit de camp et des toilettes.

– T'en fais pas pour moi, j'ai déjà vécu à la dure. (Harvey sourit. Il connaissait la vie « à la dure » de Mickey.) Maintenant qu'est-ce que je fais si je tombe par accident sur ta sœur ou l'un des employés?

– Raconte-leur que tu étais en train de pêcher et que tu es juste venu jeter un coup d'œil. Inutile de te recommander de ne pas utiliser le poêle.

– Bon, vieille branche, fit affablement Mickey, qu'est-ce que t'en dirais si on allait manger quelque part?

Nicholas refit le numéro. Toujours pas de réponse. Où diable Harvey et Laura pouvaient-ils se trouver à cette heure de la nuit?

– Chérie! cria-t-il à Marjorie qui était dans la salle

de bains en train de se coiffer. Tu n'entends pas quelque chose dans l'escalier de secours?

– Ça suffit, Nicky, brailla-t-elle. Arrête de me flanquer la trouille!

Mais Nicholas était à la fenêtre et regardait bravement les marches métalliques. Il n'y vit que les habituels pigeons. Un escalier de secours accroché au mur. Un immeuble sans ascenseur. La pauvreté. Je suppose qu'un homme pourrait tuer, pour se sortir d'une situation pareille.

Le Dombey était un bar typique du quartier de la Cinquantième Rue est, fréquenté principalement par des hommes d'affaires déjà mûrs accompagnés de leur jeune proie. Il se prévalait d'avoir une bonne carte, un barman connu pour ne pas lésiner sur les quantités, et une excellente pianiste appelée Natalie Graymoor qui semblait avoir mémorisé le répertoire entier des airs de spectacle de Broadway. Malheureusement, il lui arrivait de donner de la voix pour chanter, ce qu'un habitué décrivit comme un mélange de feu Jeanette MacDonald et de rhinocéros hurlant de douleur.

Laura était seule au bar. Assise sur un tabouret, ses élégantes jambes croisées, elle voyait Natalie se refléter dans le miroir, derrière le barman. Natalie Graymoor. Malgré trois veuvages, elle s'accrochait toujours à son nom de jeune fille. Laura préférait : elle ne se rappelait jamais les noms de femmes mariées. Elle observa sa sœur adoptive qui attaquait au galop le deuxième refrain de « Partout où j'accroche mon chapeau, c'est ma maison ». Elle ne l'avait pas vue depuis des mois, pas depuis le dernier week-end de la Fête du Travail passé sur l'île. Natalie semblait avoir gonflé de visage, et un rinçage au henné n'aurait pas été de trop pour ses cheveux. Elle se laisse aller, songea Laura. Typique de certaines femmes après une liaison qui a mal tourné.

– Encore combien de temps avant que miss Graymoor s'arrête? demanda-t-elle au barman.

– Allons, elle n'est pas si mauvaise que ça.

Laura sourit.

– Mais non. Elle serait même plutôt bonne. D'autant que c'est ma sœur.

– Ah, dites-moi tout, fit le barman. Bon, un verre sur la maison.

– Ce n'est pas de refus. Dites, c'est calme, ce soir.

– Oui, ça se ralentit partout en ville. On sait comment marchent les autres troquets. La conjoncture économique. C'est la merde. La merde totale.

Il posa une boisson toute fraîche devant Laura. Natalie joua un final, quitta le piano dans un silence assourdissant et rejoignit Laura au bar. Elle déposa un petit baiser sur la joue de sa sœur et prit le tabouret voisin.

– Bienvenue à la morgue, fit Natalie de sa voix poncée de coloratur. (S'adressant au barman :) Fais-moi un double n'importe quoi. (Elle se retourna vers Laura.) Que me vaut le plaisir?

– Oh, Harvey est occupé ailleurs et j'ai eu une vache de journée à préparer ma présentation de vendredi. Au fait, pourquoi ne viendrais-tu pas? (Natalie acquiesça de la tête et Laura poursuivit.) Dis-moi, maintenant, pourquoi cette mine atroce.

– Je pensais que tu ne remarquerais pas. Bon, je me suis fait planter, voilà. C'est aussi bien, le gars était trop cher pour moi. Peut-être que j'aurais dû accepter la proposition de l'autre type.

– Quel autre type?

Le barman tendit son verre à Natalie.

– Tu sais bien. (Elle avala une gorgée.) Il a même dit que Harvey et toi alliez réfléchir.

Laura sentit le sang refluer de son visage. Elle fut prise d'un vertige.

– Réfléchir à quoi?

– A la tontine. A vendre notre héritage virtuel

pour une fraction de sa valeur. Une fraction pas négligeable, d'ailleurs, maintenant que j'y pense.

– Quand était-ce?

– Attends voir. Je crois que c'était dimanche soir. Il est venu juste après mon premier passage. Bon sang, comment qu'il s'appelait donc?

– Nathan Manx.

– C'est ça! Alors à quoi bon jouer au chat et à la souris? Pourquoi me donner l'impression que tu ne sais pas de quoi je parle?

– Je suis juste un peu surprise, c'est tout. Je n'ai jamais rencontré Manx de ma vie. (Elle était sur le point d'ajouter que Harvey l'avait vu, lui, mais se retint.) Je sais qu'il a contacté Nicholas, et Nicholas a dit à Marjorie que ce Manx avait parlé à Annette et Lydia. Mais à moi, jamais. Il a menti.

– Sans doute pour gagner ma confiance. Les menteurs, j'ai horreur de ça. Au fait, ce fameux week-end, qu'est-ce que tu en dis? Moi, je ne vois pas quoi acheter à Helga. T'aurais pas une idée? Du parfum, non. Tu lui achètes un bouquin, elle y voit une allusion. De toute façon, je suis fauchée comme les blés. Tu pourrais pas m'avancer cinquante dollars, par hasard?

– Bien sûr, pas de problème.

Laura sortit cinq billets de dix de son sac et les fourra discrètement dans la main de Natalie.

– Tu es un amour. Alors qu'est-ce que je dois faire avec ce Manx?

– Rien.

– Mais il a dit qu'il repasserait me voir ce week-end-ci.

– Il ne pourra pas. Il est mort. (Natalie eut un sursaut.) C'est dans la dernière édition du journal de ce soir. As-tu parlé de son offre à qui que ce soit d'autre?

– Non, à personne. D'abord, ça paraissait complètement dingue. Deuxio, j'étais prise dans mes propres problèmes. Et tertio, à voir comment les affaires baissent ici, j'ai peur que le patron se débarrasse de tous les bagages superflus, à commencer par moi.

– T'inquiète pas, je ne te laisserai pas mourir de faim.

Natalie fit signe au barman.

– Dis, mon chou, t'as pas le dernier journal? (Il le chercha sous le bar et le lui tendit. Elle trouva l'article sur le meurtre de Manx.) C'est-y pas mignon, ça? La gorge tranchée d'une oreille à l'autre. (Elle replia le journal et le posa sur le comptoir.) C'est pour ça que tu es venue ce soir, hein?

– Oui, euh, j'ai voulu m'assurer que tout allait bien de ton côté. Tu as toujours été ma sœur préférée.

– Donc vous vous êtes intéressés de près à ce meurtre, Harvey et toi. J'imagine que Marjorie vous a téléphoné pour vous demander votre avis quand elle a appris que Nicholas avait été contacté par Manx. (Laura confirma de la tête.) Et qu'elle vous a mis au courant pour Lydia et Annette. Maintenant, elles sont mortes et Manx aussi. (Elle s'accouda au comptoir et appuya son menton sur la paume de sa main.) Alors Harvey et toi pensez qu'il y a un lien.

– Tu as tout compris.

– Et tout ça à cause de cette saleté de tontine.

– Dans le mille, ma chérie.

– Ce qui signifie qu'il y a peut-être un tueur dingue qui se balade pour essayer de se récupérer la tontine.

– Ça en a l'air.

– Et on va se retrouver tous ensemble sur l'île dans une semaine? Mince, fit-elle en se redressant, bras croisés, dans une bonne imitation de Katharine Hepburn : « On est vernis, nous les Graymoor, pas vrai chéri? »

4

Arnold Graymoor avançait d'un pas déterminé dans une rue au silence inquiétant du quartier des Cinquante Est. Il grommelait entre ses dents, les mains enfoncées dans les poches de son pardessus, non pas tant pour les réchauffer que pour les empêcher d'étrangler quelqu'un. Il n'était même pas minuit, et voilà qu'il se retrouvait dehors, lui, Arnold Graymoor, si courtois, si raffiné, lui dont la compagnie en société avait un temps été plus prisée que celle d'un prince de sang royal, le chou-chou de ces dames, plaqué par une bonne femme qui aurait dû s'estimer sacrément heureuse qu'il eût seulement daigné dîner avec elle. Et par-dessus le marché, râla-t-il, elle me refile l'addition! Moi, le roi des baratineurs, traité comme un vulgaire faire-valoir dans un film de seconde zone. Il atteignit sa destination et entra au Dombey en claquant la porte derrière lui.

– Hé, doucement les basses, frangin, fit le barman.

– Dis, comment tu sais que c'est notre frère? minauda Natalie, qui commençait à se sentir bien au chaud après son troisième « double n'importe quoi ».

Laura ouvrit spontanément les bras avec un plaisir non feint.

– Ce cher Arnold, s'écria-t-elle. Lui que je voulais voir, justement!

Fulminant toujours, ce dernier ôta son manteau, le jeta au fond d'une banquette, embrassa ses sœurs puis s'accouda au bar et commanda un scotch avec glaçons.

– Vous vous rendez compte, je viens de me faire jeter par une grosse pouffiasse de Hershey, en Pennsylvanie. Qui m'a laissé l'addition, en plus. Hershey en Pennsylvanie, je te demande un peu! (Son regard croisa celui de Laura, dans lequel il ne lut guère de compassion.) Je sais ce que tu penses : bien fait.

– Et comment, fit Laura sur un ton dégagé. En tant que féministe, je désapprouve ton attitude cavalière envers les femmes. Alors tu récoltes ce que tu mérites et j'applaudis.

– T'es complètement saoule.

– Non, non, non, mon petit chéri. Juste un peu de vent dans les voiles. J'ai encore de la réserve. Ce que je pense, Arnold, c'est que tu devrais prendre le refus de ce soir comme un sérieux avertissement de ce qui te pend au nez. A mon avis, tu n'as pas trente-six solutions. Soit tu épouses une riche vieille et tu te consoles avec le fric, soit tu trouves un travail. (Elle vit Arnold lever son verre jusqu'à ses lèvres d'une main mal assurée.) Tiens, tu trembles? C'est la colère ou un delirium tremens?

– Tu en connais, toi, des riches vieilles qui soient célibataires?

– A part Helga, non. (Natalie partit d'un gros rire. Laura s'esclaffa aussi, puis ajouta :) Tu attrapes la quarantaine, mon bonhomme. Après, il paraît que c'est la pente descendante.

– Au fait, on va fêter notre chère mère, le week-end de la semaine prochaine. Je crois que juste pour cette fois, je vais m'excuser et lui envoyer des roses.

– Oh, que non! s'écria Laura. On y va tous ensemble, sur l'île. Pas question que tu te défiles.

Arnold leva vers elle un œil soupçonneux.

– Qu'est-ce qui se passe?

– Qu'est-ce qui se passe où?

– Sur l'île.

– Pourquoi es-tu toujours aussi méfiant? Tu n'as pas changé depuis l'enfance, décidément. Je me rappelle que tu ne mangeais jamais ton porridge sans le touiller de peur de trouver quelque chose dedans.

– Parce qu'un jour l'un de vous a voulu m'écœurer en y mettant un scarabée mort.

Natalie confirma de la tête.

– Oui, je me rappelle cette histoire. Qu'est-ce que tu as pu pleurer quand tu l'as repêché avec ta cuiller! Qui t'avait joué ce sale tour?

– Il y avait donc *vraiment* un petit monstre parmi nous, fit Laura d'une voix étrange. Je crois que papa avait des soupçons, surtout après la mort de cette pauvre Esmeralda.

– Ah oui, la pauvre Esmeralda, s'apitoya Natalie.

Arnold lisait le journal que celle-ci avait laissé sur le bar.

Laura parlait à mi-voix.

– Je le revois en train de se disputer avec Helga dans la salle d'écriture. Il voulait renvoyer l'un d'entre nous et Helga l'a traité d'imbécile. C'est une des rares fois, d'ailleurs, où j'ai entendu Helga s'emporter contre lui. Elle n'élevait pratiquement jamais la voix, hein, Natalie?

Cette dernière parut faire effort pour essayer de se rappeler Helga en rogne.

– Non, ça n'arrivait pas très souvent, c'est vrai. Elle enguirlandait Robert, de temps en temps. Tu te souviens?

– Oui, Robert et ses mauvaises blagues.

– Elle s'en est prise à Victor, aussi, une fois. Elle l'avait surpris en train de faucher de l'argent dans son sac, quelque chose comme ça, je crois.

– Oui, je me rappelle. Ce n'était pas dans son sac, mais de l'argent du ménage. C'est la vieille Lottie qui l'avait dénoncé. Il faisait une journée merveilleuse. Victor s'est sauvé, et on a mis des heures à le retrouver dans l'une des grottes. Celle qui est près de la crique cachée. Il ne s'y est d'ailleurs pas aventuré très loin.

– Il n'était pas du genre à s'aventurer où que ce soit, fit sèchement Natalie. Quand il s'est enfin décidé à épouser Greta, c'est tout juste s'il n'attendait pas qu'on lui décerne une médaille.

– Pauvre Greta, soupira Laura. Elle était trop jolie pour mourir.

Natalie parut réfléchir.

– Ce n'est pas Robert qui est resté perdu pendant des jours, ou un truc comme ça?

– Un truc comme ça, oui. (Laura remarqua qu'Arnold lisait l'article sur le meurtre de Manx.) Tu le connaissais, Nathan Manx?

Surpris, Arnold baissa le journal.

– Comment ça?

– Natalie l'a rencontré. Nicholas aussi. Et Marjorie dit qu'Annette et Lydia avaient été contactées par lui juste avant d'être assassinées.

– Je l'ai vu hier, reconnut Arnold.

– C'est hier qu'il a été assassiné.

– Je sais, j'ai failli me faire piquer par la police.

Abasourdie, Natalie saisit involontairement la main de Laura. De l'autre, celle-ci fit signe à sa sœur de rester calme tandis qu'elle demandait à Arnold :

– Tu ne vas pas me dire que c'est toi qui l'as tué?

– Tout juste : je ne te le dis pas. Je n'ai pas tué Nathan Manx. J'avais rendez-vous avec lui. J'étais en retard. Quand je suis arrivé, il était déjà mort. Un spectacle horrible. Je me suis tiré vite fait, et la police a débarqué juste au moment où je sortais de l'ascenseur dans le hall. Et comme tu n'ignores pas ce qu'il avait en tête, ce bonhomme, sache que j'étais sacrément intéressé par sa proposition. Parce que je ne suis pas seulement fauché comme les blés, j'ai carrément franchi le seuil de pauvreté.

– Ecoute, je viens déjà de prêter cinquante dollars à Natalie.

– Ah? Dis, Nat, on pourrait pas faire fifty-fifty?

– Pas question, mon petit vieux. Débrouille-toi tout seul.

Elle avait lâché la main de Laura pour retourner

au piano. Il n'y avait pas plus qu'une demi-douzaine de clients attablés, mais un des patrons du club était capable de débarquer à l'improviste pour vérifier si elle justifiait son salaire. A savoir même si le barman ne rapportait pas. Assise sur son tabouret, Natalie se frotta les doigts, plaqua quelques accords pour attirer l'attention et se lança dans une fougueuse interprétation de « Tu peux crever ».

– Sacrée Natalie, fit Arnold en forçant un sourire. Toujours la chanson qu'il faut quand il faut. Où est Harvey, ce soir?

– Il dîne avec un associé d'affaires.

Elle regarda sa montre et décida qu'il allait bientôt être l'heure de lever le camp.

– T'en vas pas encore, fit Arnold en regardant son verre d'un air morose.

– Ecoute, mon chéri, je pourrai te prêter un peu d'argent demain. Passe au salon, le vendredi est jour de paie. Mais maintenant, il faut que je rentre parce que j'ai une présentation de mode dans l'après-midi.

Les yeux d'Arnold s'allumèrent.

– Ça va être plein de femmes riches!

– Sacré bon sang, Arnold! Ce seront avant tout des clientes, et les clientes attendent d'être prises en charge, elles. Enfin, viens quand même vers 3 heures, tu trouveras peut-être l'oiseau rare. Je me demande si Robert et Victor avaient été contactés par Manx.

– Ils sont trop riches pour que ça les intéresse.

– Il ne nous a pas contactés, nous, bien qu'il ait dit à Natalie qu'il l'avait fait.

– Qu'est-ce qu'il pense de tout cela, Harvey?

– Oh, qu'il y a un coup fourré quelque part. Et je peux te le dire, parce que tu arriveras à la même conclusion tôt ou tard : il est persuadé qu'il y a un lien quelconque entre le meurtre de Manx et celui des filles. Pour lui, l'un d'entre nous est décidé à tuer les autres pour s'approprier la tontine. Attendre que la nature fasse son œuvre, ça ne l'intéresse pas.

– Mais il n'y a pas quelque chose de complètement idiot, là-dedans? Parce qu'enfin, si on est tous liquidés l'un après l'autre, celui qui reste sera forcément l'assassin.

– Sans doute. Encore faut-il avoir des preuves. Or jusqu'ici, le tueur s'est montré très rusé. Les flics sont dans le noir total pour les meurtres d'Annette et de Lydia. Quant à celui de Manx (elle eut un haussement d'épaules), c'est trop tôt pour le dire, mais je te fiche mon billet qu'ils n'ont pas la moindre piste.

– Et c'est ça qui rend tellement impérative notre présence à tous sur l'île pour notre petite réunion?

– Je suppose, oui.

Arnold rigola et donna à Laura une petite tape sous le menton.

– Le truc des vieux films. Rassembler tous les suspects sous le même toit et attendre que l'assassin commette une erreur. *S'il* en commet une. Mais ne m'en as-tu pas trop dit? Imagine que ce soit moi? Un homme averti en vaut deux.

– Tu n'es pas de taille à manigancer un plan pareil. Ce n'est pas pour te vexer, je suis réaliste. Tu n'as jamais eu plus de jugeote qu'un enfant de cinq ans. Tu es incapable de te concentrer même quand tes intérêts sont en jeu. Or un meurtre demande mûre réflexion, à moins qu'il ne soit pas prémédité. Cette machination-là a été très bien montée. Le seul point faible, jusqu'à présent, a été ce pauvre Mr Manx qui, comme nous pouvons le soupçonner, a dû devenir un peu trop gourmand. Alors la seule façon que tu aurais de me convaincre que tu es l'assassin serait de ne pas venir sur l'île.

– J'y serai. Et je passerai te voir demain.

– Au fait, de combien d'argent as-tu besoin?

Il lui indiqua une somme. Laura émit un petit

sifflement. Natalie quitta le piano et vint les rejoindre.

– Je rentre, fit-elle en réprimant un bâillement. J'ai été bien au-delà de ce qu'imposait mon sens du devoir, en plus de quoi mon génie se perd dans des oreilles qui n'entendent pas. Arnold, sois un amour, raccompagne-moi jusqu'à la maison. On se sent si seule quand on se fait agresser.

– Raccompagne-moi aussi, dit Laura en prenant son manteau. Combien ça fait? cria-t-elle au garçon. (Elle enfila son manteau tandis qu'il préparait l'addition.) Ce week-end s'annonce assez rigolo, je trouve.

– Et l'argent d'Helga, au fait? (Natalie et Laura ouvrirent de grands yeux sur Arnold.) Mais oui, poursuivit-il, nous sommes sûrement tous couchés sur son testament. Alors est-ce que ça ne serait pas plus facile de la tuer elle et de ramasser le fric, d'après vous?

– Sans doute, dit Laura, mais je n'ai pas la moindre idée des dispositions qu'elle a pu prendre.

– De très romanesques, je suis sûre, suggéra Natalie.

– Elle n'est pas tombée de la dernière pluie, notre mère, fit Laura à Arnold. A mon avis, elle aura institué des fidéicommis individuels. Bien ficelés et incontournables.

– Tu imagines ou tu sais? demanda-t-il.

– Je devine. Je ne suis pas aussi proche d'elle que Martha.

– Ce n'est pas Victor son conseiller juridique? fit Natalie.

– Je suppose que si. (Elle tendit des billets au barman.) Gardez la monnaie. (Il la remercia d'un signe de tête tandis qu'elle se retournait vers les autres.) Mais ce n'est pas forcément lui qui aura rédigé le testament. En fait, comme il est l'un des héritiers, je parierais qu'elle s'est adressée à un notaire du village.

Arnold se dirigea en premier vers la sortie.

– Et bien sûr, maintenant qu'Annette et Lydia sont mortes, je suppose que les biens d'Helga seront répartis entre ceux qui restent d'entre nous.

Natalie frissonna lorsqu'il ouvrit la porte donnant sur la rue et qu'une bouffée d'air froid les frappa de plein fouet.

– Mais tu es un véritable vampire, Arnold.

Les dents de celui-ci se découvrirent en un sourire glacial. Laura se demanda si elle ne lui en avait pas effectivement trop dit. Elle avait hâte de rentrer à la maison retrouver Harvey.

Il n'était guère plus de minuit, mais Marjorie dormait déjà comme une souche. Nicholas était dans l'autre pièce en train de regarder la télévision. La réception du son et de l'image était mauvaise. Les bruits de la nuit le mettaient mal à l'aise, et ses yeux ne cessaient d'aller de la porte du couloir à la fenêtre donnant sur l'escalier de secours, en passant par le plafond où il entendait son voisin du dessus traîner les pieds dans ses pantoufles. Il se leva, éteignit le poste, puis s'assura pour la cinquième fois que la porte était bien verrouillée et le loquet de la fenêtre bien en place. Alors il jeta un coup d'œil furtif entre les volets : personne sur les marches métalliques, constata-t-il avec soulagement. Il entra dans la salle de bains et se regarda dans la glace. Non pour s'admirer, Nicholas n'était pas vaniteux, mais pour lire sur son visage la peur qu'il était sûr de trouver. Il s'en voulait d'être aussi poltron. Cette vision de lui-même lui rappela un souvenir avec son père.

– Vas-y, Nicholas, vas-y, saute dans l'eau.

– J'ai peur, répondait le petit garçon d'une voix étranglée.

– Saute, sacrebleu! criait Andrew. Quand on vit sur une île, il faut apprendre à nager!

Je vis toujours sur une île, songea Nicholas, et je ne sais toujours pas nager. Sans s'asperger le visage ni même se laver les dents, il entra dans la chambre et se déshabilla. Puis se mit au lit. Marjorie, allongée sur le dos, respirait doucement. Nicholas passa son bras droit sous elle et la souleva doucement tandis que sa main gauche lui caressait un sein. Elle s'éveilla, sans paraître autrement surprise de cet élan de passion. Ni surprise, ni contrariée, ni excitée : elle savait qu'ils dormiraient tous deux à poings fermés dans dix minutes.

Quand Laura arriva à la maison, elle trouva Harvey au bar en train de se préparer un cocktail.

– Un verre pour moi aussi, s'il te plaît. J'ai eu une de ces nuits! (Elle ôta son manteau, s'en débarrassa sur un dossier de chaise et se hissa sur la pointe des pieds pour embrasser Harvey sur la joue.) Tu sens le gin, l'ail et... (Elle huma de nouveau.) Le veau piccata.

– Qu'est-ce que tu as donc fabriqué jusqu'à maintenant? Ça fait plus d'une heure que je suis rentré et je te garantis que j'étais sur le point d'appeler la police.

– Pour avouer que c'est toi qui as découvert le corps de Manx?

– N'essaie pas de t'en tirer par une pirouette quand je suis en colère. Tiens le voilà, ton verre.

Elle le prit et se laissa choir sur le canapé.

– Si tu n'avais pas été aussi pressé de te tirer, quand tu étais sur les lieux du crime, tu aurais rencontré notre Arnold.

– C'est une blague?

– Et vous auriez pu aller tous les deux bras dessus bras dessous vous payer un film porno ou un truc sordide de ce genre dans le quartier.

– Mais qu'est-ce que tu racontes, nom d'un chien?

Il vint s'asseoir à côté d'elle et Laura lui conta le détail des heures qu'elle venait de passer avec Natalie et Arnold.

– Crois-tu que j'en aie trop dit à Arnold?
– Aucune importance. Il n'enregistre pas.
– Je trouve parfois qu'on le sous-estime. (Son visage s'anima soudain.) Harvey, on a toujours sous-estimé les autres, dans cette famille. (Il redoubla d'attention.) Prends Nicholas, pour commencer. Juste une jolie tête avec rien dedans, pour nous, et le souffre-douleur numéro un de papa. On plaisante sur sa bêtise, mais est-il aussi stupide que ça? Peut-être y a-t-il sous toute cette couche un filon de génie qui attend d'être exploité. Certains grands crimes, dans l'histoire, ont été organisés par des cerveaux que l'on croyait déficients. Et puis il y a Martha. Cette petite souris de Martha attachée par la patte aux jupes de maman. Qui sait si elle n'est pas en train de jouer un jeu auprès d'Helga pour récupérer son argent? Est-elle vraiment restée toutes ces années là-bas à attendre que Robert lui avoue sa passion dormante ou vise-t-elle quelque chose de plus important? Qui sait si elle n'a pas une liaison secrète avec quelqu'un du continent?
– Continue, c'est très intéressant.
– Voilà ce qui arrive, quand on me laisse dîner toute seule. Je pense trop et il y a bien longtemps que je ne m'étais pas penchée sur la famille. Ce soir, j'ai observé Natalie. La seule à en avoir tombé trois, mais qui s'est retrouvée veuve à chaque fois. Comment peut-elle vivre comme elle vit? Je veux dire passer son temps dans cette salle miteuse à jouer sur cette casserole de piano, nuit après nuit, et à siroter au bar pendant ses pauses? Je suppose qu'elle ramasse de temps à autre quelque chose qui ressemble à une amourette de passage...
– Juste histoire de garder la main.
– Et elle a dû m'emprunter de l'argent cette nuit. (Harvey fit tournoyer sa boisson dans son verre quelques instants, puis en but une solide gorgée.) Je ne vois pas comment elle pourrait continuer longtemps ainsi. Elle doit savoir que sa voix est un

handicap. Et Arnold, ce pauvre vieil Arnold. Il n'est plus dans la course, maintenant. Il doit passer demain au salon pour prendre un chèque.

– Je ne savais pas que tu donnais dans la philanthropie.

Laura soupira.

– Je ne peux pas les laisser comme ça dans les cordes. Ils font partie de la famille. Arnold sait qu'il est au bout du rouleau, alors qu'est-ce qu'il va faire après?

– Il y avait des idées pas bêtes, dans ce qu'il a dit au sujet du contenu possible du testament d'Helga.

– Absolument. Nous voyons donc enfin qu'il est capable d'avoir des idées. Si au moins il pouvait s'en servir, à des choses qui lui soient profitables.

– C'est peut-être ce qu'il fait, suggéra gravement Harvey.

– Lydia et Annette, maintenant. Nous ne les connaissions guère. Chacune essayait de faire son petit trou, et jamais personne ne les a encouragées. On les a bien laissées tomber, les jumelles!

– On était occupés à étudier la différence entre les petites filles et les petits garçons, à l'époque.

– Comment s'est passé ton dîner? demanda Laura en passant soudain du coq à l'âne.

– A merveille. Mickey est enthousiasmé.

Il lui raconta ses entretiens avec Redfern. Quand il eut terminé, Laura se dirigea vers le bureau pour vérifier le répondeur.

– J'ai déjà effacé les messages, dit-il.

– Rien d'important?

Laura redoutait quelque catastrophe de dernière minute pour sa présentation de mode du lendemain.

– Robert me demande de le rappeler dans la matinée et Victor veut que toi *tu* le rappelles dans la matinée.

– Victor? Bien sûr. Il a sans doute besoin qu'on

l'aide à trouver un cadeau pour Helga. Au fait, qu'est-ce qu'on va lui offrir, nous?

– Ah, je t'en prie, ne me demande pas d'avoir des idées à cette heure-ci. (Il s'était approché d'elle par-derrière et l'avait enlacée dans ses bras.) Si on allait au lit, histoire de ranimer la flamme?

– Ranimer la flamme, ça fait ancien combattant, fit-elle. (Il lui embrassa la nuque.) Bon, je suppose inutile de dire que j'ai mal à la tête?

– Inutile. On a plein d'aspirine.

Dans son studio surchargé et encombré de meubles d'une tour proche de la Deuxième Avenue, Natalie s'installa à une table de bridge et regarda fixement les billets de cinq dollars que Laura lui avait donnés. Elle les avait bien disposés en éventail, et les contemplait comme une main servie au poker. Elle saisit le verre de gin pur qu'elle s'était versé un peu plus tôt puis le reposa brutalement sur la table.

– Les salauds, grommela-t-elle, ces trois salauds, me claquer comme ça entre les pattes. (Elle se réadossa à sa chaise en retenant ses larmes.) Qu'est-ce qui me reste dans la vie, maintenant? cria-t-elle. Il faut que je mette la main sur ce fric! (Elle entendit le voisin taper sur le mur pour réclamer le silence. Elle se leva, faisant racler la chaise en arrière sur le sol, attrapa le verre et le lança de toutes ses forces contre le mur.) Je t'emmerde, mon pote! hurla-t-elle. Je t'emmerde!

De l'argent. J'ai besoin d'argent. Il y en a plein dans la famille. Je compte bien en ramasser un peu, et *tout de suite*.

Arnold se tenait debout, nu devant le miroir qui occupait toute la longueur de sa salle de bains aux ornements coquins. Il examinait son corps dénudé, faisait l'inventaire. Physique encore satisfaisant, décida-t-il, et un autre atout encore sacrément là. Il étudia son visage : pas mal. Peut-être un peu marqué par la vie, mais ça, ça n'est pas pour déplaire, surtout aux femmes seules. Il arqua les sourcils, ses pupilles se rétrécirent. Ah, c'était ça son expression favorite. L'homme dangereux. Les femmes aiment le danger. Les femmes.

Je souffre d'un grave manque de femmes.

Je souffre d'un grave manque d'argent.

Il va falloir combler ces deux lacunes. Qu'est-ce qu'elle disait, Laura, épouse une femme riche ou trouve un travail? Il doit bien y avoir quelque part une femme riche qui attend qu'on lui fasse la cour et qu'on mette la main dessus, ou peut-être qu'on l'acquière à la manière des chevaux dans une course à réclamer. Laura, elle, doit être riche, par exemple. Elle est jolie, gentille, généreuse – Dieu merci – et aime encore son mari. Mais moi, que faire si je n'arrive pas à dégotter une autre femme sensible à ce que cette garce de ce soir appelait « la préciosité ambiguë de mes charmes »? Hershey en Pennsylvanie, je t'en ficherais!

Il va donc falloir que je trouve de l'argent quelque part. Je ne peux pas continuer à emprunter indéfiniment. De l'argent, il y en a dans la famille. Cet imbécile de Manx, quel besoin avait-il de mourir? J'aurais conclu le marché, moi. Avec ça, j'aurais pu aller à Los Angeles, où les femmes riches sont plus nombreuses et plus stupides. Comment avoir le fric, maintenant? En survivant aux autres? Il s'adressa un sourire, dans le miroir, en murmurant « Peut-être ».

5

Mona Norris, la secrétaire particulière de Victor Graymoor, avait fait ses études à l'Université de

Vassar dans le seul but de décrocher un riche mari. Quatre ans plus tard, ayant pris son parti de l'échec de son entreprise, la jeune célibataire, qui ne connaissait que d'intermittentes satisfactions, remercia sa bonne étoile le jour où Victor l'engagea comme secrétaire particulière. Les premiers mois, elle réussit à le bluffer sur sa connaissance du jargon légal grâce à l'aimable assistance d'une autre dame du bureau qui attendait l'heure de la retraite. A présent, Mona, reine du sérail, gardienne des clés, faisait la loi, était le bras droit du patron, sa confidente et parfois sa maîtresse.

– C'est du harcèlement sexuel, avait estimé sa camarade de chambre lorsque Mona avait révélé sa liaison à temps partiel avec Victor.

– Oh non, fit cette dernière avec un sourire pervers. C'est une assurance contre le chômage.

Peu après le suicide de sa femme Greta, Victor gratifia Mona d'une substantielle augmentation et elle emménagea dans un appartement à elle. Elle savait qu'elle n'était qu'une parmi toute la brochette des distractions de Victor, mais cela ne la gênait pas. Greta en avait été gênée, mais Mona était plus intelligente. Plus jeune aussi, plus jolie, plus saine, et ne faisait pas mystère de sa disponibilité pour répondre à de nombreuses sollicitations. Mona, femme très occupée aussi bien au lit qu'en dehors du lit, avait un vendredi chargé devant elle et aurait bien aimé que Victor quitte le téléphone pour continuer à lui dicter le courrier.

Victor Graymoor livrait une bataille perdue contre les premières atteintes de l'âge. Ses cheveux étaient teints d'une couleur cirage à chaussures marron peu naturelle et lui tombaient par-dessus les oreilles comme de minuscules paillassons. Il s'habillait un rien hautes écoles et s'entretenait au gymnase voisin au moins trois fois par semaine. Il disait « Hé, les gars » aux femmes aussi bien qu'aux hommes et était un habitué de plusieurs boîtes de nuit. Bien que son cabinet juridique fût considéré comme prospère, au moins deux de ses quatre associés attendaient le moindre faux pas pour le pousser vers la sortie. Victor n'était jamais très à l'aise pour traiter avec les gens honnêtes. Il vivait d'ailleurs bien au-dessus de ses moyens. L'assurance-vie de Greta lui avait permis d'honorer trois de ses plus grosses dettes, mais il en fallait toujours davantage à Victor. Mona le savait, ses associés le savaient, et Victor savait qu'ils savaient. Ce qui était le cadet de ses soucis. Il avait appris de son père adoptif à se considérer comme un survivant et il avait la ferme intention de survivre. Il fronça le sourcil quand il vit Mona réprimer un bâillement.

– Bon, merci de ton aide, Laura, dit-il dans le téléphone. Je ne savais pas que tu avais une journée aussi chargée, aujourd'hui. À la semaine prochaine. (Il raccrocha et prit son sourire de chat-tigre.) Eh bien, ma biche, on a fait dodo un peu tard, hier soir?

– Tu devrais le savoir, répondit-elle de sa voix la plus enjôleuse.

– Prends un peu plus de temps pour ton heure de déjeuner et fais-moi une petite course. (Mona gémit intérieurement.) Il y a une épicerie fine à l'angle de Madison et de la Soixantième qui importe des truffes françaises. (Helga raffolait des gourmandises d'importation.) ...Dis, tu m'écoutes?

– Bien sûr, fit Mona.

– On dirait que tu es sur une autre planète.

– Je me demandais juste si tu avais l'intention de me voir le week-end prochain.

– Il faut que tu saches à la minute?

– J'ai une vie à moi, tu sais.

– C'est moi qui te la finance.

– Tu en as pour ton argent. J'avais l'intention d'aller d'un coup d'avion en Virginie pour voir ma mère.

– Pourquoi ne la fais-tu pas monter ici?

– Merci bien.

Victor pivota de quelques degrés sur son fauteuil et son regard se perdit au-dehors par la fenêtre. Mona tapota avec impatience son crayon sur son bloc sténo. Victor fronça de nouveau les sourcils. Ce n'était pas Mona qui le contrariait, mais sa conversation avec Laura. Elle lui avait parlé de sa soirée avec Natalie et Arnold et de leurs problèmes financiers. « Je ne suis pas l'ange gardien de mon frère », avait-il répondu sèchement, ce dont Laura avait convenu : il ne l'était pas et n'avait pas à l'être, mais ce serait bien si on pouvait les aider d'une manière quelconque dans cette passe difficile, surtout Arnold. « Natalie peut au moins jouer du piano pour s'en tirer vaille que vaille », lui rappela Laura, « tandis qu'Arnold a épuisé ses atouts. Je veux dire que tout ce qu'il sait faire, c'est titiller les vieilles dames, mais il y a une génération montante d'hommes aussi doués, plus jeunes et sans doute plus attirants qui le rattrape. » Puis elle ajouta après coup cette question qu'elle ruminait depuis un quart d'heure : « N'y a-t-il aucun moyen de toucher à la tontine? »

Victor lui avait répondu sentencieusement que c'était impossible et pas le moment d'en discuter. Laura avait fort adroitement évité de parler de Nathan Manx et des jumelles assassinées. Elle avait attiré Victor sur le terrain des soucis d'argent de Natalie et d'Arnold en se disant que s'il connaissait l'existence de Manx – et s'il n'avait pas lu l'article du journal de la veille sur la mort de ce dernier – il aurait suggéré que tous deux acceptent sa proposition. Elle retira donc l'impression que son frère n'en avait jamais entendu parler, à moins qu'il n'eût été suffisamment subtil et retors pour s'abstenir de le mentionner.

Victor secoua la tête et poussa un soupir. Mona le tira de sa rêverie.

– Tu as un problème?

– J'ai l'air de quelqu'un qui a un problème?

lança-t-il sèchement en retournant son fauteuil vers elle.

– Je pense seulement qu'on devrait continuer la dictée du courrier. J'ai un monceau de travail sur mon bureau, et avec ta course par-dessus le marché...

– D'accord, d'accord! (Il pressa ses doigts contre ses tempes et dit à Mona :) Tu es fille unique, je crois?

– Oui.

– Bon Dieu, tu en as de la chance.

Quand on demandait à la secrétaire de Robert Graymoor de décrire son patron, elle répondait tout de suite, sans avoir à réfléchir, que c'était un mélange de John Wayne et d'un golfeur professionnel. Edna travaillait avec Robert depuis près de dix ans, pratiquement depuis l'ouverture de sa société de placement. Elle n'avait pour lui ni adulation ni mépris, elle se contentait de le trouver correct comme employeur. Elle le soupçonnait de se livrer à certaines opérations clandestines dont, en tant que secrétaire privée, elle aurait dû être instruite, mais elle s'était depuis longtemps faite à l'idée que Robert était un homme secret qui ne se livrait pas. Elle savait qu'il était fils adoptif, qu'il avait été élevé sur l'île Graymoor, et elle connaissait l'existence de la tontine parce que c'était leur société qui l'administrait. Elle trouvait cela tordu, comme legs, et eût aimé, ne fût-ce qu'une fois, pouvoir le dire à feu Andrew Graymoor, mais la seule façon d'y parvenir à présent serait par voie de spiritisme, et elle ne donnait pas du tout dans ce genre de charlatanisme.

Quand il arrivait qu'un ami ou un voisin curieux lui posât la question du célibat endurci de Robert, elle ne l'attribuait jamais à une perversion quelconque, mais recourait au vieux poncif : « Je crois juste qu'il n'est pas du genre à se marier. » Edna non plus, d'ailleurs, qui, à cinquante ans et des poussières, avait depuis longtemps cessé de croire aux miracles. Mais s'il y avait la moindre chance qu'un petit miracle perdu s'égare de son côté, elle choisirait de recevoir les attentions de Harvey Graymoor. « Lui, c'est un chou », avait-elle dit à son nouveau grand ami et collègue de bureau, un documentaliste très comme il faut. Lequel blêmit et fut sur le point d'avoir ses vapeurs lorsqu'elle ajouta : « Il a épousé sa sœur », avant de préciser qu'ils étaient enfants adoptifs et donc de parents différents. Le documentaliste dut néanmoins s'excuser et filer aux toilettes, où il resta un bon quart d'heure à appliquer une compresse d'eau froide sur son front enfiévré.

D'entendre juste la voix de Harvey au téléphone, comme c'était le cas à présent, procurait à Edna le même petit frisson que lorsqu'elle voyait à la télévision son héros de feuilleton favori.

– Je vais dire à Robert que vous êtes au bout du fil, roucoula-t-elle dans le combiné.

Lequel Robert prit Harvey immédiatement.

– Comment ça va, vieille branche? fit-il sur un ton jovial.

Robert adorait les expressions un peu obsolètes du genre « vieille branche », « Je dis », « sacrebleu » , « très cher ». Laura jurait même l'avoir une fois entendu lâcher un « Par ma foi! » de surprise.

– J'ai eu ton message, la nuit dernière, mais il était trop tard pour rappeler. Qu'est-ce qui se passe?

– J'ai reçu un coup de téléphone très bizarre d'Helga, hier.

Robert s'interrompit.

– Qu'est-ce qu'il avait de bizarre?

– J'ai cru comprendre qu'elle était seule et que Martha avait pris le bateau pour aller à terre s'acheter une robe en vue du week-end prochain.

– Ça, c'est un événement. Je ne me rappelle pas avoir vu Martha dans une robe neuve depuis sa confirmation.

– Et puis elle en est venue à parler des jumelles. Est-ce que je savais si la police était sur une piste?
– Le sais-tu?
– Je suis ça de près. Le dossier est plus que jamais ouvert. L'inspecteur Wylie reste en contact avec moi.
– Norman Wylie?
– Tu le connais?
– Je pense bien. Il m'a aidé dans une affaire de fraude à l'assurance, il y a un an environ.
– Tu connais presque tout le monde, décidément, fit Robert avec un sourire.
– Non, je ne connais pas le maire. Revenons à Helga. Quoi d'autre, à part les jumelles?
– Tu te rappelles Esmeralda?
– Qui pourrait oublier Esmeralda? Laura a retrouvé la pauvre bête morte dans une des caves à vin.
– Et Helga voulait savoir si j'avais jamais essayé de trouver qui l'avait tuée, la pauvre bâtarde.
– Esmeralda était une chienne de race, pas une bâtarde. C'était une brave bête. Elle recommence à me manquer.
– En tout cas, j'ai trouvé ces questions bizarres et je me demande si Helga ne devient pas gâteuse.
– Elle s'exprimait de façon sensée?
– Bien sûr.
– Alors elle n'est pas gâteuse.
– Mais tout ce radotage sur les jumelles et un chien crevé? (Harvey changea brusquement de sujet, comme il l'avait projeté.) Y a-t-il un moyen de faire sauter la tontine?

Pris au dépourvu, Robert eut un petit sursaut qui n'échappa pas à l'oreille de Harvey avant de répondre.
– Absolument aucun. Mais qu'est-ce qui se passe? tu n'as pas de problèmes financiers, au moins?
– Non, non, pour moi ça baigne, affirma Harvey, avant de réciter la litanie des problèmes d'argent

d'Arnold, Natalie et Nicholas qu'il avait apprise par cœur, en prenant bien garde de ne pas parler du regretté Nathan Manx. Après une péroraison aussi contristante, Robert ne pourrait à tout le moins répondre que : « Bon, je vais voir ce que je peux faire. »

– Elle est inattaquable, lâcha-t-il d'une voix qui aurait pu couper du métal, et j'espère bien que personne n'est en train de se mettre de folies en tête.

– Eh bien, fit Harvey avec une pointe de malice, Laura pense que si Arnold ne peut plus vendre son corps aux femmes, il pourra toujours essayer de le vendre à la science. À Natalie et Nicholas, on ne peut que souhaiter un inespéré retour de fortune. Quant à Helga, attendons de voir sur place, le week-end de la semaine prochaine. J'ai hâte d'y être, pas toi?

– Si, bien sûr, tu le sais. J'envisage même de prendre quelques jours et d'y monter un peu plus tôt. Je n'ai pas beaucoup vu Helga et Martha, ces derniers temps.

– Il y a eu la Fête du Travail.

– On dirait que ça fait des lustres.

– Et Martha n'a pas fait une visite-surprise en ville, il y a une quinzaine de jours?

– Ah? Première nouvelle.

– En fait, je ne suis pas sûr. Simplement, Laura croit l'avoir vue, elle ou quelqu'un qui lui ressemblait, sortir d'un restaurant de Lexington Avenue. Mais tu connais Laura : elle avait peut-être un petit coup dans le nez.

– Je n'ai jamais vu Laura ivre.

– Non? C'est pas triste! Bon, qu'est-ce que je peux faire d'autre pour toi?

– Rien. Je me demandais seulement si Helga avait téléphoné à l'un d'entre vous et posé les mêmes questions.

Ils se dirent au revoir et raccrochèrent. Helga,

nous appeler? ronchonna Harvey. Pourquoi nous? C'était Robert, son chouchou.

Lequel Robert réfléchissait, de son côté. Arnold, Natalie et Nicholas. Les trois falabracs. Ils devraient se mettre ensemble et se lancer dans le music-hall.

Il sonna Edna. Celle-ci apparut et s'installa dans son fauteuil préféré.

– Edna, je vais essayer de partir mercredi prochain, jeudi matin au plus tard. Alors ne me prenez aucun rendez-vous pour ces jours-là.

– Vous avez déjà une réunion à la banque mercredi matin.

– Ah , c'est vrai. Ça, on maintient. Rien d'urgent, autrement?

– Oh non, c'est même le calme plat.

– J'avais remarqué.

Le défilé de Laura se déroula à merveille. Elle présentait elle-même les différents modèles, les décrivant chacun d'une voix sucrée, avec juste ce qu'il fallait pour allier le plaisir des sens et celui de l'oreille au plaisir de l'œil. Harvey, installé tout au fond de la salle, voyait avec satisfaction un grand nombre de clients griffonner des notes sur leur bloc. Il vit aussi Arnold assis au premier rang, l'air d'un molosse prêt à bondir – sur qui, Harvey n'aurait su le dire à coup sûr. Une bonne demi-douzaine de perspectives intéressantes étaient éparpillées dans la salle. Harvey plaignait Arnold. Quelle drôle de vie! Où avait-elle commencé? Cela remontait certainement aux temps les plus reculés de leur enfance. Mais qu'est-ce qui avait pu faire germer en lui cette compulsion de vivre aux crochets de femmes riches? Etaient-ce les dames fortunées qui venaient en invitées dans l'île à l'époque où l'on accueillait volontiers les visiteurs? Ou l'incapacité d'Arnold d'embrasser une carrière quelle qu'elle fût? Harvey en connaissait des tas, de Arnold, en Californie, en Floride, dans le midi de la France, à Tanger. Il les avait vus opérer à

Acapulco et ils formaient une coterie select à New York. Il se demanda s'ils avaient droit à la Sécurité sociale. Peut-être leur manquait-il une organisation qui les prenne en charge dans leurs vieux jours, quelque chose comme le Club des Anciennes du Lido. Tiens, Arnold souriait, à présent. Tant mieux, songea Harvey, il doit avoir un ticket. Il sourit à quelqu'un qui se trouve de l'autre côté de la salle. Les yeux de Harvey se braquèrent comme deux projecteurs dans cette direction : il vit Marjorie, la femme de Nicholas. Harvey en fut tout dépité. Pauvre Arnold. Il avait presque envie de se précipiter auprès de son frère adoptif avec un seau d'eau et une éponge et de lui essuyer le visage comme à un boxeur entre les rounds. Mais Arnold semblait parfaitement indifférent et au-dessus de tout ça, alors que Laura présentait son *plat de résistance,* son chef-d'œuvre, le modèle qui devait lui assurer les meilleures ventes : un ensemble trois pièces ingénieusement conçu pour pouvoir se porter aussi bien le matin que l'après-midi ou le soir. Il fut récompensé par des applaudissements nourris. Laura rougit, le sourire aux lèvres et, apercevant Harvey au fond de la salle, leva ses deux mains entrecroisées au-dessus de sa tête en un geste de triomphe.

Un quart d'heure plus tard, la foule mélangée des acheteurs et des invités fourmillait, le verre de champagne à la main en se bourrant de canapés prétentieux et de tout un assortiment de petits fours. « On fait un malheur », parvint à chuchoter Laura à Harvey avant de se lancer à la recherche de Marjorie. Celle-ci l'avait suppliée au téléphone, un peu plus tôt, de l'aider à trouver une robe pour le week-end chez Helga. Laura vit qu'Arnold avait mis le grappin sur l'acheteuse de Dallas. Bien choisi, petit frère, se dit-elle. Simplement, vas-y mollo. Elle s'en mange un tous les matins.

– Laura!

C'était Marjorie qui l'avait repérée.

– Alors, ma biche, le défilé t'a plu?

– C'était génial, Laura. Tout simplement génial. (Elles se donnèrent l'accolade.) Je les veux toutes. Qu'est-ce que tu en penses? Laquelle m'irait le mieux?

– Le dernier modèle est juste à ta taille.

– Grands dieux, pas celui-là! C'est le clou de ta collection. Je ne peux pas me permettre ça!

– Qui parle de te permettre? Ce n'est qu'un échantillon monté spécialement pour le défilé. Je ne peux pas le vendre. Il sera parfait pour le week-end. (Elle entraîna Marjorie par le poignet.) Allez, viens l'essayer avant que mon andouille de mannequin ne décide de le garder pour elle.

Harvey regarda Laura et Marjorie disparaître derrière la scène. Il tendit le cou pour retrouver Arnold et l'acheteuse de Dallas. Celui-ci avait son agenda à la main et un sourire d'expectative sur les lèvres. La dame semblait le dévorer des yeux. Et pourquoi pas? Sa tête arrivait tout juste au-dessus de la ceinture d'Arnold. Langley, l'un des assistants de Laura, s'approcha de Harvey avec un scotch on the rocks sur un plateau.

– Je vous cherchais partout, fit-il d'une voix onctueuse comme de la Chantilly. Laura m'a dit que vous ne pouviez pas survivre sans votre scotch, et on ne peut pas vous laisser mourir comme ça ici.

Harvey prit le verre avec reconnaissance et en sirota une gorgée pour l'apprécier.

– Parfait, dit-il.

– Importation. Comment avez-vous trouvé le défilé?

– Superbe. Mais bien sûr, je suis mal placé pour être objectif.

– Moi aussi puisque je travaille ici, mais je crois honnêtement que c'est le meilleur qu'elle ait fait. Les commandes nous arrivent comme une invasion de soucoupes volantes. Vous verrez que bientôt, c'est elle qui vous entretiendra!

Il s'éloigna en gloussant de rire.

– Hé, où t'as eu ce scotch?

Arnold, l'air satisfait de lui-même, venait d'apparaître à son côté.

– C'est une bonne fée qui me l'a apporté. Laura prend soin de son petit mari. Tu veux une gorgée?

Arnold prit le verre.

– Une grande gorgée. (Ce qu'il fit.) Je viens juste de prendre rancard avec une lilliputienne. Mon Dieu, je suis tombé bien bas. Apparemment, ce serait une acheteuse de Dallas. Quand j'ai proposé d'aller dîner demain, elle a grogné en découvrant les dents. Il m'a fallu un moment pour comprendre qu'elle avait dit oui.

– Et comment fais-tu pour lui faire prendre l'addition?

– Oh, Super Souris m'a précédé. Elle m'a fait comprendre qu'elle disposait d'une grosse note de frais, donc qu'on irait où elle voulait aller, et là où elle veut aller, on règle avec de l'or en barres. Elle réside au Helmsley Palace, d'ailleurs. J'espère que ça n'embête pas Laura.

– Pourquoi ça l'embêterait, du moment que la dame achète?

– Oh, pas de problème, elle achète. Je lui ai dit que j'étais le frère de Laura. Elle achète la collection et elle m'achète moi, cette généreuse petite fée. Tiens, voilà Laura avec notre Marjorie, et on dirait qu'elle a gagné le gros lot, notre Marjorie.

– Tu es tellement merveilleuse avec moi! était en train de dire cette dernière à Laura tandis qu'elles fendaient la foule pour rejoindre Harvey et Arnold.

– Je vais le faire envelopper et tu n'auras qu'à prendre le paquet au bureau quand tu partiras.

– Et je t'en supplie, dis bien à Nicholas que c'est un cadeau, il avait tellement peur que je fasse des folies. Mais je ne peux pas aller sur l'île fichue comme l'as de pique.

– Bien sûr que non. Ne t'en fais pas, je me charge de Nicky.

– Et tu ne pourrais pas lui dire aussi d'arrêter de toujours avoir peur?

Laura regarda sa belle-sœur avec des yeux étonnés.

– Il a peur à ce point?

– Il a passé son temps, cette nuit, à aller vérifier que la porte du couloir et la fenêtre qui donne sur l'escalier de secours étaient bien fermées. Il est absolument persuadé que quelqu'un de la famille essaie de vous tuer tous. Et il ne supporte plus cet appartement. Il est pourtant sympa, ce petit appart, surtout après l'endroit où j'ai grandi, moi. (Laura se souvint d'une histoire pathétique de petite cité industrielle dans le nord de l'Etat de New York, et de l'étonnement de Marjorie de voir des toilettes intérieures. Comment Nicholas et elle avaient-ils bien pu se rencontrer?) On a eu de la chance de le trouver, il est si bon marché. D'accord, il n'y a pas d'ascenseur, et après? Mais Nicholas est impossible. Il dit que c'est pas juste, qu'il y ait tant de fric dans la famille et cette vacherie de tontine. Il pense que tout ça devrait être divisé à parts égales. Pour moi, c'est du communisme.

Tu retardes, ma vieille, songea Laura tandis qu'elles arrivaient auprès de Harvey et d'Arnold qui se partageaient carrément le scotch, à présent.

– Il y a tout ce qu'il faut à boire, fit-elle. A vous voir, tous les deux, on dirait deux nomades débarquant dans une oasis. (Elle regarda autour d'elle.) Où est passé Langley? Quelqu'un a-t-il vu Langley? demanda-t-elle à la cantonade. (Elle le repéra et lui fit signe par gestes d'apporter davantage de scotch.) Langley, c'est un trésor. Je l'ai rencontré chez Gucci en train d'enguirlander une star de cinéma. Pour moi, ça a été le coup de foudre et je l'ai engagé tout de suite.

Harvey l'embrassa.

– Félicitations pour ton défilé. C'est un grand succès.

– Au-delà de mes espérances, jubila-t-elle. Merci, chéri. (Elle se tourna vers Arnold.) Ça a marché, avec Dallas?

– Gagné.

– Ah, parfait, tout le monde est content, alors. Et voici Langley. Il a carrément apporté la bouteille, brave garçon. (Elle regarda avec étonnement Harvey se faire de nouveau remplir son verre.) Tu tiens vraiment à te défoncer si tôt?

– Pas du tout, fit Harvey avec une hauteur toute mondaine. Je compte bien que tu m'emmènes dîner dans un restaurant très cher, comme il sied à une femme de ton nouveau standing.

– Oui, c'est une date.

Elle proposa à Marjorie et Arnold de se joindre à eux. Arnold avait d'autres projets. Marjorie s'empressa d'accepter.

– Mais je ne serai vraiment sûre que quand j'aurai vu Nicholas. Je crois que ça lui ferait du bien de sortir plus souvent. On reste toujours confinés à la maison.

Pauvre petite souris, songea Laura, réprimant l'envie de lui jeter les bras autour du cou ou de lui tapoter affectueusement le sommet du crâne.

– Excusez-nous, fit Harvey. (Il tira Laura à l'écart de façon à ne pouvoir être entendu, laissant le verre de scotch à Arnold en guise de compensation.) J'ai eu une intéressante conversation avec Robert.

– Et moi avec Victor. (Ils échangèrent leurs informations. Le visage de Laura s'anima.) Helga gâteuse? Tu parles! Ça ne tient pas debout. Il est facile de comprendre ce qui la travaille. Elle a beaucoup réfléchi à la mort d'Annette et de Lydia. Est-ce que cela l'a fait remonter très loin, jusqu'au meurtre d'un chien? Je te l'ai expliqué, il y a longtemps déjà : il y en avait un parmi nous qu'Andrew détestait et voulait renvoyer, mais Helga était parvenue à faire prévaloir son avis si bien que le coupable était resté. En fait, je commence à me demander...

Elle s'interrompit. Harvey s'aperçut qu'elle fixait Arnold, à présent en train de plaisanter gentiment avec Marjorie.

– Tu commences à te demander quoi? pressa-t-il.

Laura le regarda bien en face.

– Je suis sûre qu'elle ignore l'existence de Manx, à moins qu'il n'ait approché Martha et que celle-ci ne l'ait dit à Helga. Mais je crois que dans ce cas, Martha en aurait parlé à Robert, et tu me dis qu'il n'a fait aucune allusion à ce bonhomme.

– Pas la moindre. Bien sûr, il a pu vouloir garder ça pour lui. Tu le connais, Robert, avec ses « Je dis » et ses « très cher ».

– Ce que je pense, Harvey, c'est qu'Helga est en train de méditer sérieusement sur ces affaires de meurtre.

– Toi aussi.

– J'aurais dû t'en parler, ce matin. (Elle fronçait les sourcils, son visage s'était assombri.) Mais nous semblons oublier la façon dont Andrew a trouvé la mort. Il aurait soi-disant perdu pied en marchant au bord de la falaise, au cours d'une de ses promenades en solitaire, et se serait fracassé sur les rochers, en bas. (Elle regarda Harvey bien dans les yeux.) C'est arrivé au cours d'une de ces grandes réunions d'anniversaire. Nous nous trouvions tous là-bas. C'était après le repas, au moment où nous avions l'habitude de flâner chacun de notre côté. Toi, je me souviens, tu es allé voir dans quel état se trouvait la cabane. Et moi, je suis partie faire des dessins avec mon carton sous le bras. Les autres, je ne sais plus ce qu'ils fabriquaient.

– Sacré nom, fit Harvey, tu ne vas tout de même pas insinuer qu'Andrew a été *poussé*?

– Il avait le pied aussi sûr que celui d'un chamois.

Il faisait un temps superbe, ce jour-là, je me rappelle bien. Un air vif, un ciel sans nuages, pas de vent. C'était agréable, de dessiner sous la tonnelle. Personne n'a pris la peine d'aller inspecter l'endroit où il est tombé, tant nous étions sûrs, tous, qu'il avait simplement glissé et basculé dans le vide. Alors tu comprends, Harvey? C'est sans doute ce qui trotte dans l'esprit d'Helga. Elle soupçonne depuis longtemps ce que je commence tout juste à suspecter. (Elle s'interrompit et s'entoura de ses bras, comme pour repousser un frisson.) Andrew a été assassiné.

6

Bella Wallace avait bien eu l'intention d'aller au défilé de Laura, mais quelque chose de mieux s'était présenté. Ce quelque chose avait nom Norman Wylie, qui jouissait d'une fameuse réputation, comme inspecteur de police. Après son très instructif déjeuner avec Laura, elle était retournée à son bureau, et, avec sa perspicacité et son efficacité habituelles, s'était lancée dans une enquête privée sur la famille Graymoor. En deux jours, elle avait rassemblé un dossier à côté duquel celui du Watergate faisait pâle figure. Et à présent, en cet après-midi de novembre ensoleillé mais froid, elle avait dégotté l'inspecteur Norman Wylie, la star d'un commissariat du centre-ville qui avait eu plusieurs fois les honneurs de la télévision. Bella était ravie que Norman Wylie ait accepté une interview dans son cadre à elle, celui, rococo, de son bureau.

Wylie était quant à lui flatté que l'internationalement connue Bella Wallace eût daigné lever un petit doigt dans sa direction et lui faire la grâce d'un entretien. « J'ai horreur de dépasser la Quatorzième Rue », avait-il coutume de dire, « ça me fait saigner du nez ». Mais pour Bella Wallace, il aurait traversé un lac de vodka à la nage sans ouvrir la bouche. Physiquement, il la trouvait paradisiaque. Qu'importait si elle avait les hanches un soupçon trop larges, les jambes un peu boulottes encore que bien galbées. Sa poitrine était encorbellée de façon provocante, ses lèvres pleines et écarlates, une féerie. Bien sûr, elle avait plus de quarante ans, mais quarante c'est mieux que soixante et tout le monde savait que Norman n'excluait personne. Dès qu'un coup paraissait jouable, il se mettait en piste.

Bella ne put en croire ses yeux lorsque Wylie entra dans son bureau. Elle s'attendait à un langage grossier, à une mauvaise haleine et à une panse de buveur de bière. Norman Wylie fut une surprise particulièrement agréable. Il approchait le mètre quatre-vingts, était mince, ne devait pas dépasser trente-quatre ou trente-cinq ans et s'exprimait sans aucun accent. En dépit des cernes qui soulignaient ses yeux et du nez qui semblait avoir rencontré naguère le poing de quelqu'un, le visage était beau. D'un bref regard sur sa main gauche, elle constata avec plaisir qu'il ne portait pas d'alliance. Ça ne prouvait rien, mais c'était bon signe.

Après que sa secrétaire, Arabella Keats, eut servi le café, Bella passa aux choses sérieuses. En moins d'un quart d'heure, elle avait déballé à l'inspecteur tout ce qu'elle souhaitait raconter dans son émission sur les Graymoor. Lorsqu'elle en vint au meurtre de Lydia et d'Annette, Wylie, jusque-là submergé, parut plus à l'aise : il se retrouvait sur son terrain, encore qu'il ignorât tout de la tontine. Bella sentit que quelque chose bouillonnait sous les dehors apparemment calmes du policier. Quand elle évoqua la possibilité d'un lien entre l'assassinat des jumelles et celui de Manx, Wylie en aurait crié de rage impuissante.

– Je suppose que Harvey et Laura Graymoor m'en voudront à mort, fit Bella en remplissant de nouveau les tasses, mais je suis sur un sujet, et quand je suis sur un sujet, c'est sauve-qui-peut, les digues ont cédé. *Après moi le déluge,* ajouta-t-elle en français avec un joli sourire, auquel il répondit par un même sourire pour masquer le fait qu'il n'avait rien compris. La tête lui faisait mal de prendre mentalement des notes. Que Bella en fût consciente ou non, elle venait de remettre l'enquête sur de bons rails.

– Connaissiez-vous Nathan Manx? entendit-il Bella demander.

– Pas personnellement. Nous ne rencontrons pas tous les personnages douteux de la ville. Mais nous en entendons parler. Combien d'autres personnes sont, dites-vous, concernées par cette histoire de tontine?

– Neuf, répondit-elle après avoir mis cinq bonnes minutes à énumérer mentalement les héritiers restants.

Quand elle eut terminé, Wylie semblait plongé dans un abîme de réflexion. Il changea de position dans son fauteuil et croisa les jambes.

– Je suis surpris que Robert Graymoor ne m'ait pas parlé de ça. Je veux dire du lien possible entre le meurtre des jumelles et Manx. (Il s'éclaircit la gorge et prit une gorgée de café.) Nous avons été réguliers avec lui, nous l'avons tenu au courant des derniers développements de l'enquête. Il sait que nous avons besoin de toute l'aide possible. Vous l'avez rencontré?

– Non, seulement Laura et Harvey.

Elle se demandait s'il était bien utile d'aller sur l'île Graymoor, après tout.

– Robert n'est pas le mauvais bougre. C'est un type honnête. Pourtant, me cacher cette information...

– Peut-être l'ignorait-il lui-même. J'ai l'impression que Manx contactait uniquement les héritiers qui lui paraissaient – ou qu'il savait – fauchés.

– Et avec cette histoire de tontine, il n'y en a qu'un qui peut ramasser le paquet, c'est ça?

– C'est ça.

– Mince, ça nous laisse entrevoir un certain nombre de cadavres. (Il s'arrêta un instant avant d'ajouter, d'une voix pensive :) A moins...

Bella se pencha en avant, impatiente d'entendre la suite. Un cerveau de détective à l'œuvre, on n'assistait pas à pareil phénomène tous les jours. Le regard de Wylie se perdait par la fenêtre qui, derrière elle, offrait une vue magnifique sur le Lincoln Center. Elle décida enfin de réamorcer la pompe, sans quoi son silence aurait pu durer indéfiniment.

– A moins? demanda-t-elle.

– A moins d'une entente occulte.

– Qu'un d'entre eux dise « Je vais faire le mort jusqu'à ce qu'on se débarrasse des autres, après quoi on partagera le butin », vous voulez dire? (Il hocha la tête affirmativement.) Ça peut se faire, je suppose.

– Tout peut se faire, affirma sentencieusement Wylie, mais quant à réussir... enfin, qui sait?

– Parlez-moi des jumelles. Il paraît qu'elles ne se ressemblaient pas?

– Impossible à dire quand je les ai vues. (Bella réprima un frisson.) Elles ont été frappées à en être méconnaissables. Laura Graymoor ne plaisantait pas quand elle disait que son mari a dû deviner qui était qui, lors de l'identification. Bien sûr, plus tard, nous avons vérifié les empreintes digitales et la structure dentaire.

– Connaissaient-elles leur agresseur?

– Nous le pensons. Aucune porte ni fenêtre n'a été forcée. Pas de vol, pas de sévices sexuels.

– Pensez-vous que Nathan Manx ait pu les tuer?

– J'ai déjà examiné cette possibilité dans mon petit ordinateur personnel, fit-il avec un clin d'œil en se tapotant la tête du bout de l'index. A mon avis, Manx n'était pas du genre à tuer. Tout ce que je sais de lui, c'est qu'il était huissier de profession mais que, par amusement et par appât du gain, il jouait les intermédiaires pour quelques gros bonnets de l'autre côté de la barrière. Ce que je vous en dis là, moi, ce sont juste quelques échos que j'ai pu glaner de mes collègues du secteur nord. Car nous n'empiétons pas sur nos territoires respectifs sauf si vraiment c'est important. Bien sûr ça l'est pour moi, maintenant, et je suppose qu'il va falloir que je m'intéresse d'un peu plus près à Nathan Manx. Bon Dieu. Son bureau a déjà dû être littéralement nettoyé, j'imagine.

Bella ne s'embarrassait pas de savoir combien de cadavres ensanglantés elle laissait sur le chemin lorsqu'elle était sur un sujet.

– Harvey Graymoor avait rendez-vous avec Nathan Manx le jour où il a été assassiné.

Wylie resta imperturbable. C'était un renseignement précieux, mais il n'en laissa rien paraître. Il connaissait la réputation de Bella : à la chasse aux informations, elle était meilleure qu'un porc français à la chasse aux truffes.

– Harvey Graymoor est un type bien. J'ai travaillé plusieurs fois avec lui sur des cas d'escroqueries à l'assurance.

– Pensez-vous qu'il ait pu assassiner Nathan Manx? demanda-t-elle, d'une voix plus candide que sa question.

– Harvey Graymoor n'est pas un méchant, il est de la race des braves.

Bella fut quelque peu surprise de cet éloge.

– Comment pouvez-vous être aussi affirmatif?

– Allons donc, miss Wallace, après tant d'années d'expérience des gens, vous ne savez pas encore distinguer les bons des méchants?

– A notre époque, non. Il y a un tel mélange. Nous avons tous un peu du bandit en nous. Les gens les plus aimables peuvent devenir des assassins, et je connais une femme qui soutient encore que Hitler était un gros minet.

– Harvey Graymoor n'a pas l'instinct du tueur. Rappelez-vous, quand il a reconnu les corps, il s'est vraiment trouvé mal. Ça ne peut pas se simuler, ça, ou alors si c'était de la comédie, il mérite un Oscar, parce qu'il était franchement malade. Ensuite, il s'est mis à pleurer.(Cette dernière précision surprit Bella. Elle n'aurait jamais mis Harvey dans la catégorie des chialeurs.) Après, il m'a enguirlandé en me demandant pourquoi j'avais fait appel à lui pour l'identification, et non à Robert qui, à ce que je comprends, s'occupe des affaires de la famille. Or c'est tout simple : lorsque j'ai cherché dans le carnet d'adresses de Lydia Graymoor, Harvey était le seul nom que je connaissais, et je préfère travailler avec des gens auprès desquels je me sens à l'aise.

– J'espère que vous vous sentez à l'aise avec moi?

– Vous? Mais avec vous, miss Wallace, c'est du gâteau.

– Rien que pour ça, vous pouvez m'appeler Bella.

– Entendu, Bella. Y a-t-il autre chose que vous vouliez savoir?

– Oui. Quand allons-nous dîner?

De retour à leur appartement, Harvey et Laura sacrifièrent immédiatement au rite du cocktail. Ils avaient appelé un taxi et réexpédié Marjorie chez elle, et après que Laura eut glissé un chèque à Arnold, ce dernier se précipita chez son docteur pour un bilan et une injection de vitamines : il soupçonnait la dame de Dallas d'être un démon avec un tigre dans son moteur. Confortablement installés sur le sofa, leur verre à la main et un bol de noisettes salées en face d'eux sur la table basse, chaussures ôtées, ils continuèrent à taquiner l'hypothèse selon laquelle le vieil Andrew Graymoor aurait été expédié ad patres en bas de la falaise.

– Nous n'étions des anges ni les uns ni les autres,

fit Harvey en secouant la tête d'un air incrédule, mais de là à assassiner Andrew...

– Tu te rappelles ce que disait Helga quand on était mômes?

– Elle nous a dit des tas de choses quand on était mômes.

– Non, non, tu sais bien : quand on avait fait une bêtise quelconque, on était tous surpris qu'elle le devine et qu'elle retrouve le coupable sans presque jamais se tromper, au point qu'à l'époque, je pensais qu'elle avait un sixième sens rien que pour ça.

Elle avait replié ses jambes sous elle, couvant des yeux le bol de cacahuètes comme s'il contenait des pierres précieuses.

– J'y suis! s'écria Harvey. Elle disait que c'étaient les murs qui le lui avaient chuchoté à l'oreille!

– Voilà. (Laura choisit une noisette et l'expédia dans sa bouche.) Les murs parleurs d'Helga!

Harvey sélectionna à son tour une noisette.

– Je me demande ce que les murs ont bien pu lui raconter sur la mort d'Andrew.

– Et sur celle des jumelles, ajouta gravement Laura.

– Aura-t-elle entendu parler de Manx?

– Je ne sais pas. Je ne crois pas. Mais Martha, peut-être. Je pense toujours que c'est elle que j'ai vue sortir de cette boutique de Lexington Avenue il y a une quinzaine de jours. Mais il y avait tant de monde que je n'ai pas pu l'approcher. Je peux me tromper, bien sûr. Autant que je me souvienne, la femme que j'ai prise pour Martha était habillée assez chic, et nous savons tous les deux qu'elle n'en a aucun. Je veux dire que si elle en a jamais eu tant soit peu, je n'ai pas pu le remarquer car je ne me rappelle pas l'avoir vue porter autre chose que des jeans, des pulls trop grands et des bottes de bûcheron. Au point que je ne sais même pas si elle est bien faite. Tu le sais, toi?

– Tu oublies que nous allions tout l'été nous

baigner ensemble? Sûr, qu'elle est bien faite. A moins que « l'âge ne l'ait flétrie et son sort épuisé son infinie variété ».

– Mince, quand tu estropies Shakespeare, tu l'estropies!

Le téléphone sonna et Laura tendit la main vers la table pour répondre. C'était Marjorie : Nicholas et elle seraient ravis de se joindre à eux pour dîner. Laura avait presque oublié qu'elle les avait invités. Ils décidèrent de se retrouver quelques heures plus tard dans un restaurant fréquenté par des comédiens du côté des Quarante Ouest, où l'atmosphère était colorée, les portions généreuses et la nourriture parfois mangeable.

A peine Laura eut-elle raccroché qu'Harvey manifesta de la mauvaise humeur.

– Toute la soirée avec ces deux-là, ronchonna-t-il. La dernière fois que Nicholas s'est fait mesurer son QI, il était négatif de trente-sept.

– Dis-toi que ce dîner fait partie de l'enquête, ce sera bien plus amusant.

– Je ne savais pas que j'avais épousé une demoiselle Coué, fit-il en engloutissant une nouvelle noisette.

Le téléphone se remit à sonner.

– A ton tour, fit-elle en se levant pour remplir son verre.

Harvey fut surpris d'entendre Norman Wylie se présenter.

– Ah, bonjour Norman, fit Harvey d'un ton qu'il voulut affable. Quel bon vent? (Le vent n'était pas bon du tout.) Bon, écoutez, venez prendre un verre ici et je vous expliquerai tout. Vous avez toujours mon adresse? Parfait. Dans un quart d'heure.

Il raccrocha et bombarda les tympans de Laura d'une bordée de noms d'oiseaux, tous probablement descriptifs de Bella Wallace. Puis il tendit son verre vide à Laura et demanda, d'une toute petite voix à la Oliver Twist :

– Un autre, s'il te plaît.

Et tandis qu'elle le resservait, il lui fit part de la conversation entre Norman Wylie et Bella Wallace.

– C'est bien mieux de ne pas le cacher, dit Laura qui répéta ces mots un quart d'heure plus tard au policier quand celui-ci fut confortablement installé dans un fauteuil, un grand verre de whisky-soda à la main.

Harvey lui conta tous les détails de son aventure avec le défunt Nathan Manx, sans omettre son coup de téléphone anonyme à la police.

– Est-ce que ça me rend complice, ou quelque chose comme ça?

– Oh, ça peut porter un tas de noms, Harvey, fit l'inspecteur en reluquant furtivement Laura qui obtint neuf sur dix au Tableau Classificatif des Femmes selon Norman Wylie. Entrave à enquête de police, pour commencer.

– A-t-on relevé quoi que ce soit sur ce type?

– Il n'y avait rien d'intéressant dans le bureau. Vous n'êtes pas allé y fourrer votre nez, par hasard?

– J'ai regardé dans les tiroirs mais je n'ai rien trouvé.

– Et dans son portefeuille, qu'est-ce que vous avez trouvé?

– Comment savez-vous que j'ai regardé dans son portefeuille?

– Je le sais, fit Wylie avec assurance, et je parie qu'il contenait une liste de noms. (Harvey faillit lâcher son verre, sous l'œil amusé de Laura. Elle aimait bien Norman Wylie. Il avait une façon merveilleuse de décocher ses flèches.) Je suis au courant de tout, pour la tontine.

– M'étonne pas, jeta Harvey, avec cette grande gueule de Bella Wallace.

Wylie prit un ton solennel.

– Mais voyons, Harvey, la police les bénit, toutes les Bella Wallace du monde. Elles sont plus utiles que n'importe quel indic professionnel. C'est pour ça qu'on interroge les gens : il faut questionner, questionner, questionner sans relâche. Et quand quelqu'un finit par lâcher quelque chose, c'est notre petite pépite d'or à nous. Et puis je sais bien ce qu'elle cherche, Bella.

– C'est votre petite dernière, alors?

Laura sourit de nouveau. Wylie rougissait et c'était charmant.

– Pourquoi pas?

– Effectivement, pourquoi pas? Alors qu'est-ce qu'elle cherche, Bella, à part vous?

– Un bon sujet d'émission.

– Oui, sacré nom d'une pipe, je vois ça d'ici. (La main de Laura dessina d'un geste large un grand titre imaginaire.) La malédiction des Graymoor! (Elle étendit ses jambes et frôla celle de Wylie, qui en fut parcourue d'un léger frisson.) Voilà ce que devient un simple projet d'émission sur la styliste Laura Graymoor. Oh et puis zut, s'il y a vraiment un tueur en balade parmi nous, autant être à trois que tout seul.

Elle informa Wylie de leurs plans pour le week-end à venir sur l'île Graymoor. Il leur adressa à tous deux un regard sévère.

– Vous devriez laisser les vrais détectives jouer au détective, dit-il.

Harvey lui parla de Mickey Redfern.

– Et Mickey est un type très, très fort, résuma-t-il.

– L'assassin aussi, rétorqua Wylie. Bien sûr, nous pouvons nous tromper du tout au tout. Il n'y a peut-être aucun rapport entre Manx et les jumelles. Juste une tragique coïncidence.

– Mais nous ne sommes pas dupes, n'est-ce pas? fit Harvey avec conviction. Je suppose que vous allez maintenant appeler les autres pour les interroger?

– J'ai déjà essuyé le feu de toute une batterie de critiques ironiques de la part de votre frère Robert.

Wylie présumait que, adoptés ou non, ils se considéraient comme frères et sœurs. Ce qui fut confirmé par Harvey.

– C'est quoi, des critiques ironiques? fit doucement Laura qui se demandait si elle aurait le temps de se prélasser dans son bain avant le dîner.

– Les sempiternelles questions : « Alors, vous avez des indices? Des soupçons? » Vous ne m'avez pas remarqué, à l'enterrement des filles, je suppose? (Il se délecta de leur air de tomber des nues.) J'ai rejoint l'île dans une barque de pêcheur. Je me tenais sur un petit tertre, juste derrière ce grand mausolée, vous savez.

– C'est là que repose Andrew Graymoor, notre père adoptif. Nous avons été surpris de voir le nombre de gens qui avaient loué des bateaux pour assister aux obsèques. Je n'imaginais pas que les jumelles connaissaient tant de monde.

– Elles ne les connaissaient probablement pas, dit Wylie. Sans doute des curieux, pour la plupart.

– Tous ces reporters et ces photographes, ce qu'ils étaient assommants! commenta Laura. En plus, j'avais l'air d'une folle, sur le journal. Belle publicité pour une styliste.

– Et sur votre petit tertre, l'interrompit Harvey, à quelle conclusion êtes-vous arrivé?

– Je n'étais pas venu chercher des conclusions. (Laura trouva charmant le petit rire qu'il émit. Bien qu'en vérité peu encline à disperser ses émotions, elle commençait à regretter la promesse toute fraîche qu'elle s'était faite, après une merveilleuse heure d'amour la nuit précédente, de rester toute sa vie fidèle à Harvey.) C'est juste l'instinct du limier qui m'a fait venir sur cette île. J'avais mon jour de congé, et j'aime parfois en profiter pour faire des petites excursions. Et ça m'a permis de voir la fameuse Helga Graymoor en personne. J'avais une petite amie qui raffolait de ce genre de romans. (Il secoua la tête d'un air navré.) Comment peut-on lire des conneries pareilles? Oh, pardon...

– Il n'y a pas de mal, fit Laura sur un ton léger, Helga serait la première à dire comme vous. Mais si vous ne cherchiez pas des conclusions, qu'avez-vous vu, alors?

– J'ai vu un portrait de famille auquel je ne m'attendais pas. Harvey et Robert, je les connaissais de vue. Mais vous autres, ça a été un peu la surprise. Et c'était facile de deviner qui était de la famille.

– Pas sorcier : on était les seuls à être assis.

– Personne ne pleurait.

– Je crois qu'à ce moment-là, on avait déjà versé toutes nos larmes.

– Quant à moi, ajouta Harvey, vous savez que j'avais déjà eu ma dose au moment de l'identification des corps.

Wylie remua dans son fauteuil.

– Je suis toujours surpris et un peu triste quand les femmes ne pleurent pas.

– On n'est pas toutes des poules mouillées, bondit Laura. Moi, je ne pleure qu'au cinéma, surtout pendant le générique. Aussi, Mr Wylie...

– Norman.

– D'accord, Norman. Pour revenir à ce que nous disions, sachez que nous n'étions pas tellement proches des jumelles, qui ont dû être adoptées en dernier, avec Nicholas. En fait, j'en viens parfois à me demander si elles ont précédé Nicholas ou si c'est le contraire – non pas que ça ait grande importance. Alors vous voyez, même si nous les aimions beaucoup, les filles – et c'était mon cas –, nous n'étions pas directement affectés.

– La plupart du temps, elles allaient toutes seules de leur côté, renchérit Harvey. Elles laissaient parfois Nicholas les accompagner dans leurs expéditions. Nous adorions tous explorer l'île, malgré le danger.

Il décrivit la topographie particulière des lieux. Wylie en fut captivé.

– Des grottes cachées, des galeries secrètes, des cellules à esclaves, répéta ce dernier. Une rivière souterraine. (Harvey eut un petit sourire en lui resservant à boire.) Pourquoi n'ai-je pas eu une enfance comme ça, moi?

Au moment où Laura se dit qu'elle aurait aimé savoir quelle enfance il avait eue, il ajouta :

– Je n'étais qu'un de ces petits gamins des rues livré à lui-même dans un quartier mal famé du centre de New York.

Satisfaite, Laura se demanda s'il avait lu dans son esprit. Et maintenant, Harvey allait-il dire à Wylie qu'Arnold aussi était allé dans le bureau de Manx juste après le meurtre.

– Quelqu'un d'autre a vu le corps de Manx après moi.

Il y a vraiment de la transmission de pensée dans l'air, songea Laura en l'écoutant narrer l'épisode Arnold.

– Vous les Graymoor, vous êtes décidément partout, se borna à commenter le policier quand Harvey eut terminé. Parlez-m'en un peu plus, de cet Arnold. (Ce que fit Harvey.) J'imagine maintenant que vous allez me dire qu'il ne ferait pas de mal à une mouche.

– Il ne ferait pas de mal à une mouche, dit Laura.

Wylie émit un petit sifflement et se réadossa à son siège.

– Bon, et si je vous convoquais tous pour interrogatoire – si possible sans exception : maintenant que je connais le lien entre Manx et les jumelles, ça ficherait en l'air votre petit plan pour le week-end à venir?

– Ça rend les choses plus difficiles.

– Et il n'y a pas moyen de me détourner une petite invitation?

– Robert vous connaît, rappela Harvey.

– Bon, je vais un peu réfléchir à tout ça. Mais je

vous préviens : s'il y a un autre meurtre avant votre départ à tous pour l'île vendredi, personne ne quittera la ville.

– C'est logique, fit Laura. En fait, ajouta-t-elle d'un air désinvolte, je serais presque contente qu'il y en ait un. Comme ça, on serait *sûrs* que l'assassin est l'un de nous. Dites, vous deux, c'est pas la peine de me regarder comme une demeurée!

– Je ne te regarde pas comme une demeurée. Au contraire, ce que tu viens de dire est tellement loin d'être idiot que ça me fait une sensation très désagréable au creux de l'estomac.

Wylie consulta sa montre et se leva.

– Je dois y aller, décida-t-il en reposant son verre. Harvey, essayez de me faire un peu confiance à l'avenir. Nous avons bien travaillé ensemble, dans le passé, il n'y a aucune raison de ne pas continuer sur les mêmes bases. Parce qu'enfin, nous poursuivons tous les deux le même objectif. Un tueur. Laissez-moi vous dire : je ne voudrais pas être à votre place, le week-end prochain.

– Ce serait difficile d'annuler, fit Laura. C'est une tradition. Même l'année où notre père est mort...

En disant « notre père est mort », elle échangea un regard avec Harvey. Ils n'avaient pas parlé à Wylie de leurs soupçons concernant la chute d'Andrew du haut de la falaise. Harvey s'en chargea. Wylie émit un autre petit sifflement.

– Je le répète, je ne voudrais pas être à votre place le week-end prochain. J'espère que ce Mickey Redfern est à la hauteur. Je resterai en contact.

Ils le regardèrent ouvrir la porte du couloir. Quand il l'eut refermée derrière lui, Laura se tourna vers Harvey.

– J'ai peur, fit-elle. Très, très peur.

Il l'entoura de ses bras et la serra fort contre lui.

Depuis la fenêtre de sa chambre, Helga voyait Martha marcher le long de la falaise. Elle se promenait toujours par là. Soupçonne-t-elle ce que je soupçonne, qu'Andrew est mort poussé dans le vide, peut-être à l'endroit même où elle est en train de regarder la mer en ce moment? Pourquoi les murs ne chuchotent-ils rien? Pourquoi ne me soufflent-ils pas la réponse? Ça fait longtemps que je ne les ai pas entendus – ou alors est-ce moi qui ferme mes oreilles à ce qu'ils disent? Ai-je peur de ce que je pourrais entendre? D'où vient cette frayeur d'entendre, depuis quelque temps? Robert a promis de venir quelques jours avant le week-end. C'est bien. Et ce sera bien pour Martha. Elle a acheté une très jolie robe, hier. Si féminine. Si provocante. Ça ne lui ressemble pas. J'étais loin de me douter qu'elle pouvait être sexy. Elle-même sans doute aussi, d'ailleurs.

Martha eut l'impression de voir accoster un bateau dans ce que Laura et Harvey croyaient être leur crique secrète. Mais elle n'était pas sûre : ses yeux lui jouaient des tours, depuis quelque temps. Elle était allée au village consulter son ophtalmo, hier, mais il lui avait dit qu'elle souffrait de fatigue oculaire et lui avait prescrit des gouttes pour détendre les muscles. Ensuite, elle avait acheté une robe. Une robe qui n'était pas celle qu'elle avait initialement choisie. Son premier choix s'était porté sur un modèle plus simple, noir, sobre.

– Maintenant, avait gaiement vocalisé la patronne de la boutique après avoir vu l'attirante silhouette de Martha en jupon, si on jetait la sagesse aux orties pour essayer quelque chose qui décoiffe?

Et Martha avait acheté. La nuit dernière, elle l'avait essayée devant sa mère, et les compliments d'Helga l'avaient touchée. Ce souvenir lui fit venir un sourire aux lèvres. C'est alors qu'elle s'aperçut qu'elle était trop près du bord de la falaise.

Elle perdait l'équilibre!

Helga avait ouvert la fenêtre à la volée en hurlant.

– Attention, Martha! Attention!

Laquelle essaya de reprendre pied. Ne pas tomber... Je ne dois pas tomber. Au prix d'un effort herculéen, elle parvint à se projeter en arrière. Elle se reçut contre un arbre rabougri et solitaire, s'assit par terre, le souffle court. Puis se tourna vers le manoir et agita la main pour indiquer à Helga qu'elle était saine et sauve. Elle vit cette dernière refermer la fenêtre. « Eh bien je n'ai pas fini d'en entendre parler, songea Martha. Elle ne va pas cesser de me répéter que j'ai failli me tuer en tombant de la falaise, juste comme Andrew. » Et elle ne manquera pas de le dire à Robert. Est-ce que ça va lui faire quelque chose, à Robert?

Je me demande. Je me demande vraiment.

Martha se releva et resserra son coupe-vent autour d'elle avant de reprendre le chemin de la maison, le visage sombre. Elle avait toujours le visage sombre quand elle pensait à Robert.

7

Pour Mickey Redfern, une nouvelle carrière s'offrait à Harvey Graymoor : cartographe. Le petit canot à moteur qu'il avait loué à East Gate tenait fort bien la mer. La traversée entre le continent et l'île de Graymoor avait été une vraie promenade, bien que David Castle – de la société des Bateaux Castle, à East Gate – l'eût averti que les eaux pouvaient être dangereuses et trompeuses en cet endroit. Il avait prévenu Mickey du danger des hauts-fonds cachés et de la traîtrise des contre-courants de la face au vent de l'île. Les conseils de Castle et la carte fidèle, bien que peu précise, de Harvey amenèrent Mickey en vue de la crique secrète en moins d'une heure. Alors qu'il réduisait sa vitesse pour accoster, une silhouette lui apparut au loin, sur le bord de la falaise. Avec ses jumelles, il distingua une femme et supposa qu'il s'agissait de Martha, la sœur célibataire. Comme elle regardait dans l'autre direction, il y avait peu de chances qu'elle l'eût vu entrer avec son canot dans la petite crique. Et même si elle descendait, il s'était préparé tout un tas de prétextes. Il n'avait pas l'intention de passer beaucoup de temps sur l'île aujourd'hui. Il aimait faire ses investigations préliminaires graduellement. Une heure maintenant, trois ou quatre dans quelques jours. Ce qui l'intéressait surtout, c'était de localiser la cabane. Comme Harvey le lui avait assuré, il y avait un appontement de fortune mais solide auquel il put s'amarrer. Une fois débarqué, il jeta un coup d'œil dans l'ouverture de la grotte : on eût dit la gueule béante d'un monstre préhistorique. A gauche, Mickey aperçut un sentier qui montait. Il le gravit lentement et arriva en haut des falaises non loin de l'endroit où se tenait Martha, au moment où celle-ci perdait l'équilibre.

Nom de Dieu!

Les réflexes de Mickey furent instantanés. Il se précipita à son secours, mais soudain, miraculeusement, il la vit se rejeter en arrière et atterrir sur le dos contre un arbre rabougri. Il ne l'entendit même pas crier de douleur, elle semblait plutôt tout étonnée de se sentir encore en vie. Une sorte de cri perçant lui était parvenu, en revanche, au moment où elle perdait pied, et il ne savait pas s'il s'agissait d'une manifestation d'hystérie de la part d'une mouette ou de la part d'Helga. Si ce cri était d'origine humaine, il espérait qu'il avait été poussé pour Martha, et non pas parce qu'on l'avait repéré lui. Harvey avait expliqué à Mickey qu'il était fréquent que des gens arrivent en bateau pour visiter l'île, et qu'Helga le tolérait à condition qu'ils ne viennent pas folâtrer trop près du manoir. Il suivit des yeux Martha qui rentrait à la maison, puis se mit à la recherche de la cabane. De nouveau, les indications de Harvey collèrent parfaitement : la baraque solitaire se trouvait exactement au lieu dit. A tout hasard, Mickey patienta quelques instants derrière un arbre pour s'assurer qu'aucun habitant inattendu ne l'occupait, puis s'y précipita : elle était fermée à clé, comme prévu.

L'intérieur n'était pas vraiment dépourvu de tout confort mais frisait le répugnant. Il y avait bien le lit de camp et le placard annoncés, mais aussi des toiles d'araignée, des mulots et des créatures sur les poutres qui ressemblaient à s'y méprendre à des chauves-souris. Le sol n'avait pas vu le balai depuis des mois, peut-être des années. Quant aux fenêtres, elles ne rehaussaient pas le prestige de la ménagère chargée de leur entretien... Mais Mickey haussa les épaules et inspecta le placard. Vivre à la dure était une seconde nature pour lui. Comparée à certaines bicoques dans lesquelles il avait vécu lors d'autres campagnes, celle-ci était un palace. Il trouva du linge et des couverts, puis choisit l'étagère où il entreposerait les quelques provisions nécessaires pour le week-end. Il inspecta le poêle ventru juste pour le plaisir, sachant fort bien qu'il ne l'utiliserait jamais. Derrière la baraque, il trouva les latrines. Il en ouvrit la porte, avec moult précautions de peur que quelque résident non pas du genre humain, mais animal, ne songe à défendre furieusement ses pénates. Elles étaient inoccupées et plutôt répugnantes elles aussi. Il faudrait qu'il réclame à Harvey une prime d'insalubrité.

Un quart d'heure plus tard, Mickey était de retour au canot et avait mis le cap vers le large. Il savait à présent qu'on l'observait. Il sentait deux yeux braqués sur lui, à quelque distance, lui traverser le dos. Il se dirigeait délibérément vers la haute mer pour le cas où celui ou celle qui l'espionnait aurait des jumelles : son visage resterait invisible s'il tirait droit sur l'est. Dans une quinzaine de minutes, il obliquerait sur bâbord et reprendrait la direction de East Gate. La sentinelle devait être Martha, pensa-t-il.

De retour au manoir, celle-ci prévint Helga que l'île avait reçu la visite d'un étranger.

– A quoi ressemblait-il? demanda-t-elle.

– Je ne sais pas. Il a quitté la crique secrète dans un petit canot. Il me tournait le dos. Il me semblait avoir vu arriver quelqu'un, alors j'ai marché dans cette direction pour aller me rendre compte.

– J'aimerais que tu évites le bord des falaises. Je m'égosille à te crier par la fenêtre de faire attention. Tu m'as entendue, au moins?

– Bien sûr. D'ailleurs vous avez vu que je vous faisais signe, non?

– Oui. (La voix d'Helga se fit sombre.) Dommage que je ne me sois pas également trouvée à la fenêtre le jour où Andrew a...

Elle allait dire « été poussé », mais s'arrêta et toussota.

Martha se réchauffait devant la cheminée. La salle d'écriture d'Helga était, dans toute la maison, la pièce favorite de Martha. Elle était ornée de superbes marines et garnie de meubles anciens solides mais élégants. Le bureau d'Helga était suffisamment grand pour accueillir six couverts sans que les convives se fassent du genou. Helga avait besoin d'espace pour écrire. Les feuilles étaient éparpillées partout et elle seule pouvait s'y retrouver. Elle remplissait de pattes de mouches des blocs administratifs jaunes, puis passait des heures, parfois des jours, à essayer de déchiffrer son gribouillage. Il lui arrivait même, en désespoir de cause, de changer l'intrigue de son roman pour justifier des kilomètres de phrases informes. Ses romans s'en trouvaient parfois meilleurs, rarement moins bons. Ses fidèles lecteurs ne verraient jamais la différence. Elle-même ne la voyait pas. Elle mordillait la gomme du crayon qu'elle tenait dans sa main droite tandis qu'elle s'escrimait à relire le paragraphe qu'elle venait d'écrire.

– Comment ça marche? s'enquit Martha.

– C'est trop tôt pour le dire. Ce livre ne me porte

pas encore. D'habitude, mes romans me portent à partir du troisième chapitre. Mais là, j'en suis au quatre et...

– Au quatre, déjà? Mais vous n'avez commencé qu'hier!

– Je sais. Mais je suis chauffée à blanc pour le faire, celui-là. Il va y avoir du sang, là-dedans, un carnage.

L'amour à mort. Les lèvres d'Helga prononcèrent les mots « sang » et « carnage » avec une volupté qui mit Martha mal à l'aise.

– C'est un thriller?

– Un thriller *romantique,* rectifia Helga. J'ai toujours voulu en faire un et cette intrigue s'est trouvée correspondre *au poil.*

Elle essaya de ponctuer ces paroles par un claquement de doigts, ce qui ne fut pas aisé avec le crayon qu'elle tenait à la main.

– Quand voulez-vous que je commence à taper ce manuscrit?

– Oh, pas avant des semaines, répondit vivement Helga. Il faut d'abord que je mette de l'ordre dans tout ce fatras. Je suis très brouillonne, quand j'écris, mais je ne sais pas travailler autrement. (Pas seulement quand tu écris, songea Martha alors qu'Helga sautait du coq à l'âne.) Je ne veux pas que tu ailles voir quand des étrangers débarquent. Ça pourrait être dangereux. Je comptais en parler à Winston, d'ailleurs. (L'homme à tout faire a vraiment intérêt à tout savoir faire quand elle le convoque, songea Martha.) Je crois qu'on devrait mettre des panneaux « Défense d'entrer » aux endroits stratégiques. Et puis il faudrait que tu ailles trouver le chef de la police à East Gate pour lui dire que, comme nous sommes deux femmes seules à vivre sur cette île isolée, ils doivent faire quelque chose pour garder un œil sur nous. (Une inspiration illumina son visage.) Une surveillance par hélicoptère, peut-être.

Martha s'était dirigée vers le buffet pour se servir un sherry.

– Heu, vous ne croyez pas que ce serait un peu beaucoup et un peu cher pour une communauté aussi restreinte?

– En tout cas, il faut qu'il fasse quelque chose. Nous payons assez d'impôts locaux, ici. Et puis j'ai peur. (Martha revint vers la vieille dame et la réconforta doucement.) Oui, j'ai peur. (Elle se tamponna le nez avec un mouchoir en dentelle.) C'est vrai, que nous sommes isolées. Regarde ce qui est arrivé à ces pauvres Lydia et Annette. En plein Manhattan! Ah, j'espère vraiment que la police de New York se démène. Robert ne nous mentirait pas, hein? Il affirme qu'ils seraient sur une piste, mais il y a *tellement* de crimes, là-bas, qu'ils ne doivent plus savoir où donner de la tête. A-t-on décidé des menus pour le week-end prochain?

– Rebecca est en train d'en préparer.

– Qu'elle n'oublie pas que Robert sera ici quelques jours à l'avance. Ce n'est pas qu'il mange beaucoup, mais il a des goûts spéciaux. Dis, tu ne vas pas passer ton temps à soupirer après lui, au moins?

– Non, mère. Je saurais me tenir et me contenir. (Elle avala son sherry d'un coup.) Bon, je vais m'occuper du dîner.

Elle quitta brusquement la pièce, et Helga comprit qu'elle était en colère. Eh bien, en colère, ils le seront tous quand ils apprendront le sujet de mon nouveau roman. Pourquoi n'y ai-je pas pensé plus tôt? Un sujet que personne, en tout cas pas depuis Robert Louis Stevenson dans *Un mort encombrant,* n'a songé à reprendre. Moi qui l'avais là tout le temps sous mon nez : la tontine!

– J'ai bien réfléchi, fit Nicholas au dîner (Harvey manqua de s'étouffer en buvant) : qu'est-ce que nous savons, les uns et les autres, de nos *vrais* parents?

Marjorie était occupée à s'attaquer à une terrine de foie de volaille en entrée.

– Est-ce que c'est vraiment important, à ce stade de notre vie? répondit Laura qui avait depuis longtemps abandonné tout intérêt pour l'identité de sa famille de sang : puisqu'ils n'avaient pas voulu d'elle, elle ne voulait pas d'eux. Imagine que tu les retrouves, que tu les rencontres et que tu sois déçu? Tu serais bien avancé!

– En tout cas, moi, je suis sûr d'une chose, se rengorgea Nicholas qui se demandait si Marjorie n'allait pas bientôt cesser de s'empiffrer ainsi devant tout le monde : elle mangeait toujours comme si elle avait peur qu'on lui vole son repas. Je suis né un lundi. Et comme vous le savez *Enfant du lundi angélique est de beauté*.

– C'est vrai que t'es beau, articula Marjorie la bouche pleine.

– Comment sais-tu que tu es né un lundi? fit Harvey qui ne comprenait pas très bien ce soudain regain d'intérêt.

– Je me rappelle, quand j'étais gamin, qu'Helga l'avait dit à je ne sais plus quel visiteur. Tu sais combien elle aimait me faire parader devant tout le monde, comme une bête de concours, dans mon petit costume en velours avec ses boutons de nacre...

– Et ta coiffure d'écolier bien sage, se souvint Laura. Il était tellement mignon! fit-elle à Marjorie, qu'elle aurait bien aimé voir se tenir un peu mieux à table : cette façon de pousser ses morceaux de pâté sur sa fourchette avec ses doigts! Elle ne se souvenait pas avoir lu chose pareille dans le traité des bonnes manières de Gloria Vanderbilt.

– Bref, fit Nicholas qui tenait à rester au centre de la discussion, quand quelqu'un s'extasiait sur moi, Helga chantonnait toujours *Enfant du lundi angélique est de beauté*. C'est comme ça que j'ai compris que j'étais né un lundi.

Effort dont Laura espéra qu'il n'avait pas été trop

douloureux, même s'il remontait à plus de vingt ans.

Avec un plaisir béat, et au grand soulagement des autres, Marjorie acheva – littéralement – son premier plat. Après être restée quelques instants à extirper du bout de sa langue un morceau coincé entre deux molaires, elle se tourna vers Laura et Harvey.

– Vous êtes les deux seuls du tas à vous être mis ensemble? Je veux dire, est-ce qu'il y en a eu d'autres qui se sont attachés l'un à l'autre?

– Martha est attachée à Robert, répondit Nicholas en gloussant de rire.

– Ne sois pas méchant, l'admonesta Laura. Robert n'a jamais repoussé Martha, pas quand nous étions jeunes, du moins. Souviens-toi qu'ils ont été les deux premiers adoptés, et que jusqu'à ce qu'Helga trouve Victor, ils étaient bien obligés de jouer l'un avec l'autre.

– Quand je suis arrivé, fit Harvey, j'ai cru que les trois grands formaient un trio uni. Ce n'est que beaucoup plus tard que j'ai réalisé que Robert n'aimait pas du tout Victor.

– Il n'est pas le seul, fit Marjorie qui prenait Victor pour un pauvre type prétentieux.

– Quand on y songe, dit Laura, Victor était plutôt neutre, dans sa jeunesse. Je n'ai jamais beaucoup fait attention ou pensé à lui, personnellement. Et toi, Harvey?

– Moi non plus, jusqu'à ce qu'il épouse Greta : ça m'a étonné que quelqu'un veuille se marier avec Victor.

Il fit un signe pour qu'on leur resserve à boire.

– En fait, dit Laura en regardant la foule des célibataires emplir le bar, Victor n'avait pas de visage jusqu'à ce qu'il devienne adulte. Moi ça ne me dérangeait pas, mais je n'ai jamais réussi à comprendre comment il avait réussi à mettre le grappin sur une fille comme Greta, si délicate, si enfant perdue, si vulnérable. Avec le recul, maintenant, je dirais qu'elle était déjà condamnée à la naissance.

– N'était-elle pas terriblement riche?

Laura crut voir le S barré du dollar apparaître sur les yeux de Marjorie lorsqu'elle posa cette question.

– « Terriblement riche », je ne sais pas, en tout cas, elle avait de l'argent parce que sa famille en avait, et je sais qu'elle a apporté une jolie dot à Victor.

– Qu'est-ce que tu en sais? demanda Harvey. Je n'étais pas au courant, moi.

– Je le tiens de Greta. Je ne te l'avais pas dit?

– Non.

– C'est que je devais être fâchée contre toi, à l'époque.

Marjorie parut surprise.

– Vous vous fâchez souvent, tous les deux?

– Il y a des fois, fit Laura d'une voix rauque, où je le tuerais.

Son genou, sous la table, vint doucement à la rencontre de celui de Harvey. Lequel espéra que les boissons ne tarderaient pas à arriver.

– Je me demande quelle raison on pouvait avoir de tuer les jumelles, fit Nicholas comme s'il jouait au Cluedo. Qu'est-ce que t'en penses, Harvey?

– Oh, j'ai laissé la police penser à ma place. (Nick n'en crut pas un mot.) Si, je t'assure. J'ai eu tellement d'autres choses en tête. (Ainsi, ce garçon réfléchit parfois, songea Harvey.) Et toi, Nicholas, qu'est-ce que tu en penses? Je vois que ça t'a travaillé, cette histoire.

– Sûr. Et puis ce Manx, qui se fait assassiner, après avoir rencontré les filles d'abord et moi ensuite...

– Il avait rendez-vous avec Arnold le jour où il s'est fait tuer, indiqua Laura.

– Manx? fit Nicholas dont la voix sauta d'une octave. Et Arnold l'a vu?

– Arnold l'a vu, confirma Laura tandis que le serveur arrivait avec les boissons. Mais il était déjà mort.

– Et la police est au courant de tout ça? (Harvey l'informa de son dernier entretien avec Wylie. Quand il eut fini, Nicholas prit la main de Marjorie et la serra. Elle lui rendit son étreinte pour le réconforter.) On va tous nous passer à tabac pour nous faire cracher le morceau, alors?

– On t'interrogera peut-être, fit Harvey, mais il n'est pas question de passage à tabac. Il n'y a qu'à ceux qu'ils croient coupables qu'ils font des choses aussi méchantes.

– Oh et puis, Nicholas, arrête de prendre cet air de chien battu, fit Laura. Tout le monde sait que tu n'as aucun instinct de tueur.

Marjorie hurla de rire. Harvey essaya de faire croire qu'il venait de sortir une bonne plaisanterie car plusieurs personnes attablées autour d'eux commençaient à se retourner.

– Nicholas ne pourrait même pas donner un coup de tapette à une mouche, fit-elle en essuyant ses yeux pleins de larmes avec sa serviette.

– Tu crois vraiment que Greta s'est suicidée?

Laura se demanda si Nicholas s'était fait une liste de sujets de conversation pour animer la soirée. Elle, oui, mais n'avait pas encore eu la possibilité de l'utiliser.

– C'est ce qu'il semble, répondit Harvey. Mais tu en sais autant que nous. Greta ne pouvait pas se passer de somnifères. Son armoire à pharmacie en était pleine. De toutes les tailles, de toutes les formes et de toutes les couleurs. Elle a passé sa brève vie matrimoniale à essayer de tout se masquer. Il est évident qu'elle a fait une surdose.

– Il y a eu une autopsie? lança Marjorie.

– Pour quoi faire? fit Harvey.

– Pour voir s'il y avait des ecchymoses sur son corps. (Je me demande à qui elle a bien pu parler, se dit Laura. Elle n'a certainement pas pu penser à ça toute seule.) Parce que je crois que Victor la battait, ajouta-t-elle.

– Où as-tu été chercher cette idée? fit Laura.

– Oh, ça remonte à un week-end sur l'île, environ deux mois avant sa mort. Il faisait terriblement chaud et tout le monde était en tenue de bain sauf Greta. Je me rappelle que je suis allée me promener avec elle et que je lui ai demandé si elle ne cuisait pas, en jupe et en corsage. Elle a répondu qu'en vérité, elle était tombée dans sa douche, qu'elle avait des bleus horribles sur les bras et qu'elle ne voulait pas qu'on les voie. Moi, je suis tombée dans la douche une fois, tu te souviens, Nicky?

– Oh oui. Tu bramais à en faire écrouler la maison.

– Exact. Eh bien j'ai eu un bleu sur la cuisse et un sur l'épaule, mais rien sur les bras.

– Allons voyons, Marjorie, fit Laura exaspérée, tous les gens ne tombent pas de la même manière.

– Ecoute, répliqua Marjorie avec un ton de voix étonnamment autoritaire qui semblait commander respect et attention, il y a bleus et bleus. Elle a remonté une de ses manches, Greta, et je peux te dire que ce n'était pas un bleu ordinaire mais une blessure faite par un homme. Je le sais, parce que mon père, il n'arrêtait pas de filer des raclées à maman et qu'il n'y avait pas de douche à la maison pour servir d'excuse. Bon alors, qu'est-ce qu'ils foutent, dans cette cuisine? ils essaient d'attraper un bœuf pour mon steak?

Laura était en train de se dire que cette fille n'était pas aussi bête qu'elle le croyait.

– Où veux-tu en venir? lui demanda-t-elle.

– Eh bien, quelqu'un qui bat sa femme pourrait aussi être un assassin potentiel, pas vrai, Nicholas? (Lequel acquiesça du chef.) Et Arnold, est-ce qu'il était spécialement ami avec l'un d'entre vous, quand vous étiez gosses?

– Natalie, répondit Harvey.

– C'était ma préférée à moi aussi, ajouta Laura.

– Alors vous formiez une sorte de groupe à quatre? fit Marjorie qui s'attaquait férocement à un morceau de pain.

– Eh bien Natalie et moi étions les plus proches en âge, et puis une fille a toujours besoin d'une autre fille à qui parler, n'est-ce pas?

– Je ne peux pas savoir, moi, fit tristement Marjorie. Je n'ai jamais eu grand-chose à dire, alors je n'ai cherché personne à qui le dire.

Laura se demanda de nouveau, intérieurement, comment Marjorie et Nicholas avaient fait pour se trouver. La manucure et le vendeur.

– Où vous êtes-vous rencontrés, vous deux?

Harvey fut surpris de la rudesse de la question de Laura.

– Vous ne saviez pas? demanda Nicholas en riant. Dans une boîte de Greenwich Village, à Manhattan. Je dansais avec une fille du magasin, et du coin de l'œil, je vois cette nénette qui se prend les pieds et sur le point de se casser la figure. Alors je me précipite, je la rattrape et, tout innocente, elle me dit...

Marjorie prit le relais.

– Je lui ai dit que je n'étais encore jamais tombée comme ça dans les bras de quelqu'un.

– Ça a suffi? lâcha Harvey, incrédule.

– Et nous voilà, répondit Nicholas en étreignant de nouveau la main de Marjorie.

– Mais pourquoi toutes ces questions sur nos affinités entre gosses? demanda Laura en se reculant sur son siège afin de permettre au garçon, plutôt empoté, de lui servir son rosbif bleu.

– Si je savais qui ne vous aimait pas, je pourrais deviner qui essaie de vous assassiner. (Le rosbif bleu faillit atterrir sur les genoux de Laura.) Eh, attention, vous! jeta Marjorie au garçon.

Elle tient des propos vraiment sensés, pour une idiote, se dit Harvey. Ne l'aurions-nous pas largement sous-estimée, notre Marjorie? Et notre Nicholas aussi? Il la regarda attaquer son steak : ce n'était plus de la nourriture mais une vraie victime. Ses yeux croisèrent ceux de Laura, qui le gratifia d'un petit haussement d'épaule complice. Marjorie mastiquait avec un air de jouissance quasi sexuelle.

– Il est bon, ce steak? s'enquit Harvey.

– Super. Ça me fait penser, c'était qui, le préféré d'Helga?

– J'arrête pas de te le dire, fit Nicholas : c'est Robert.

– Je sais, je sais, mais je voulais entendre l'avis des autres.

– Robert, corrobora Harvey.

– Et Martha? insista Marjorie. Elle est restée avec elle sur l'île. Si elle en pince autant pour Robert que le répète Nicholas, pourquoi qu'elle s'installe pas à New York pour lui mettre les points sur les i? Un type, ça se tombe pas à distance. Il faut être là où il peut vous remarquer. Il faut se battre de toutes ses forces en se foutant pas mal du reste.

– Je crois que Martha a réalisé depuis longtemps que Robert n'était pas du genre à se marier, dit Laura en espérant ne pas faire trop tatie vieille fille.

– Pourquoi, il est pédé, ou quoi? demanda Nicholas.

Laura adressa un sourire à Marjorie.

– Je ne crois pas qu'il soit pédé du tout, vois-tu. Robert était un type tout à fait bien jusqu'à ce que, grâce à notre père, il découvre le sens et l'importance de l'argent. A partir de ce jour-là, plus aucune femme n'a eu la moindre chance avec lui.

– T'es sûre? fit Marjorie avec un petit regard par en dessous. On peut pourtant pas faire grand-chose, au pieu, avec un billet de banque.

Nicholas pouffa de rire et Marjorie lui adressa un clin d'œil.

– Je ne m'en ferais pas trop pour Robert, dit

Harvey. J'ai comme dans l'idée qu'il a un petit carnet secret bien fourni en numéros.

– Des numéros honnêtes, j'espère? plaça Marjorie.

Plus finaude qu'on croit, songea Laura. Bien plus. Et puis cette façon de manier le couteau et la fourchette – je n'aimerais pas la rencontrer au coin d'un bois.

Son regard se heurta à celui de Harvey. Elle plissa le nez.

– Est-ce que ma petite chérie passe une bonne soirée? demanda-t-il.

– Oh, mon amour, roucoula Laura en s'intéressant enfin à son rosbif, bien meilleure que je pensais.

– Moi aussi, chérie, moi aussi.

8

Le très fermé Jitney Club, tout en haut de la Cinquième Avenue, avait été créé près d'un siècle auparavant par des familles new-yorkaises d'immigrants parvenus. Il était censé faire la nique aux établissements de l'époque qui interdisaient leurs augustes salons à ces nouveaux arrivés. Le Jitney et Robert Graymoor étaient faits l'un pour l'autre, le club ayant été conçu sur le mode britannique. Là, Robert pouvait y aller de ses « très cher », de ses « par Jupiter » et de ses « diantre ». Il était tellement affecté que certains, au club, s'étonnaient de ne pas le voir régler ses additions en livres sterling. En revanche, le Jitney mettait Victor mal à l'aise, lui qui affichait toujours une façade d'éternelle jeunesse – du moins l'espérait-il – alors que le Jitney avait un côté un tantinet mortuaire. Le dîner avec Robert avait été aussi terne que prévu : du mouton fatigué, des choux de Bruxelles en bouillie, des pommes de terre à l'eau trop cuites, le tout suivi d'un diplomate avachi baignant dans son rhum et qui nécessiterait vite un comprimé pour la digestion. Ignorait-on, au Jitney, que la cuisine anglaise s'était immensément améliorée depuis une dizaine d'années, et qu'elle était même, dans certains restaurants, remarquable? Victor considéra d'un air maussade son petit verre de brandy tandis que Robert s'éclaircissait la gorge en joignant le bout de ses doigts. Victor reprit le fil de la conversation qu'ils avaient déroulé à la table du dîner.

– Je ne crois pas qu'Helga devienne gaga, fit-il. Elle a toujours été visionnaire.

– Mais Martha affirme qu'elle commence à débloquer, avec ses histoires de murs qui chuchotent.

Victor pouffa de rire.

– Quand j'étais gamin, j'adorais ça, moi, les murs qui chuchotent. Pas toi? Ces choses terribles qu'elle nous racontait avant d'aller au lit. Qui aurait pu croire, alors, qu'elles seraient à l'origine d'une douzaine de best-sellers? Mais où veux-tu en venir exactement, Bobby?

Robert réchauffait son verre à liqueur entre les paumes de ses deux mains.

– Ce matin, j'ai eu Harvey au téléphone. Il m'a demandé si on pouvait briser la tontine.

– Ce n'est pas possible, n'est-ce pas?

– Non.

– J'imagine que tous, à un moment ou à un autre, nous aurions bien aimé toucher ce qui nous revient de droit pendant que nous sommes encore vivants. Pas toi?

– Je n'ai pas besoin de cet argent, répondit-il sèchement.

– Harvey sans doute pas non plus. Laura et lui se débrouillent tous les deux très bien, j'en suis sûr. Ça se saurait, autrement.

– As-tu entendu parler d'un certain Nathan Manx?

Victor fouilla sa mémoire tandis que le nom de Manx effectuait quelques pirouettes dans son esprit.

– On n'a pas parlé de lui dans les journaux, récemment?

– Si. C'était un petit magouilleur de seconde zone qu'on a retrouvé assassiné il y a quelques jours. Je n'aurais pas prêté spécialement attention à l'article – ce n'est pas le genre de truc qui m'intéresse : il y a tellement de gens qui se font tuer dans cette ville, par Jupiter, qu'on ne les compte plus – si je ne m'étais souvenu d'un récent coup de téléphone d'Arnold. (Victor se rapprocha, intéressé.) Il me demandait conseil.

– Un conseil? Pas un prêt?

– Il a demandé ça aussi, mais c'est venu beaucoup plus tard. Apparemment, ce Manx l'avait contacté pour lui faire une proposition d'achat de ses intérêts potentiels dans la tontine.

– J'ai entendu dire que ce genre de chose se pratiquait en Europe, je ne savais pas que c'était venu jusqu'ici. (Il prit une gorgée de son brandy.) C'est un sacré coup de poker, non, étant donné que la tontine ne revient qu'au dernier vivant?

– Pas s'il pouvait tous nous acheter.

Victor médita un instant sur cette possibilité.

– As-tu été approché?

– Non. Et toi?

– Pas question. D'ailleurs, je t'aurais immédiatement consulté. (Il s'interrompit quelques instants puis demanda :) Tu crois que c'est pour ça que Harvey a appelé? Parce que Manx l'avait contacté?

– Je pense que Harvey a été mis au courant par un de ceux qui ont été démarchés par Manx. Je pense à Nicholas ou peut-être à Natalie, ceux qui, nous le savons, vivent aux limites de la pauvreté.

– Et comment ce Manx aurait-il su lesquels d'entre nous tiraient le diable par la queue?
– Par des renseignements confidentiels.
– Venant de qui?
Robert haussa les épaules.
– Est-ce que je sais, moi?
– Et qu'as-tu répondu à Arnold?
– Si l'offre était suffisamment bonne, qu'il la saisisse. Ça valait plus le coup pour lui que de spéculer sur ses chances de nous survivre à tous. L'argent, c'est mon métier. La spéculation, je sais ce que c'est.
Victor essayait de déchiffrer le visage de Robert. Pour y trouver quoi, il ne savait. Il le voyait préoccupé, et il avait l'impression que ce n'était pas seulement par cette étrange affaire de tontine. Peut-être y avait-il un rapport avec Helga, après tout. Il était toujours en ligne directe avec Martha, laquelle Martha, sur place, jouait les observatrices – qu'avait-elle d'autre à faire, dans son isolement? Or Robert invitait rarement Victor à dîner, ces derniers temps. A prendre un pot ou un déjeuner sur le pouce à l'occasion, mais dîner, surtout au Jitney, son sacro-saint Jitney, cela annonçait quelque chose d'important.
– Crois-tu que Manx avait contacté les jumelles?
– J'ai idée que oui.
Robert avait reposé son verre de brandy sur la table, à côté de son coude, et se massait les tempes. Victor lui trouvait l'air terriblement fatigué. En un mois que je ne l'ai pas vu, pensait-il, on dirait qu'il a pris des années. A-t-il une petite amie? Que fait-il donc, après ses heures de bureau? Va-t-il au théâtre, à l'opéra, au cinéma? Ou fréquente-t-il des sex shops et des salons de massage? Lit-il des best-sellers non pas pour le plaisir mais pour alimenter les banales conversations de banals cocktails? Va-t-il à des soirées? Se donne-t-il le temps de décompresser après ses journées de travail? Qu'est donc devenu le petit

garçon espiègle qui galopait le long des falaises en tirant son cerf-volant derrière lui, suivi d'Esmeralda en train de japper sur ses talons?

Robert avait remarqué l'expression amusée du visage de Victor.

– Qu'est-ce qui te fait rire?

– Je pensais à toi et Esmeralda.

Les pupilles et les lèvres de Robert se contractèrent.

– Quoi, moi et Esmeralda?

– Je te revoyais en train de faire voler ton cerf-volant avec Esmeralda qui ne te lâchait pas en aboyant après toi.

– Je pense qu'il pourrait y avoir un lien entre le meurtre des jumelles et celui de Manx, fit Robert sur un ton tranchant.

– Je craignais de te l'entendre dire, répondit Victor avec un soupir. J'ai cette impression moi aussi, et j'espérais qu'on pourrait éviter d'en arriver à cette conclusion.

– Tu n'as jamais été du genre à éviter quoi que ce soit.

– Les histoires de meurtre, si. Parce que s'il y a effectivement un rapport entre la mort d'Annette et de Lydia et celle de Nathan Manx, cela signifie que l'un d'entre nous est l'assassin. (Robert ne sourcilla pas. Son visage resta de marbre.) Et c'est exactement ce que tu pensais. Sacré nom, j'ai pas envie d'être une victime désignée, je tiens trop à la vie. (Il but une gorgée de brandy.) Je me demande si les murs d'Helga lui ont soufflé le nom du coupable.

– J'espère que non.

– C'est pour ça que tu pars sur l'île quelques jours à l'avance?

– Un peu de repos ne me fera pas de mal.

– Oui, tu as mauvaise mine.

– Je suis très fatigué. Tu sais ce qui se passe dans le monde de l'économie et des marchés. Je me sens comme un jongleur atteint d'une paralysie des mains.

– Tu aurais besoin d'une épaule solide sur laquelle appuyer ta tête. Pourquoi n'épouses-tu pas Martha?

– Je crois que c'est trop tard.

– Allons donc!

– Si, c'est trop tard. Mais tiens, au fait, elle m'a appelé juste avant que je quitte le bureau pour venir te retrouver.

Il expliqua qu'elle avait vu un étranger faire brièvement incursion sur l'île dans l'après-midi.

Victor ne fut pas autrement impressionné par cette nouvelle. L'île avait toujours été l'objet de visites inattendues. Des pêcheurs des environs, pour la plupart, ou quelque amateur de ski nautique ayant lâché son palonnier.

– Je ne crois pas qu'il y ait de danger.

– Ce n'est pas l'avis d'Helga.

Victor écouta Robert lui raconter comment elle avait insisté pour que Martha demande une surveillance rapprochée de la police de East Gate.

– Helga regarde toujours sous son lit avant de se coucher. Elle faisait tourner Andrew en bourrique à force de l'envoyer en pleine nuit voir ce qui se passait au moindre bruit.

– Tu veux un autre brandy?

– Non merci, Bobby. Revenons à ces histoires de meurtre. Qu'est-ce qu'on peut faire, à ton avis?

– Pas grand-chose, très cher. (Victor s'agita sur son siège, mal à l'aise. Cette affectation de Robert l'énervait toujours.) J'en toucherai un mot à Norman Wylie demain.

– Qui est-ce?

– L'inspecteur chargé du dossier des jumelles.

– Il est valable?

– En tant que policier, il paraît assez brillant. Je n'ai jamais tellement fréquenté ce genre de personnage, mais Harvey a travaillé avec lui dans le passé et lui donne dix sur dix.

– Est-ce que personne n'a réfléchi au fait qu'Helga aussi allait laisser un gros paquet d'argent?

– Certainement que si. Mais les termes de son testament restent un grand point d'interrogation, alors que nous sommes tous au courant de la tontine. Satané Andrew, pourquoi nous détestait-il à ce point? Tu le sais, toi?

– Je me suis souvent posé la question. Je suppose que ça remonte à une histoire avec Helga avant qu'elle ne l'épouse, alors qu'elle n'était encore que sa sténo. N'a-t-on pas parlé d'une liaison entre elle et l'associé d'Andrew?

– Où as-tu entendu raconter ça?

– Je vais te dire : je ne me rappelle même plus. Mais je l'ai entendu. Peut-être de Martha. Helga laissait toujours échapper des bribes d'allusions de ce genre dans la maison.

– J'ai toujours cru Helga éperdument amoureuse d'Andrew.

– Elle l'était, je pense. Il le fallait, pour le supporter toutes ces années.

Victor se gratta la tête, puis fronça les sourcils en regardant le bout de ses doigts. La teinture de ses cheveux perdait légèrement. Il transpirait. Il s'épongea le front avec son mouchoir et regretta de ne pas avoir de lime à ongles sur lui.

Robert l'observa en se demandant s'il allait oser poser sa question suivante.

– Victor? (Celui-ci leva les yeux tout en remettant le mouchoir dans sa poche.) Parle-moi du testament d'Helga.

– Que veux-tu que je te dise? (Victor avait déjà maintes fois entendu cette question. Ils savaient tous que ledit testament n'était pas déposé en son étude, mais tous persistaient à demander. Comme des incurables en phase terminale qui attendent que le docteur leur annonce une erreur de diagnostic.) Tu sais bien qu'il est chez un confrère de East Gate. Je n'ai pas la moindre idée de ce qu'il contient. Même Martha ne le sait pas, à mon avis. Bobby, je crois que tu as besoin de dormir. Si on se disait bonne nuit?

Dans un petit coin retiré du Dombey, Norman Wylie était assis en face de Bella Wallace. Il lui tenait la main droite et examinait d'un œil professionnel sa paume retournée.

– Hmmm, murmura-t-il.

Le cœur de Bella battait la chamade. Il avait battu la chamade toute la soirée, depuis que Norman était arrivé chez elle pour prendre l'apéritif dans son appartement au décor aussi lourd que son prix. Battu la chamade pendant tout le dîner dans un restaurant italien du nord du East Side à l'addition beaucoup plus authentique que la nourriture et que la véritable origine du patron. Et maintenant ils se retrouvaient là, à se conter fleurette dans ce petit bar miteux proche de chez elle, un endroit aussi indifférent et impersonnel que l'attitude de Bella envers son prochain. Elle avait dû passer des douzaines de fois devant le Dombey, ces trois dernières années, sans jamais le remarquer. Pas plus qu'elle n'avait remarqué la pianiste, cette nuit, si ce n'est pour lui adresser un regard de reproche lorsqu'elle se mit à massacrer une ballade de Gershwin. Et à présent, Norman Wylie, l'affoleur de cœurs, était penché sur sa paume.

Bella gloussa de rire.

– Vous n'allez pas me dire que vous savez lire les lignes de la main?

– Il faut bien que je trouve une solution de remplacement pour le jour où mon flair de détective me laissera tomber. Hmmm.

Il rapprocha la paume de son visage.

Peut-être va-t-il l'embrasser, se dit Bella avec

espoir. Doucement, tendrement, avec juste un zeste de passion, mais plein de promesses. Peut-être va-t-il poser son visage au creux de cette main puis suivre ma ligne de cœur avec le bout de sa langue, friponne et dangereuse, jusqu'au poignet, où il se fraiera un chemin vers le creux du coude, puis vers l'épaule, et enfin plongera ses dents dans mon cou avec l'avidité débridée d'un pauvre affamé s'attaquant à un steak. Et dans son élan bien sûr, il renverserait les boissons à grand fracas, et un serveur serait obligé de venir avec un chiffon pour réparer les dégâts. Bella se gratta la cuisse avec son autre main et se demanda s'ils finiraient au lit – chez toi ou chez moi, chéri? Chez moi, c'est plus près.

– Hmmmm, poursuivit Wylie.

Elle commençait à s'impatienter. Il lui fallait de l'amour ou des informations.

– Bon alors, qu'est-ce que vous voyez?

– Je vois un homme brun. (Wylie était brun. Ah, bon début.) Il va vous attaquer.

Bella ôta d'un coup sa main.

– Vous n'êtes qu'un charlatan. Et cette bonne femme, là au piano, une horreur.

Wylie croisa les bras et les appuya sur la table.

– C'est une Graymoor.

– Bon sang, mais c'est vrai : celle qui s'imagine savoir chanter.

– Natalie.

– Vous la connaissez?

– Je ne lui ai jamais parlé. Je suis déjà venu ici juste pour les avoir dans l'œil, elle et l'endroit. Elle fait drôlement plus que son âge.

– Laura m'a dit qu'elle n'avait pas encore trente ans.

– Pas encore trente ans et déjà trois fois veuve : ça donnerait un coup de vieux à n'importe qui, ça.

– Pas de chance trois fois de suite. Elle aurait dû consulter son horoscope.

– Elle aurait dû consulter leur dossier médical.

Bella remballa momentanément ses transports et revint aux affaires.

– Vous avez enquêté sur ces décès?

– J'ai enquêté sur tout ce qui touche à la famille Graymoor.

– Parlez-moi des maris. Y a-t-il quelque chose de louche de ce côté?

– Elle a épousé le numéro un à dix-neuf ans, rencontré dans un conservatoire de musique. Il s'est suicidé quelques mois à peine après leur mariage. Apparemment, il ne se sentait pas à la hauteur.

– Sur le plan musical ou sexuel?

– Les deux, j'imagine.

– Et le numéro deux?

– C'était l'autre extrême. Très macho. Moto, parapente, gymnase.

– Qu'est-ce qu'il faisait pour vivre?

– Masseur.

– Et il a massé quelqu'un à rebrousse-poil?

– Non, il est mort d'une crise cardiaque à l'angle de la Sixième Avenue et de la Dixième Rue. Il est resté allongé là pendant deux jours avant qu'un bon samaritain ait finalement le courage de s'arrêter pour voir s'il avait besoin d'aide.

– Pauvre Natalie. Pas étonnant qu'elle chante si mal. Tous ces drames ont dû lui secouer les cordes vocales. Et le numéro trois, qui était-ce?

– Un pauvre type rencontré lors d'un festival de musique du Massachusetts.

– Qu'est-ce qu'il y faisait?

– Il avait composé un opéra sur Marie-Antoinette. Pas trop nul, d'après ce que j'ai entendu dire. Natalie chantait un des seconds rôles.

– Si elle était aussi mauvaise qu'on le dit, je me serais plutôt attendue à ce qu'il la tue au lieu de l'épouser.

– J'ai l'impression qu'il la croyait héritière et donc bourrée aux as. Ça, bourrée, elle l'est, mais seulement quand elle boit, comme maintenant.

Natalie était en train de massacrer Irving Berlin.

– Elle a l'air très en colère, commenta Bella.

– Je crois surtout qu'elle se sent très seule et qu'elle a un peu peur. Vous voulez savoir comment le numéro trois est mort?

– Je suis tout ouïe.

Tu es plus que ça, songea Wylie. Tu es tout sexe, ça te démange de partout. Ton genou qui appuie contre le mien envoie de l'électricité et me donne un appétit qu'il va falloir assouvir. Il vaudrait mieux que ce soit chez toi. D'abord, c'est plus près, et puis mon chez moi à moi pourrait bien être occupé par une visiteuse-surprise qui a un jeu de clés. A trois, c'est pas notre truc.

– Hé, où êtes-vous?

Bella se sentait abandonnée, devant le silence soudain de Wylie.

– Pardon, j'essayais de retrouver le titre de la chanson qu'elle joue.

– « La fille que j'épouse », fit Bella en clignant des paupières d'un air provocant.

– Ah, bien sûr. Revenons-en au troisième mari. C'est le mariage qui a duré le plus longtemps, et d'après Harvey, il semblait réussi. Le gars était prometteur et avait de l'ambition. Mais là, survinrent des échecs en série. Boum, boum, boum, comme ça, à la queue leu leu. Alors par un beau matin de juillet, il a pris une serviette de plage et a dit à Natalie qu'il allait au soleil sur la terrasse du toit. Dix minutes plus tard, alors qu'elle se tenait devant la fenêtre du salon pour se mettre du mascara sur les cils, elle voit soudain un corps dégringoler sous ses yeux. Il lui a fallu une bonne minute pour réaliser qu'elle était de nouveau veuve.

Bella regarda Natalie et, enfin, éprouva quelque compassion.

– Elle n'est vraiment pas née sous une bonne étoile, la pauvre. Mais elle est encore jeune. Il lui reste l'espoir d'un avenir meilleur. Pourquoi travaille-t-elle dans un trou pareil?

– Pour manger.

Bella avait plongé son index dans son verre et tournait les cubes de glaces, créant un mini-tourbillon.

– Elle ne ressemble pas à un assassin, pour moi.

– Les assassins ne ressemblent jamais à des assassins. Avez-vous jamais entendu parler d'Albert Fish? (Bella secoua négativement la tête.) Il tuait des enfants. Si je vous montre sa photo, vous verrez un brave petit vieux tout à fait ordinaire, qui pourrait être votre oncle Irving. Et puis il y a Madeline Smith, que l'on soupçonne d'avoir empoisonné son petit frère. Vous la regardez, c'est votre voisine tout crachée.

– Ma voisine, j'ai l'impression qu'elle fait la pute.

– Même les prostituées, c'est trompeur, sauf celles qu'on voit sur le trottoir, et ce n'est pas parce que vous les installez entre quatre murs qu'elles deviennent de petites saintes. Quand quelqu'un a tué, ce n'est pas écrit sur son visage. Le meurtre, c'est quelque chose d'anonyme, de secret. Je parle du meurtre prémédité, bien sûr.

– Ça vous ennuie, si je fais porter un verre à Natalie?

– Elle vous apitoie?

– C'est le vieux réflexe du « Merci-Mon-Dieu-de-ne-pas-m'avoir-mise-à-sa-place ».

Wylie fit signe à un garçon qui s'approcha, écouta les instructions de l'inspecteur et se dirigea vers le bar. Quand Wylie se retourna vers Bella, il la trouva perdue dans ses pensées.

– Où êtes-vous donc?

– Je réfléchissais aux Graymoor. Quel groupe hétéroclite! Où Helga les a-t-elle dénichés? Par quelles agences? Qui étaient leurs véritables parents? Mauvais sang est-il héréditaire? Si l'un d'eux est un assassin, il a bien fallu que ça commence quelque part?

– La théorie de la mauvaise lignée.

– J'en ai parlé à un médecin. Il dit qu'il n'est pas génétiquement prouvé que les dysfonctionnements de la personnalité soient transmissibles, mais tout de même...

Elle se replongea dans son silence tout en fixant Natalie à qui le garçon apportait la boisson commandée par Wylie. Il lui en indiqua la provenance de la tête. Natalie leva le verre dans leur direction en guise de salut. Le sourire qu'elle parvint à s'arracher eut le charme pathétique de celui d'une héroïne de film muet traversant la banquise poursuivie par les loups.

– Faites risette à miss Graymoor, souffla Bella à Wylie. Elle remercie pour le verre.

Wylie se tourna et adressa un signe de la main à Natalie.

– Envie de quelque chose? leur lança-t-elle.

Envie qu'elle arrête de chanter, oui. Bella aurait bien voulu le lui dire. Au lieu de cela, après avoir ostensiblement fait mine de réfléchir, elle demanda le titre « Laura ». A sa grande surprise, Natalie interpréta la délicieuse romance avec la délicatesse et la chaleur qu'elle méritait. Le regard de Wylie s'était porté vers l'entrée, à laquelle Bella tournait le dos. Elle se retourna et vit entrer un homme assez beau, qui devait avoisiner la quarantaine, avec une femme pratiquement naine et complètement saoule.

– Vous les connaissez? demanda Bella à Wylie.

– Je ne connais pas cette demi-portion, mais j'ai déjà vu son petit copain. C'est un autre des Graymoor.

– Lequel? demanda impatiemment Bella.

– Arnold.

– Ah oui, le croqueur de femmes. (Elle pouffa.) Eh bien là, il en a déjà croqué un bout!... On dirait qu'il n'a plus la cote.

– C'est vrai, acquiesça Wylie, il semble avoir besoin de se recycler.

Ils virent Natalie reconnaître son frère et rester interdite devant son étrange compagne.

Arnold aida l'acheteuse de Dallas à se débarrasser de son manteau de vison, qu'il tendit à la préposée au vestiaire en même temps que son propre trench-coat.

– Olivia, proposa-t-il à sa conquête, tu préfères t'asseoir à une table ou rester au bar?

– Umpfff.

– Il y a toute une banquette vide près du piano. Tu aimes le piano?

Olivia titubait tellement qu'Arnold dut s'y prendre à deux mains pour la soutenir.

– Umpfff.

Il la conduisit jusqu'à la banquette sous l'œil du garçon qui regardait Olivia avec une curiosité non dissimulée. Puis ils s'assirent, celle-ci plutôt inconfortablement devant la table qui lui arrivait pratiquement au menton.

– Je commande la même chose? s'empressa Arnold.

– Umpfff.

Arnold fit signe au garçon. Il commanda un scotch on the rocks pour lui et un double Sazerac pour la dame.

– Ça ne me regarde pas, dit le garçon en considérant la vacillante Olivia, mais croyez-vous qu'un double Sazerac soit une bonne idée pour elle?

– C'est une bonne idée pour *moi*, répondit froidement Arnold en appuyant bien sur le dernier mot. (Le garçon saisit le message et se retira.) Natalie, ma chérie, cria-t-il par-dessus le tintamarre du piano, je te présente Olivia Cedarwood. Elle vient de Dallas. Elle est acheteuse pour une chaîne de grands magasins. Elle vient de passer à Laura une commande colossale aujourd'hui.

– Alors on l'aime colossalement beaucoup, hein? Elle m'a l'air un peu partie.

– Elle l'est. Tu m'as l'air un peu partie.

– Je le suis.

Bella sourit à Wylie.

– Vous aviez prévu de m'amener ici depuis le début, n'est-ce pas? Excellente idée. Ça va m'aider à mieux cerner mon sujet.

– C'est comme une main qui lave l'autre, vous savez. Je voulais moi-même voir d'un peu plus près le plus grand nombre possible d'entre eux sans éveiller inutilement les soupçons. Vous êtes ma fausse barbe, en quelque sorte.

– J'adore les intrigues. (La pression de son genou se fit un peu plus forte contre celui de Wylie. Il fit signe au garçon de leur remettre à boire.) Mais comment saviez-vous qu'Arnold viendrait?

– J'ignorais. On l'a en prime.

– Et comment l'avez-vous reconnu?

– Les photos que j'ai trouvées dans l'appartement d'Annette et de Lydie... Il y en avait tout un album que j'ai examiné et réexaminé. Je connais tous les Graymoor de vue. (Son regard se dirigea de nouveau derrière elle, vers l'entrée.) Alors là ma biche, j'ai comme l'impression que c'en est fini de notre anonymat. Voilà le reste du lot qui débarque.

Bella se retourna. Harvey et Laura arrivaient, Nicholas et Marjorie dans leur sillage. Natalie émit un cri de joie. Arnold leur fit signe puis leur montra Olivia Cedarwood de la tête, laquelle avait presque entièrement disparu sous la table. Laura jeta un coup d'œil circulaire dans la salle, d'Arnold et Olivia à Natalie au piano, puis vers la banquette, là-bas dans le petit coin, où se trouvaient Bella Wallace et Norman Wylie.

– Oh, Harvey chéri, s'écria-t-elle gaiement, regarde un peu qui est là.

Harvey regarda. Nicholas et Marjorie aussi, qui

reconnurent Bella Wallace mais n'avaient pas la moindre idée de l'identité de Wylie.

– Eh bien, Laura chérie, répondit-il avec un petit sourire, la coupe est pleine!

9

Si Lewis Carroll et son Alice étaient arrivés d'un pas léger, bras dessus bras dessous, au Dombey, et avaient pu contempler la banquette surpeuplée qui jouxtait le piano, ils auraient eu une impression de déjà vu. Vaille que vaille, Laura, Harvey, Marjorie, Nicholas, Norman Wylie et Bella Wallace avaient réussi à se comprimer autour d'Arnold et Olivia Cedarwood, Natalie ayant eu la bonne idée de rester assise au piano. Cela ressemblait tout à fait à l'épisode du thé chez le Chapelier fou, sauf qu'on ne criait pas « Plus de place! Plus de place! ». Le barman se dit qu'il n'avait pas travaillé aussi dur depuis le jour de l'an. Le serveur, lui, espérait que les billets du pourboire seraient aussi tassés que le groupe.

Natalie, pourtant, éprouvait un malaise. Il y a quelque chose d'extravagant dans tout ça, songeait-elle en mettant la pédale douce sur la boisson. Comme dans la sorte d'hystérie insouciante qui avait dû s'emparer du *Titanic* quand il apparut à l'évidence qu'il n'y aurait pas assez de canots de sauvetage pour tout le monde. Même Harvey et Laura, d'habitude les plus sérieux, se comportaient comme des guides de tourisme dans la tour de Babel. Bella Wallace faisait une tête de six pieds de long en engloutissant doubles trucs sur doubles choses bien tassés. Arnold avait passé ses bras autour de Nicholas et Marjorie et présumait que c'était la main de cette dernière qu'il sentait le caresser par-dessous la table. Norman Wylie, assis de l'autre côté de Marjorie, était plongé dans le même abîme de perplexité, puisque sans qu'on sût trop comment, Harvey s'était retrouvé intercalé entre Bella et lui. Laura, qui avait compté les têtes, s'écria tout à coup :

– Où est Olivia Cedarwood?

– Je crois qu'elle est sous la table, répondit Nicholas.

Norman et Arnold comprirent alors ce qui se passait. Arnold se pencha pour jeter un coup d'œil et vit Olivia qui s'apprêtait à gratifier Harvey de ses faveurs.

– Voyons, madame Cedarwood! Qu'est-ce que vous fabriquez là-dessous?

Arnold tendit les mains vers Olivia, parvint à les glisser sous ses aisselles et à la remonter à la surface. Laura espéra que le retour d'Olivia sur terre, le lendemain, s'accompagnerait d'une bonne perte de mémoire pour qu'elle n'aille pas annuler sa grosse commande.

– Umpfff, s'ébroua la Texane avec un sourire de sainte nitouche, à présent solidement arrimée entre Nicholas et Arnold.

Le menton sur la table, elle lorgnait d'un air concupiscent les verres remplis d'alcool.

– Je crois qu'Olivia a soif, dit Harvey.

– Un verre de plus pourrait l'achever, fit observer Laura.

– Je lui en commande un tout de suite, offrit Arnold avec un sourire malicieux.

Norman se pencha devant Harvey pour chuchoter quelque chose à Bella. Cette dernière l'entendit suggérer de partir bientôt. « Encore quelques minutes », contra-t-elle. Harvey se demanda ce qu'elle pouvait bien trouver d'intéressant à tout ce charivari. Lui n'en retirait qu'un bon mal de crâne. D'un coup d'œil, il remarqua l'air triste de Natalie et se demanda quel nouveau trouble pouvait ainsi l'affliger. Laura regarda autour d'eux et s'aperçut qu'ils étaient les derniers.

– Quelle heure est-il? cria-t-elle à Harvey.

Celui-ci regarda sa montre et émit un grognement. Plus de 2 heures, indiqua-t-il à Laura qui répondit en levant les yeux au ciel.

– Je travaille, demain, se lamenta Nicholas.

– Demain, c'est samedi, sacré nom! s'écria Arnold.

– Il est de l'équipe du samedi, expliqua Marjorie.

– Qu'allez-vous faire de toute votre journée? demanda Bella.

– Je travaille aussi demain, articula-t-elle au milieu d'un bâillement. Je suis manucure.

– Je sais ça.

– Et comment le savez-vous?

– Je crois que c'est Laura qui me l'a dit.

Marjorie s'en prit aussitôt à elle.

– C'est toi qui lui as dit que j'étais manucure? (Laura fit signe que oui, espérant qu'elle ignorait qu'elle l'avait également présentée à Bella comme une demeurée. D'autant qu'elle était revenue sur ce jugement : depuis le dîner de ce soir, Laura trouvait que Nicholas et Marjorie avaient été grandement sous-estimés.) Et quand lui as-tu dit ça?

Bella désenvenima immédiatement la situation en expliquant à Marjorie qu'elle avait interviewé Laura quelques jours plus tôt pour un projet d'émission sur les stylistes du Centre de la Confection. Elle ne s'étendit pas sur son intérêt particulier pour les Graymoor, et Marjorie sembla satisfaite. L'attention de celle-ci se reportait à présent sur Norman Wylie, qui était parvenu à garder un profil bas depuis qu'il avait rejoint le chaos de cette table.

– Et vous, qu'est-ce que vous faites?

– C'est mon ami, fit Bella en soufflant un baiser en direction de Norman, qui rougit jusqu'aux oreilles. Mon nouveau meilleur ami.

– C'est pas à vous que je parlais, fit Marjorie, mais à Norman. Alors Norman, vous ne faites rien?

– Je suis inspecteur.

Voilà qu'il se retrouvait soudain en plein milieu du ring, sous les projecteurs.

– Quelle sorte d'inspecteur? demanda Marjorie.

– Un très bon, fit Harvey.

Marjorie pencha la tête comme un petit loulou étonné.

– Vous vous connaissez? (Harvey expliqua que Norman lui avait rendu de grands services dans des affaires de fraude à l'assurance.) Il est aussi ici pour rendre service?

Oh oui, songea Laura, on l'a vraiment sous-estimée, la petite Marjorie.

Nicholas se mordillait la lèvre. Olivia essayait de mordre Nicholas. Arnold lui tira la tête en arrière et lui agita un index réprobateur devant le nez. Elle essaya de mordre le doigt. Arnold lui fourra le Sazerac sous le menton, et la langue anormalement longue d'Olivia commença à laper avec avidité. Arnold était tout à la fois fasciné et repoussé par elle. Il avait l'impression qu'une séance au lit avec cette femme serait à tout le moins instructive, mais il n'était pas sûr d'être un élève à la hauteur. Il se désintéressa d'elle soudain et regarda fixement Norman Wylie. Ne venait-il pas de dire quelque chose sur les jumelles? Il lui demanda donc de répéter.

– Je disais que c'est moi qui suis chargé de l'enquête sur leur meurtre.

Natalie fit courir ses doigts sur le clavier.

– Oh, la ferme, Nat, lui cria Arnold.

Elle quitta le piano et vint s'asseoir à une table proche de la leur. Le garçon lui apporta une boisson. Harvey comprenait à présent pourquoi Wylie s'était si facilement décidé à ne pas interroger tous les Graymoor. Il utilisait sa méthode à lui pour les observer. Dommage que Robert, Victor et Martha soient absents. Par réflexe, il jeta un coup d'œil circulaire dans la pièce pour s'assurer qu'ils n'étaient pas là.

– Qu'est-ce que tu cherches? demanda Laura d'une voix légèrement floue.

– Des amis absents.

Marjorie revint à la charge.

– Vous croyez que c'est quelqu'un de la famille qui a tué les jumelles?

– Ce ne sont pas les suspects qui manquent, répondit courtoisement Wylie. En fait, j'en ai trop.

– Oh, on n'a jamais trop de suspects, fit Bella d'une voix doucereuse, telle Julia Child en train de vanter devant un auditoire de gogos une de ses recettes les plus insipides.

– Je regrette que Manx n'ait pas vécu assez longtemps. Parce que moi, j'aurais traité avec lui et je serais tranquille, comme ça.

Tous les regards convergèrent vers Nicholas. Il avait les yeux humides, les cheveux ébouriffés. Laura jeta par hasard à ce moment un coup d'œil dans la direction de Marjorie et vit brièvement passer sur son visage une expression qui ne lui plut guère. Ce n'était pas exactement du mépris, mais c'en était proche. Il faudrait qu'elle en discute avec Harvey, plus tard. En espérant qu'elle n'oublierait pas, une fois dégrisée. Wylie faisait discrètement un tour de table du regard pour voir si l'évocation du nom de Manx provoquait une réaction. Il s'y attendait : personne ne parut surpris ou perplexe. Tous connaissaient Manx à l'exception d'Olivia Cedarwood, apparemment très occupée à escalader les genoux d'Arnold. Lequel luttait vaillamment pour la maintenir à sa place.

– Toi aussi, je crois, Arnold, plaida Nicholas. N'est-ce pas?

Arnold jeta un regard meurtrier à Harvey, qui fixait Wylie, lequel faisait courir son index sur le bord de son verre.

– Harvey chéri, minauda Laura, Arnold t'a lancé un sale œil.

– Merci, fit doucement Harvey. Je le laverai plus tard.

Arnold observait à présent Wylie, et réalisa : le policier lui aussi savait qu'il s'était rendu au bureau de Manx le jour du meurtre. Il devait plus tard se demander pourquoi Wylie ne l'avait pas convoqué pour l'interroger, puis se souvenir que l'affaire Manx relevait probablement d'une autre juridiction. Arnold se sentit à deux doigts de détester Harvey, mais lui revint en mémoire le chèque considérable que Laura lui avait remis dans l'après-midi.

– Tu ne m'as pas répondu, Arnold! fit sèchement Nicholas.

– Je ne t'ai pas répondu, minauda Arnold d'une voix doucereuse, parce que Mr Manx ne m'a pas parlé de chiffres. Il n'a fait que solliciter une entrevue. En fait, ajouta-t-il en se jetant à l'eau, j'ai vu Manx le jour où il a été assassiné. (Quelqu'un eut un halètement de surprise. Sans doute Bella, se dit Laura.) Il était déjà mort, alors je me suis tiré aussi vite que j'ai pu.

– Vous auriez dû en aviser la police, fit observer Wylie.

– Ce n'est pas la première chose à laquelle on pense quand on se retrouve en face d'un macchabée. Aïe! (Il tapa sur la main d'Olivia, sous la table.) Qu'est-ce que ces doigts font là, Olivia?

Et Olivia fit la moue.

– Il serait peut-être bon de réparer cet oubli demain matin, poursuivit Wylie.

Bella fut heureuse de constater avec quelle amabilité il avait dit ça. C'était comme s'il offrait une deuxième tasse de thé à Arnold. Il lui indiqua le commissariat et le nom de l'inspecteur à joindre, et Arnold promit d'appeler le lendemain matin.

– L'addition est pour moi, dit Harvey en faisant signe au garçon.

– Non, laissez-la-moi, fit Wylie qui avait déjà réglé sa propre consommation et celle de Bella avant de rejoindre les autres.

– Non, non ,non, insista Harvey en cherchant son portefeuille dans sa poche, c'est pour moi. J'ai une femme riche.

Laura sourit complaisamment, et Bella trouva qu'elle faisait très couverture de *Nous Deux,* en un peu plus sophistiqué.

– J'aimerais bien, moi, avoir une femme riche, fit rêveusement Nicholas.

– Ta prochaine, peut-être, suggéra Marjorie sans même tourner la tête vers son mari.

Elle regardait Laura. Tu as raison, ma petite dame, pensait-elle, mille fois raison. Je suis aussi maline que vous, je fais seulement semblant d'être bête.

– Devinez quoi, fit Natalie en levant haut son verre : je suis virée.

– Oh, Natalie, gémit Laura.

– J'ai demandé à cet enfoiré de me donner le week-end prochain, et il m'a répondu que je pouvais bien prendre le reste de l'année si je voulais, bon vent. Qu'est-ce que vous en dites? (Elle lança le verre de toutes ses forces à travers la salle et il se fracassa par terre, manquant de peu le devant du bar.) J'ai toutes les veines. Vraiment toutes les veines, vous ne trouvez pas?

L'hôtel particulier de Robert Graymoor était l'une des dernières résidences individuelles du quartier de Gramercy Square. Il s'élevait sur trois étages, calé entre un hôtel et un immeuble bourgeois en pierre brune. Le cabinet de travail de Robert se trouvait au premier, et c'est là, peu après 2 heures du matin, qu'il s'assit à son bureau devant une page ouverte de son journal intime. Journal qu'il tenait depuis qu'il avait su écrire, à l'âge de six ans. Il leva les yeux au plafond afin de se remémorer le nom du précepteur qu'Helga avait engagé pour pourvoir à son éducation en même temps qu'à celle de Martha et de Victor puis, ensuite, à celle de Laura et de Harvey. Ce nom lui revint : Cedric Longstreet. Ce cher Cedric, tout juste débarqué de Grande-Bretagne, si enthousiaste, si naïf, si complaisant et surtout tellement anglais. « Nous prendrons le thé à 4 heures, mes enfants, puis nous nous remettrons à nos leçons », avait-il coutume d'annoncer d'un air précieux en tapant dans ses mains pour ponctuer ses paroles. C'est Cedric qui avait transmis à Robert cette passion pour tout ce qui était britannique. Cedric qui le protégeait de la colère d'Andrew quand il avait fait une bêtise. Cedric qui avait quitté l'île dans des circonstances mystérieuses peu avant l'arrivée d'Arnold et Natalie dans la famille.

– Mais *pourquoi* est-il parti? avait hurlé Robert à Helga. Qu'est-ce qu'il a fait?

– Ton père t'expliquera. A partir de mercredi, Winston vous emmènera tous avec le bateau à East Gate pour vous inscrire à l'école communale. Je pense que votre père Andrew a raison sur ce point : il est temps que vous soyez mis en contact avec des enfants de votre âge. Vous vivez en vase clos, ici, beaucoup trop.

– Mais *j'aime* Cedric, moi.

– Bien sûr, fit Helga, prenant Robert dans ses bras en une dérisoire tentative pour le consoler. Mais il avait aussi besoin de penser à son avenir.

– Il n'a même pas dit au revoir, murmura-t-il d'une voix sourde.

Même à présent, trente ans plus tard, assis à son bureau, Robert se souvenait de ses larmes quand il avait réalisé qu'il ne verrait peut-être plus jamais Cedric Longstreet. Avec un soupir, il relut ce qu'il venait d'écrire, ces deux dernières heures. Il prit son stylo, ajouta quelques phrases, referma le cahier et le rangea dans son tiroir qu'il verrouilla avec la clé de la fine chaîne d'argent qu'il portait autour du cou.

Helga était la seule à savoir que Robert tenait un journal intime. Elle l'avait découvert peu avant le départ du précepteur. Encore maintenant, après tant d'années, Robert se demandait si ce n'était pas parce qu'elle y aurait lu quelque chose qu'on aurait fait faire ses valises à Cedric. Mais quoi, dans ce cas? Qu'aurais-je pu écrire de compromettant pour mon idole? Car ce devait être cela, commença-t-il à comprendre trente ans plus tard : j'ai peut-être trop insisté sur mon affection pour Cedric, et ça a prêté à confusion. Mais Helga ne se serait pas laissé abuser. Les pupilles de Robert se contractèrent. Andrew. Ce devait être Andrew qui avait pris le parti de mal interpréter. Cet horrible bonhomme. Très tendre avec Helga, certes. Un type horrible tout de même, qui avait adoré une chienne horrible du nom d'Esmeralda et qui avait laissé un héritage diabolique appelé tontine.

L'appartement insonorisé de Victor Graymoor occupait le sommet d'une tour de la Cinquième Avenue qui dominait Central Park. De multiples raisons expliquaient cette isolation, mais la crainte des bruits extérieurs de la ville n'avait pas été déterminante. Il était 2 heures du matin et Victor se trouvait allongé face contre terre, écartelé sur le sol de sa salle de musculation, poignets et chevilles fermement assujettis à des fers. La sueur ruisselait de son visage au point de former une petite flaque brune dessous. Le dominant de toute sa hauteur, une femme noire d'un mètre quatre-vingts, avec une cagoule de ski en cuir, le haut du corps enserré dans le fourreau d'une veste de cuir sans manches qui laissait s'exprimer la splendide musculature de ses bras. Par-dessus son pantalon de cuir moulant comme une seconde peau, de non moins splendides bottes noires bien lustrées lui montaient jusqu'aux genoux. Sa main droite brandissait un martinet. Elle regardait avec mépris le corps nu de Victor ainsi que les innombrables zébrures rouges qui lui barraient le dos. D'une voix qui résonnait comme les basses d'un orgue de cathédrale, elle tonna :

– Alors, esclave, tu as assez reçu?

– Encore, encore, pleurnicha Victor. Fouette-moi les cuisses et les mollets.

Elle regarda sa montre, leva le martinet par-dessus sa tête et l'abattit de toutes ses forces là où Victor avait demandé. Celui-ci poussa un hurlement à la limite de la douleur et de l'extase. La femme se promit d'appliquer un supplément de cinquante dollars pour dépassement d'horaire à ce sale vicelard étendu à ses pieds.

– Encore, encore. Fais-moi crier. Encore, encore!

– Maintenant, écoute, fit la maîtresse de l'esclave d'une voix redevenue normale, il est plus de 2 heures du mat et il faut que je me lève tôt : j'amène mes gosses chez leurs grands-parents pour le week-end. Alors deux coups et c'est fini, d'accord?

– Encore un quart d'heure et une rallonge de cent dollars, ça marche?

– Pour cent dollars, je vendrais ma mère aux Arabes.

Elle abattit de nouveau le fouet, avec une férocité redoublée qui fit hurler Victor d'une extase perverse.

Peu après 3 heures du matin, Laura referma doucement la porte de la chambre d'amis et revint au salon sur la pointe des pieds. Natalie ressemblait à un chérubin endormi, pelotonnée sur elle-même en position fœtale, son poing fermé pressé contre sa bouche. Ses joues étaient barbouillées de larmes et elle aurait sûrement une tête affreuse le lendemain matin.

– Elle dort? demanda Harvey quand Laura l'eut rejoint au bar pour le dernier verre avant la nuit.

– D'un sommeil de plomb. C'est bien que tu aies proposé de la ramener avec nous.

– J'allais pas laisser la petite sœur passer la nuit toute seule après ce qui vient de lui arriver.

– Je me demande bien pourquoi le mauvais sort s'acharne ainsi sur elle.

Elle s'était juchée en équilibre instable sur l'un des hauts tabourets. Derrière le bar, Harvey fouillait une étagère à la recherche de bretzels qu'il se souvenait avoir mis là des jours plus tôt.

– Ce dont Natalie a besoin maintenant, je pense, c'est d'un bon et long repos, sinon elle va nous faire une dépression nerveuse carabinée. (Il trouva la boîte de bretzels et en choisit un.) Je crois que je vais demander à Helga de la garder sur l'île une quinzaine de jours.

– Bonne idée. Qu'est-ce que tu manges?

– Un bretzel. Tu en veux?

– Non merci.

– T'as raison, ils sont rassis, fit-il en continuant à mastiquer.

– Cette Marjorie, elle n'est pas sotte.

– Qu'est-ce qui te fait dire ça, tout d'un coup?

– D'avoir passé une soirée avec elle. Elle est plus futée qu'on croit.

– Il t'en a fallu, du temps.

– Eh bien tu étais en avance sur moi.

– Je crois que Marjorie a épousé Nicholas parce qu'elle pensait faire le saut de l'ange dans les millions des Graymoor. Ils se rencontrent dans une boîte, ils se plaisent, et c'est le coup de foudre sexuel. Nicholas lui rebat les oreilles d'histoires du monde des Graymoor dont il vient, et cette pauvre gosse qui débarque de son bidonville du nord de l'Etat se dit qu'elle a touché le gros lot.

– J'ai surpris une expression sur le visage de Marjorie, quand Nicholas regrettait de ne pas avoir eu le temps de traiter avec Manx. C'était de la haine à l'état pur.

– Tu es sûre?

– Je sais reconnaître la haine à l'état pur quand je la vois. Un peu comme ta tête quand je sers le dîner. J'ai l'impression que Marjorie commence à lorgner ailleurs si ce n'est déjà fait.

– Trop tôt pour faire des pronostics, répondit Harvey, à présent écœuré par les bretzels. (Il jeta la boîte à la poubelle derrière le bar.) Ne vois-tu pas un danger dans l'association entre Norman Wylie et Bella Wallace?

– Seulement pour lui. Quand elle le regarde, Bella ressemble à un grand requin blanc. On dirait les « Dents de la mer ».

– J'espère simplement qu'il ne lui en raconte pas plus que nécessaire sur les Graymoor.

– Je ne pense pas que tu doives trop t'en faire à ce sujet. Ce que Bella veut trouver, elle le trouve. Elle est tenace, la bonne femme. Elle devrait se présenter à la présidence. Je suis sûre qu'elle a déjà mis une équipe de détectives aux basques de chacun d'entre nous.

– Ça va plaire à Robert, ça. (L'ironie de la chose n'échappait pas à Laura. Parfois, elle en arrivait presque à plaindre Robert de son obsession maladive du secret.) Et qu'est-ce que c'était que ce modèle réduit qui accompagnait Arnold?

– Une commande de cent mille dollars de vêtements portant ma griffe. La puissance commerciale d'Olivia Cedarwood est aussi grande que sa taille est petite. De plus, elle a une très grande fortune personnelle – le pétrole, au Texas. Arnold ne te portait pas trop dans son cœur, ce soir.

– Je sais. Il s'en remettra.

Laura avait traversé la pièce jusqu'à la fenêtre d'où elle regardait la ville à moitié endormie.

– Arnold pourrait-il être un meurtrier? (Harvey n'apporta pas de réponse à cette question. Laura n'en attendait d'ailleurs pas.) Autant que Natalie ou Nicholas, toi ou moi, Robert ou Victor.

– C'est sans doute le dernier auquel on pourrait penser.

Laura se retourna avec un sourire.

– Comme Cedric Longstreet?

– Cedric *qui*?

– Cedric Longstreet, espèce d'idiot. Tu ne te rappelles donc pas? (Elle revint vers Harvey.) Ce vieux « Nous prendrons le thé à 4 heures, mes enfants, puis nous nous remettrons à nos leçons »? Cedric Longstreet. Tu ne pouvais pas le sentir!

– Oh mon Dieu! fit Harvey en se tapant le front avec la paume d'une main. C'est vrai, comment pouvais-je l'oublier? Le chouchou de Bobby. Bobby, qu'il a marqué à vie avec ses « parbleu! », ses « N'est-ce pas », ses « très cher » et ses « vieille branche ». Il était tellement british qu'Oscar Wilde aurait eu l'air d'un juif errant, à côté. Mais dans quel insondable abîme de ta mémoire as-tu été le repêcher, celui-là?

– Est-ce que je sais? Le nom m'est juste revenu à l'esprit comme des fois celui de Warren Beatty ou de Maryse Bastié. J'étais sur l'embarcadère, le matin où Winston est arrivé au pas de course jusqu'au bateau en portant les bagages de Cedric, lequel le suivait avec son parapluie et sa trousse de toilette, hérissé comme un porc-épic en colère. Andrew, je me rappelle, se tenait immobile en haut du chemin, raide comme la justice en train de crier vengeance. En fait de cris, c'est Cedric qu'on entendait : « Traiter ainsi un innocent! Comment osez-vous, Monsieur? Vous m'en rendrez compte devant la loi! C'est la calomnie la plus vile qui soit! Car cet enfant est fou, je vous le dis. Robert est fou à lier! » (Harvey trouvait Laura délicieuse ainsi, face à lui, poing brandi.) « Je vous maudis, vous et vos stupides marmots! J'espère que vous cuirez tous en enfer! » Voilà par exemple des paroles intéressantes de la part de « la dernière personne à qui l'on pourrait penser ». Cela se passait voici trente ans. J'en avais six ou sept au plus, et je me souviens de tout. C'était mon premier avant-goût de mélodrame.

– Mais sapristi, qu'est-ce que tu fichais sur l'embarcadère?

– Je t'imitais, grand idiot. Je pêchais. Tu adorais t'asseoir sur la jetée et pêcher, alors comme je t'aimais déjà, je voulais faire comme toi.

– Cedric Longstreet doit être mort, maintenant.

– Pas forcément. Nous, il nous paraissait sans doute déjà croulant, mais je parierais qu'il n'avait pas plus de trente ans, et encore. Il pourrait très bien être encore là.

– Et il se réveillerait juste maintenant pour venger un affront vieux de trente ans? Allons donc. En plus, il n'est même pas concerné par la tontine. D'un autre côté, peut-être que...

Ses mots s'espacèrent, comme s'il se retirait dans ses pensées, ce qui agaça Laura. Tout autant que de ne pas encore dormir à une heure pareille et de devoir faire son deuil de sa nuit de repos.

– Peut-être *quoi*, d'un autre côté?

– Peut-être que les meurtres n'ont aucun rapport avec la tontine.

– Nathan Manx avait un rapport, lui.

– Ah, exact. Voilà ce que c'est, aussi, de m'égarer avec ton Cedric Longstreet. Dis, as-tu idée de ce qui a pu provoquer sa disgrâce?

– Victor pensait que Cedric avait des vues sur Robert, c'est tout ce que je me rappelle.

– Mon Dieu, soupira Harvey, qui donc pourrait avoir des vues sur Robert?

– Martha.

– T'as pas fini de me mordiller l'oreille?

– Je ne dors pas et je suis très excitée.

– Désolée, Laura chérie, mais j'ai mal à la tête.

– Ce n'est pas l'aspirine qui manque...

Nicholas parlait dans son sommeil et, comme toujours chez lui, ça n'avait ni queue ni tête. Marjorie se tenait dans l'encadrement de la porte qui séparait la chambre du salon, avec à la main une tasse de chocolat qui commençait à figer. Elle regarda le visage de Nicholas qui exprimait le tourment d'un cauchemar. « Notre mariage est un cauchemar, pensa-t-elle en se dirigeant vers la fenêtre qui donnait sur l'escalier de secours. Je leur ai bien montré cette nuit que je n'étais pas la cruche qu'ils croyaient. Pour qui ils se prennent, avec toute leur condescendance? Il y a Laura peut-être, qui ne serait pas si mal, encore que... Je l'ai vue ce soir, elle n'arrêtait pas de me mater, surtout dans ce troquet minable où on s'est retrouvés. Et revoilà cette Natalie-la-poisse. S'il y en a une qui ferait mieux de crever, c'est bien elle. Qu'est-ce qu'elle peut espérer maintenant, de toute façon?

Et Bella Wallace. Pas de quoi en faire tout un plat. Elle n'arrêtait pas de dévorer cet inspecteur des yeux. Aucune pudeur. Et ce zézaiement. C'est super à la télé, mais en vrai, ça la rend nunuche à un point... que c'en est embarrassant. Marjorie posa la tasse sur le rebord de la fenêtre et appuya son front contre le carreau. Arnold et la naine, voilà encore un joli couple. Comment fait-il, comment arrive-t-il à vivre comme ça? Ma vie est-elle meilleure que la sienne? Wylie, l'inspecteur. Des yeux comme des radars. Toujours à scruter tout le monde, à table, rien ne lui échappait. Cette façon dont il a catalogué Arnold. Il nous a sans doute tous catalogués.

Elle regarda sa montre. Trop tard pour lui téléphoner maintenant. Et Nicholas pourrait se réveiller. Elle s'éloigna de la fenêtre, bras croisés, tête baissée, le regard fixé au sol. Impatiente, désorientée, malheureuse.

C'est alors que Nicholas cria. Un affreux cri de douleur. Elle se précipita vers lui, s'assit sur le lit, le berça dans ses bras. « Chhhhut », murmura-t-elle, « chhhhut ». Il ne s'était pas réveillé. Le cri avait forcé son chemin du plus profond de ses entrailles.

Toujours endormi, il gémissait pitoyablement et Marjorie reposa doucement sa tête sur l'oreiller. S'appuyant tranquillement contre la tête de lit, Marjorie examina les ongles de sa main droite.

Courage, ma fille, courage. Il n'y a plus que ce fameux week-end à passer, et puis... et puis.

A 4 heures du matin, Arnold Graymoor s'appliquait de l'eau oxygénée sur les égratignures de ses épaules. Pendant quelques instants de l'heure qui venait de s'écouler, les petits doigts délicats d'Olivia s'étaient métamorphosés en griffes. Comme il l'avait prévu, c'était une tigresse, au lit. Pour la première fois de sa vie, il n'avait pas su à quel sein se vouer. Mais Olivia savait, elle. Elle grognait, grondait, miaulait, piaulait, mordait, égratignait – bref, était impossible. Arnold n'avait qu'une hâte, lui échapper. Enfin, quand il supposa toutes les passions de la dame assouvies, vu qu'elle était retombée en arrière sur l'oreiller dans ce qu'il espérait un coma profond, Arnold se précipita à la recherche de ses vêtements, s'habilla en moins de deux et fila à son appartement pour s'administrer les premiers secours.

Je pourrais le tuer, ce Harvey, avec sa grande gueule. Et cet inspecteur, qui me dit tranquillement de téléphoner à l'autre commissariat demain matin. Comment je présente la chose, moi? « Salut, je m'appelle Arnold Graymoor et je suis tombé sur le cadavre de Nathan Manx la gorge ouverte, l'autre jour. Vous dites? Oui, ça m'était simplement sorti de l'esprit. » Arnold se regarda dans le miroir de la salle de bains. Tu sais, mon bonhomme, dit-il à son reflet, ta vie d'adulte n'a été qu'une longue incongruité. Ce soir, avec Olivia Cedarwood, tu as touché le fond de la déchéance. Le pire, c'est qu'elle pourrait téléphoner demain pour la rebelote, alors comment t'en sortiras-tu? Tu es plongé jusqu'au cou dans la pauvreté, dans le meurtre, et quand elle découvrira que presque tout son fric s'est fait la paire, quand elle décidera d'appeler les flics, qu'est-ce que tu vas répondre?

Il s'adressa un petit clin d'œil dans la glace.

– Umpfff.

A 5 heures du matin, Norman Wylie avançait péniblement dans la Deuxième Avenue et désespérait de jamais trouver un taxi. Les premières lueurs de l'aube apparaissaient à l'est, mais aucun espoir ne semblait venir du nord. Où donc les taxis disparaissent-ils à 5 heures du matin? Cela fait une trotte jusqu'à Greenwich Village, et l'on pouvait faire bien des mauvaises rencontres en route. Au large, voyous, j'ai déjà eu mon compte pour cette nuit. Je viens de me faire la célèbre, la fascinante, l'inoubliable reine de la télévision, Bella Wallace, la seule, l'unique. Je n'ai jamais été dirigé de cette manière en faisant l'amour. « Comme ça, Norman. » « Maintenant, comme ça. » « Tiens, si on essayait ça? » « Et maintenant, mon cher... » Ce n'était plus du sexe, c'était une interview.

Quand enfin les ardeurs furent retombées et la paix revenue, les affaires reprirent le dessus.

– Tu crois que c'est Arnold Graymoor qui a tué Nathan Manx? Il s'est vraiment comporté comme un assassin, en tout cas.

– Il s'est comporté comme un suspect, rectifia Norman.

– Je n'aime pas du tout Marjorie. Elle est très faux jeton. (Bien d'accord, songea Wylie.) Et cette pauvre malheureuse, dénuée de tout talent...

– Natalie.

– Bon sang, on dirait un personnage de Tennessee Williams. Comme enfant marquée par le destin, j'entends. Elle aura la poisse toute sa vie. Ah, j'ai faim.

Elle sauta hors du lit avec une agilité incroyable pour une personne qui avait autant mangé, autant bu, et après des efforts athlétiques aussi intenses. Il savait qu'elle avait passé la quarantaine, mais elle possédait le ressort et la souplesse d'une jeune fille de vingt ans. Tandis qu'elle disparaissait dans la cuisine, Wylie s'habilla prestement et prit son manteau. « Tu ne vas pas me quitter! » l'entendit-il glapir derrière lui alors qu'il passait une manche.

– Je travaille tôt demain.

– Mais tu ne veux pas manger un morceau?

– Je ne pourrais plus rien avaler.

Il avait promis de l'appeler le lendemain. Puis l'avait embrassée – elle sentait le salami –, s'était précipité sur l'ascenseur. Maintenant, il cherchait un taxi : il en repéra un, garé juste en face d'une cafétéria ouverte toute la nuit. Il y courut et attendit le chauffeur, son insigne de police à la main, au cas où ce dernier la ramènerait un peu trop. Pour patienter, il pensa aux Graymoor. Et joua mentalement à un petit jeu : compter combien d'entre eux mourraient avant que l'assassin soit découvert. Un jeu qui ne l'amusa pas du tout.

10

Dans un petit snack juste en face du quai, à East Gate, Mickey Redfern s'était installé à une table près de la fenêtre pour prendre son petit déjeuner. Il en était à sa seconde tasse de thé et fumait une cigarette lorsqu'il vit Martha accoster, amarrer le bateau des Graymoor puis, à longues et gracieuses enjambées, descendre la passerelle de bois. Il n'était pas encore 8 heures du matin, remarqua Mickey, et Martha était déjà sur le pont! Pour faire ses courses de la semaine, probablement. Mickey n'était pas loin du compte : Martha préparait le week-end. Helga et elle avaient, en compagnie de Rebecca, la cuisinière-gouvernante, passé la majeure partie de l'après-midi de la veille à concocter les menus avec l'application et la détermination d'un truand des champs de courses pour doper les chevaux. Martha avait commencé par téléphoner au boucher pour qu'il prenne des dispositions en vue d'un vrai conseil de guerre. C'était son premier rendez-vous de la matinée. Venaient ensuite l'épicier et le boulanger. Il fallait aussi prévoir la décoration des tables et des fleurs. Des jeux de cartes neufs étaient nécessaires car on allait certainement s'activer au bridge, au poker ou à la canasta. Les stocks de bougies devaient être reconstitués, et il n'y avait jamais assez de lampes à pétrole d'urgence, d'autant que les prévisions météorologiques annonçaient des orages pour la fin de la semaine. Mickey espérait que Martha avait prévu de passer la plus grande partie de la journée à East Gate. Il régla sa note puis acheta quelques sandwiches et un paquet de six cannettes de bière. Vingt minutes plus tard, il se mettait en quête d'un solide hors-bord à louer. La plupart des plus gros bateaux avaient déjà été réservés par les habituels pêcheurs du samedi. Il embarqua la nourriture, les boissons, un grand rouleau de cordelette, une torche électrique puissante, et mit le cap sur l'île Graymoor.

Dans la chambre d'ami de Laura et Harvey, Natalie s'était réveillée et gardait ses yeux grands ouverts fixés au plafond. Sa montre lui indiquait 8 heures, mais son cœur lui soufflait qu'il lui restait peu de temps. Pas de travail, pas de compagnon, pas d'argent, aucune perspective. Que pouvait-elle faire sinon remonter la pente? Y avait-il seulement une pente à remonter dans son avenir? Elle se redressa sur son séant et regarda par la fenêtre. Sa langue lui paraissait couverte d'étoupe, ses yeux étaient larmoyants et un danseur s'entêtait à faire des claquettes dans son crâne. Elle ne se rappelait plus où elle était, et encore moins pourquoi, jusqu'à ce qu'elle reconnaisse une reproduction de Modigliani sur le mur. Elle l'avait déjà vue. Elle se trouvait donc dans la chambre d'ami de Laura et Harvey. Au pied du lit, elle vit un déshabillé. Très joli. Délicate attention de la part de Laura. Facile, avec son fric, d'avoir des attentions. Natalie se réprimanda aussitôt. Ne sois pas garce, espèce de garce. Laura a toujours été gentille et prévenante. Elle est toujours venue à la rescousse. Cinquante dollars l'autre nuit, alors qu'elle savait pertinemment qu'elle ne les reverrait sans doute jamais. Mais à présent, que faire? Et comment? Et où? Elle avait besoin d'une aspirine. Elle se leva du lit et se dirigea d'un pas mal assuré vers l'armoire à pharmacie dans la salle de bains. En voyant son visage dans la glace, elle faillit crier de peur avant de réaliser que c'était le sien. Elle trouva les cachets. Dommage que ce n'ait pas été des somnifères.

Comme elle l'avait prévu, Laura n'avait pu trouver le sommeil, et donc Harvey non plus. Il était assis dans le lit et regardait des dessins animés de Tom et Jerry à la télévision, en sirotant une grande tasse de café noir très fort opportunément apporté par sa femme. A son bureau dans le salon, Laura attendait qu'au manoir Graymoor quelqu'un décroche le téléphone. Ce fut Helga qui répondit, et il y eut trois minutes de questions et de réponses avant que Laura pût en venir au fait.

– Bien sûr que Natalie peut demeurer avec nous, répondit gravement Helga. Mais es-tu sûre qu'elle voudra? Elle est tellement instable.

– Je vais avoir une longue conversation avec elle dès qu'elle sera réveillée. Je crois qu'elle saisira cette chance de se mettre un peu au vert et de se retrouver. Cette ville a beau être immense, on peut vraiment y devenir claustrophobe.

La conversation s'orienta alors vers d'autres sujets. Elles en vinrent à parler du week-end prochain, et du fait qu'en ce moment même, Martha était à East Gate pour passer les commandes et faire les courses. Elle y resterait sans doute toute la journée, d'autant qu'Helga avait beaucoup de pain sur la planche avec son dernier roman. Elle en annonça le titre à Laura.

– *L'amour à mort*? fit Laura avec un recul. Oh, je crois que c'est exactement ce que votre public attend, dit-elle en espérant qu'une foudre vengeresse ne viendrait pas la clouer sur son fauteuil.

Il y eut un silence à l'autre bout du fil. Laura attendit patiemment. La vieille femme semblait avoir quelque chose à lui dire mais éprouver des difficultés à trouver les mots. Elle veut me parler de meurtre, se dit Laura, et pour elle, c'est inconvenant. Soudain, Helga reprit la parole. Pour expliquer à Laura que ce roman serait sa première tentative dans la littérature criminelle. Eh bien, songea Laura, le meurtre est peut-être un sujet inconvenant, mais il a des côtés lucratifs... Elle émit les exclamations enthousiastes de rigueur, ce qui fit plaisir à Helga, puis prononça les paroles qu'elle aurait voulu étrangler dans sa gorge.

– Vous écrivez à partir d'une expérience vécue, mère?

Helga fit un bruit qui pouvait être un hoquet.

– Je t'expliquerai ça quand je te verrai. Je ne veux pas en parler maintenant.

– Allons bon, voilà que je vous ai fait du mal.

– Non, pas toi. Jamais toi, Laura chérie. J'ai eu mal pendant très longtemps pour des tas de raisons. Les jumelles... il y a tant de choses.

– Mère, vous avez l'air effrayée. Se serait-il passé quelque chose d'anormal sur l'île?

Harvey avait rejoint Laura dans le salon, se demandant si elle avait avalé le téléphone.

– Les habituelles incursions d'étrangers. Il y en avait un hier, d'après ce que dit Martha. Elle a vu un homme arriver par bateau dans ton endroit favori, la crique cachée. Mais ne t'en fais pas pour nous,

Laura, il n'y a pas de problème. C'est très bien que Natalie puisse rester avec nous, elle sera beaucoup plus en sécurité ici. (Laura ne demanda pas ce qu'elle entendait par « en sécurité » .) Tu sais ce que je veux dire : en sécurité dans un endroit où elle peut se reposer et réfléchir. Je t'aime, ma chérie, et Harvey aussi. J'ai hâte d'être au week-end prochain.

Laura répéta sa conversation à Harvey.

– L'étranger dans la crique, à tous les coups c'était Mickey Redfern, dit-il. Tant mieux, il ne perd pas de temps. Quant au fait que Natalie sera plus en sécurité à Graymoor...

– Pourquoi serais-je plus en sécurité à Graymoor? demanda cette dernière en faisant son entrée comme un des mannequins de Laura : le déshabillé lui seyait, et elle avait le visage moins hagard et moins marqué après s'être douchée et maquillée.

– J'étais en train de parler avec Helga.

– Je vais faire du café, dit Harvey qui s'éclipsa dans la cuisine.

Natalie s'assit en face de Laura et croisa les jambes.

– Tu parlais de moi avec Helga?

– Nat, nous pensons que tu devrais passer une quinzaine de jours sur l'île et te reposer un bon coup. Parce que ce n'était pas une cure de santé, ton temps au Dombey, et je crois que tu es un peu secouée nerveusement.

– C'est vrai, fit-elle en décroisant les jambes. Tu as peut-être raison, peut-être que deux semaines à ne rien faire, au grand air, avec de bons petits plats, me feraient le plus grand bien. Peut-être serais-je plus en sécurité là-bas. C'est peut-être ça qu'il me faut : quelques mots gentils, qu'on s'occupe un peu de moi. Je n'ai jamais été chouchoutée par Helga. Je n'ai jamais été chouchoutée par personne.

Quand Harvey revint avec un plateau chargé de trois bols et d'une pleine assiette de toasts beurrés, il trouva Laura les bras passés autour de leur sœur en larmes. Il lut dans le regard de sa femme que Natalie avait besoin de beaucoup de compassion.

– Du café chaud et des toasts beurrés bien croustillants, annonça-t-il d'une voix de Père Noël, c'est l'ordonnance du docteur. Allez, courage, Natalie. On t'aime et c'est le principal.

Elle sécha ses yeux en s'excusant pour sa stupidité et accepta une tasse de café avec un toast. Ils se mirent alors à se repasser le film de la comédie absurde de la veille au soir et se demandèrent ce qu'il était advenu du couple Olivia et Arnold.

Vu sa petite taille, Olivia Cedarwood ne pouvait avoir qu'un tout petit mal de tête. Elle avait fait ses bagages et attendait que le groom vienne les prendre. Elle avait téléphoné à la réception qu'on lui prépare sa note. Elle en profita pour se faire les ongles et les débarrasser des morceaux de peau d'Arnold qui y étaient restés accrochés. En regardant dans son sac, elle ne fut pas surprise outre mesure de s'apercevoir que presque tout son argent avait disparu. Elle se demanda si Laura Graymoor savait que son frère était un voleur doublé d'un prostitué. Oh et puis après tout! Qu'est-ce que ça pouvait faire? Olivia s'était bien amusée et elle était sûre qu'on lui donnerait du liquide contre un chèque à la réception. Elle se mit alors à penser à Dallas, à ce qui l'attendait là-bas. Des années auparavant, elle avait rêvé de grandeur : être un grand poisson, roi d'un grand étang. Son argent ne pouvant lui offrir cela, elle avait appris un métier et s'était contentée d'être une petite bouffonne dans une grande ville. Ça valait mieux que de tomber dans l'obscurité totale.

Norman Wylie était au téléphone avec Ike Tabor, l'inspecteur chargé du dossier Manx. Ike le remercia pour ses renseignements sur Arnold Graymoor. Non, il n'avait pas appelé, mais l'heure était encore très matinale pour les play-boys. Ils échangèrent quelques autres informations qui leur semblaient en rapport avec les trois meurtres et se promirent de rester en contact. Dan Wright, le supérieur de Norman, entra alors dans le bureau en pouffant d'un rire sardonique.

– Devine qui veut faire un reportage télévisé sur les inspecteurs de police? (Le visage de Norman resta de marbre. Seul son estomac se manifesta.) Bella Wallace. Elle m'a tenu la jambe au téléphone pendant un bon quart d'heure. Il a fallu cinq minutes pour me convaincre que c'était bien elle. Je n'arrivais pas à croire qu'elle était du genre à se lever si tôt un samedi. En fait, je ne savais pas que les gens comme elle travaillaient le week-end.

– Les gens comme elle n'arrêtent jamais de travailler. (Norman imaginait Bella assise toute la nuit devant le téléphone, jusqu'à ce qu'elle juge l'heure appropriée pour appeler.) Alors qu'est-ce qui s'est passé? Tu as accepté de coopérer?

– Je lui ai fait la réponse habituelle. Il faut passer par les canaux officiels. Les chinoiseries administratives, la paperasserie. Pas de problème, qu'elle a dit. (Norman imagina Bella écartant tout de son chemin comme un chariot bâché des pionniers ouvrant une voie dans la prairie.) Alors bon, un peu de publicité ne nous fera pas de mal. Ça n'augmentera pas nos salaires, mais ça pourrait nous attirer des sympathies. (Appuyé contre le mur tandis que Norman s'était ostensiblement plongé dans la lecture de formulaires officiels, Dan Wright se rappela soudain quelque chose.) Au fait, t'avais pas rancard avec cette gonzesse, hier? (Norman confirma de la tête. Dan y alla de son sourire le plus blanc émail.) Et tu te l'es faite?

Pas étonnant que Dan se soit élevé si haut dans la police.

– Je me la suis faite.

– Norman, reprit Dan en articulant son nom sur un ton solennel qui fit lever les yeux à son compagnon, quel que soit ton truc, tu devrais le faire breveter et le commercialiser à un prix raisonnable.

– Et crois-moi, Dan, elle devrait figurer dans le *Livre des records.*

– Sacré bon sang! Je veux bien l'aider.

Quand Dan fut retourné à son bureau, Norman rumina la question de la poursuite de ses relations avec Bella. Elle avait déjà fait le second pas. Il décida d'attendre ses prochaines initiatives. Il avait à réfléchir à des choses plus importantes. Les Graymoor, par exemple.

Après avoir laissé Natalie devant son immeuble, Laura et Harvey décidèrent d'aller faire les magasins pour chercher un cadeau d'anniversaire à Helga. Ils demandèrent au taxi de les conduire chez Bloomingdale, où ils pourraient faire d'une pierre deux coups : trouver le cadeau et voir dans quel état se trouvait Nicholas.

Un état intermédiaire entre la crise et la mort. Il se tenait derrière le comptoir des chemises de soirée pour hommes et regardait un client de ses yeux troubles. Depuis leur excellent point d'observation au rayon des cravates et chaussettes, Laura et Harvey crurent, en considérant l'angle précaire qu'il faisait avec la verticale, qu'il allait s'affaler sur la vitrine et passer à travers. Mais Nicholas se penchait seulement pour montrer une pile de chemises de marque. Le client, les mains sur les hanches, recula, et Harvey se demanda s'il était en train de se poser des questions sur les chemises ou sur le vendeur. Finalement, ils le virent articuler « Merci, pas aujourd'hui » et s'éloigner. Ils mirent le cap sur leur frère.

– T'as besoin d'une transfusion, ou quoi? demanda gaiement Laura.

– Quelle horrible nuit, gémit Nicholas. (Puis il ajouta tout bas :) Le chef de rayon me surveille.

Faites comme si vous vouliez acheter quelque chose.

Harvey tâta le tissu d'une des chemises exposées et fit ostensiblement une grimace de dégoût. Nicholas s'empressa de lui montrer un autre article.

– Les parements de dentelle, c'est pas mon truc, grommela Harvey. Tu vas réussir à survivre jusqu'à ce soir?

– Ce sera juste.

– Et Marjorie, comment elle va?

– Je ne sais pas. Elle était partie quand je me suis réveillé. (Laura et Harvey échangèrent un regard.) Vous êtes venus pour m'interroger, vous deux, ou quoi?

– Mais non, mon grand, fit Laura avec un sourire destiné à convaincre le chef de rayon que Nicholas s'occupait d'elle à la perfection, nous cherchons un cadeau pour Helga. Tu as quelque chose à suggérer?

– Je lui ai déjà pris des savonnettes d'importation, j'ai une remise dessus. Il y a de très jolies boîtes à musique de Suisse, au quatrième. Elles viennent de rentrer.

– Ça doit coûter une fortune, grogna Harvey.

– Et comment va Natalie?

– Pas très fort. Nous l'avons ramenée chez nous et persuadée de passer une quinzaine de jours sur l'île avec Helga et Martha.

– J'aimerais bien pouvoir faire comme elle, dit Nicholas d'une voix toute malheureuse.

– Qu'est-ce qui ne va pas, à part le train-train quotidien? demanda Harvey après avoir adressé un clin d'œil à Laura.

– Je ne sais pas trop, répondit Nicholas en s'apercevant avec soulagement que le chef de rayon espionnait à présent un autre employé. Il s'est passé quelque chose hier soir qui l'a changée.

– Nous avons parfois un effet étrange sur les gens, dit Laura.

– Ce n'était pas tant la conversation du dîner, que la folie qui a suivi. Est-ce que je me suis rendu ridicule?

– Absolument pas, lui assura Harvey.

– Apparemment ce n'est pas l'avis de Marjorie. J'ai fait des cauchemars terribles. Un en particulier, au point qu'elle a dû me réveiller. Elle s'est montrée pleine d'attentions, mais je crois que ça lui a demandé un gros effort. Vous vous rappelez quand j'ai dit « J'aimerais bien, moi, avoir une femme riche »?

– Ah, c'est toi qui as dit ça? fit gaiement Laura.

– Et Marjorie a répondu : « Ta prochaine, peut-être. » (Nicholas s'occupait à replier des chemises, mais il n'échappa ni à Harvey ni à Laura que ses mains tremblaient.) Elle ne plaisantait pas. Marjorie ne plaisante jamais. Ce qu'elle dit, elle le pense. « Ta prochaine, peut-être. » Ça veut dire qu'au fond de son esprit, elle pense me quitter. Je ne veux pas qu'elle me quitte. Je l'aime. C'était juste pour rire que je disais que j'aimerais bien avoir une femme riche. Et c'est la première fois qu'elle a quitté la maison sans me laisser un petit mot gentil, du genre « Je t'aime. A plus tard, mon canard ». Un truc mignon comme ça.

Laura frémit. Elle pensait que si jamais Harvey s'avisait de lui laisser un petit mot de ce genre-là, elle lui écraserait la figure à la première occasion.

– Mais puisque tu te fais autant de souci, pourquoi ne lui téléphones-tu pas à son travail? suggéra-t-elle.

– Je l'ai fait, balbutia Nicholas. Elle n'y était pas. Et on ne l'y attendait pas. On a pourtant tous bien entendu qu'elle travaillait aujourd'hui?

– Absolument, confirma Harvey qui aurait aimé tordre le cou à Marjorie de ses propres mains.

– Je crois qu'elle me trompe.

– Allons, Nicky, intervint aussitôt Laura, arrête de monter sur tes grands chevaux. Elle avait sans doute une raison tout à fait valable pour prétendre qu'elle devait travailler aujourd'hui. (Laura n'était pas des plus convaincantes; elle se souvenait avoir été bien meilleure...) Peut-être veut-elle te faire une surprise quelconque?

– J'ai horreur des surprises. Non, je crois que cette histoire de meurtres l'a complètement tourneboulée. Elle se dit peut-être qu'elle va bientôt être veuve parce qu'il est évident que je suis sur la liste, alors elle s'est mise en campagne pour chercher quelqu'un d'autre.

Elle pourrait bien l'avoir déjà trouvé, songea tout bas Harvey tandis qu'il disait tout haut :

– Je crois que tu noircis le tableau, Nick. L'alcool et l'agitation d'hier soir, je suppose. Tu as besoin d'un peu de solide dans l'estomac. Tu veux déjeuner?

– Non merci. J'ai des tas de choses à faire ici à l'étage. L'autre vendeur est malade. Mais ça ira. Vous feriez mieux de ne pas rester trop longtemps si vous n'achetez pas, le chef de rayon est un vrai casse-pieds et il recommence à regarder par ici. Je vous téléphonerai plus tard.

– Nous serons à la maison, fit Laura en prenant Harvey par le bras pour le diriger vers l'escalier mécanique.

En passant devant le chef de rayon, Laura afficha son plus beau sourire.

– Ce jeune vendeur est tout à fait charmant, fit-elle avec conviction. Dommage qu'ils ne soient pas tous comme ça dans ce magasin.

Et ils s'éloignèrent d'un air dégagé pour se mêler à la foule des acheteurs. Le chef de rayon prit Laura pour une folle : Nicholas Graymoor était un pauvre type, un des plus mauvais vendeurs de tout le personnel. « Heureusement pour lui qu'il a un si beau physique, songea-t-il : on le garde juste parce qu'il fait bien dans le tableau... »

Quand ils atteignirent l'escalier mécanique, Harvey prit Laura par la main et la tira dans la direction opposée.

– Je ne peux pas supporter ces foules. Sortons d'ici.

Quelques minutes plus tard, ils longeaient Lexington Avenue en direction de la Cinquante-septième Rue et d'une boutique que Laura voulait aller voir.

– Je crois qu'Helga devrait sérieusement envisager de transformer Graymoor en lieu de retraite, dit-il. Natalie est au bord de la dépression, Nicholas ne vaut guère mieux. Et je suis d'accord avec lui : Marjorie doit fricoter quelque part.

– Ah, tu reconnais les symptômes?

– Pour être tout à fait honnête, oui.

– Eh bien si elle fricote, je me demande si c'est avec quelqu'un que Nicholas connaît.

Harvey ne répondit pas. Il avait l'esprit préoccupé par ces meurtres et elle respecta son silence. Elle savait qu'il réfléchissait intensément quand il fronçait les sourcils de cette manière et que ses lèvres bougeaient nerveusement sans proférer un son. La première fois qu'elle lui avait vu cette expression, ce fut en descendant l'allée centrale de la chapelle de l'île, le jour de leur mariage, et elle avait croisé les doigts, car elle craignait à tout moment de voir son bien-aimé s'enfuir à toutes jambes. Mais il ne l'avait pas fait, songea-t-elle avec satisfaction en priant le ciel qu'il ne le fît jamais. Aussi exaspérant qu'il pût se montrer à l'occasion, et qu'il continuerait certainement à être, Laura ne pouvait envisager qu'une seule séparation définitive d'avec Harvey : la mort. Pourtant, nombreux étaient les matins où il avait déjà quitté l'appartement quand elle se réveillait, sans laisser d'autre message derrière lui que la forte odeur de son après-rasage. Il n'était jamais venu à l'esprit de Laura de voir quelque chose d'irrévocable dans un comportement aussi ordinaire. Elle l'appelait rarement à son bureau, sauf motif important, par exemple savoir s'ils mangeaient dehors ou à la maison, et si c'était à la maison, de quoi il avait envie – à part d'elle, bien entendu.

– Nicholas est tellement gamin, dit-elle tout haut. Il se sent si peu en sécurité, dans sa peau d'homme marié. Il devrait avoir une bonne explication avec Marjorie. Ah, voilà la boutique, là-bas. Tu te sens le courage?

Il pressa un peu plus fort la main de Laura, et Laura sourit. Elle, au moins, se sentait tout à fait en sécurité.

Mickey Redfern attacha solidement l'une des extrémités du grand rouleau de cordelette au poteau auquel il avait amarré son bateau loué. Puis il déroula. Il semblait en avoir des kilomètres, et quand il fut au bout, il noua solidement l'autre extrémité autour de sa taille. Un automatique compact, à canon court, se trouvait dans la poche gauche de son pantalon. Sa main droite tenait une puissante torche électrique. Il était prêt, à présent, à explorer l'intérieur de la grotte. Il avait bien retenu tous les renseignements fournis par Harvey, lequel avait pourtant admis, lors du dîner qu'ils avaient pris ensemble, que Laura connaissait sans doute beaucoup mieux les lieux que lui. Il se préparait à affronter le labyrinthe de galeries qui, pour la plupart, ne menaient que de l'une à l'autre et laissaient le non-initié dans une dangereuse perplexité. Il savait qu'il en existait une qui conduisait au manoir et aux caves à vin, mais elle était difficile à trouver quand on ne la connaissait pas. Il se souvint qu'il fallait se méfier de la rivière souterraine qui, par endroits, s'élargissait pour devenir un petit fleuve d'une insondable profondeur. Au bout de huit cents mètres environ, il savait devoir trouver les anciennes cellules à esclaves. Mickey se demanda si les gens du *National Geographic* étaient jamais venus explorer cet endroit. Et combien d'innocents voyageurs avaient pu en trouver l'entrée et se perdre à jamais. Car cela s'était fatalement produit un jour. Harvey lui avait dit qu'on soupçonnait plusieurs personnes disparues du continent de s'être aventurées dans les grottes et d'y avoir péri. Mais on n'avait aucune preuve, bien que des équipes de secours eussent en plusieurs occasions traversé le labyrinthe, en particulier au moment lointain où Robert Graymoor s'y était perdu pendant trois jours.

Mickey avança lentement dans la grotte. Elle était humide, froide et glissante et devait abriter toutes sortes de petites créatures répugnantes dans ses ténèbres stygiales. Malgré toutes les précautions qu'il prenait pour marcher, ses pas produisaient un écho. Mickey n'avait jamais eu peur du noir ni reculé devant le danger, mais il éprouvait toujours le besoin d'une présence pour affronter l'inconnu. Il n'avait jamais été seul au Vietnam, ni en Angola ni à San Salvador, ni au Sahara où il avait failli se faire tailler en pièces par un Berbère fou furieux, avant qu'ils se découvrent une passion commune pour Doris Day. Balayant à droite, à gauche et au-dessus de sa tête avec le faisceau de sa lampe, il commençait à comprendre ce que Tom Sawyer et Huck Finn avaient pu ressentir lorsqu'ils s'étaient perdus dans leurs grottes pour tenter d'échapper au meurtrier Indian Joe. Pour se rassurer, Mickey palpait de temps à autre sa poche gauche où, en plus de son arme, il avait mis une pile de rechange pour sa torche, bien qu'il n'eût pas l'intention de prolonger sa première expédition au-delà d'une demi-heure. Il exerça une traction sur la cordelette : elle semblait solidement attachée. Si jamais il la sentait trop tirer, il reviendrait immédiatement sur ses pas. Il entendit un bruit en haut, devant lui, et s'arrêta net. Il fouilla lentement les ténèbres avec sa torche et découvrit un rat, sur une corniche rocheuse, qui cligna des yeux comme un sémaphore affolé avant de faire volte-face et de filer. Il leva son faisceau et illumina une autre saillie couverte, elle, de chauves-souris. Harvey lui avait assuré que celles-ci n'étaient pas de l'espèce porteuse de rage que l'on trouvait dans les grottes du Sud-Ouest. Il espéra qu'il ne s'était pas trompé. Il consulta sa montre et décida de continuer cinq minutes encore avant de revenir sur ses pas. Il n'avait pas encore atteint la rivière souterraine, ni la moindre bifurcation du couloir qu'il suivait. En sueur, il sortit un mouchoir de sa poche arrière, s'épongea le visage et le front. Après avoir rangé le mouchoir, il reprit sa lente progression, le faisceau de sa torche transperçant les ténèbres devant lui.

Il arriva à une cellule. Les solides barreaux en fer portaient des entrelacs d'énormes toiles d'araignée blanches. La porte était entrouverte. Mickey la fit jouer sur ses gonds, et testa les barreaux de sa main libre : c'était vraiment du métal robuste. Mickey n'aurait pas voulu être enfermé là-dedans. Il avait pourtant déjà connu bien des cachots, avait réussi de nombreuses évasions, mais cette cellule était indestructible et témoignait du génie de l'artisan qui l'avait construite des siècles plus tôt. Il y avait encore un grabat en bois à l'intérieur, ainsi qu'un tabouret et un trou d'aisances dans le sol. A sa grande surprise, un paquet de vêtements se trouvait sur le grabat, ou du moins ce qui ressemblait à un paquet de vêtements. Mickey distingua une veste en lambeaux qui avait jadis dû être du tweed. Le pantalon avait été noir ou gris foncé. Il y avait aussi une casquette. Horrifié, Mickey s'aperçut, lorsqu'il regarda de plus près, que cette casquette recouvrait un crâne. Un examen plus approfondi lui révéla que la veste et le pantalon contenaient un squelette humain. Les os blanchis étaient comme nettoyés. Mickey émit un petit sifflement. Cette découverte ne lui répugnait pas, elle l'excitait plutôt. Il balaya le faisceau de sa torche à la recherche d'autres indices et en trouva. Au pied du mur opposé au lit, se trouvaient un parapluie d'homme et une trousse en cuir. Il s'agenouilla et força le couvercle de la trousse : elle contenait des articles de toilette. Mickey la referma et la mit sous son bras. Il jeta un dernier regard vers la forme hideuse qui gisait sur le lit.

– Qui que tu aies été, pauvre diable, j'espère que tu es parti vite.

Il orienta la lumière vers le crâne, puis vers la nuque, et poussa un petit grognement. Le gars était parti vite. Il avait eu le cou brisé.

11

Vas-y doucement, ne cessait de se répéter tout bas Mickey Redfern, très doucement. La trousse de toilette bien calée sous son bras gauche, la lampe assurée dans sa main droite, il suivait la cordelette nouée à sa taille pour retourner vers la sortie de la grotte. Retour qui, étrangement, lui semblait plus long que l'aller. Etait-il possible que quelqu'un, peut-être Martha rentrée plus tôt que prévu sur l'île, ait découvert la cordelette attachée au poteau, l'ait coupée, puis envoyé le bateau à la dérive? Martha pouvait-elle avoir eu la force d'assassiner un homme en lui brisant le cou, puis de laisser le cadavre pourrir dans la cellule sans autre forme de procès? A première vue, d'après l'état du squelette et des vêtements, d'après celui de la trousse de toilette, toute rouillée et toute moisie, Mickey pensait que l'homme avait dû trouver la mort bien des années auparavant. Au fait, les restes pouvaient-ils être ceux d'une femme? Il revit mentalement les lambeaux de veste en tweed et de pantalon noir et conclut que seul un homme aurait pu choisir des vêtements pareils. Mickey continuait à progresser dans les ténèbres en pataugeant dans la boue, et il bénissait le fabricant des épaisses bottes de cuir dont il s'était équipé, non sans attendre avec impatience la première caresse d'air marin qui annoncerait une sortie imminente de ce trou infernal. *Laura et Harvey jouaient là-dedans quand ils étaient gamins.* Robert est resté *trois jours entiers* perdu dans ce labyrinthe souterrain et a survécu. C'est vrai, se dit-il, que les enfants sont d'une autre trempe. N'avait-il pas lui-même descendu en canot, à l'âge de dix ans, les rapides d'un torrent dangereux qui avaient été fatals à une demi-douzaine au moins d'adultes? « Ce vieux Mick va là où les anges n'osent pas poser le pied » , lui avait dit un jour, en paraphrasant Pope, Nolan Whitehouse en Angola. « Tu devrais surveiller cette pulsion de mort, sinon tu ne goûteras plus jamais aux fruits de la civilisation. » Il entendait encore le son âpre et cynique du rire de Nolan juste avant que la bombe n'explose et ne le décapite.

L'air de la mer. Mickey le sentait. Il assura bien sa prise sur la cordelette et accéléra l'allure. Il faillit lâcher la trousse de toilette et, en la rattrapant, fut à deux doigts de laisser tomber sa torche. Du calme. Il s'arrêta, fit quelques exercices de respiration profonde et laissa à son cerveau le temps de s'apaiser. Le sang battait à ses tempes. Comme la fois où, coincé dans une grotte d'Afghanistan, il essayait de retarder l'échéance de la suffocation : il avait fallu quinze minutes à peine à ses compagnons pour l'extirper, mais cela lui avait semblé durer une éternité. Le lendemain, il était retourné dans une autre grotte et y était resté assis pendant une heure pour surmonter la phobie que l'horreur de la veille lui avait donnée. C'était cette détermination, cette force d'âme qui faisait de Mickey Redfern un animal hors du troupeau, indompté, et toujours vivant. La solitude des vieux ne l'inquiétait guère parce que, avec un métier comme le sien, il avait peu de chances de durer jusque-là. Oui, c'est de l'air marin. Je suis presque sorti. J'y suis presque. Il recommença à avancer, lentement, avec toujours autant de précautions, *il y a loin de la coupe aux lèvres.* Il vit la lumière du jour, l'ouverture de la grotte et, au-delà, son bateau bien amarré à son poteau. Tout allait bien. Redfern avait triomphé une fois de plus. Il ne lui restait plus maintenant qu'à retourner à son motel de East Gate, à examiner la trousse de toilette plus attentivement et à téléphoner à New York pour informer Harvey de sa macabre découverte. Il était sûr qu'il serait d'accord avec lui pour ne rien dire à la police locale. Pas encore. Cette horreur, là-dedans, était restée ignorée pendant des années, alors qu'importaient une ou deux semaines de plus?

A New York, Robert Graymoor était assis dans le cabinet de travail de son hôtel particulier de Gramercy Square, l'oreille un peu éloignée du combiné du téléphone tandis qu'il tranquillisait Helga, à l'autre bout du fil : oui, elle faisait exactement ce qu'il fallait avec Natalie.

– Elle a toujours été très sensible, disait Helga pour se conforter dans l'idée que si Natalie souffrait de dépression, c'était le résultat du stress de sa vie d'adulte et non d'une quelconque faille dans son éducation. C'est pour ça qu'elle est douée pour la musique. Tu es toujours là, Robert?

– Bien sûr, que je suis là. Je bois vos paroles. Oui, Natalie a toujours été très sensible. Vous voudriez qu'elle vienne tout de suite, plutôt que d'attendre le week-end?

– Ce serait très bien.

– Vous êtes sûre que ça ne posera pas de problème?

– Pas pour moi. Les domestiques s'occuperont d'elle. C'est que je suis très prise par mon nouveau roman, et tu sais comment je suis quand je travaille. Je m'astreins à des horaires très stricts et il ne faut surtout pas me déranger. Robert?

– Oui, mère, oui?

Helga commençait à s'irriter.

– Tu écoutes peut-être ce que je dis mais j'ai l'impression que tu t'en fiches complètement. C'est un de tes pires traits de caractère. Tu faisais toujours ça quand tu étais petit. Je me rappelle cet affreux précepteur qui n'a pas fait long feu à la maison : c'est lui qui me l'a fait remarquer le premier.

– Cedric Longstreet.

Robert avait le menton appuyé sur la paume de sa main libre en attendant le moyen de mettre fin à cette assommante conversation.

– Voilà. Tu m'épates, de te rappeler son nom.

Helga se mordit presque les lèvres. Bien sûr, qu'il devait se rappeler son nom. Comment l'aurait-il oublié? Si ce qu'elle avait lu par hasard dans le journal du petit était vrai, cet homme aurait pu marquer Robert à vie. Elle poussa un léger soupir. Tant de choses avaient marqué Robert. Il y avait Andrew, il y avait...

– Mère!

– Allons bon, c'est à moi de m'excuser maintenant. Je me laisse aller à mes pensées sans même m'en apercevoir. Enfin, en tout cas, je suis vraiment heureuse que Harvey et Laura aient pris la peine de s'occuper de Natalie. J'avais l'impression qu'ils ne savaient s'intéresser que l'un à l'autre, ces deux-là. Ils sont toujours tellement dans leur petit monde. Bon, mon chéri, tiens-moi au courant de ce que Natalie décidera. Et si elle vient aujourd'hui ou demain, dis-moi par quel train, pour que Martha puisse aller la chercher à la gare. (La voix d'Helga prit un ton d'affection maternelle qui ne lui était pas fréquent.) Je t'aime très fort, mon chéri.

– Moi aussi, mère.

Ils se dirent au revoir et raccrochèrent. Robert se renversa dans son fauteuil avec un grognement. *C'est un de tes pires traits de caractère.* Il se pencha en avant au-dessus du bureau, et laissa tomber sa tête sur ses bras croisés.

Bien à l'abri dans sa chambre de motel à East Gate, Mickey était assis sur son lit et examinait le contenu de la trousse de toilette. Elle renfermait un rasoir de sûreté, un flacon d'eau de toilette, un peigne, une brosse à cheveux, un paquet de lames de rasoir et, dans une petite bourse en toile étanche, un billet de cent dollars, quatre de vingt et quatre de dix. Il examina les numéros de série. Il pourrait toujours faire faire une enquête bancaire, mais il était persuadé, par expérience, qu'ils devaient remonter à vingt ou trente ans. L'eau de toilette s'était évaporée. Les lames étaient rouillées, la brosse à cheveux aussi fanée et décatie qu'une Scarlett O'Hara sur le retour. Mickey approcha la trousse de la fenêtre et la leva en pleine lumière. Il discerna deux initiales gravées sur le couvercle. Elles étaient presque effacées, mais après bien des efforts et un petit exercice de devinette, il finit par déterminer qu'il s'agissait d'un *C* et d'un *L*. Il espéra que cela dirait quelque chose à Harvey Graymoor. C'est alors qu'il vit dans la rue Martha, les bras chargés de paquets, retourner vers la jetée. Elle s'arrêta un moment pour bavarder avec une femme qui l'avait harponnée au passage, ce qui permit à Mickey de mieux l'observer. Attirante, décida-t-il, même si la bouche était un peu trop pincée et si les cheveux, qui dépassaient de son bonnet en tricot, semblaient un peu avachis et négligés. Il ne put se faire une idée de ses jambes, recouvertes d'un blue jean, ni des formes de son corps camouflées sous un ample coupe-vent. En la voyant serrer la main de la femme et reprendre sa marche vers la jetée, il en vint à cette conclusion : Martha avait depuis longtemps jeté l'éponge pour tout ce qui concernait son apparence féminine. Peut-être se fichait-elle complètement de Robert Graymoor, à présent. A entendre Harvey, Robert donnait plutôt l'impression d'un faible que d'un assassin potentiel, mais bon – c'est exactement ce qu'un copain à lui, flic dans le Massachusetts, avait dit de l'étrangleur de Boston.

Le shopping terminé, dès qu'ils furent rentrés à l'appartement, Laura se rendit dans la chambre pour essayer le manteau en daim qu'elle avait acheté dans la boutique de la Cinquante-septième Rue. « Eh bien ma chère, entendait-elle encore dire la patronne, huit cents dollars, c'est plus qu'une affaire. » « C'est un hold-up », avait marmonné Harvey suffisamment fort pour que ladite patronne, une vieille douairière qui ne se distinguait que par son dôme de cheveux bleu ardoise et sa verrue au bout du menton, l'entende et lui adresse un froncement de sourcils. Laura avait abondé dans le sens de la patronne. C'était une affaire et elle n'allait pas la laisser filer. Maintenant qu'elle se voyait en pied dans le miroir, elle se demanda si les huit cents dollars ne lui auraient pas été plus utiles dans un traitement psychiatrique.

– Harvey, gémit-elle à son mari qui était dans le salon et parlait à quelqu'un au téléphone, tu avais absolument raison! Il ne va pas du tout, ce manteau! Il faut l'échanger! Je plaiderai l'aliénation mentale! (Aucune réponse ne venant de Harvey, elle traversa la pièce pour jeter un coup d'œil curieux dans le salon. Harvey tenait précautionneusement le téléphone, comme s'il était porteur de quelque maladie mortelle.) A qui parles-tu?

Il la fit taire d'un geste de la main. Elle attendit une minute environ, les poings sur ses hanches, puis elle l'entendit articuler quelques paroles rassurantes et promettre d'être sur place à 6 heures. Il raccrocha. Maintenant il avait du temps pour elle.

– Dis donc, ça n'a pas l'air mal du tout.

Il se leva et mit ses mains comme un viseur imaginaire, pouces tendus et se touchant horizontalement, les autres doigts bien droits, pour former un carré à travers lequel il examina d'un air connaisseur Laura et le manteau en daim.

– Très joli. Excuse-moi d'avoir été mauvaise langue tout à l'heure dans la boutique.

– Eh bien moi, je ne l'aime pas.

– Tu n'as qu'à l'accrocher dans la penderie et ne plus le regarder pendant une semaine : tu l'adoreras.

– A qui parlais-tu?

– A Robert. Il nous invite à boire un verre à 6 heures. Helga l'a appelé au sujet de Natalie, et il voudrait qu'on en discute ensemble. Après ça, on pourra lui dire de commencer à se préoccuper de Nicholas et de Marjorie.

– Et moi, je lui raconterai mes petits malheurs avec ce manteau. Je croyais qu'on s'était promis de passer tranquillement la soirée à la maison.

– On peut toujours rentrer après.

Le téléphone sonna et Harvey décrocha. Il reconnut la voix de Mickey Redfern et s'assit à son bureau. Laura ôta le manteau, le posa sur un dossier de chaise et s'installa dans le fauteuil qui faisait face à Harvey, les jambes repliées sous elle. Il lui lançait de temps en temps un regard et se rappelait avec amusement qu'elle s'asseyait souvent ainsi, enfant, surtout quand la conversation des autres l'intéressait.

– Quoi? cria Harvey, ahuri.

Laura se pencha en avant.

– Qui est-ce?

Elle n'avait fait qu'articuler les mots avec ses lèvres, mais il lui adressa néanmoins un geste d'impatience. Elle se renfonça dans son siège, tout aussi impatiente que lui.

– Non, non, absolument rien à la police. Tout à fait, après toutes ces années, ça pourra attendre quelques jours de plus. (Laura était rongée de curiosité et d'inquiétude.) Redis-moi les initiales, encore? Attends un peu, je vérifie auprès de ma femme. (Enfin, il se rappelait qu'elle existait.) Qu'est-ce que les initiales *C* et *L* évoquent, pour toi?

Laura réfléchit un moment, puis son visage s'illumina :

– Charles Laughton!

– Cherche quelqu'un de plus proche de la famille.

– Je ne vois pas, fit-elle d'un air navré.

– Pourquoi pas Cedric Longstreet?

– Oh mais bien sûr : Cedric Longstreet.

Et elle se repencha en avant, au comble de l'excitation.

Harvey revint à sa conversation téléphonique.

– Je t'avais déconseillé de t'aventurer dans la grotte, mais finalement je ne regrette pas que tu ne m'aies pas écouté. Seulement je t'en prie, Mickey, promets-moi de ne plus y retourner. A peine quelques mètres de plus, et tu aurais pu te tromper et emprunter une de ces galeries circulaires qui ne mènent nulle part. (Laura écouta Harvey expliquer l'histoire de Cedric Longstreet. A l'autre bout de la ligne, Mickey commençait à avoir la migraine sous cette avalanche d'informations qu'il devait recevoir, digérer, classer. Il décrivit la trousse de toilette et son contenu.) Plus de deux cents dollars? Encore en bon état? Attends un peu. (Harvey ouvrit le tiroir du haut de son bureau, sortit un crayon et commença à prendre des notes sur son bloc.) Bon, tous les numéros de série sont là? Je ferai faire une enquête bancaire à la première heure lundi matin. Maintenant écoute : préfères-tu rester là-bas ou rentrer en ville quelques jours? (Il informa Mickey de l'arrivée possible de Natalie d'ici vingt-quatre à quarante-huit heures, et du projet de Robert de débarquer sur l'île le mercredi soir ou le jeudi matin. Mickey décida de rester à East Gate.) T'es sympa, Redfern. *Ciao.*

Harvey raccrocha et répéta à Laura toutes les nouvelles transmises par Mickey, y compris la macabre découverte du corps. Tous deux convinrent qu'il y avait de fortes chances qu'il fût celui de leur ancien précepteur anglais, Cedric Longstreet.

Laura réprima un frisson.

– Quand je pense au nombre de fois où nous sommes passés devant cette cellule en jouant aux spéléos. (Elle resta un instant songeuse, puis demanda, l'œil hagard :) Dis, c'était pas une de nos cellules, au moins?

– Non, chérie, la rassura Harvey, nous nous sommes explorés l'un l'autre dans celles qui étaient plus proches des caves.

« Explorés l'un l'autre » , je t'en ficherais, releva intérieurement Laura. Chochotte, va!

– Qui aurait pu vouloir assassiner Cedric Longstreet?

– Andrew. Il voulait le tuer.

Laura se souleva sur son siège et libéra ses jambes.

– Mais j'ai vu Cedric partir. Je pêchais sur le quai quand Andrew et Winston l'ont ramené manu militari au bateau. Tu ne crois tout de même pas que Winston l'aurait tout simplement amené à notre crique pour lui régler son compte?

– Te souviens-tu si Longstreet avait un parapluie?

Laura réfléchit intensément.

– Oui, bien qu'il ne s'en soit pas souvent servi, sur l'île. Tu ne te rappelles pas comme il aimait marcher sous des bourrasques de pluie, vêtu de son suroît et de cette horreur de chose cirée sur sa tête. Il me rappelait toujours un de ces personnages durs au mal de Thomas Hardy.

– Tess d'Uberville?

– Ne sois pas méchant. Ce n'est pas bien de faire des remarques désobligeantes sur les morts. (Elle se carra de nouveau dans son fauteuil.) Ainsi donc, le crime n'est pas une nouveauté dans la famille.

Harvey comprit exactement ce qu'elle voulait dire. La mort des jumelles, celle de Nathan Manx, étaient récentes. La possibilité qu'Andrew eût été précipité de la falaise sur les rochers d'en bas remontait à cinq ans. En revanche, le meurtre de Cedric Longstreet était vieux de plus de trente ans.

– Mais qu'est-ce qui a bien pu le pousser à revenir sur l'île avec un parapluie et une trousse de toilette?

– Peut-être qu'on l'avait fait revenir? suggéra sérieusement Laura. Ce qui expliquerait pourquoi il avait sa trousse de toilette. Après tout, il avait proféré des menaces non voilées de poursuivre Andrew en justice pour avoir terni sa réputation. Parce que je suppose qu'Helga avait trouvé quelque chose dans le journal intime de Robert qui leur faisait croire, à Andrew et à elle, soit que Cedric avait fait des avances à Robert, soit qu'il l'avait séduit.

– Séduire notre Robert? Je l'ai toujours considéré comme l'innocence même.

– Et Mickey pense que Cedric a eu le cou brisé? (Harvey fit signe que oui.) Il a pu faire une chute.

– Possible.

– Mais tu préfères croire que le meurtre était prémédité?

– Oui.

– Bon alors, à qui le tour?

– C'est ça que j'adore avec toi, Laura. On a une épée de Damoclès au-dessus de la tête mais tu gardes toujours l'esprit pratique.

– C'est que si nous devions nous faire assassiner, vois-tu, j'aimerais laisser toutes mes affaires en ordre : domestiques, professionnelles, etc.

Harvey s'approcha d'elle, s'agenouilla à côté du fauteuil, la prit dans ses bras et l'embrassa.

– J'espère, fit Laura, que cela signifie que partout où j'irai, tu me suivras. À moins évidemment que tu ne me précèdes, auquel cas je ne suis pas sûre d'être prête à commettre le satî, ou je ne sais comment on appelle en Inde ces femmes qui s'immolent sur le bûcher funéraire de leur mari, comme toute bonne et fidèle épouse, un peu fêlée dans sa tête aussi, doit le faire. Bon, je vois que tu n'écoutes absolument pas ce que je dis. A quoi penses-tu donc?

Harvey se leva et répondit en se mettant à arpenter la pièce.

– Je me demande si je dois mettre Norman Wylie au courant de tout ça.

– C'est en dehors de son secteur.

– Mais ça concerne l'affaire.

Laura fit claquer ses doigts.

– Attends un peu, je pense à quelque chose. (Elle aussi s'était levée et mise à déambuler.) Qu'Helga ait fait dans le journal de Robert une découverte qui l'a bouleversée au sujet de ce vieux Cedric, ne signifie pas nécessairement que Robert était lui-même concerné. (Il s'arrêta et la regarda droit dans les yeux.) Robert peut très bien avoir vu, perçu ou soupçonné quelque chose qui l'aurait incité à balancer Cedric dans son journal. Quelque chose impliquant Victor, Arnold ou l'une des filles, peut-être.

Laura aussi s'était arrêtée de marcher. Elle regarda Harvey à son tour.

– Ou toi ou moi.

Il sourit.

– Des fois, tu es tellement fine mouche que ça me fait peur, dit-il. Bon, maintenant, comment pouvons-nous aborder le sujet sans vendre la mèche et avoir à expliquer la présence de Mickey Redfern?

– C'est facile. Quand nous boirons un verre, ce soir, je commencerai à passer en revue nos souvenirs d'enfance. Et là, tout d'un coup, je me tournerai vers Robert et lui demanderai : « Au fait, Robert, qu'est-ce que c'était, ce scandale au sujet de Cedric Longstreet? »

Trois heures plus tard, Robert avait droit à cette question et regardait Laura d'un air un peu ahuri.

– *Cedric Longstreet*? Où diable es-tu allée le rechercher, celui-là?

Tous trois étaient assis dans ce que Robert appelait la salle de musique. Celle-ci, entièrement vitrée, se trouvait à l'arrière de la maison, au rez-de-chaussée, juste derrière la cuisine. Elle renfermait un piano à queue, un meuble pour la stéréo, des étagères de disques, un bar et un ensemble de fauteuils aussi immenses que moelleux. Laura avait toujours trouvé que c'était la pièce qui avait le plus de charme dans tout l'hôtel particulier, mais elle soupçonnait Robert de ne pas l'utiliser très souvent : la musique n'occupait guère de place dans sa vie. Elle n'en avait d'ailleurs jamais beaucoup occupé.

Laura expliqua cette ressouvenance soudaine de Cedric Longstreet.

– Je crois que je t'ai parlé de mon interview avec Bella Wallace.

– Il me semble bien, oui, fit Robert en servant à chacun d'eux une vodka martini parfaitement dosée et un whisky de seigle on the rocks pour lui-même.

– Eh bien c'est là, alors que nous venions de commencer à fouiller dans ma jeunesse, que le nom de Cedric Longstreet m'est revenu de Dieu sait où. (Elle rappela à Robert qu'elle était sur le quai lorsque Longstreet avait embarqué pour son départ forcé.) As-tu jamais eu de ses nouvelles, depuis?

Robert s'adossa au bar et regarda Laura d'un air indiscutablement embarrassé.

– Non. Mais j'ai l'impression qu'Andrew en a eu, lui.

Harvey rejoignit la conversation à ce moment-là.

– N'avait-il pas été question de diffamation?

Robert fit la moue et haussa les épaules.

– Andrew n'a jamais pu l'encadrer. Il cherchait toujours une excuse pour se débarrasser de lui. Je l'entends encore dire à notre mère que Cedric le mettait mal à l'aise.

Avec intrépidité, Laura se jeta à l'eau.

– Il n'y a pas eu une histoire selon laquelle il t'aimait un peu trop?

– Oh non. Non, non, rien de ce genre, répondit-il

avec un peu trop d'empressement selon Harvey. Andrew le trouvait complètement excentrique. Vous vous rappelez, cette habitude qu'il avait d'aller se promener quand il y avait les plus affreuses tempêtes, et les bains de spartiate qu'il prenait en plein milieu de l'hiver à vous faire claquer les dents rien qu'à le regarder. En plus, il n'était pas très bon professeur.

– Je le trouvais pas mal, moi, fit Laura. Toute jeune, je savais faire l'analyse grammaticale d'une phrase. C'était bien plus amusant avec lui que dans cette affreuse école de East Gate. (La sonnette d'entrée retentit.) Tiens, tu attends quelqu'un?

– Oui. Victor.

Il se précipita hors de la pièce pour aller répondre. Il avait juste à traverser la cuisine et suivre un étroit couloir le long de la salle à manger pour arriver dans le hall.

Dans la salle de musique, Laura et Harvey ne purent qu'échanger quelques mots à voix basse.

– Tu crois que j'ai tout fait louper?

– Au contraire, c'était extra. Tu l'as pris au dépourvu, voilà tout.

– A un moment, j'ai eu l'impression qu'il pâlissait. Aller nous sortir que Longstreet n'était pas très bon professeur, alors que je me souviens qu'il *l'adorait*. Et puis Cedric nous a été d'un tel réconfort, après la découverte d'Esmeralda étranglée...

– Attention, prévint Harvey, les voilà.

– C'est bien lui, annonça Robert en revenant, suivi de Victor qui semblait marcher avec difficulté.

– Salut, Laura. Salut, Harvey. Robert, je peux avoir un brandy bien tassé?

– Tout de suite, répondit ce dernier tandis que l'autre se laissait choir dans un fauteuil avec une grimace de douleur.

– Eh bien mon pauvre, fit Laura, tu as l'air mal en point.

– Juste un peu de courbatures, répondit Victor. J'ai dû trop forcer à la gym.

– Tu ferais bien d'y aller mollo, vieille branche, commenta Robert qui n'avait vu des haltères qu'une fois dans sa vie, et encore sur un magazine.

Il servit à Victor un solide verre de brandy.

Victor que Laura examinait comme s'il s'agissait d'un spécimen sous microscope. Elle désapprouvait cette façon de se teindre les cheveux, et elle le soupçonnait fortement de porter une gaine. Son pantalon, estima-t-elle, était un peu trop ajusté pour quelqu'un de son âge, et la veste de sport qu'il portait aurait convenu à un jeune athlète, pas à un juriste sur le retour. Il prit une grande gorgée de brandy, s'en lava la bouche et l'avala, ponctuant le tout d'un long « Ahhhhh! » de satisfaction. Puis il se carra dans son fauteuil pour bien faire face aux trois autres et s'adressa à Laura.

– On ne se voit pas assez souvent.

– Ce sera pour ce week-end, se borna-t-elle à répondre, Victor n'ayant jamais compté parmi ses préférés.

– Qu'est-ce que c'est que tout ce tintouin au sujet de Natalie?

Natalie qu'il ne portait guère dans son cœur. Quelqu'un l'avait-il jamais portée dans son cœur? se demanda Laura. Ce fut Harvey qui prit le relais pour expliquer la situation difficile de leur sœur, propos que Victor ponctua de « Je vois » , « Oui, bien sûr » , « Quelle poisse! » , pour finir par un « Il lui faudrait un bon docteur ».

– Il lui faudrait surtout affection et assistance.

– Elle est fauchée?

– Complètement, répondit Laura, et ce soir, c'est sa dernière nuit au Dombey. Je lui ai dit de ne pas y aller, mais elle est obligée, pour toucher son argent.

– Je vais l'aider à s'en sortir, dit Victor. Mais il

faudra qu'elle commence à travailler pour se remettre sur pied.

– Natalie n'attend pas de la charité, jeta sèchement Laura. Elle en a soupé. Es-tu déjà allé au Dombey? (Victor fit signe que non.) C'est sinistre. Ça ne devrait pas exister, d'en être réduit à ça pour vivre. Je veux dire, de jouer du piano pour un salaire de misère et d'attendre des pourboires qui n'arrivent que tous les trente-six du mois. C'est dégradant.

– Eh bien à partir de ce soir, elle n'y sera plus, répliqua Robert. (Il se tourna vers Victor.) Helga est d'accord pour l'héberger aussi longtemps qu'elle voudra.

– Et qu'en pense Martha? s'enquit Victor. Elles n'ont jamais eu tellement d'atomes crochus.

– Ce qu'Helga veut, Martha veut, tu le sais bien, fit Robert en se versant un solide brandy.

– Maintenant il y a aussi le problème Nicholas, dit Harvey.

Victor émit un gémissement tandis que Laura levait son verre vide en direction de Robert pour en avoir un second. Robert le prit et demanda à Harvey s'il était prêt pour un deuxième service. Pourquoi pas? Mais il était surtout prêt à rentrer à la maison avec Laura pour passer tranquillement cette soirée qu'ils s'étaient promise. Il n'avait pas envie de s'embarrasser l'esprit des problèmes des Graymoor, des meurtres, ou des conjectures sur l'identité de la prochaine victime. Si prochaine victime il y avait, ce dont en son for intérieur, il ne doutait pas. Et sans doute plus d'une, comme une épidémie.

Pendant que Laura expliquait la situation de Nicholas et Marjorie, Robert mixait le gin et le vermouth dans la cruche, d'un air absent, et Victor contemplait le bout de ses chaussures. Harvey observait ses deux frères d'adoption et se demandait comment on pouvait se montrer aussi égoïstes et indifférents au sort d'autrui. Il entendit Victor répondre qu'il ne pouvait rien pour Nicholas, qui ne se serait pas mis dans un pétrin pareil s'il n'avait pas épousé Marjorie, d'abord. A quoi Robert rétorqua brusquement que Marjorie n'était pas si mal que ça, qu'il trouvait, lui, qu'elle avait eu une bonne influence sur Nicholas et qu'il était navré de voir que le ménage tournait tout d'un coup au vinaigre. Tous convinrent qu'il n'y avait pas grand-chose à faire pour l'instant, si ce n'est attendre le résultat de l'explication que Nicholas et Marjorie ne manqueraient pas d'avoir le soir même – en supposant que cette dernière rentre à la maison. Elle rentrerait, Laura en était sûre, puisque Nicholas n'avait signalé aucune disparition de vêtements : elle était juste partie le matin sans laisser un mot d'explication.

C'est alors, en plein silence, que Laura se tourna vers Victor et demanda :

– Au fait, tu te souviens de Cedric Longstreet?

– Cedric Longstreet! (Il sembla cracher ces mots comme du venin.) Bien sûr que je m'en souviens. Comment aurais-je pu l'oublier? Je le détestais, ce salaud-là.

12

– Eh bien, Victor, fit Laura feignant l'étonnement, c'est le cri du cœur!

– Je le détestais cordialement, se borna-t-il à répondre.

– Vous étiez peut-être trop jeunes pour vous rappeler, dit Robert à Laura et Harvey, mais Victor était le souffre-douleur de Cedric.

– Au sens littéral du terme. Cedric Longstreet était un adepte de l'école britannique des châtiments corporels. Il trouvait n'importe quelle excuse pour me donner la trique. (Victor croisa les jambes avec un douloureux effort. Il devrait peut-être y aller plus doucement, avec le fouet.) Je n'oublierai jamais ces raclées. Je les sens encore.

– Ça se voit, compatit Laura.

Ce fut au tour de Victor de poser une question.

– L'un de vous deux a-t-il jamais entendu parler d'un certain Nathan Manx? (Harvey répondit que Laura et lui avaient lu l'article sur son assassinat.) Vous saviez qu'il avait rencontré les jumelles?

– Et Nicholas aussi. Arnold et moi l'avons eu au téléphone, répondit Harvey d'une voix qu'il espérait indifférente. J'avais même rendez-vous pour le rencontrer, le jour de sa mort.

Laura observa le visage de Victor puis celui de Robert, mais n'y lut rien de particulier. Ils devaient être d'excellents joueurs de poker.

– Son offre ne t'intéressait pas? demanda Victor.

– Je voulais juste le rencontrer. Marjorie ayant raconté à Laura qu'il avait vu les jumelles et lancé un ballon d'essai en direction de Nicholas, j'ai eu envie de me rendre compte de ce que ce monsieur Manx avait dans le ventre.

– Alors? s'enquit Robert.

– Oh, il était déjà mort quand je suis arrivé.

La bouche de Robert s'arrondit de surprise. Victor était assis tout au bord de son fauteuil, non par un regain d'intérêt, mais parce que cela lui faisait moins mal. Harvey prit un malin plaisir à décrire le cadavre, la gorge tranchée, le sang répandu, le bureau miteux, et conclut par sa conviction qu'il avait dû manquer l'assassin de quelques minutes seulement.

– Encore heureux que tu l'aies manqué, observa Robert. Ce doit être un fou dangereux.

– Mais Laura aurait fait une si jolie veuve, sortit Victor avec un large sourire.

– Merci bien.

Laura éclusa son gin vermouth et en demanda un autre. Robert s'empressa, tout fier de sa maîtrise dans l'art de préparer les cocktails secs, mais il se souvint que c'était le troisième et ne savait plus si

Laura était ou non habituée à l'alcool. Elle put lire sur son visage, cette fois.

– T'en fais pas, je bois comme un trou.

Pendant que Robert s'affairait à préparer une resucée de cocktail, Victor demanda à Laura et Harvey s'ils pensaient qu'il y avait un lien entre le meurtre des jumelles et celui de Manx.

– Bien sûr qu'il y en a un, s'impatienta Laura. Et cessez de tourner autour du pot, tous les deux. Nous ne sommes pas ici pour parler de Natalie et de Nicholas ou du programme du week-end à venir, mais parce que vous avez de toute évidence ruminé la situation entre vous et décidé qu'il valait mieux être à quatre qu'à deux. Alors sache, Robert, que nous en avons discuté avec Norman Wylie – tu te souviens, Victor, l'inspecteur chargé de l'enquête sur le meurtre des jumelles – et il est bien d'accord avec nous : il y en a un dans la famille qui essaie d'éliminer tous les autres pour se mettre la tontine dans la poche.

– Un ou une, rectifia Robert en remplissant les verres, ce dont Laura le remercia.

– Franchement, poursuivit-elle, je suis bien contente que nous soyons tous ensemble sur l'île. Plus on sera nombreux, moins il y aura de risques.

Victor se racla la gorge et obtint l'attention qu'il cherchait.

– Nous quatre, on n'a pas besoin d'argent.

– A première vue, ce genre d'argument serait plutôt suspect, fit Laura qui s'attira un regard noir de Victor. Comme si on essayait de se dédouaner. Qui sait exactement où en sont nos finances? On ne fait que supposer. Peut-être que ma saison d'automne fait un bide et que je suis dans l'impossibilité de payer mes échéances. Peut-être que les affaires de Harvey sont dans le rouge sans que nous en ayons rien dit à personne. Peut-être que Robert se trouve pris à la gorge par la récession, le marasme économique et les sautes du marché. En plus, cette tontine, elle ne vaut peut-être pas le quart de ce que nous croyons. Quand a-t-elle été établie? Il y a vingt ans?

– Quand je suis entré dans les affaires, dit Robert avec un sourire. Andrew était mon premier client.

– Et *toi*, Victor? (Lequel n'aimait pas être pris pour cible. Il redemanda un verre.) Tu jettes l'argent par les fenêtres. Un appartement en terrasse somptueux, des comptes dans les plus grands restaurants, une garde-robe à faire pâlir un roi.

Elle se retint de mentionner le prix des teintures de cheveux et des gaines.

– Comment sais-tu tout ça,? fulmina Victor, le visage cramoisi.

– C'est Greta qui me l'a dit. (Le visage de Victor s'allongea et Laura regretta d'avoir parlé de son épouse suicidée.) Excuse-moi.

– Je peux aussi vous dire ceci, intervint vivement Harvey : si Norman Wylie avait davantage de preuves, il nous ferait à tous les plus grandes difficultés pour quitter la ville.

– Je voudrais bien voir qu'il essaie, gronda Victor. L'anniversaire d'Helga, c'est une tradition. Combien croyez-vous qu'il lui reste à en fêter?

– Je ne sais pas, fit Laura avec une toute petite voix. Peut-être l'assassin pourrait-il nous le dire.

– Bon Dieu, où est-ce que t'as foutu le camp, toute la journée?

Marjorie n'avait jamais vu Nicholas dans une telle rage. Ce n'était pas sa voix, non plus. Une voix dure, gutturale, des yeux injectés de sang, les pupilles contractées, menaçantes. Elle aurait presque trouvé ça comique, sauf qu'il lui tordait le poignet, et elle se demanda plus tard pourquoi il ne montrait pas autant d'énergie pour améliorer sa condition.

– Lâche mon poignet! Tu me fais mal!

– Où t'étais?

– Au travail!

– Tu mens! J'ai appelé à l'institut et on m'a répondu qu'on ne t'attendait pas aujourd'hui.

– Je ne t'ai pas dit que je travaillais au noir?

– Tu ne m'as rien dit du tout! Tu n'as même pas laissé un petit mot!

– J'ai pas trouvé de crayon! Alors tu me lâches, oui ou non?

Il la poussa vers une chaise, l'y assit de force puis la regarda de toute sa hauteur, l'air menaçant. Marjorie poussa un hurlement et se frotta les reins.

– Mais tu me fais mal! Qu'est-ce qui te prend, tout d'un coup?

Sinistre : – Il y a quelqu'un d'autre dans ta vie.

Plaintive : – Mais non, personne.

Théâtral : – Ne me prends pas pour un imbécile.

Coquette : – Je ne te prends pas pour un imbécile.

Grinçant : – J'ai envie de te tuer.

– Nicky, qu'est-ce qui t'arrive? gémit-elle.

– A quel endroit dis-tu que tu as travaillé, aujourd'hui?

– C'est... euh... dans les Hauts de Brooklyn.

– Tu n'en avais encore jamais parlé.

– Parce que je n'y avais encore jamais travaillé.

– Comment ça s'appelle?

– Nicky, je t'en prie! gémit-elle.

– Le nom, Marjorie, le nom!

Elle se tassa sur son siège, se demandant s'il était vraiment capable de la tuer. Elle, elle ne pourrait pas lui dire la vérité. Elle n'oserait jamais.

– Nicky, je voulais être seule. Etre seule et réfléchir. A nous, à notre avenir.

– Il y a un autre homme.

Elle se pencha en avant comme une tigresse prête à bondir.

– Il va y avoir un autre homme si tu ne te décides pas à grandir un peu.

Il la gifla si fort qu'elle tomba de sa chaise. Elle se retrouva assise par terre, regardant ses chaussures avec hébétude. Nicholas se recula, à la fois surpris et effaré par la violence de son geste.

– Je suis désolé, articula-t-il enfin.

– Ben voyons.

– Si, je t'assure. Je suis désolé, Marjorie, je ne voulais pas faire ça. (Il s'approcha pour l'aider à se relever, mais elle le repoussa.) Tu ne vas pas me quitter, dis, Marjorie. (Il était redevenu petit garçon.) Pas avant la fin du week-end, j'aurais l'air de quoi?

Elle s'était relevée et fouillait dans son sac à la recherche de sa trousse de maquillage. Elle savait que son rouge s'était étalé et qu'elle devait se refaire les lèvres.

– Ne t'avise plus de lever ne serait-ce que le petit doigt sur moi. Ne refais jamais ça ou tu risquerais de te retrouver manchot.

Nicholas alla se réfugier dans la cuisine et s'assit à la table dans le noir. Il était complètement décontenancé. Il avait répété sa scène avec Marjorie tout au long du chemin en rentrant à la maison. Mais la gifle lui avait échappé, c'était une improvisation totale. Il savait qu'il y avait de la violence en lui, tapie, prête à se déchaîner, comme il avait crié, rué, griffé tout au long de son enfance. Il avait entendu Andrew dire à Helga, sur un ton de colère : « Ce gosse est une bombe à retardement. Un de ces quatre matins, il va exploser et nous faire tous sauter! – Cesse de lui tomber dessus, Andrew. Tu t'en prends à lui parce que c'est le plus petit! »

« Parce que c'est le plus faible », avait-elle voulu dire en fait.

Marjorie s'approcha de la porte de la cuisine et dit, sur un ton conciliant :

– Allons, Nicky, arrête de pleurer. Je t'en prie, Nicky, c'est atroce de t'entendre comme ça. (Elle vint à côté de lui et posa la main sur son épaule secouée de soubresauts.) Arrête, je te dis. D'accord, je te pardonne. Sortons manger une pizza, ou n'importe quoi.

Ou n'importe quoi, songea-t-il. Ça résume tout, ça. *Ou n'importe quoi.*

– Tu parles d'une soirée tranquille à la maison, fit Laura avec une moue tandis qu'elle déballait les sacs de victuailles qu'elle avait achetées chez le traiteur en rentrant.

Harvey était parvenu à trouver Norman Wylie dans son commissariat et l'avait invité à boire un verre. Invitation qui s'étendait au dîner si Norman était libre, mais il ne l'était pas. Laura et Harvey avaient discuté et rediscuté de l'heure passée avec Robert et Victor, et en étaient arrivés à la conclusion que les deux hommes montraient un sang-froid et un calme bien surprenants en face d'une menace de mort. Harvey rejoignit Laura dans la cuisine avec deux cocktails fraîchement préparés et en fut remercié par un regard de gratitude.

– Lequel des deux est un tueur? demanda-t-elle en transvasant la salade de pommes de terre dans un plat creux.

– Tous les deux sont des tueurs, répondit Harvey. (Ses doigts piochèrent dans la salade, une tape les en chassa aussitôt.) D'un point de vue professionnel, je veux dire. Nous savons par expérience que Victor est impitoyable, et Robert aussi, à ce qu'il paraît.

– Enfants, c'étaient des monstres. Pour moi, du moins. (Laura découpait une tomate en tranches pour ragaillardir une salade de chou cru à l'air chagrin.) Tu sais, je n'avais jamais réalisé que c'était Andrew qui avait installé Robert dans les affaires.

– Helga me l'a dit, mais je ne me rappelle plus quand ni pourquoi. Probablement lors d'une de ces nuits de tempête, sur l'île, où, l'électricité coupée, nous buvions à la lumière des bougies, elle son porto, moi ses paroles et ses souvenirs. Dans cette atmosphère chaude et douillette, Helga se laissait aller aux confidences. (Il but une gorgée de son cocktail et commença à fouiner dans les autres paquets.) J'aimerais bien la remettre dans ce genre d'humeur et la lancer sur Cedric Longstreet, sur la strangulation d'Esmeralda, sur la raison pour laquelle Robert est resté trois jours perdu dans le labyrinthe souterrain.

– Combien a-t-il fallu d'équipes de secours pour le retrouver?

– Cinq. Andrew en dirigeait une.

– Et l'a fait tourner en rond, je suis sûr : il ne portait pas Robert dans son cœur.

La sonnette retentit et Harvey alla accueillir Norman Wylie. Quand ils furent installés au salon avec boisson et amuse-gueule, Harvey le mit au courant des aventures de Mickey Redfern, le matin même, ainsi que de la découverte des restes de ce qu'ils pensaient être le corps de Cedric Longstreet.

– Et pas un mot à Bella Wallace, recommanda Harvey.

Bella était à cet instant la dernière préoccupation de Wylie. Ce qui n'était à l'origine que le simple meurtre de deux jumelles naïves commençait à prendre des proportions qui dépassaient son entendement.

– Ainsi donc, nous partons de ce Longstreet pour en arriver aux jumelles et à Nathan Manx en passant par votre père qui pourrait avoir été poussé du haut d'une falaise? (Il exhala un profond soupir et croisa ses mains derrière sa tête, l'expression malicieuse.) J'ai dans l'idée que votre copain Redfern ne sera pas une protection suffisante, ce week-end.

– Vous pensez que l'assassin oserait frapper alors que nous sommes tous réunis sur l'île? fit Laura avec un air étonnamment ingénu.

– Ma petite dame, nous avons affaire ici à un criminel d'un genre vraiment particulier, c'est le moins qu'on puisse dire. Le premier assassinat remonte à vingt-cinq ou trente ans – tout dépend de la date à laquelle ce Longstreet est revenu dans l'île après en avoir été chassé. Il ne sera d'ailleurs pas aisé de prouver qu'il y a eu meurtre à partir de quelques ossements sur un grabat. Quant à la nuque brisée, il pourrait s'agir d'une chute dans cette grotte que je préférerais éviter, personnellement. Et puis vingt ou vingt-cinq ans plus tard, voilà que le vieux fait le grand plongeon. Là non plus, nous ne pouvons rien prouver, car autant que je sache, il n'y pas eu de témoins, ou...

– Ou alors il y a eu un témoin qui, pour une raison ou une autre, a choisi de se taire, compléta Harvey en se demandant s'il pouvait supporter un autre gin au vermouth.

– Exact, fit Wylie. Et maintenant, cinq ans après, c'est au tour des jumelles et de Nathan Manx, et le fil rouge de tous ces crimes semble être la tontine. Alors si je pouvais, je vous interdirais à tous de quitter la ville.

Harvey se tourna vers Laura :

– Qu'est-ce que je te disais?

– Rien ne pourrait m'empêcher de quitter la ville. Avec la trouille que je commence à avoir, je me demande si je vais partir en morceaux ou à Curaçao.

– Nous partons à Graymoor, affirma Harvey qui décida de se risquer à un autre gin au vermouth. Et nous y allons pour coincer un assassin. Voyez-vous, Norman, il sait que nous sommes après lui. Ça pourrait le pousser à la faute. Ça vous paraît peut-être un peu bête, mais...

– Pas du tout. La plupart des raisonnements les plus logiques sont bêtes comme chou.

Wylie se gratta un genou en se disant qu'il aurait bien aimé passer le restant de la soirée avec Laura et Harvey : c'était des gens comme il les aimait. Mais à quelques rues de là, une tigresse l'attendait dans son salon à la décoration rococo, et son invitation était en fait un biais pour discuter d'une future émission sur les activités d'un commissariat de police. Mais ce qui intéressait le plus cette tigresse, c'était de planter ses griffes en lui, et Wylie n'avait pas encore totalement récupéré de leur rencontre de la nuit précédente.

– Je pense qu'Helga détient la clé de l'affaire sans le savoir. (Harvey avait de nouveau capté l'attention de Wylie. Laura, assise les bras serrés frileusement autour d'elle, songeait à monter le chauffage.) Mes frères aînés sont prêts à s'entendre pour la protéger, mais je crois qu'elle est la seule à ne pas avoir besoin de protection.

– Elle fait partie de la tontine, répliqua Wylie comme s'il prononçait une sentence.

– Helga est en sécurité. (Harvey se tourna vers Laura avec un sourire.) Tu as froid, ma chérie?

– Je suis gelée. Je mourrai peut-être de mort naturelle, après tout.

Harvey se dirigea vers le boîtier de commande du chauffage et le monta.

– Qu'est-ce qui vous fait dire qu'Helga détient la clé de l'affaire? demanda Wylie qui brûlait d'impatience de rencontrer Helga Graymoor.

– Je pense qu'elle connaît l'identité de l'assassin. Et quand j'arriverai à la voir seule sur l'île, j'ai bien l'intention de lui poser la question.

Wylie se redressa sur son siège.

– Pourquoi ne pas décrocher le téléphone et le lui demander tout de suite?

– Quand on veut apprendre quelque chose d'Helga, ce doit être en tête à tête. Elle ne répondra d'ailleurs pas à une question tant qu'elle ne sera pas sûre de la réponse. J'ai dit que je *pensais* qu'elle connaissait l'assassin, mais elle n'a peut-être pas encore de certitude. D'où l'importance du week-end prochain : plus que la célébration de son anniversaire, ce sera pour Helga l'occasion de se décider. Encore un verre?

– Non merci. Il faut que j'y aille, répondit Wylie avec un soupir las.

Les yeux de Laura pétillèrent :

– On dirait que vous repartez à l'assaut d'une personnalité du petit écran.

– Je n'avais encore jamais rencontré de femme qui ne comprenne pas le sens de l'expression « aventure d'un soir ».

Wylie secoua tristement la tête et leur expliqua le dernier stratagème de Bella, l'émission sur les activités du commissariat.

– Si son énergie était correctement canalisée, commenta Laura, elle pourrait mener le monde.

– C'est ça, le problème : elle croit qu'elle le mène. Et mon supérieur insiste pour que je coopère avec elle. S'il savait! Merci pour le verre et pour les renseignements. Je vous appellerai demain.

Quand Wylie fut parti, Harvey suivit Laura dans la cuisine où elle mit la table, et ils s'installèrent enfin pour dîner. Sans grand appétit, ni l'un ni l'autre.

– Andrew, je le tuerais volontiers, fit Laura.

– Il est déjà mort.

– Je sais. Mais pas assez tôt.

Il était presque l'heure de partir au Dombey, et Natalie s'escrimait à camoufler sous son maquillage la lassitude de ses traits. Elle avait passé la journée seule dans son studio à appeler au téléphone la météo, l'horloge parlante, le service des horoscopes, rien que pour entendre une autre voix. Elle avait très peu mangé et beaucoup bu. A force de picorer le cafard de ses idées noires, en bonne poule pondeuse, elle finit par faire éclore l'idée qui pourrait la sauver de son morne avenir. Elle ne voulait pas passer plus de temps que nécessaire sur l'île Graymoor. Elle voulait quitter New York et recommencer à zéro. Et trouva enfin le moyen de se procurer l'argent dont elle avait besoin. Elle fredonna tout bas « Californie, me voici » et regarda d'un air hargneux son reflet dans le miroir. « N'as-tu pas honte, à moins de trente ans, de ressembler à une vieille peau de soixante? » Alors, avec un sourire cynique devant la perspective d'un futur meilleur, elle souffla un baiser en direction de son image et attrapa son manteau et son sac, prête à affronter le tourment de sa dernière nuit au Dombey.

Un vent violent montait à l'assaut de l'île Graymoor, et ses hurlements, sous les fenêtres du manoir, firent dire à Helga que les morts s'étaient réveillés. Martha était allée vérifier portes et fenêtres dans toutes les pièces, restant un court instant dans la chambre de Natalie. Elle n'avait guère changé depuis son enfance. Aucune des chambres n'avait changé depuis leur enfance. C'est ce que voulait Helga : dix sanctuaires où il n'y avait personne à adorer.

A présent dans la salle d'écriture, Martha tricotait près de la cheminée tout en regardant Helga à son bureau en train de relire des brouillons. Celle-ci posa le crayon rouge qu'elle utilisait pour corriger.

– Je crois que Natalie est un peu déséquilibrée, dit-elle à Martha.

– Comment cela?

– Elle a eu un comportement étrange, au téléphone. D'abord, elle prétend qu'elle attend le week-end avec impatience, et puis quand je lui dis combien je suis heureuse qu'elle reste après le départ des autres, voilà qu'elle m'apprend qu'elle compte partir en Californie!

– Avec quoi, comme argent?

– C'est ce que je lui ai dit, et elle m'a répondu de ne pas me tracasser, qu'elle avait ce qu'il fallait. J'ai presque envie d'appeler Robert pour lui demander s'il sait quelque chose à ce sujet.

– A quoi bon? Natalie a toujours été bizarre, comme si elle venait d'un autre monde. Père disait toujours qu'il fallait un filet à papillons pour l'attraper.

Helga regarda fixement Martha qui avait la tête baissée sur son tricot. Le cliquetis des aiguilles faisait timidement contrepoint à la fureur de la bourrasque, au-dehors.

– Elle avait l'air hystérique.

Martha s'arrêta de tricoter et regarda Helga à son tour.

– Mère, vous savez comme moi que Natalie marche à coups de pilules. Des pilules pour être gaie, des pilules pour être triste. Des pilules pour dormir, des pilules pour rester éveillée. Nous sommes samedi, c'est son dernier soir de travail. Je suis sûre qu'elle a pris un euphorisant. Le week-end prochain, elle arrivera aussi triste et déprimée que d'habitude.

– Elle a eu si peu de chance.

– Elle a eu si peu de bon sens. Regardez les hommes qu'elle a épousés.

– J'ai essayé de l'en dissuader, mais on ne pouvait rien dire à Natalie. Elle a toujours été têtue comme une mule. Heureusement qu'elle n'est pas ici ce soir. Tu sais l'effet que lui fait le vent qui hurle : elle irait courir dehors en braillant du Wagner.

Martha tressaillit à cette idée. A l'idée d'avoir Natalie deux semaines de plus. Peut-être n'est-ce pas une chimère, après tout, peut-être lui est-il effectivement tombé une manne du ciel. Peut-être part-elle vraiment en Californie. Loin de nous. Loin du danger.

– Tu fronces les sourcils, remarqua Helga.

– Ah? Je ne m'en rendais pas compte. Voulez-vous un peu de chocolat chaud?

– Oui, quelle bonne idée! Et si on faisait un scrabble? Ça fait des jours qu'on n'y a pas joué.

Martha acquiesça et laissa Helga seule pour aller à la cuisine. Du chocolat chaud. Un scrabble. Combien de temps encore, grands dieux? Combien de temps?

Ainsi c'est de l'argent que tu veux, petite salope. Du fric, hein? Tu sais ce que j'ai fait, n'est-ce pas? D'accord, petite salope, tu me cherches vraiment?
Eh bien tu vas voir ce qui va t'arriver.

13

L'un des propriétaires supposés du Dombey s'appelait Nick Hobart, mais le barman le surnommait le Chat du Cheshire. Il faisait son apparition deux fois par semaine, toujours le samedi, parce que c'était le soir où il y avait le plus de monde, et une autre nuit qu'il semblait choisir au hasard pour tenir son personnel en haleine. Nick était petit et trapu, et rappelait à Natalie le crapaud indolent qui habitait l'étang aux nénuphars derrière le manoir Graymoor. Elle l'avait un jour pris et embrassé, ce crapaud, mais celui-ci ne s'était pas transformé en prince. Il lui avait fallu des jours pour se débarrasser de cette sensation squameuse. Mais ce soir, pas moyen de se débarrasser de Hobart qui se tenait debout derrière le bar, à la caisse, et la regardait jouer du piano au travers de ses paupières lourdes. Elle se demandait s'il songeait à revenir sur sa décision de la congédier. Elle était parfaitement sobre et jouait mieux que jamais puisque, cette fois, elle arrivait à distinguer les touches blanches des noires. Le bar était pris d'assaut : célibataires qui, pour la plupart, parlaient l'éloquent langage du corps réservé aux samedis soir, et solitaires acharnés. Il y avait quelques dollars de pourboire dans le verre que Natalie laissait sur le dessus du piano. Même les dîneurs mangeaient sans se plaindre. Natalie était allée une fois dans la cuisine, et n'y avait plus jamais remis les pieds. Elle se demandait de combien Hobart graissait la patte à l'inspecteur de l'Hygiène. Ce soir, elle se sentait extraordinairement heureuse de vivre, indépendante, et son humeur était communicative. Au bar, quelques consommateurs chantaient avec elle. Même le barman était impressionné. Je parie que lui aussi, songea-t-elle, se demande si Hobart va changer d'avis à mon sujet. Petit crapaud. Horrible petit crapaud. Tu peux changer si tu veux. Tu peux ramper devant moi. Ça ne t'avancera pas. Pas d'un pouce. Ses doigts caressèrent les touches du piano pour enchaîner avec « Changer mes projets pour toi ».

– C'est quoi, ce que vous jouez? demanda une jolie petite personne.

– Rien, juste un truc qui m'amuse, répondit Natalie en fredonnant tout bas les paroles.

« Changer mes projets pour toi? » Ça me ferait mal.

Laura était au téléphone. Elle détestait ce samedi soir, encore plus que le week-end de la Fête du Travail. Harvey fouillait dans les disques à la recherche de son Brahms favori. En entendant Laura s'écrier « Non, il n'a pas fait ça! » , il descendit de la chaise sur laquelle il était en équilibre et tourna les yeux de son côté.

Une main sur le combiné, elle lui répéta en aparté :

– Nick a flanqué une beigne à Marjorie!

– Bon Dieu, murmura Harvey.

Marjorie était recroquevillée sur son canapé et sanglotait dans le téléphone.

– Si tu savais les choses dont il m'a accusée! J'ai essayé d'appeler Robert et de lui en parler à lui, mais ça fait une heure que ça sonne occupé.

– Peut-être que sa ligne est en dérangement, fit Laura.

– C'est Nicholas qui est en dérangement! Comment ose-t-il m'accuser d'avoir un amant!

– Et tu en as un?

Laura avait toujours eu l'esprit pratique.

– Tu vas pas t'y mettre toi aussi? Où est-ce qu'ils vous ont trouvés, vos parents? Dans un orphelinat ou dans une maison de fous?

Elle fit une boule de son mouchoir en papier et se tamponna les yeux.

– Et où est Nicholas, en ce moment?

– J'en sais rien. Après m'avoir frappée, il est parti dans la cuisine se mettre à chialer.

– Oui, Nicky a toujours été un mou.

Nicholas en train de frapper Marjorie! Laura remit sa main sur le combiné et fit part de son étonnement à Harvey. Lequel haussa les épaules. Cela lui rappelait la phrase de Noel Coward : « Une femme, c'est comme un gong. Il faut taper dessus régulièrement. » Il pouffa de rire. Et Laura de couvrir de nouveau le combiné.

– Qu'est-ce qui te fait rire?

– Noel Coward.

– Qu'est-ce qu'il vient faire là-dedans?

Harvey ne répondit pas et reprit sa recherche du Brahms. La femme de ménage devait l'avoir emprunté, encore une fois.

Marjorie ne pleurait plus. Elle était prise de hoquets, à présent.

– Tu... t'aurais dû... entendre...

– Ecoute, tu vas t'étouffer si tu continues. Prends quatre ou cinq bonnes inspirations et ça passera.

Laura aurait bien voulu s'en débarrasser, mais elle savait depuis longtemps que vouloir n'était pas pouvoir.

Marjorie avait retrouvé ses esprits et toute sa voix.

– Quand j'ai essayé de le consoler, il m'a *brutalement* repoussé la main. Alors il s'est levé, a pris son manteau, ouvert la porte d'entrée et m'a crié d'une voix horrible : « Un de ces jours, tu vas voir ce qui va t'arriver », ou quelque chose comme ça. Il a claqué la porte, et ça fait plus de deux heures que je ne l'ai pas revu.

– Moi qui vous croyais si heureux, tous les deux, fit Laura de sa voix la plus courrier du cœur possible. Qu'est-ce qui s'est donc passé?

– Je vais te le dire, ce qui s'est passé. J'ai mûri, voilà tout. J'ai grandi plus vite que lui. J'ai compris ce qui se passait dans le monde autour de moi. (Ben voyons, songea Laura. Bientôt, tu vas nous écrire un best-seller.) Je sais maintenant qu'il y a mieux que ce que j'ai, et je veux ma part.

Tu l'auras, ma petite. Je t'en fiche mon billet.

La main de Laura revint sur le combiné pendant qu'elle attirait l'attention de Harvey.

– Tu ne sais pas ce que tu rates.

Il ne répondit pas, sachant qu'il aurait bientôt droit à toute l'histoire. Le Brahms n'était pas là, et cela le contrariait fort. Quel besoin avait eu Laura, aussi, d'engager une femme de chambre intello? N'aurait-elle pas pu choisir une de ces souillons types comme on en trouve à la pelle dans les comédies de boulevard.

– Marjorie, je respecte absolument tout ce que tu es en train de me dire. Tu sais très bien ce qui se passe dans ta tête, mais je n'ai pas l'impression que tu saches ce qui se passe dans celle de Nicky.

– J'ai essayé, gémit-elle, mais depuis que ce Nathan Manx a déclenché en lui cet appétit d'argent frais, il est devenu invivable. Ces deux derniers jours ont été un enfer, à part la nuit dernière : je ne me suis jamais autant amusée depuis que j'ai filé de chez mes parents. (Laura redoutait d'avoir à entendre ce qui s'était passé au cours de cette escapade illicite.) Tantôt, il court partout comme une souris affolée parce qu'il a peur qu'on lui fasse la peau, et puis tout d'un coup c'est lui qui devient menaçant. Un vrai Dr Jekyll et Mr Hyde, je te dis!

– Ecoute, Marjorie, tu m'as appelée pour avoir un conseil, alors je vais te le donner. (Elle adressa un regard inquiet à Harvey, maintenant installé derrière le bar en train de grignoter un vieux bretzel qui traînait dans une boîte en métal sur une étagère. On ne garde décidément que les vieux bretzels, ici. Pourquoi pas de vieilles chips? Il reporta son attention sur Laura, qui semblait tout à fait sérieuse.) Quand il rentrera ce soir, sois gentille et pleine d'attentions. Nicky aura besoin de beaucoup d'affection.

A-t-il jamais eu des amis, d'ailleurs, se demanda-t-elle soudain.

– Et s'il ne rentrait pas? Il a intérêt, parce que moi, j'ai pas envie de dormir ici toute seule.

– Il rentrera. Je connais Nicky. Demain matin, dis-lui que tu veux passer l'éponge, ne serait-ce que pour le week-end prochain. Parce qu'enfin, on ne peut pas apporter de soucis supplémentaires à Helga. C'est une femme âgée, et elle est fragile.

– Ah! brailla Harvey, et Laura lui fit signe de se taire.

– C'était seulement Harvey, répondit-elle à la question de Marjorie. On était censés passer une soirée tranquille à la maison. La prochaine fois, on essaiera une suite à l'hôtel. Bon, tu as compris ce que je t'ai dit?

– Oui. Je ne veux pas foutre le week-end en l'air. Et j'ai très envie de porter cette chose merveilleuse que tu m'as donnée. (Laura eut un recul. Cette *chose*!) Je suis désolée d'avoir interrompu votre soirée tranquille à la maison, mais j'avais besoin de parler à quelqu'un.

– Bien sûr, ma chérie, c'est à ça que sert la famille. Pourquoi ne prends-tu pas une pilule pour aller dormir?

– J'en ai plus.

Laura lui indiqua d'autres remèdes pour faire venir le sommeil – se retenant tout juste de mentionner le coup de massue sur le crâne – et raccrocha.

Elle se laissa aller contre son dossier, les bras ballants.

– Quelle soirée! fit-elle d'une voix rauque.

– Cette engueulade, entre eux, elle me paraît bien soudaine, fit Harvey qui arrosait d'eau de Seltz un verre de Campari.

– Pas du côté de Marjorie. Ça couvait depuis des mois, en elle.

– Il ne l'a frappée qu'une seule fois?

– C'est pas suffisant, peut-être? Tiens, prépare-m'en un aussi.

– Bois celui-là. Je sors chercher le journal : comme ça on pourra se mettre bien gentiment au lit et faire les mots croisés ensemble.

Laura se dirigea vers lui pour prendre le verre.

– Il y a des filles qui ont toutes les veines, murmura-t-elle.

Puis elle tressaillit.

– Qu'est-ce qui ne va pas?

– J'ai eu comme un frisson.

Nicholas était assis au dernier rang du cinéma, les yeux rivés à l'écran mais sans rien voir. Il ne savait même pas le nom du film. C'était le seul cinéma de la Troisième Avenue où la queue ne serpentait pas autour du pâté de maisons, alors il était entré et s'était affalé dans son fauteuil, laissant une de ses jambes dépasser dans l'allée comme s'il voulait faire un croche-pied à quelque spectateur distrait. Son cerveau était un maelström d'émotions. Un mélange de colère, d'apitoiement sur lui-même et de haine, un philtre infernal, une décoction empoisonnée. La demoiselle proteste trop énergiquement à mon goût. Il y a un autre homme, pensait-il. Obligé. Qui? Et depuis quand? Elle n'a rien fait qui puisse éveiller mes soupçons jusqu'à aujourd'hui. Pourquoi a-t-elle été assez bête pour me dire qu'elle travaillait et partir sans me laisser de mot?

Parce qu'elle voulait que je sache.

Nicholas poussa un gémissement, et une femme assise devant se hâta de changer de rangée. Elle voulait que je sache. Elle va me quitter et je ne peux pas le supporter. Elle était tellement pleine d'entrain, au dîner, hier soir, avec Laura et Harvey. J'étais si fier d'elle. Et puis elle ne s'en est pas laissé remontrer, plus tard, au Dombey. Il soupira. Ce n'est plus la Marjorie que j'ai épousée. Plus la petite fille douce, simple et sans complications que j'ai draguée dans une boîte.

– Draguée dans une boîte? s'était presque étranglée Helga. Ce n'est pas possible. Ce n'est pas comme ça qu'on commence une idylle. (Pas dans les livres qu'elle écrivait. Ses personnages à elle se rencontraient sur des yachts, sur les pistes de ski de Gstaad, pendant l'entracte à l'opéra et même, une fois, dans un jet sur le point de s'écraser. Mais dans une boîte!) Qui est-elle? Que sais-tu d'elle? Et de sa famille?

– Et moi, demanda Nicolas, qui suis-je? Qu'est-ce que je sais de moi? Qui était ma famille?

– Tu as été spécialement choisi, avait répondu Helga avec grandeur, comme si elle lui conférait le titre de chevalier.

Et en un sens, il y avait de ça, songea-t-il. Nous avons tous été spécialement choisis. C'est là la seule chance que nous ayons eue en commun. Quand le destin est arrivé à moi et aux jumelles, il était à court de bienfaits. Maintenant, les jumelles sont mortes et Marjorie est probablement en train de me quitter.

Ou peut-être vais-je l'aider à me quitter.

Il entendit un cri horrible retentir et se redressa rapidement en clignant des paupières. Sur l'écran, un monstre hideux poursuivait une jeune fille dans une forêt de cauchemar. Le monstre brandissait une hache. La fille trébucha et tomba. Le monstre sauta sur elle et lui abattit la hache sur le cou. Crrrrrrac. Décapitée. Quelqu'un rigola dans le public. C'était Nicholas.

Le samedi soir est la soirée la plus solitaire de toute la semaine, c'était en tout cas l'avis d'Arnold Graymoor ce samedi soir-là. A minuit passé, il se trouvait au comptoir d'un repaire à célébrités du East Side. Le Janie était réputé pour être fréquenté par des visages connus et des dames seules d'âge mûr, mais aujourd'hui, Arnold ne reconnaissait personne, et les quelques dames d'âge mûr étaient accompagnées de messieurs d'âge mûr. Il y avait trop de monde au bar pour s'installer confortablement, et comme d'habitude, les verres étaient mal remplis et les prix gonflés. Alors qu'il rendait visite aux toilettes au fond du restaurant en se demandant quelle serait sa prochaine escale, il vit, à une table isolée sous une reproduction de Murillo, Norman Wylie et Bella Wallace. Wylie réprimait un bâillement, Bella sa libido.

– Tiens, salut! (Bella et Wylie levèrent les yeux.) Comme on se retrouve!

Bella ne reconnut pas Arnold. Wylie, si.

– C'est Arnold Graymoor, lui rappela-t-il. Vous avez fait connaissance hier soir, tous les deux.

– Ah, oui, fit Bella en forçant un sourire artificiel. Il me semblait bien que c'était vous, mais je n'étais pas sûre. J'étais un peu dans le brouillard, hein?

– Nous l'étions tous, répondit Arnold en attendant d'être invité à s'asseoir.

– Je vous aurais bien proposé de vous joindre à nous, fit Wylie qui savait exactement ce qu'Arnold voulait, mais nous venons de régler l'addition. Je travaille tôt, demain matin.

– Oh, ce n'est pas grave. Moi, j'ai rendez-vous tard. Je suis juste venu ici prendre un petit verre pour tuer le temps.

– Comment vous en êtes-vous sorti, avec Dallas – comment s'appelait-elle, déjà?

Wylie fit claquer ses doigts pour essayer de se rappeler le nom d'Olivia.

– Olivia Cedarwood, souffla Arnold.

– Ah, la miniature, fit Bella qui se souvint tout à coup. Elle n'a pas passé son temps fourrée sous la table?

– Elle s'est livrée à tout un tas d'excentricités, dit Arnold avec un sourire et en adressant à Wylie un clin d'œil entendu qui n'échappa pas à Bella. Bon, eh bien, ça m'a fait plaisir de vous revoir.

Il poursuivit son chemin vers les toilettes des hommes, se sentant stupide d'avoir ne fût-ce qu'imaginé qu'ils lui demanderaient de se joindre à eux. Bella Wallace était une femme d'âge mûr, et les femmes d'âge mûr fondaient généralement devant lui, mais Bella n'avait pas été sensible à son charme. Il devait perdre la main, ça devait être ça, il fallait qu'il trouve vite une solution de rechange. De rechange et lucrative.

Wylie héla un taxi. Il aida Bella à monter, s'installa à côté d'elle, claqua la portière et indiqua l'adresse de Bella au chauffeur.

– Tu viens prendre un dernier verre? demanda-t-elle timidement.

– Désolé, Bella, mais il faut vraiment que je me lève tôt demain matin. Et puis (il appuya gaiement sur ses mots) je n'ai absolument pas dormi la nuit dernière.

– Très bien, chéri. Ce n'est que partie remise. (Elle lui prit la main, la serra. Il parvint sans enthousiasme à répondre de la même manière.) Je pense que notre travail sur le commissariat commence à prendre forme. Ce qu'il faudrait maintenant, c'est que je passe quelque temps sur place pour m'imprégner de l'atmosphère du lieu.

– Les gars vont être ravis, fit-il en réprimant une grimace.

– Tu crois que je devrais assister à une autopsie?

– Les autopsies se pratiquent à la morgue.

– Ah. Je pourrais peut-être vous voir passer quelqu'un à tabac, alors?

– Ce genre d'interrogatoire a lieu surtout dans les films.

– Qu'est-ce que vous fichez donc, toute la journée?

– Nous travaillons dur, Bella. Très, très dur.

Ils restèrent un moment silencieux dans le taxi. Bella se demandait si poursuivre Wylie de ses assiduités n'était pas une autre de ses bêtises typiques. Wylie regardait dehors et se demandait pourquoi les gens accordaient tant de prestige au boulot de flic. Il était fastidieux, fatigant, répétitif et menait d'impasses en culs-de-sac. Pour toute récompense, mépris, suspicion, haine, et les pauvres types qui s'échinaient étaient traités de sales poulets ou tirés comme des lapins : « Un policier courageux tué dans un bar. » Les flics ne devraient pas aller dans les bars quand ils ne sont pas en fonction, ou au moins porter leur arme de service. Il arrive qu'il y ait quelques satisfactions, dans le métier, comme cette affaire Graymoor. Il y avait gagné deux nouveaux amis, Laura et Harvey. Il espérait que leur amitié se poursuivrait une fois l'affaire réglée.

Réglée. Quand serait-elle réglée? Cedric Longstreet, Andrew Graymoor, Lydia Graymoor, Annette Graymoor. A qui le tour? Se faisaient-ils becqueter selon un ordre établi? Qui orchestrait cette sinistre partition de meurtres? Et Mickey Redfern? Où Harvey est-il allé le pêcher, celui-là? Dans une annonce des deux grands journaux mercenaires, *Soldats de fortune* ou *Gung Ho*?

– Arnold est le play-boy de la famille, n'est-ce pas?

– Oui, faute d'un meilleur terme, répliqua Wylie.

– Il n'est pas mal, finalement. Je ne l'avais pas remarqué, hier soir. (Elle se blottit contre lui.) C'est parce que je n'avais d'yeux que pour toi.

– Et maintenant, tu t'aperçois de ce que tu as raté.

– Ma foi, il serait plutôt mignon.

– Il se pourrait aussi que ce soit un assassin.

Le chauffeur de taxi frôla un bus.

Marjorie vida un verre de vin, puis une tasse de lait chaud, mais ni l'un ni l'autre ne lui apportèrent le sommeil. Elle jeta un coup d'œil à sa montre. Il était plus de 2 heures du matin. Qu'est-ce qu'il foutait, cet abruti de Nicholas? Où était-il? Chez Laura et Harvey, peut-être, mais elle n'osait pas téléphoner à une heure pareille au cas où il n'y serait pas et que les autres dorment. Elle essaya le numéro de Robert, une fois de plus. Toujours occupé. Elle avait déjà signalé que la ligne devait être en dérangement. Mais il n'y avait pas que la ligne. Nicholas était en dérangement. Elle était en dérangement. Toute cette maudite famille était en dérangement.

Du bruit dans l'escalier de secours.

Marjorie se figea. Le bruit, encore. Elle se demanda si elle devait crier, ou juste ouvrir les volets et regarder. La fenêtre était bien fermée, elle avait vérifié. Elle ouvrit un tiroir, s'arma d'un couteau de cuisine puis se dirigea prudemment vers la fenêtre. Avec davantage encore de circonspection, elle entrouvrit le volet et se trouva face à un pigeon qui, tout aussi surpris, s'enfuit à tire d'aile. Elle referma le volet et se servit un autre verre de vin.

Elle crut entendre quelque chose sur le palier.

– Nicholas?

Elle se précipita vers la porte.

– Nick?

Il n'y eut pas de réponse. Elle recula et s'assit, le couteau toujours à la main. Elle se demanda si les jumelles avaient éprouvé la même peur, cette atroce nuit de leur assassinat. Même à deux, elles n'avaient rien pu contre le meurtrier. Et Marjorie était seule.

Seule avec un couteau de cuisine. S'il le faut, décida-t-elle, je m'en servirai.

Victor en avait assez d'attendre, caché dans l'entrée. Il était près de 3 heures du matin, et toujours pas trace de cette garce. Il craignait de se faire repérer par une voiture de police en patrouille. Désolé, messieurs les agents, mais j'attends une salope qui doit rentrer chez elle. Je lui tends une embuscade et je vais lui faire son affaire. Elle n'a pas voulu venir chez moi. Oh non, plus elle, plus chez moi. Je vais lui faire sa fête. Je ne vais pas la louper.

Tout était calme dans la maison. Le téléphone était décroché. Il quitta la salle de musique pour la cuisine à pas feutrés mais déterminés. Puis il monta l'escalier, arriva à la chambre. Ouvrit précautionneusement la porte et entra. Les rideaux n'étaient pas tirés et le clair de lune inondait la pièce. Aurait-il dû raccrocher le téléphone? Ah, et puis zut. Il s'assit sur le lit. Il avait tellement envie de dormir, mais tellement à faire, aussi, et si peu de temps. Si peu de temps.

– Je meurs d'envie d'une pizza, fit Laura.
– A cette heure-ci? Il est plus de 3 heures du matin! (Les yeux de Harvey s'élargirent de crainte.) Mon Dieu, tu ne serais pas enceinte, au moins?
– Non, je ne suis pas enceinte, je crève d'envie d'une pizza, c'est tout. Allez, chéri, descends chez *Domino's* et prends-en une avec toutes les garnitures. Sois chou, tu veux bien?

Il était presque 4 heures du matin lorsque Natalie arriva au pied de son immeuble. Il n'y avait pas de veilleur. C'était un bâtiment d'avant-guerre que le nouveau propriétaire voulait transformer en copropriété. Natalie chercha ses clés au fond de son sac.

Imagine qu'il finisse par te proposer la botte, ce crapaud. Qu'il te dise qu'il pourrait changer d'avis et ne pas te virer si tu couchais avec lui. Le crapaud. L'horrible petit crapaud. Elle fredonna tout bas « Californie, me voici ».

Allons, où étaient-elles passées, ces saletés de clés? Bon Dieu, elle ne les aurait pas oubliées, au moins? Laissées sur la table? Ses doigts les attrapèrent enfin. Elle poussa un soupir de soulagement.

Soudain, elle eut un hoquet. Le sac lui échappa. Sa main gauche agrippa le bouton de la porte. Sa bouche s'ouvrit pour hurler de détresse, mais aucun son ne sortit. Ses cordes vocales étaient paralysées de peur et de douleur.

La lame du couteau avait plongé dans son dos, prompte et précise. Traversé son manteau, sa robe et sa combinaison pour percer le cœur. A peine retirée, elle plongea de nouveau. Les deux blessures suivantes furent inutiles : la seconde avait fait son œuvre.

Natalie gisait face contre terre sur le trottoir, les bras étendus comme si elle essayait désespérément de s'accrocher à un but qu'elle n'atteindrait jamais.

14

A 5 heures du matin, les yeux d'Helga s'ouvrirent brusquement. Elle battit des paupières pour les empêcher de se refermer.

– Oui? Qui est là?

Quelqu'un l'avait appelée. Elle était sûre d'avoir entendu son nom. Etait-ce un rêve, ou l'appelait-on par-dessus l'étrange et inquiétante cacophonie du vent, au dehors? Etait-ce le gémissement plaintif d'un millier de fifres qui faisait danser une gigue de peur à l'imagination d'Helga?

– Qui est-ce? Qui est là? (Sa voix s'adoucit pour

prendre une tendresse maternelle.) Qu'est-ce qui ne va pas, ma chérie, qu'est-ce que tu as?

Toujours à demi éveillée, Helga se redressa avec peine. Elle parvint à prendre appui sur son coude droit, tâtonna de l'autre main vers la lampe de chevet et finit par attraper la poire. Pas de doute, elle avait entendu la voix d'une femme. Un appel déchirant, un appel au secours, un cri d'amour. Elle se hissa sur son séant et rejeta de côté le couvre-lit. Ses pieds trouvèrent les pantoufles, elle enfila le déshabillé étalé au bout du lit, puis se dirigea vers la fenêtre et écarta les rideaux. La pleine lune brillait, fascinante, mais elle ne fut d'aucun secours pour apaiser la frayeur d'Helga. Qui avait appelé? Les murs avaient-ils recommencé à chuchoter? Elle se précipita vers le commutateur près de la porte, et la chambre fut instantanément baignée d'une lumière rassurante. Le vent devenait de plus en plus strident et jouait avec les fenêtres. Helga resserra le négligé autour de sa taille et s'en fut voir chez Martha.

Elle va me prendre pour une folle, se dit-elle tandis qu'elle avançait à tâtons le long du couloir qui menait à sa chambre. Après le départ de tous ses frères et sœurs, Martha avait rejeté la proposition d'Helga de quitter ses quartiers qui se trouvaient à l'autre bout du manoir, dans une aile qui offrait une superbe vue sur les terres du continent. Martha tenait beaucoup à la précieuse indépendance que lui apportait cette séparation. Il y avait si peu de choses précieuses dans sa vie. « Allons, mère, c'est votre imagination. Les murs ne chuchotent pas. Ce n'est que le vent qui s'engouffre par les souterrains sous la maison. » Il y a pourtant quelqu'un qui a appelé au secours, se disait Helga qui n'en démordait pas. J'en jurerais. Une voix qui ne m'est pas inconnue.

Elle frappa doucement et entra dans la chambre de Martha. Les rideaux, aux fenêtres, étaient encore ouverts. La lune éclairait la pièce et Helga vit que le lit n'était pas défait. Elle ne comprenait plus rien. Le lit de Martha pas défait? C'était peut-être le rêve qui se poursuivait. Peut-être ne s'était-elle pas réveillée du tout. Elle retourna dans sa propre chambre. Ce n'était pas un rêve : elle retrouvait son lit, la fenêtre dont elle avait écarté les rideaux, le vent qui battait contre les vitres comme pour essayer désespérément d'entrer et de s'emparer d'elle. Helga s'habilla à la hâte et descendit au rez-de-chaussée en allumant toutes les lumières sur son passage.

– Martha? Martha, où es-tu?

Elle passa du grand hall d'entrée au salon, puis au jardin d'hiver, et de là à la salle à manger et à la salle de musique, regardant même dans les pièces qu'elle savait inoccupées depuis longtemps et dont le mobilier était recouvert de housses antipoussière. Elle arriva enfin à la cuisine : toujours pas de Martha. La colère montait en elle, à présent. Comment sa fille osait-elle partir en pleine nuit et la laisser seule et sans protection? Où pouvait-elle être allée? Elle n'avait quand même pas été assez bête pour sortir le bateau? Elles avaient toutes deux entendu l'avis lancé par la radio aux petites embarcations, pendant qu'elles jouaient au scrabble. Martha avait dit avant d'aller se coucher qu'elle descendrait jusqu'à l'embarcadère vérifier si le bateau était bien amarré. Elle était excellent marin. Son dos et ses mains étaient très robustes. Elle maniait la hache comme un bûcheron et n'attendait ni Winston ni personne pour fournir leurs cheminées en petit bois et en bûches.

Helga entendit un bruit derrière elle. Quelqu'un se trouvait dans le hall et s'apprêtait à pénétrer dans la cuisine. Elle resta parfaitement immobile et attendit. Martha finit par entrer et eut un petit sursaut de surprise.

– Mère! Mais qu'est-ce que vous faites debout à cette heure-ci?

Helga la regarda dans les yeux, puis ses vêtements. Elle était habillée pour sortir, lourdement harnachée contre l'aigreur du vent.

– Qu'est-ce que tu as fabriqué dehors, toute la nuit?

– Je ne suis pas restée dehors toute la nuit.

– Je suis allée dans ta chambre. Le lit n'est même pas défait.

Martha s'occupa de préparer du café.

– Oh, quand je suis montée, j'ai lu un moment et je me suis aperçue que je n'avais pas du tout sommeil. Je sais que vous allez trouver ça complètement fou de ma part, mais j'ai eu tout à coup l'idée de jeter un œil à la cabane.

– Parfaitement, c'était complètement fou de ta part, surtout en pleine nuit et avec une tempête pareille.

Martha eut un petit rire amusé tandis qu'elle pressait une orange.

– J'ai été punie. Le vent était si terrible qu'une fois arrivée à la cabane, je me suis allongée sur le lit de camp pour attendre une accalmie. Vous devinez le reste, j'ai dû m'endormir. Ça m'a fait un choc, quand je me suis réveillée. Tenez. Buvez votre jus. Pourquoi êtes-vous allée à ma chambre?

Helga prit le verre de jus d'orange et le posa sur la table. Ce n'était pas le moment de parler de voix et de murs qui chuchotent. L'étrange comportement de Martha, sa nervosité, passaient avant tout. Il y avait quelque chose d'anormal, par ici, et cela affectait Helga et sa famille. Il existait certains faits qu'elle ne pouvait plus méconnaître et enfouir dans son subconscient. Martha agissait de façon bizarre depuis des mois, peut-être plus, bien qu'Helga ne s'en fût véritablement aperçue et préoccupée qu'un peu avant l'assassinat des jumelles. La mort rôdait, à présent, et elle commençait à redouter le week-end à venir. Un seuil critique allait être atteint et cela risquait de déboucher sur une tragédie pire encore que celle de la mort d'Andrew.

– Mère, fit doucement Martha, pourquoi pleurez-vous?

– J'ai tellement de raisons de pleurer, répondit Helga.

Elle quitta la cuisine pour retrouver sa solitude, laissant son jus d'orange intact et Martha désarçonnée.

– Et merde, fit cette dernière.

L'assassinat de Natalie était survenu trop tard pour être signalé dans les journaux du dimanche, mais les banlieusards qui se rendaient à leur travail, le lundi, purent s'en repaître. La une du *Daily News* montrait le corps de la morte grotesquement affalé face contre terre sur le trottoir. La double page intérieure offrait des clichés de Natalie telle qu'elle apparaissait dix ans plus tôt le jour du premier de ses trois mariages. Venaient ensuite une photo de Harvey, Laura et Robert quittant la morgue après la reconnaissance de la victime, puis une de Ike Tabor, l'inspecteur chargé de l'enquête, sur recommandation de Norman Wylie quand la nouvelle du meurtre fut parvenue à son commissariat. Son supérieur écouta avec la plus vive attention la théorie de Norman sur la mort de Natalie et entra en contact avec le supérieur de Ike Tabor, qui se dit que le meurtre de Nathan Manx allait bientôt déboucher sur une affaire à sensation qui pourrait lui fournir la notoriété dont il avait besoin pour asseoir ses ambitions politiques. Pourquoi ne pourrait-il pas devenir maire de New York, d'autant qu'à son humble avis, l'actuel serait davantage à sa place derrière un comptoir d'épicerie à découper le saumon frais en tranches. Il fut donc trop heureux de coopérer avec le supérieur de Norman, et Ike Tabor annonça aux journalistes que Natalie avait de toute évidence été victime d'une agression particulièrement sauvage. Son sac avait été délesté du salaire de sa dernière semaine au Dombey. Wylie avait mis Tabor en contact avec Harvey, Laura et Robert. Ce fut Harvey qui lui conseilla de commencer son enquête au

Dombey, et Tabor n'eut ainsi aucun mal à trouver Nick Hobart et le barman. Les deux hommes s'accordèrent à dire que Natalie avait quitté le bar vers 3 heures et demie du matin, qu'elle était à jeun et de bonne humeur. Elle était partie seule. Nick Hobart précisa qu'il avait proposé de la raccompagner, vu les dangers qui guettaient tout un chacun, surtout une frêle jeune femme seule dans les rues de New York à une heure aussi avancée de la nuit. Mais Natalie avait refusé son offre généreuse. Après avoir bien observé Hobart et entendu le coassement qui lui tenait lieu de voix, Tabor, fin psychologue, comprit que la pauvre Natalie aurait connu un destin tout aussi sinistre, sous une autre forme, si elle avait accepté sa proposition. Hobart expliqua qu'il lui avait donné trois cent cinquante dollars pour solde final de son compte, mais qu'il l'avait vue également fourrer dans son sac tout un rouleau de billets de pourboires. Le barman n'ajouta pas grand-chose d'intéressant, si ce n'est que Natalie était une nana super, et que si l'escalade du crime continuait comme ça dans les rues, il serait tout à fait d'accord pour former des groupes d'autodéfense. Tabor savait reconnaître un raciste quand il en croisait un. Plus tard, Wylie et lui convinrent de s'en tenir à leur version de la simple agression pour le meurtre de Natalie, et de rester discrets sur ses liens familiaux avec les jumelles assassinées et ses rapports avec Nathan Manx. Malheureusement, dans le feu de l'action, Wylie oublia complètement Bella Wallace. Le lundi, elle s'arrangea pour faire une apparition spéciale aux infos de 18 heures et lâcha le morceau. Quand Wylie finit par la joindre pour l'écorcher vive, elle répondit en feignant la contrition et suggéra de se couper la langue en deux. A quoi Wylie rétorqua qu'il lui en resterait toujours assez malgré tout. Bella laissa cette pique tomber dans l'oubli qu'elle méritait et se replongea dans son projet d'émission sur les Graymoor avec la délectation d'une hyène déchirant la carcasse d'une gazelle morte.

Le corps inanimé de Natalie avait été découvert une quinzaine de minutes après le meurtre par deux call-girls qui vivaient au rez-de-chaussée de son immeuble, sur l'arrière. Elles la reconnurent immédiatement, d'autant qu'elles aussi fréquentaient le Dombey. Après avoir alerté la police et identifié Natalie, elles écoutèrent leur répondeur téléphonique et se demandèrent si elles seraient en mesure de satisfaire les offres de services nocturnes qui leur avaient été faites. Elles mettaient leur argent de côté pour acheter une auberge quelque part dans le Maine, qu'elles tiendraient une fois en retraite. Les deux amantes vivaient ensemble depuis qu'elles s'étaient rencontrées à l'école, dans un couvent de la banlieue de Chicago. Un moment plus tard, elles furent tout heureuses de poser pour les photographes de presse qui grouillaient autour de l'immeuble, après quoi, ragaillardies par toute cette activité, elles s'en furent à leurs rendez-vous.

Quand Wylie arriva au commissariat juste après 6 heures, ce matin-là, la nouvelle de la mort de Natalie l'avait précédé. Il mit ses plans en action immédiatement. Après avoir brossé pour Tabor le tableau de toute l'affaire Graymoor, il appela Harvey et Laura. Celui-ci, encore sous le choc, apprit la triste nouvelle à Laura qui le regarda d'un air hébété avant de piquer une crise de nerfs. Au téléphone, Harvey promit à Wylie de se charger de prévenir le reste de la famille. Il étreignit Laura, l'embrassa sur les cheveux, sur le front, puis sur ses deux joues humides et salées. Elle finit par se ressaisir et demanda des détails qu'il fournit, bien qu'à contrecœur.

– Quatre coups de couteau, répéta Laura. Quatre, le salaud.

– Maintenant écoute, chérie, rappelle-toi ce que Wylie a dit. Il ne faut pas tirer de conclusions hâtives. Natalie a été volée, ce n'est donc peut-être qu'un crime de rôdeur.

– Tu parles! jeta Laura. On a pris son argent pour maquiller ça en crime de rôdeur. Bon Dieu! A quelle heure c'est arrivé?

– Entre les 3 heures et demie où elle a quitté le Dombey et les 4 heures et quart où les deux poules qui habitent dans son immeuble l'ont trouvée morte. (Laura poussa un gémissement.) Allons, reprends-toi, veux-tu?

– Harvey, c'est à peu près l'heure où tu es sorti acheter la pizza!

– Oh, pour l'amour du ciel, Laura!

Il composait le numéro de Robert. La ligne n'était plus occupée à présent. La sonnerie retentit plusieurs fois avant que la voix endormie de ce dernier ne répondît. Harvey lui apprit la mauvaise nouvelle. Bien que sous le choc, l'esprit de Robert fut tout de suite en éveil. Harvey le prévint que Ike Tabor le contacterait, et lui demanda de le rappeler après. Ils iraient alors ensemble à la morgue reconnaître le corps de Natalie, puis ils prendraient le petit déjeuner dans un endroit sympa. Ils raccrochèrent simultanément. Harvey espérait que Tabor n'allait pas traîner. Il voulait contacter les autres. Tout à coup, il émit un grognement.

– Quoi encore? demanda Laura.

– Qui va prévenir Helga?

Laura réfléchit un moment.

– Il vaudrait mieux que ce soit Robert. Il a sa manière pour lui annoncer les mauvaises nouvelles.

– Où étais-tu passé, toute cette nuit? exigea de savoir Marjorie lorsque Nicholas rentra, juste avant 6 heures, dimanche matin.

– Ça te regarde pas, répliqua sèchement ce dernier

en se dirigeant vers la salle de bains dont il claqua la porte derrière lui.

Marjorie se rendit à la cuisine pour préparer du jus d'orange, du café et des toasts. Elle était déterminée à arrondir les angles avec Nicholas, comme elle l'avait promis à Laura. Au cours de sa longue veille, toute la nuit, assise à attendre qu'il revienne – ou au moins montre par quelque signe qu'il existait toujours – puisque le sommeil, en dépit du lait et du vin, s'obstinait à la fuir, elle s'était décidée à lui montrer une façade chaleureuse, amicale et compréhensive jusqu'à ce que le week-end d'anniversaire fût entré dans l'histoire. Elle vaqua à ses occupations ménagères comme si elle était photographiée pour une publicité. Nicholas, sous la douche, ne chantait pas : c'était mauvais signe.

Ça te regarde pas.

Ce n'était pas Dr Jekyll, mais Mr Hyde. Ce n'était pas Nicholas, le rejeton insouciant à tête de moineau de la maison Graymoor, mais un Nicholas Graymoor nouvelle manière et très déplaisant. Et elle était la cause de cette métamorphose. Marjorie était prête à supporter les conséquences de sa ferme détermination. Elle espéra que le cœur de Nicholas n'était chargé que d'amertume, et d'aucune pensée meurtrière. Elle doubla la couche de beurre sur les toasts.

Le téléphone sonna enfin. C'était Ike Tabor. Tabor qui venait de joindre Robert. Harvey manifesta toutes les émotions requises : choc, horreur, colère. Il dit à Laura que c'était Tabor. Elle répondit qu'elle l'avait deviné à ses simagrées. Le téléphone sonna de nouveau. Robert, cette fois. Pas un dimanche de tout repos, songea tristement Laura. Il était prévu que Harvey et elle passent prendre Robert et qu'ils aillent ensemble à la morgue. Robert se chargeait de prévenir Helga – en espérant que ce serait Martha qui décrocherait la première de façon qu'elle puisse préparer Helga. Harvey s'offrit à prévenir

Nicholas et Victor. « Et Arnold? » lança Laura depuis sa coiffeuse où elle faisait de son mieux pour camoufler les cernes noirs qui lui entouraient les yeux. Harvey rajouta Arnold à sa liste. Quand il fut enfin débarrassé de Robert, il composa le numéro de Victor.

A la sixième sonnerie, celui-ci décrocha avec une toux sèche. Harvey lui fit part de la sinistre nouvelle. Victor parut sincèrement choqué et horrifié.

– Est-on sûr que c'est un crime de rôdeur?

– Si ce n'est pas le cas, conseilla Harvey avec désinvolture, j'espère que tu as un alibi.

Victor le remercia par un juron, puis lui fit promettre de rappeler dès qu'il aurait identifié le corps avec les autres. Victor raccrocha et répéta le mot « alibi » encore et encore. Alibi. J'ai intérêt à me trouver un alibi. Il grommela tout bas un autre juron puis se leva et alla d'un pas titubant chercher une cigarette.

Harvey trouva Arnold étrangement tiède à l'annonce de cette nouvelle.

– Bon sang, fit ce dernier, moi qui comptais justement passer la prendre au Dombey, hier soir. Peut-être que si je l'avais fait, elle serait encore vivante aujourd'hui. (Peut-être, songea Harvey, mais j'ai l'impression que tôt ou tard, elle aurait rencontré son destin.) Il va y avoir une autopsie?

– Normalement, oui.

– Il ne faut pas une autorisation pour ça?

– Ce sera à Robert de voir, en tant que chef de famille. Mais je suis sûr qu'il la donnera. Les Britanniques adorent les autopsies.

– Tu ne crois pas qu'on devrait tous se rencontrer un peu plus tard? Et Helga?

Harvey expliqua que Robert s'occupait d'elle. Puis Arnold songea à signaler qu'il était tombé par hasard sur Norman Wylie et Bella Wallace, la veille au soir. Le seul nom de Bella fit blêmir Harvey. Oh et puis bon, réfléchit-il, ça va être dans les journaux de toute façon, alors pas besoin d'éviter Bella. Il espéra que Tabor s'en tiendrait à la version selon laquelle Natalie avait été victime d'une agression. La disparition de l'argent aidait certainement à accréditer cette thèse. Harvey promit à Arnold qu'il l'appellerait plus tard et qu'il organiserait une sorte de réunion, peut-être sous forme de veillée mortuaire, puis il raccrocha.

– Une veillée mortuaire, fit d'un air sinistre Laura qui revenait de la chambre en vérifiant le contenu de son sac en croco, on a bien besoin de ça! Ce qu'il nous faut, ce sont des gardes du corps.

– Nous nous garderons l'un l'autre.

– Je tiens à ce que tu ne me quittes pas d'une semelle. (Elle soupira.) Je n'arriverai jamais au bout de cette semaine. Jamais.

Harvey était en train de composer le numéro de Nicholas.

Il sembla à Marjorie que la douche avait lavé Nicholas d'un peu de son amertume et de sa haine. Il lui permit même de lui préparer des œufs brouillés au bacon, son petit déjeuner préféré du dimanche. Quand il était rentré, tout à l'heure, il avait rapporté un journal et il essaya de se plonger dans la rubrique des spectacles tandis qu'il mangeait.

– Nicholas, fit Marjorie d'une petite voix. (Il ne leva pas les yeux.) Au moins pour le week-end à venir et pour l'anniversaire de ta mère, essayons de redevenir amis.

Amis, remarqua tout bas Nicholas, pas mari et femme. Il la regarda et s'éclaircit la gorge.

– Tu as raison. Tu as parlé de notre dispute avec Laura, je suppose?

– Il fallait que je parle à quelqu'un. (Elle se versait une troisième tasse de café.) J'avais peur, seule ici toute la nuit.

– Tu lui as dit que je suis resté dehors toute la nuit?

– Non. Je ne savais pas encore que tu n'allais pas rentrer quand je l'ai eue au téléphone.

– Je préférerais que tu n'en parles pas. Ça ne regarde personne d'autre que nous.

Il doit se sentir honteux, pensa Marjorie, que cette pensée rasséréna un peu. Le téléphone sonna, dans le salon.

– J'y vais, dit-elle en épouse consciencieuse.

Nicholas la regarda sortir de la cuisine, puis il secoua tristement la tête. Le week-end. Helga. Cette nuit. Tout ne serait-il pas plus simple s'il devenait carrément fou? Marjorie l'appelait pour lui dire que c'était Harvey et que c'était urgent. Nicholas se rua sur le téléphone.

– Salut, Harvey. Qu'est-ce qu'il y a?

Ce qu'il y avait était désagréable à entendre, et Nicholas ferma les yeux en plissant les paupières. Marjorie sentit son estomac se nouer, pressentant une catastrophe que Nicholas allait bientôt confirmer. Quand elle l'entendit demander : « Ils sont sûrs qu'elle a été tuée par un rôdeur? », elle porta sa main devant sa bouche. Nicholas promit de ne pas quitter la maison jusqu'à ce que Harvey le rappelle, un peu plus tard. Il raccrocha et mit Marjorie au courant. Elle éclata en sanglots et s'assit sur le canapé. Nicholas trouva un mouchoir en papier qu'il lui glissa dans la main. Elle s'en tamponna les yeux, mais sans pouvoir tarir le flot de ses larmes. Elle aimait bien Natalie. Comme elle aimait la plupart des membres de la famille, d'ailleurs. Comme elle aimait, encore, Nicholas, malgré tout. Elle espérait vraiment qu'elle avait été victime d'un rôdeur, sinon elle serait obligée de dire qu'il n'était pas rentré de la nuit.

– Je vais te chercher ton café, fit Nicholas en allant à la cuisine.

Les larmes se séchèrent. Marjorie se moucha. Puis regarda le sol.

– Où étais-tu, cette nuit, Nicholas?

Robert eut de la chance : ce fut Martha qui décrocha, et comme toujours quand elle entendait la voix de Robert, son visage s'éclaira d'un rayonnement particulier qu'on ne lui voyait qu'en cette occasion. Ses yeux s'illuminèrent et elle répondit avec un empressement de petite fille. Sa belle humeur s'effondra quand elle apprit la mort de Natalie.

– Hé, ça va? s'inquiéta Robert.

– Pas trop, vu les circonstances. Je préviens Helga ou tu t'en charges?

– Prépare-la juste à une mauvaise nouvelle. Après, je saurai m'y prendre.

– Certainement, Robert, certainement. Plus que n'importe lequel d'entre nous, tu sais comment t'y prendre avec Helga.

Elle trouva sa mère dans la salle d'écriture et lui dit que c'était Robert qui appelait avec une terrible nouvelle. Helga avait déjà pleuré dans la matinée : elle était prête à recommencer. Elle prit le second poste et salua son fils préféré avec toute la chaleur qu'il attendait. Martha se précipita vers l'autre téléphone qu'elle se hâta de raccrocher. Lorsqu'elle revint vers Helga, la vieille dame sanglotait doucement. Martha se dirigea vers le petit bar, à côté de la fenêtre, et versa deux verres de porto. Helga semblait se ressaisir.

– Et la police est sûre qu'elle a été agressée par un inconnu? (Elle ne pouvait se résoudre à dire « assassinée » , mot qui exprimait parfaitement l'horreur de ce qu'il signifiait.) Ils sont bien sûrs, Robert?

Lequel lui relata les circonstances de la mort de Natalie en respectant aussi fidèlement que possible le récit que lui en avait fait Ike Tabor. Puis il dit à Helga qu'il attendait un coup de fil de Harvey et de Laura pour effectuer à la morgue la sinistre visite de reconnaissance officielle du corps de Natalie.

– Quelle horreur, fit Helga. (Puis, retrouvant toute sa dignité matriarcale, elle lui dit qu'elle allait tout préparer pour les obsèques et l'enterrement dans le cimetière familial, derrière la chapelle.) Notre réunion n'aura rien d'une réjouissance, ajouta-t-elle tristement.

– Au moins, nous serons ensemble, répliqua Robert.

– Oui, mais pour quelle circonstance! chéri.

Cinq minutes plus tard, quand elles eurent chacune bu une bonne rasade de porto, Martha s'assit avec Helga pour l'écouter donner, sur un ton net et précis, ses instructions concernant l'enterrement. Il faudrait contacter le pasteur, commander les fleurs et, ah oui, accomplir les formalités pour le transport du corps dès que la police en donnerait l'autorisation après l'autopsie.

– La cérémonie se fera dans l'intimité. Dans la plus grande intimité, ajouta Helga sur un ton solennel. Juste la famille, et quelques amis choisis.

– Bien sûr, Mère. Pourquoi me regardez-vous ainsi?

– Je te regardais? Pardon. J'avais l'esprit à Natalie.

Je suis sûre que mon mensonge a pris, pensa Helga. Je n'avais pas du tout l'esprit à Natalie, même s'il est vrai que je penserai à elle de temps en temps tout le reste de ma vie. Ce que je me demandais, ma chérie, quand je t'ai regardée, c'est où tu étais, la nuit dernière. Toute la nuit. As-tu dormi dans la cabane? Y as-tu *vraiment* dormi?

15

La reconnaissance du corps se déroula de façon si bizarrement théâtrale que Laura ne put s'empêcher, plus tard, d'en parler comme du spectacle d'adieu de Natalie. Laura, Harvey et Robert virent le cadavre à travers un panneau de verre qui les isolait de la pièce. Le corps avait été véhiculé sur un brancard poussé par deux employés de la morgue qui, à un signal précis, soulevèrent le drap et découvrirent la tête de Natalie. Laura réprima un sanglot en se cramponnant à la main de Harvey. Robert confirma à Ike Tabor : « Oui, c'est bien notre sœur Natalie Graymoor » , et s'aperçut alors que Norman Wylie avait rejoint le groupe. Ike fit un signe aux employés qui recouvrirent du drap la tête de la morte et emmenèrent le corps. Harvey dut refouler une furieuse et perverse envie d'applaudir. Ils quittèrent la pièce en silence.

– Je sais que c'est un peu tôt, même pour un dimanche, dit Harvey, mais je boirais bien quelque chose. (Il se tourna vers Wylie.) Que nous vaut l'honneur?

– J'essaie de semer Bella Wallace, répondit-il en grimaçant un sourire. J'ai pensé que la morgue serait une bonne planque.

– Je l'ai invité à se joindre à nous, expliqua Ike Tabor sur ce que Laura prit pour son ton de voix officiel. Nous coopérons l'un avec l'autre.

– Nous devons nous occuper de l'appartement de Natalie, de ses affaires, fit Laura en se tournant vers Robert. Tu crois qu'elle aura laissé un testament?

– Pour quoi faire, grands dieux?

– Juste pour la forme, suggéra Harvey.

– Son appartement est sous scellés, dit Tabor. Il va être passé au peigne fin. Nous vous ferons savoir quand nous aurons terminé et quand vous pourrez y entrer.

– Je n'aurais pas cru qu'une agression puisse déclencher toutes ces actions de police, fit Robert, littéralement abasourdi.

Tabor ne répondit pas, et Wylie proposa d'aller dans un restaurant du quartier. Laura doutait que quiconque eût le cœur à manger, et Harvey était bien d'accord.

– Je veux seulement boire un verre, dit-il.

Wylie ouvrit le chemin jusqu'au restaurant. Quand ils se furent installés et qu'une serveuse fut venue prendre leur commande, Robert demanda à Tabor :

– Qu'est-ce qui vous paraît si suspect, dans la mort de Natalie? Vous ne croyez pas qu'elle ait pu être tuée par un rôdeur?

– Je pense que si parce que c'est ce qu'il apparaît pour l'instant. Mais ce pourrait être autre chose, n'est-ce pas, Norman? (Wylie acquiesça gravement de la tête. Tabor reprit son explication pour Robert.) Car enfin, monsieur Graymoor, vos deux sœurs jumelles ont été assassinées. Elles avaient rencontré Nathan Manx, lui aussi assassiné. Qui avait contacté Natalie, assassinée à son tour. Alors Wylie, qui a la charge du dossier des jumelles, et moi, qui hérite de ceux de Manx et de Natalie, échangeons des informations parce que nous avons besoin de nous aider l'un l'autre.

La serveuse revint presque aussitôt avec cinq bloody mary. Laura supposa qu'elle connaissait déjà Wylie et Tabor. Elle crut même voir ce dernier pincer doucement la cuisse de la fille tandis qu'elle déposait le cinquième verre en face de lui. Elle rougit et s'éclipsa vivement.

Robert se tourna vers Tabor.

– J'imagine que vous êtes au courant de cette tontine, dont un seul d'entre nous pourra hériter?

– Oui.

– Avec trois héritiers possibles morts dans des circonstances mystérieuses, je suppose que nous sommes tous des victimes potentielles?

– C'est à considérer sérieusement.

– Alors je puis vous dire, fit Robert, que je *crois* avoir eu un visiteur, hier soir.

Harvey se pencha en avant.

– Comment ça, tu *crois* avoir eu un visiteur?

– Eh bien, vers 2 heures du matin, je me suis réveillé avec un terrible mal d'estomac. Comme je n'ai rien trouvé pour me soulager dans la salle de bains, j'ai décidé de téléphoner à une pharmacie de nuit de la Troisième Avenue pour leur demander de m'envoyer quelque chose. Ils m'ont déjà livré dans le passé.

– Au fait, ton téléphone était en dérangement.

Robert ouvrit de grands yeux.

– Tu es voyante, ou quoi?

– Non, c'est juste que Marjorie a essayé de te joindre, la nuit dernière. A propos de ce sujet personnel dont nous avons discuté dans le taxi pour venir ici. (Wylie et Tabor mouraient d'envie de connaître le sujet personnel en question. Harvey crut voir leurs narines en frémir de curiosité.) Après avoir eu pendant deux heures le signal occupé, elle a pensé que ta ligne ne fonctionnait pas et l'a signalé aux dérangements.

– J'avais tellement mal, reprit Robert, qu'après le départ de leur garçon de courses, je me suis habillé et je suis sorti. J'ai dû me balader une demi-heure environ, et quand je suis rentré, je suis allé dans le jardin d'hiver écouter un peu de musique en attendant que le médicament fasse effet. Et là, le deuxième poste était décroché. (Tabor et Wylie échangèrent un regard.) C'est pour ça que je n'arrivais pas à appeler.

– Ni Marjorie à te joindre.

Laura goûta son bloody mary. Il y avait trop de citron, mais la vodka lui fit du bien.

– J'ai trouvé ça bizarre, poursuivit Robert, alors j'ai décidé de pousser mes investigations un peu plus loin. Et j'ai découvert qu'une des fenêtres du sous-sol était ouverte, alors que je fais toujours attention de bien les garder fermées.

– Quelque chose a-t-il disparu, chez vous? demanda Tabor.

– Il n'y a pas grand-chose de transportable à voler. L'argent liquide que je garde dans la table de mon dressing-room était toujours là. Mes boutons de manchette, dans la boîte à bijoux, aussi. Bref, j'ai passé une bien mauvaise nuit.

– Pourquoi n'avez-vous pas appelé la police?

– Rien n'avait été dérobé, et puis c'était peut-être une des femmes de ménage qui avait oublié de fermer. Elles sont deux à venir passer un coup le samedi.

– Vous est-il venu à l'esprit que l'intrus pouvait encore être dans la maison? demanda Wylie d'un air grave.

Robert eut un petit rire nerveux.

– Eh bien en fait, non. D'ailleurs, il ne devait plus y être puisque je suis là.

– Vous êtes là, d'accord, acquiesça Wylie qui échangea un autre rapide regard avec Tabor. Est-ce que le meurtre de Natalie change vos plans de déplacement pour le week-end?

– Non, répondit Harvey, mais ça va jeter un froid. Natalie sera enterrée sur l'île. Nous y avons un cimetière privé.

– Ce serait bien qu'on puisse savoir quand nous pourrons disposer du corps, intervint Robert en s'adressant à Tabor. Parce qu'il y a des tas de dispositions à prendre pour les obsèques, vous savez ce que c'est.

– Je sais ce que c'est, fit Tabor qui avait déjà enterré quelques-uns des siens, et je pense que vous pourrez la récupérer mardi.

– Comment ça, « récupérer »? reprit Laura, ulcérée. « Récupérer »! C'était un être humain, notre sœur.

– Désolé, fit Tabor, sincère, mais nous en voyons tellement de raides chaque semaine que pour nous, un macchabée est un macchabée.

Laura s'affaissa sur sa chaise tandis qu'elle fouillait son sac à la recherche d'un mouchoir. Harvey lui tapota doucement le dos et lui tendit son Kleenex. Elle se sécha les yeux, se moucha, et vida son bloody mary d'un air chagrin.

– Quel était ce sujet personnel dont vous avez discuté dans le taxi? demanda Wylie en tournant paresseusement sa boisson.

– Ce sujet personnel était personnel, fit Laura d'une voix tranchante comme un couperet de glace.

Harvey savait que les sujets personnels n'avaient pas droit de cité dans une enquête criminelle. Il mit donc Wylie et Tabor au courant du problème de Nicholas et Marjorie.

– A-t-elle dit à quelle heure il avait fini par rentrer, la nuit dernière? demanda Tabor quand il eut terminé.

– Nous étions trop bouleversés par le meurtre de Natalie pour nous préoccuper de quoi que ce soit d'autre, répondit Harvey. Bon, je grignoterais bien quelque chose, maintenant.

Ils demandèrent le menu.

– Comment se fait-il que Bella ait eu si vite vent de ce crime? demanda Laura à Wylie.

– Elle a une source directe au commissariat. Le jour où je découvrirai la taupe qui la renseigne...

De la main droite, il fit un geste de fessée que la serveuse, qui l'observait depuis la porte de la cuisine, trouva sexuellement excitant.

– Je suppose que cette histoire va s'étaler à la une des journaux de demain? demanda Robert.

– Bien sûr, fit Tabor. Les assassinats les plus sordides intéressent davantage que les guerres.

– Ce qui signifie qu'on va tous avoir les journalistes sur le dos, dit Robert en se tournant vers Harvey et Laura. Il doit bien y avoir un moyen de protéger Helga et Martha. On ne va pas laisser envahir l'île.

– Si on leur envoyait des fusils? suggéra Laura.

– On ne pourra pas éviter la presse à l'enterrement, dit Harvey.

– A moins de garder secrète la date de la cérémonie? fit Robert.

Laura aurait presque applaudi et crié bravo.

– On pourrait essayer, mais ça ne marchera pas, dit Harvey. Ils laisseront quelqu'un monter la garde vingt-quatre heures sur vingt-quatre jusqu'à ce qu'ils touchent le gros lot.

– Bon Dieu, grommela Robert.

– Vous auriez dû les voir s'attrouper autour du corps ce matin, dit Wylie en beurrant un petit pain fourré. Ils sont arrivés sur les lieux du crime avant Tabor. (Il mordit comme un lion dans le petit pain et se tourna vers Robert.) Monsieur Graymoor, un bon conseil. Quand vous vous trouvez sous le feu des projecteurs, ne dépensez pas trop d'énergie à essayer de les éviter. Restez patiemment dessous et attendez que le public se lasse de vous voir. Il suffira d'un jour ou deux pour qu'un autre scandale vous relègue au second plan. Avez-vous déjà oublié que vous aviez la même angoisse au moment du meurtre des jumelles? En moins de quarante-huit heures, elles sont passées des gros titres à la une à un entrefilet de quatre lignes en dernière page.

– Bella va se régaler avec ça, avertit Laura.

– Rien n'arrête Bella, fit Wylie bien placé pour savoir de quoi il parlait, sauf une balle d'argent en plein cœur.

– Je ne veux pas d'elle à l'enterrement, affirma Robert avec une surprenante et malséante dureté. Je ne veux pas que ça tourne au spectacle.

– Alors nous allons devoir engager des vigiles et les poster stratégiquement tout autour de l'île afin d'empêcher quiconque de débarquer.

A peine eut-il fait cette suggestion qu'Harvey la regretta : il avait oublié Mickey Redfern. Mais Mickey était passé maître dans l'art de se faufiler à travers les obstacles sans se faire repérer.

– S'il faut en venir là, il n'y a pas à hésiter.

Harvey demanda à Tabor et Wylie quelques recommandations. Ce dernier expliqua que l'île Graymoor était en dehors de leur juridiction et qu'il faudrait s'adresser à la police du Connecticut. Tabor avait des contacts avec eux et promit de s'occuper de tout. Laura était surprise de l'amabilité et de la coopération de la police. Elle fut même impressionnée par les manières raffinées de Tabor à table : il ne prenait pas le bacon avec ses doigts mais le séparait très délicatement en deux. Comme pour une autopsie, songea Laura. A cette pensée, elle repoussa son assiette de côté et renoua le dialogue avec le bloody mary.

– Ça ne va pas? demanda Harvey.

– Si, simplement je n'ai pas faim. Il faut qu'on revoie tous nos plans maintenant, n'est-ce pas? Tout le monde va devoir être sur l'île avant vendredi.

– Ça dépend du jour où nous fixerons l'enterrement, dit Robert.

– Certainement mercredi ou jeudi, non? persista Laura. Si le corps est disponible mardi, nous pourrons le faire transporter sur l'île le lendemain, et... (Elle fouilla son sac à la recherche d'un nouveau mouchoir. Harvey lui tapota de nouveau doucement le dos.) Je ne sais pas pourquoi, fit-elle d'une voix rauque, mais j'ai l'impression que nous serons davantage en sécurité sur l'île. Tous autant que nous sommes. Ensemble, ce sera plus sûr, hein, Harvey?

– Vous ne croyez pas vraiment à la thèse du rôdeur pour l'assassinat de Natalie? demanda Robert à Tabor.

– Pas vraiment, répondit ce dernier. Et j'aimerais bien savoir où chacun d'entre vous se trouvait cette nuit entre 3 et 4.

– C'est vraiment incroyable, disait au téléphone, ce même matin, Arnold à Nicholas. Devine par qui j'ai été invité à déjeuner : Bella Wallace!

– Veinard, répondit Nicholas d'un air maussade.

– Bref, je ne t'appelais pas pour te parler de mon fait d'armes, dit-il en examinant son visage dans un miroir mural et en se trouvant encore fort séduisant. C'est juste que j'ai promis à Harvey de rester à la maison jusqu'à ce qu'il me rappelle. Je suppose que tu sais que nous nous réunissons tous chez lui ce soir? (Nicholas dit qu'il le savait, bien sûr.) Bon, alors au cas où il téléphonerait avant que je rentre du déjeuner, est-ce que tu pourrais le prévenir que j'ai été kidnappé par l'inimitable miss Wallace et que je le contacterai plus tard? D'accord, Nicholas?

– Bien sûr.

– Tu n'as pas l'air dans ton assiette. Il y a quelque chose qui ne va pas?

– Non, ça baigne.

Marjorie leva les yeux de l'ourlet de robe qu'elle était en train de reprendre. Nicholas n'avait pas son ton de voix habituel. Elle aurait voulu qu'il quitte le téléphone et que Harvey appelle. Elle avait envie de sortir. De marcher. De prendre un bol d'air frais. De trouver une cabine et d'essayer de joindre Robert pour voir s'il pouvait la conseiller sur son problème avec Nicholas. Elle se demanda si la robe que Laura lui avait donnée ne ferait pas un peu frivole pour un enterrement. Nicholas était allé dans la chambre et elle entendit les ressorts grincer lorsqu'il se laissa choir sur le lit. Ils n'avaient rien à se dire. C'est fou comme il avait fallu peu de temps pour que leurs rapports se déglinguent.

Quand, après lui avoir recommandé d'appeler immédiatement la police en cas de nouvelle intrusion, ils eurent déposé Robert à son hôtel particulier, Laura attendit que le taxi eût redémarré pour demander à Harvey :

– Tu y crois, toi, à son histoire?

– Pas toi?

– Eh bien il a raconté ça d'un air tellement détaché. Robert l'intrépide! Lui qui est froussard comme pas deux, traiter une menace de danger par-dessous la jambe!

– Je suis sûr que Tabor va envoyer quelqu'un à la pharmacie de nuit pour vérifier ses dires.

– J'espère qu'on se souviendra de toi à la pizzeria.

Harvey prit la main de Laura.

– Je veux que tu me promettes une chose. (Laura attendit.) Que désormais et jusqu'à notre départ pour l'île, chaque fois que nous ne serons pas ensemble, tu fasses en sorte qu'il y ait toujours quelqu'un avec toi.

– Même quand je vais au petit coin?

Harvey lui déposa un baiser sur le bout du nez.

– Même là.

– Pour ce soir, qu'est-ce qu'on fait? Juste à boire et des amuse-gueule? Et comment va-t-on expliquer aux autres la présence de Norman Wylie et Ike Tabor?

Les inspecteurs s'étaient invités à la réunion de famille. Laura, pour sa part, n'en était pas mécontente : s'il se trouvait un assassin dans le lot, elle voulait qu'il sache que la police avait pris les choses en main, et pas pour rigoler. Elle fit part de ces pensées à Harvey.

– La police a également pris les choses en main, et pas pour rigoler, au moment du meurtre des jumelles, dit-il. Ça n'a pas empêché la tragédie de Natalie.

Le moral de Laura retomba aussitôt.

– Merci de me rassurer.

– Désolé, chérie, mais je suis réaliste, et je suis sacrément content d'avoir mis Mickey Redfern sur le coup. Je me demande s'il sait, au sujet de Natalie.

– Ça a dû passer aux infos, à cette heure. S'il a un transistor, il sera au courant. (Elle se pencha en avant et s'adressa au chauffeur.) Avez-vous écouté les nouvelles, aujourd'hui? (Le chauffeur répondit affirmativement.) Ont-ils parlé du meurtre de Natalie Graymoor?

– C'te question, s'esclaffa-t-il, on parle que de ça.

Laura se réadossa à son siège.

– Excusez ma question, grommela-t-elle tout bas.

– Juste à boire et des amuse-gueule, fit Harvey d'un air distrait.

– Ah, enfin une décision que je n'ai pas à prendre. Comme ça, je vais pouvoir réfléchir un peu à Nicholas et Marjorie. J'espère qu'elle ne va pas mettre à l'enterrement la robe que je lui ai donnée.

Bella Wallace était contente. Arnold était sexy et merveilleusement bavard. Dès le moment où il la rejoignit au restaurant de la Troisième Avenue, celui qui est tenu par trois mannequins hommes, elle le trouva chaleureux, charmant et très liant. Avec les femmes, il savait y faire à la perfection. Fruit d'une longue pratique, sans doute.

– C'est vraiment gentil à vous d'être venu, dit Bella. (Elle n'avait pas apporté son magnétophone puisqu'il n'avait été question que d'un déjeuner amical.) Etant donné l'horrible meurtre de votre sœur hier soir, je veux dire.

– Ça me déprimait, de tourner en rond à la maison. J'ai été ravi d'avoir l'occasion de sortir. (Il espérait qu'elle avait bien compris que c'était elle qui invitait. Il avait très peu de liquide sur lui et avait reçu deux mois plus tôt de l'American Express l'injonction de ne plus utiliser sa carte de crédit. Son genou entra doucement en contact avec celui de Bella.) Et puis qui pourrait refuser la chance de vous connaître mieux?

– Vous êtes adorable. Quand l'enterrement aura-t-il lieu?

– Hein?

– L'enterrement de votre sœur. Il est prévu quel jour?

– Je ne sais pas du tout. Si une décision a été prise, on ne me l'a pas communiquée; Robert, Harvey et Laura sont allés à la morgue ce matin pour reconnaître le corps.

– Ce qui signifie qu'il va y avoir une autopsie, probablement demain, fit Bella avec l'autorité de quelqu'un habitué à donner des ordres, et donc qu'ils pourront envoyer les pompes funèbres prendre livraison du corps mardi. Comptons vingt-quatre heures pour la toilette mortuaire. Où l'office funèbre se tiendra-t-il? (Arnold le lui dit.) Bon, le temps de transporter le corps sur l'île, puis encore un jour pour laisser aux proches le temps d'arriver et de se recueillir, je pense que la mise en terre devrait intervenir dans la journée de jeudi.

– Magistralement calculé. Je suis très impressionné.

Arnold ne mentait pas. Il se demanda si elle avait l'intention d'assister à la cérémonie mais ne posa pas la question. Sans qu'on le lui eût dit, il se doutait qu'Helga tiendrait à ce que tout se déroule dans la simplicité et dans l'intimité. Comme cela avait été le cas pour les jumelles, et pour Andrew avant elles. Helga ne voyait pas d'un bon œil l'intrusion d'étrangers dans les affaires de la famille, et il espérait que Bella ne les ennuierait pas.

– J'aimerais beaucoup assister à la cérémonie.

Bella jouait avec les fruits de son cocktail. Elle commençait à sentir son hypoglycémie la travailler et songea à demander au serveur d'apporter une assiette de petits feuilletés danois, spécialité de l'établissement.

– Ma mère ne veut pas de personnes étrangères à la famille dans ce genre de circonstances intimes.

– Je ne suis pas vraiment une étrangère. Je connaissais Natalie. Elle était gentille. Je l'aimais bien.

Elle faillit ajouter « malgré son manque de talent, son penchant pour l'alcool et son caractère dépressif », mais elle décida de garder ces commentaires pour son émission.

– Les désirs d'Helga ne se discutent pas. Elle est d'une intransigeance maladive sur ce point.

– Ce doit être une sacrée bonne femme.

– Très particulière. Que voulez-vous savoir d'autre?

Bella sourit.

– Je n'ai pas été très subtile, n'est-ce pas?

La subtilité n'avait jamais été son point fort.

– J'ai compris tout d'un coup aujourd'hui que si j'étais ici, c'est parce que j'étais le plus facilement accessible. Je ne peux pas vous dire grand-chose parce que je ne sais pas grand-chose. Harvey m'a téléphoné tôt ce matin pour m'apprendre l'horrible nouvelle et puis m'a demandé de ne pas bouger de la maison jusqu'à ce qu'il me recontacte. J'ai écouté la radio, mais ils n'ont rien dit de plus que ce que je savais déjà. Vous m'invitez quand même pour le déjeuner?

Il était heureux d'avoir bien clarifié les choses sur ce point.

– Evidemment, fit Bella. Vous savez ce que vous voulez?

– Bien sûr que je sais ce que je veux. Pas vous?

Bella pressa doucement son genou contre le sien. Elle savait ce qu'elle voulait.

Mickey Redfern avait entendu la nouvelle à la radio du petit snack, sur le quai. Il pensa d'abord téléphoner à Harvey pour savoir s'il y avait changement de programme, puis se dit qu'il serait peut-être préférable d'attendre un peu plus tard dans la journée que les choses se décantent un peu et que Harvey ait davantage de détails à lui transmettre. Il voulait retourner sur l'île poursuivre son exploration de la grotte. Son aventure précédente avait éveillé son appétit. Maintenant plus que jamais, il était désireux de relever le défi et d'affronter ce danger souterrain. Il voulait dépasser la cellule où se trouvaient les restes humains et essayer de localiser le passage qui menait au manoir. Il était persuadé qu'après le meurtre de Natalie, Martha ne s'éloignerait pas de la maison ni de la vieille dame. Il se sentait libre de ses mouvements et ravi de l'être. Il s'était muni d'un pic : il se passerait de cordelette, cette fois, et se contenterait de faire de petites marques sur les parois pour retrouver son chemin au retour. Et pour plus de précautions, il emporterait son attirail de pêche ainsi que des appâts frais. On ne savait jamais, miss Martha pouvait voir son bateau entrer dans la crique secrète et vouloir en avoir le cœur net.

– C'est vraiment étrange, expliquait Helga à Martha tandis qu'elles prenaient le thé dans le jardin d'hiver. (Le vent s'était apaisé et l'île avait retrouvé son calme.) Mais maintenant, je réalise que c'est la voix de Natalie qui m'a réveillée. (A l'expression bizarre du visage de Martha, elle répondit par un regard plein d'assurance.) Non, je t'assure, je ne suis pas folle.

– Personne ne pense cela, mère.

– Tu avais pourtant un drôle d'air.

– Je pensais... Vous êtes peut-être medium pour de bon.

– Oh, mais j'en suis persuadée. Crois-moi, ma chérie, cette voix appelait au secours. Le vent n'avait rien à voir là-dedans, c'était notre pauvre Natalie. Ou peut-être son âme qui effleurait mon cœur au moment fatal. Pauvre, pauvre Natalie. Si jeune. C'est trop tôt pour mourir. Elle n'a pas eu de vie.

– Elle a eu trois maris.

Trois de plus que je n'en aurai jamais, faillit-elle ajouter, mais elle se retint. On ne doit pas être jaloux quand on est en deuil.

– Peuh, trois ratés. Quand Robert a-t-il dit qu'on pourrait l'enterrer?

C'était la cinquième fois qu'elle posait la question, mais Martha était patiente.

– Jeudi.

– Et le pasteur est bien libre ce jour-là?

– Absolument. Et les enterrements chez les Graymoor ne doivent pas lui déplaire : il avait l'air ravi au téléphone.

– Quelle horreur! fit Helga en reposant bruyamment sa tasse sur la soucoupe. (Elle se réadossa à son fauteuil avec un soupir.) Il faut que j'explique aux pompes funèbres d'y aller doucement avec le mquillage. Je ne veux pas que ce soit trop voyant.

– Vous connaissez l'éclairage de la chapelle.

– Eh bien il faudra qu'on l'arrange. (La chapelle se trouvait à l'extrémité nord du cimetière. Helga l'avait dessinée elle-même bien des années auparavant. Quand elle débarqua jeune mariée sur l'île, bien que peu religieuse, sa première initiative fut d'insister pour y faire édifier une chapelle. C'était romantique, les chapelles. Andrew la lui offrit comme cadeau de premier anniversaire de mariage. Elle allait fréquemment y méditer. Mais plus tard, lorsqu'elle commença à rédiger des romans, elle sembla trouver davantage d'inspiration dans sa salle d'écriture.) Et pour la presse, qu'est-ce qu'on fait? (Elle s'était levée et arpentait la pièce d'un pas qui démentait son âge.) Je ne veux pas le même cirque que pour l'enterrement des jumelles. Les journalistes ont été odieux avec leurs appareils qui crépitaient comme une volée de castagnettes en folie.

– Robert s'occupe de constituer une garde privée. Seulement comment ferons-nous pour filtrer les gens qui viendront vraiment rendre un dernier hommage? Natalie avait des amis à East Gate, des camarades d'école.

– Si on mettait une annonce dans le *East Gate Press* demandant à ceux qui désirent venir mercredi de nous téléphoner tout de suite afin que nous puissions les faire passer? Ce ne serait pas une bonne idée?

– Géniale, sauf que le *Press* ne paraît qu'une fois par semaine, le vendredi. Et bien sûr, c'est trop tard.

– Comment faire, alors? demanda Helga, les

mains de nouveau posées, impuissantes, sur ses genoux.

– Je prendrai le bateau demain et j'afficherai une annonce à la poste. Je passerai également le mot chez les commerçants. Ça devrait suffire. Les domestiques seront ici pour veiller sur vous, vous serez en sécurité.

– Martha, tu parles comme si ma vie était en danger.

– Je préfère seulement ne pas vous savoir seule en ce moment.

– Tu es toujours tellement attentionnée.

Martha examinait ses ongles. Depuis combien de temps n'était-elle pas allée chez la manucure? Il faudrait le faire demain. Elle voulait être impeccable pour l'anniversaire d'Helga. Oui, et pour l'enterrement de Natalie aussi, bien sûr.

– Mais Victor, disait Mona Norris, sa secrétaire, vous me demandez de mentir.

Il l'avait appelée chez elle, ce matin-là, et lui avait dit de venir d'urgence le rejoindre à son appartement après déjeuner. Elle espérait qu'il ne s'agissait pas encore de la pourchasser pendant un quart d'heure dans l'appartement pour finir par une de ses « séances » dans la salle de musculation. Mais non, il ne s'agissait pas du tout de cela.

– Je te dis qu'il faut que tu m'aides. Je ne peux pas t'expliquer pourquoi, mais si jamais la police te posait des questions, il faudrait que tu jures que j'ai passé la nuit dernière avec toi dans ton appartement. (Il lui pinça doucement la joue.) Tu n'auras pas à t'en repentir.

– Bon, d'accord, fit Mona un peu à contrecœur. (Puis, après quelques instants de réflexion :) Pourquoi la police me demanderait-elle où tu étais la nuit dernière? Est-ce que ça a un rapport avec le meurtre de ta sœur?

Victor se leva et la regarda de toute sa hauteur. Elle se recroquevilla dans son fauteuil.

– Mona, tu poses trop de questions. Fais juste ce que je te dis. D'accord?

– D'accord, répéta Mona à qui cela déplaisait au plus haut point. Bien sûr, que c'est d'accord.

16

Norman Wylie n'essayait même plus de se rappeler quand il avait pour la dernière fois passé un dimanche à se reposer et à lire le journal. C'était encore plus dur pour Ike Tabor. Ike avait une femme, trois enfants, et une hypothèque sur sa maison à deux étages de Brooklyn avec un panneau de basket dans le jardin de derrière. Ses fils avaient depuis longtemps appris à ne plus s'occuper de l'emploi du temps de leur père et à s'entraîner au basket tout seuls. Sa fille cadette, âgée de dix ans, restait un peu nostalgique de la seule fois où son père les avait, ses frères et elle, emmenés au zoo. La femme de Ike acceptait ses horaires déments depuis qu'il avait reçu sa promotion. Elle n'avait qu'un seul désir dans la vie, celui de ne pas devenir la veuve d'un héros. Pour Wylie et Tabor, assis à l'arrière de la voiture de police qui les amenait chez Harvey et Laura, la lecture du journal et la famille étaient à mille lieues de leurs préoccupations.

– Cette affaire dépasse l'imagination, grommela Tabor. Quel genre d'assassin avons-nous en face de nous? Un fou qui s'estime né dans la mauvaise famille ou un tueur froid et calculateur qui sait exactement ce qu'il cherche? A votre avis, Norman?

– D'abord, Ike, il – ou elle – a été adopté par la

famille en question. Ce n'est donc pas sa chair et son sang qu'il détruit.

– Ça le rend plus sympathique?

Norman sourit.

– Et oui, c'est un tueur froid et calculateur qui sait exactement ce qu'il cherche. Pour autant que je sache, c'est la tontine qui est l'enjeu. Si la tontine masque autre chose, je n'ai pas encore réussi à déterminer quoi.

– Moi non plus.

– Alors reprenons au début en nous basant sur ce que Harvey Graymoor nous a dit. D'abord, nous avons Cedric Longstreet, l'ancien précepteur des enfants, qui pourrait – je dis bien pourrait – avoir été assassiné il y a une trentaine d'années. Puisque cette trousse de toilette – qu'il nous reste à examiner – portant ses initiales a été retrouvée, admettons que ces restes humains soient les siens. A ce propos, Ike, nous devrions effectuer une petite recherche dans les archives du bureau des disparitions.

– J'ai déjà mis quelqu'un là-dessus, répondit Ike, un peu agacé que Norman mette en doute son efficacité.

– Je m'en doutais bien. (Ike se sentit rasséréné. Wylie poursuivit.) Nous en arrivons donc au père adoptif, Andrew Graymoor. A-t-il ou n'a-t-il pas été balancé du haut d'une falaise? Cela s'est passé à l'occasion d'un anniversaire, alors que le clan tout entier était rassemblé sur l'île.

– Ça aura facilité les choses pour l'enterrement.

Ils étaient coincés dans un embouteillage de Madison Avenue. Tabor demanda au chauffeur de mettre la sirène.

– On risque d'augmenter la confusion, prévint celui-ci.

– Mettez-la, je vous dis! Nous aussi, nous payons des impôts.

La sirène gémit comme pour hurler son deuil d'un amour perdu, et Wylie revint à ses théories.

– A la connaissance de Harvey, il n'y aurait pas eu de témoin du saut de l'ange du vieil homme. Puis ça a été le tour des jumelles Lydia et Annette, le mois dernier, qui ont été contactées, nous le savons, par Nathan Manx, lui-même assassiné voilà deux jours.

– Vous pensez que Manx pourrait les avoir tuées ?

Tabor adorait les complications inutiles.

– Non, il n'avait rien d'un tueur. C'était un intermédiaire dont le rôle se bornait à transmettre les offres pour acheter les héritiers de la tontine. Non, ce que je crois, c'est que l'une des jumelles a été suffisamment futée pour découvrir lequel de ses frères et sœurs se trouvait derrière ces offres. Elle commet l'erreur de se confier à sa sœur et d'avoir une confrontation avec le criminel dans leur appartement : elles se font expédier. Manx n'a aucun mal à deviner qui les a liquidées, et cet idiot-là veut presser le citron en y allant au chantage. Il a la gorge tranchée.

– Pas mal, Norman, pas mal du tout, apprécia Tabor. Il y a tous les ingrédients pour un bon téléfilm. Venons-en au macchab de ce matin.

– Cette pauvre Natalie. (Wylie avait raconté à Tabor la bamboula du vendredi soir au Dombey.) Je suppose que d'avoir été virée a dû la rendre encore plus désespérée. Parce qu'avec ses frères Nicholas et Arnold, elle est la plus fauchée du lot. Elle brûlait la chandelle par les deux bouts entre deux salaires, sans rien avoir de côté. Disons qu'elle sait quelque chose qui remonte au temps où, enfants, ils habitaient tous l'île – ou sur la mort d'Andrew. Elle a besoin, un besoin urgent d'argent. Alors elle va voir l'assassin pour le taper. Comme il se fait tirer l'oreille, elle commet la gaffe de dire quelque chose du genre « Tu me donnes l'argent ou je raconte ce qui s'est passé avec untel à l'époque ». Ils décident de se retrouver ce matin, ce qui laisse à l'assassin tout le temps d'aiguiser son couteau et de se constituer un alibi.

– A mon avis, il a plutôt dû l'attendre en dehors du club et la suivre jusqu'à la maison. S'il voulait brouiller les pistes en faisant croire à cette histoire de rôdeur, il était plus normal de faire ça à la porte de son immeuble à elle, non?

– Ça ne fait pas grande différence. Il ne faut pas trop chercher la petite bête, dans le crime. (Wylie songeait à écrire un livre, un jour.) Vous voyez ce que je veux dire? (Tabor répondit par un grognement.) Nous savons que notre homme – ou femme – a l'esprit très méticuleux. Chaque chose à sa place. Qui dans la famille pourrait coller? Laura et Harvey Graymoor, certainement, parce que nous savons comment leur cerveau fonctionne : avec une précision d'horloge.

– Et le frangin Robert, avec ses « très cher », ses « vieille branche » et ses « n'est-ce pas » à faire vomir? Il ne collerait pas, lui?

Tabor adorait ce genre de jeu de devinettes, à toi, à moi. Cela faisait monter son taux d'adrénaline et l'amenait même parfois, mine de rien, à des conclusions intéressantes.

– Robert me pose un problème, fit Wylie un peu mystérieusement.

– Ne me dites pas que vous avez un faible pour ce type-là?

Tabor avait trouvé Robert très condescendant, ce matin-là, au petit déjeuner.

– Je me fiche éperdument de lui. Le problème, c'est qu'il n'a pas besoin de la tontine.

– Il est riche à ce point?

– J'ignore ce que « à ce point » veut dire, vu que personne ne connaît la valeur de la tontine. A l'exception de Robert, puisque c'est sa société qui la gère et effectue les investissements. Mais j'ai mené une enquête approfondie sur la situation financière de Robert, et il en ressort nickel.

– En plus, il a un hôtel particulier en ville, lâcha Tabor non sans envie.

Voilà qui lui rappelait sa propre maison sous hypothèque à Brooklyn. Et sa femme, à qui il devait téléphoner à la première occasion. Peut-être arriverait-il à rentrer à temps pour dîner et, qui sait, aller au cinéma? C'était peu probable, mais il aimait en caresser l'idée. Quels que soient son amour du métier et son ambition, il regrettait de ne pouvoir passer plus de temps en famille.

– Laura et Harvey non plus ne semblent pas avoir besoin de cet argent.

– Et la sœur, sur l'île?

– Martha?

– Oui, Martha.

– Oh, elle compte pour du beurre : elle ne peut avoir tué ni les jumelles, ni Manx ni Natalie. Elle est trop loin, sur son île.

– Elle pourrait avoir poussé le vieux du haut de la falaise.

– Sans doute, mais d'après ce que j'en sais, elle n'avait aucune raison.

– Peut-être pour faire plaisir à la vieille.

– A ce que j'ai entendu dire, Helga Graymoor sait laver son linge sale toute seule, une fois qu'elle s'y met.

– Bon, fit Tabor sur un ton de grande lassitude. Qui est le suivant?

– Le suivant, c'est Victor, qui est aussi très à l'aise financièrement. Juriste roublard. Pas trop mon genre, les juristes roublards, mais il y en a qui en raffolent. Victor semble avoir agi aux confins de l'illégalité dans le passé. Il est connu pour avoir des rapports étroits avec les milieux du jeu au Nevada et dans le New Jersey, et a gagné un gros procès pour un type soupçonné d'être un gros bonnet de la pornographie. Sa femme s'est suicidée, bien que certains insinuent qu'on l'y a fortement poussée. La femme de Nicholas, Marjorie, a dit à Laura et Harvey qu'elle soupçonnait Victor de flanquer régulièrement des raclées à Greta.

– Alors c'est un sadique.

Tabor n'aimait pas la violence, ni ceux par qui elle pouvait venir, lui compris.

– Vous ne pouvez rien prouver. Encore une fois, nous devons nous dire que Victor n'a pas besoin de la tontine. Qui donc aurait intérêt à survivre aux autres?

– Nicholas et Arnold.

– Exact. Mais vous oubliez une troisième personne.

– Si vous parlez de Mrs Nicholas, comment s'appelle-t-elle, déjà...

– Marjorie.

– ...je ne l'ai pas oubliée. Simplement, elle n'était pas là au moment où Longstreet et le vieux se sont fait rectifier.

– Et j'en suis encore à me demander si la tontine est bien le mobile de ces meurtres.

– Vous avez quelque chose sur Arnold?

– Rien de bien excitant.

Il se lança succinctement dans la litanie des aventures et agissements d'un débauché sur le retour, que Tabor écouta avec dégoût. Wylie enchaîna avec un résumé sur Nicholas, un résumé très résumé.

– Ce Nicholas ne me semble pas très solide du ciboulot, commenta Tabor. Comment la vieille Helga a-t-elle pu adopter une équipe pareille?

– Vous savez, Ike, répondit Wylie en s'étirant tandis qu'ils approchaient de l'appartement de Laura et Harvey, je suppose qu'ils avaient tous l'air d'adorables chérubins quand ils étaient bébés.

Harvey entendit la sirène approcher.

– Voilà le reste du groupe, fit-il discrètement à Laura.

Robert et Victor avaient été les premiers à arriver. Ils s'étaient retrouvés chez ce dernier pour prendre un petit verre et discuter de l'enterrement de Natalie d'après les informations qu'Helga avait communiquées à Robert dans l'après-midi. Nicholas et Marjorie débarquèrent une dizaine de minutes plus tard – Marjorie mal à l'aise, le visage gris, Nicholas tout pâle. Laura eut le sentiment qu'il avait pas mal de sommeil en retard. Harvey servit à boire. Quand Arnold fit son entrée avec l'air d'un chat qui aurait avalé le canari, Laura en était à passer les amuse-gueule. La conversation tourna autour de l'enterrement et de la sinistre matinée que Laura, Harvey et Robert avaient passée à la morgue. Ils évoquèrent la probable invasion des journalistes et caméras de télévision. Robert assura qu'Helga se comportait avec une grande dignité et Marjorie demanda ce qu'il allait advenir des affaires de Natalie. Laura expliqua que Tabor avait annoncé la pose de scellés sur son appartement jusqu'à une date indéterminée, ce qui jeta un froid.

– Ce n'est pas drôle de se retrouver dans la peau d'un suspect, fit-elle alors qu'elle n'avait pas encore achevé son premier verre de la soirée. Je me sens tellement vulnérable.

– Je trouve que tu tiens bien le choc, vu les circonstances, dit galamment Harvey.

– La police est-elle si sûre que c'est l'un de nous? grogna Victor en se dirigeant vers un tabouret de bar.

– C'est une forte présomption, très cher, répondit Robert qui grimaça devant son brandy un peu dur, mais je ne les ai pas entendus parler de « certitude ».

Laura s'aperçut soudain qu'ils se regardaient tous d'un œil inhabituel : chacun essayait de discerner l'assassin ou évitait de le paraître lui-même. Drôle d'impression. Harvey se demanda tout haut si le coupable ne pourrait pas tout simplement se lever, dire « OK, les gars, c'est moi » et laisser les autres vivre leur vie en paix. Il s'attira une réprimande de Robert qui trouvait sa plaisanterie de mauvais goût. Norman Wylie et Ike Tabor arrivèrent enfin. Quand

Harvey alla les accueillir à la porte, Laura remarqua les regards angoissés échangés par les autres.

– Ils ne sont ici que pour bien montrer qu'il n'y aura aucun relâchement dans l'enquête, leur expliqua-t-elle à tous d'une voix qu'elle voulut chaude et rassurante.

– Je croyais qu'il s'agissait d'une réunion exclusivement familiale?

Tabor reconnut Victor dans l'auteur de ces paroles. La description de Wylie avait été parfaite. Cheveux teints. La taille gainée. Le genre de type à vous tomber raide d'une crise cardiaque sur le court de tennis. Harvey se chargea des présentations pendant que Laura servait à boire. Après l'échange des banalités d'usage, Tabor prit la direction des débats. Il expliqua que l'autopsie de Natalie aurait lieu le lendemain matin et que le corps serait mis à la disposition des pompes funèbres le mardi. Nicholas se sentit pris de nausée et demanda un verre d'eau à Laura. Robert confirma alors que l'enterrement serait définitivement fixé au jeudi matin, ce qui signifiait que la famille devrait se retrouver sur l'île le mercredi soir. Ils prendraient tous leurs dispositions. Ils évoquèrent le problème des indésirables, et Tabor assura qu'il s'était mis en contact avec la police du Connecticut qui avait commencé à rassembler une équipe de gardes privés de toute confiance. Marjorie était ravie de toutes ces petites intrigues et combinaisons. C'était le genre de choses qu'elle avait lues dans les magazines des instituts de beauté mais auxquelles elle n'aurait jamais cru prendre part un jour.

– J'ai comme l'impression que Bella mijote d'assister à l'enterrement, lâcha Arnold d'un air un peu trop dégagé.

A présent qu'il avait capté l'attention générale, il leur révéla qu'il avait déjeuné avec elle. Wylie se demanda s'il y avait eu une cerise sur le gâteau. Il espérait presque qu'Arnold se fût montré suffisamment à la hauteur pour que Bella cesse de le poursuivre lui.

– Comment a-t-elle fait pour te mettre le grappin dessus? demanda Harvey.

– Il fallait bien qu'elle mette le grappin sur l'un de nous, une fois qu'elle a appris la mort de Natalie, dit Laura. Est-ce que tu lui as tout balancé, Arnold?

– Elle en savait à peu près autant que moi. Mais laisse-moi te dire, elle est sacrément forte, cette bonne femme.

A peu près aussi forte qu'un peso dévalué, songea Wylie qui s'aperçut qu'il devenait méchant. Laura se demanda pourquoi il rougissait. Il n'allait pas être jaloux du rendez-vous entre Arnold et Bella, quand même? Les hommes pouvaient être bien compliqués.

– Je vais parler du cas de Mrs Wallace à mon chef, dit Tabor.

– A moins que Norman Wylie ne s'en occupe? fit Harvey, malicieux, avec un clin d'œil à ce dernier.

– Le supérieur de Tabor, c'est une meilleure idée. Il sera plus ferme.

Ike revint au centre de la scène.

– Nous sommes préoccupés de ce qui se passe dans la famille. Pour l'instant, toutes les pistes de notre enquête reviennent vers vous. J'espère que nous nous trompons. Je ne me suis jamais trouvé confronté à une situation pareille. En Angleterre, quand on veut se débarrasser d'une famille, on les empoisonne tous un bon coup au dîner et le tour est joué. (Laura se souvint qu'il allait y avoir beaucoup de repas, sur l'île, et se promit de s'assurer que ce serait bien cette chère vieille Rebecca, et elle seule, qui les préparerait. Sinon, il faudrait amener un goûteur.) Pourtant à mon grand regret, je n'ai rien sur aucun d'entre vous. Ainsi par exemple si je vous demandais à brûle-pourpoint, monsieur Graymoor (il s'était tourné vers Victor), où vous vous trouviez entre 3 et 4 heures du matin, qu'est-ce que vous me répondriez?

– Je vous répondrais que je ne parlerai qu'en présence de mon avocat. (Victor rigola de sa plaisanterie, mais son rire se figea quand il s'aperçut que personne ne partageait son hilarité. Il fixa le regard d'acier de Tabor.) Vous voulez vraiment savoir?

– Oui.

– C'est un peu embarrassant, mais... bon, j'ai passé la nuit avec Mona Norris. C'est ma secrétaire.

– Et bien sûr, si j'appelais votre bureau, elle confirmerait?

Tabor souriait. Le genre de sourire qui, Wylie le savait, pouvait aussi bien annoncer une explosion.

– Si vous êtes à ce point impatient, je peux vous donner son numéro de téléphone personnel. Je crois qu'elle doit être chez elle en ce moment.

Victor ne sentait pas qu'il en faisait trop. Il croyait marquer des points en se montrant coopératif.

Mais Tabor se désintéressait déjà de lui. Arnold était sa nouvelle cible.

– Et vous, monsieur Graymoor?

– Eh bien en fait, fit ce dernier avec un air d'innocence, je rentrais chez moi après avoir passé un moment dans un bar pour célibataires sur la Première Avenue. (Il en dit le nom. Cela ne disait rien à Tabor, mais Wylie en prit mentalement note.) En fait, j'avais dit à Harvey et Laura que je passerais peut-être au Dombey pour prendre Natalie. Je regrette maintenant de ne pas l'avoir fait.

– Vous êtes bien sûr de ne pas l'avoir fait?

Tabor parlait sur le ton du dialogue, sans exercer de pression. Il accomplissait consciencieusement son travail, en bon détective. Harvey était impressionné par la façon dont il était passé en douceur de la conversation anodine à l'enquête.

– Tout à fait sûr, répondit Arnold.

Tabor se demanda tout haut où il avait laissé son

verre. Harvey lui en servit un autre. Nicholas faisait une tête de garnement pris la main dans la boîte à biscuits. Le cœur de Marjorie battait si fort qu'elle croyait que tout le monde dans la pièce pouvait l'entendre. Tabor reporta son attention sur eux.

– Et vous deux, vous êtes restés à la maison toute la nuit, je suppose?

Marjorie regarda Nicholas. Lequel regardait l'inspecteur avec un air de défi. Laura regardait Marjorie, puis se tourna discrètement vers Harvey. Lequel regardait la bouteille de scotch qu'il s'apprêtait à ouvrir.

– Eh bien, euh... commença Marjorie.

Tabor attendit le mensonge.

– J'ai passé la nuit dans un petit hôtel miteux de la Huitième Avenue. (C'était Nicholas qui parlait, d'une voix que personne ne reconnut.) Je l'ai passée avec une prostituée. Elle m'a dit s'appeler Alice. Je suppose qu'elle change de nom comme de client. Je crois que je la reconnaîtrais si je la revoyais, mais je suis sûr qu'elle n'habite pas dans cet hôtel. Elle l'utilise, seulement.

Son regard se fixa sur celui de Marjorie. Il n'y lut pas de haine. Juste de la pitié, et c'était pire. Il y eut un silence embarrassé. Même Wylie aurait préféré être ailleurs.

– Ma femme, fit à son tour Harvey qui venait de se servir un scotch bien tassé et lorgnait déjà sur le suivant, a eu une envie irrésistible de pizza à 3 heures du matin. Craignant pour ma vie si je ne descendais pas, je suis allé au *Domino's* de la Cinquantième Rue et lui en ai acheté une.

– Ce qui signifie, dit Laura, que je suis restée seule à la maison et ne dispose d'aucun alibi.

Tabor se tourna vers Marjorie.

– Vous n'avez quitté votre appartement à aucun moment la nuit dernière?

– A aucun moment, répondit-elle d'une voix sourde. J'attendais Nicholas.

Elle ne croyait pas ce que celui-ci venait de raconter à Tabor, non pas par jalousie – elle savait qu'aucun homme ne peut être absolument fidèle, sa mère le lui avait bien appris –, mais parce qu'elle n'arrivait pas à imaginer Nicholas dans les bras d'une putain. Elle avait envie de crier à Tabor, n'écoutez pas ses histoires. Il ne saurait même pas lever une pute. Il n'a jamais su lever personne. La nuit où nous nous sommes rencontrés, c'est moi qui ai fait tout le boulot. C'est moi qui ai commencé le flirt. Je l'ai voulu et je l'ai eu. Une des filles avec qui j'étais le connaissait et m'a dit que c'était un des héritiers Graymoor. Plein aux as et en passe d'hériter de bien davantage encore. En plus, il avait les ongles propres. Je l'ai voulu, je l'ai eu, et maintenant je suis le dindon de la farce.

– Vous voyez? fit Tabor, l'air aussi navré qu'un humoriste de cabaret devant un désert de rires. Je n'ai rien sur personne. Absolument rien. (Il se tourna vers Robert.) Vous êtes toujours sûr que votre cambrioleur ne vous a rien pris?

– Tu as été cambriolé? Quand? demanda Victor qui ne comprenait pas que Robert ne lui en ait pas parlé alors qu'ils s'étaient vus un peu plus tôt. Pourquoi ne m'as-tu rien dit?

– Ça m'est sorti de l'esprit. (Robert répondit alors à Tabor.) Il ne manque rien. Ou du moins, rien qui me fasse vraiment défaut.

– Eh bien moi, il m'en manque, des choses, grommela le policier surtout pour lui-même.

Wylie entendit le commentaire. En tout cas, tu ne manques pas de qualités, songea-t-il. Mais les congratulations, ce sera pour plus tard, quand nous serons seuls.

Laura regarda les autres et ne put s'empêcher de demander avec sa jovialité d'hôtesse de maison :

– On a bien rigolé, hein?

Mickey Redfern estimait avoir parcouru près de deux kilomètres dans la caverne. Il avait depuis longtemps laissé derrière lui la cellule contenant les restes de Cedric Longstreet et atteint le cours d'eau aux insondables profondeurs contre lesquelles Harvey l'avait mis en garde. Il s'agenouilla et l'éclaira du faisceau de sa lampe, en amont, jusqu'à ce qu'il rencontre l'énorme roche sous laquelle il semblait prendre sa source. Mickey se demanda s'il y avait une autre galerie ou grotte par-derrière. Il s'était documenté sur les nombreuses petites îles qui parsemaient la côte Est et savait que la plupart d'entre elles étaient d'origine volcanique. Il avait ainsi remonté des siècles d'histoire de l'île Graymoor, bien plus loin que le commerce des esclaves et les pirates, jusqu'aux vestiges qui montraient qu'elle devait avoir existé longtemps avant d'être habitée et cultivée par les tribus Shinnecock.

Il consulta sa montre. L'heure avançait et il était temps de retourner. Un coup de vent avait été annoncé pour la nuit, et Redfern ne prisait guère l'idée d'être ballotté comme un bouchon dans son petit bateau. Quand il repassa devant la cellule de Longstreet, il dirigea sa lampe vers le grabat. Tout était bien en place. Il fit courir le faisceau autour de la cellule et se figea soudain : le parapluie avait disparu.

– Je croyais qu'ils ne s'en iraient jamais.

Laura était affalée sur le canapé, chaussures ôtées. Au cours d'un aparté qu'elle avait réussi à se ménager avec Marjorie, elle avait découvert que cette dernière n'avait pas de robe correcte à se mettre pour l'enterrement. Laura promit de lui en procurer une. Puis elle la mit en garde contre toute nouvelle bagarre verbale avec Nicholas. Marjorie dit qu'elle ne croyait pas un mot de son alibi. Laura non plus. Harvey avait discuté avec les autres pour décider si

Laura et lui prendraient le train jusqu'à East Gate ou s'ils loueraient une voiture.

– Louons une voiture, dit-elle, et proposons à Nicholas et Marjorie de les emmener : ça leur économisera le prix du voyage.

– Si on en prenait une assez grosse, il y aurait aussi de la place pour Arnold, suggéra Harvey.

– Il va peut-être monter avec Bella, s'esclaffa-t-elle avant d'éclater de rire. Tu te rends compte? Arnold et Bella Wallace? Bon Dieu, c'est vraiment une affamée, cette femme. (Elle s'interrompit. Une pensée lui vint, qu'elle livra tout de suite.) J'espère qu'il va l'épouser, avec le fric qu'elle a. Comme ça, il n'aura plus besoin d'héritage.

Harvey s'était assis par terre à côté du canapé et appuya sa tête sur les genoux de Laura. Elle la prit dans ses mains et lui caressa le menton.

– C'est à Mickey Redfern que je parlais tout à l'heure, dit-il, sachant qu'elle allait lui poser la question. (Le téléphone avait sonné quelques secondes après le départ de leurs derniers invités, Nicholas et Marjorie.) Il a pris son courage à deux mains et a effectué une exploration encore plus poussée de la grotte.

– L'imbécile.

– Il a trouvé le cours d'eau.

– Il a eu de la chance de ne pas tomber dedans.

– Ça pourrait lui arriver demain. Il y retourne. Il veut en connaître le plus possible sur ce labyrinthe souterrain. Il semble croire qu'il pourrait s'y passer quelque chose quand nous serons tous sur l'île. Autant te le dire : Wylie et Tabor aussi.

– Continue à me faire peur.

– En ressortant de la grotte, il a voulu jeter un nouveau petit coup d'œil rapide sur la cellule contenant les restes de Cedric : le parapluie n'y était plus.

– Il pleuvait, dehors?

– Ne rigole pas. Quelqu'un se trouvait dans la

grotte en même temps que Mickey. Quelqu'un qui, de toute évidence, connaît les lieux mieux que lui.

Laura se redressa d'un coup, rejetant brutalement la tête de Harvey sur le côté. Il faillit se rebiffer mais se ravisa.

– Ce ne peut être que Martha.

– Exactement. Donc, elle sait que Cedric a été assassiné. Elle sait aussi qu'il y a un étranger sur l'île pour des motifs pas très catholiques : elle ne peut pas ne pas avoir vu le bateau de Mickey à son amarrage. Ce que j'ignore, c'est si elle en a parlé à quelqu'un d'autre. Parce que si elle le fait et que la planque de Mickey est découverte, c'est un élément essentiel de notre protection qui saute.

– Qu'en pense Mickey?

– Oh, qu'il faudra ouvrir l'œil demain. Ce n'est pas de rencontrer Martha qu'il a peur, il a préparé tout un assortiment d'histoires pour expliquer sa présence dans la grotte. Non, ce qui le tracasse – et qui me tracasse aussi – c'est que si elle a enlevé le parapluie, elle aura certainement remarqué que la trousse de toilette avait disparu. Et que ça risque de lui mettre vraiment la puce à l'oreille. Mais moi, il y a autre chose qui me travaille : si elle sait depuis toujours que Cedric Longstreet a été assassiné, pourquoi ne l'a-t-elle jamais signalé à personne?

– Peut-être qu'elle a peur?

– A moins qu'elle couvre quelqu'un. Je sais où joindre Wylie. Je veux lui en parler tout de suite. Après, si on sortait s'offrir un sandwich et un ciné?

– Le cinoche, bonne idée. Je vais regarder dans le journal : il y a peut-être un petit film policier sympa?...

– C'était Laura, expliqua Marjorie à Nicholas une heure plus tard. Ils louent une voiture pour aller à East Gate et nous invitent à faire le voyage avec eux. Arnold vient aussi. J'ai dit que c'était d'accord.

– Bien sûr, que c'est d'accord. Ça nous fera économiser de l'argent.

Il se tenait devant une fenêtre du salon et regardait dehors.

– Qu'est-ce qu'on fait, pour dîner? Tu veux que je sorte acheter du chinois?

– On sortira ensemble. T'as pas entendu l'inspecteur? Il nous a conseillé d'être seuls le moins possible?

– Pas besoin de me le rappeler.

– Tu ne m'as rien dit sur ce que j'ai fait la nuit dernière. Tu n'es pas en colère? Ça ne t'a pas gênée?

– Je ne suis ni en colère ni gênée parce que je n'en crois pas un mot. Bon, je vais chercher mon manteau.

Elle se dirigea vers la chambre. Il se retourna pour la regarder passer. Quelle ligne! Quel corps! Il se demanda s'il l'avait jamais vraiment aimée.

Plus tard cette nuit-là, Bella dit à Arnold, qui sortait de la salle de bains pour revenir au lit avec elle :

– Regarde les infos de 6 heures, demain soir. J'y fais un reportage spécial de cinq minutes sur les meurtres des Graymoor. (Il émit un grognement.) Qu'est-ce qu'il y a?

– « Les meurtres des Graymoor » . Ça fait roman d'horreur à quatre sous.

– D'horreur, certainement, et ça vaut plus de quatre sous. Toi aussi, d'ailleurs, mon petit canard. Bon sang, tu es super!

– Pas chiche de dire ça aux infos.

Bella hurla de rire et le fit venir sur elle.

Martha écouta à la porte de la chambre d'Helga. Silence complet. Elle entrouvrit doucement et risqua un œil à l'intérieur. La lampe de chevet était allumée, mais Martha put voir, dans la pénombre, qu'Helga dormait. Elle referma la porte, se précipita dans la salle d'écriture, alluma la lampe de bureau et ouvrit les tiroirs, à la recherche des brouillons du nouveau bouquin. Pourquoi l'entourait-elle de tant de mystère, celui-là? Quand elle la questionnait, Helga répondait à côté ou restait évasive. Mais Martha ne trouva rien. Où donc le cache-t-elle? Qu'est-ce qu'elle manigance? Qu'est-ce que c'est que cette histoire d'inspecteurs de police chez Laura et Harvey, que Robert m'a racontée tout à l'heure au téléphone? Qui est ce type, dans la grotte? Est-ce lui qui a emporté la trousse de toilette? Et moi, qu'est-ce qui m'a pris de sortir le parapluie pour le mettre dans la cabane? Pourquoi Helga a-t-elle lâché, mine de rien comme ça au dîner, « Ma petite Martha, il est parfois dangereux de trop en savoir »?

17

Anton Coen, qui pratiquait l'autopsie sur le corps de Natalie, avait d'abord fait des études pour devenir chirurgien. Vocation qui lui était venue dans son enfance où il était maître en l'art d'enfermer les mouches dans un bocal et de leur arracher les ailes. Puis il s'était spécialisé dans les sauterelles et criquets, qu'il mutilait avec une délicatesse qui le fit remonter dans l'estime de son père, un poivrot invétéré. Adolescent, son habileté à disséquer les grenouilles et les souris lui valait toujours la première place en sciences naturelles. Une tante fortunée finança ses études médicales, et il comptait sur un riche mariage pour pouvoir se monter un cabinet dans une zone très prisée du Quartier Est de New York. Malheureusement, ses dispositions d'enfance pour la vivisection ne débouchèrent jamais sur le génie que son adoratrice de tante et lui pensaient voir se révéler, et lorsque vint une occasion de rejoindre les services de la police scientifique, il sauta dessus. Comme autopsiste – mot dont Coen revendiquait la paternité – il dépassait ses pairs de la tête et des épaules. Il officiait souvent devant un parterre d'étudiants en médecine. Certains l'appelaient le Laurence Olivier de l'autopsie : Coen avait une voix riche, bien timbrée, théâtrale dont il ne négligeait aucun effet pour expliquer ses investigations jusqu'au moindre coup de sonde. Par exemple : « Et maintenant, nous allons pénétrer le royaume du foie afin d'examiner les lésions que peuvent entraîner soit un excès d'absorption d'alcool, soit un coup violent. » Les mouvements gracieux de ses poignets, tandis qu'il maniait les instruments appropriés, étaient un hymne à l'art chorégraphique. S'il avait été japonais, il aurait pu se faire un nom au Grand Kabuki – mais, lui, réalisait ses chefs-d'œuvre sans accompagnement musical. Une chaîne de télévision éducative songeait à lui consacrer une émission d'une heure. Natalie était sa quatre cent trente-sixième autopsie. Il était végétarien.

– Je suis toujours surpris qu'Anton ne décore pas ses papiers de petites fleurs et de papillons, commenta plus tard Tabor quand il lut le rapport de Coen à Norman Wylie au téléphone. On dirait des cartes de vœux. J'espère que Kodak ne va pas entendre parler de lui, ce serait une grosse perte pour la police scientifique. Ecoutez-moi ça. (Wylie s'installa confortablement à son bureau.) Je cite textuellement. « Il y a pléthore de coups de couteau. » J'ai vérifié « pléthore » : ça veut dire « excès de ». Il doit aimer les mots croisés, ce gars-là. Et plus loin : « Il y a quatre coups de couteau qui s'incurvent dans la cage thoracique et pénètrent le cœur par-derrière, hélas. » Le « hélas », on s'en passerait.

– Je trouve ça mignon, fit Wylie. Bon, venons-en au fait. Il a trouvé quelque chose d'extraordinaire? Trois reins, par exemple?

– C'est le deuxième coup qui a été fatal. Il a dû être porté avec une sorte de stylet car le cœur n'est pas très facile à atteindre de derrière. Mais d'un autre côté, Natalie était si maigre qu'elle ne devait même pas avoir d'ombre. Il pense qu'elle devait être anorexique – elle ne mangeait pas beaucoup. Elle buvait, en revanche, mais pas le soir où elle a été tuée. Il veut rendre le corps à la famille, et je ne vois pas de raison de l'en empêcher. Vous avez des questions?

– Pas la moindre. Et vous, des pistes?

– Pas la moindre. Vous voulez jouer à un petit jeu?

– Lequel?

– Ça s'appelle le « A qui le tour? ».

Ils choisirent chacun une victime potentielle chez les Graymoor et parièrent dix dollars dessus. Puis, dans leur commissariat respectif, cherchèrent une télévision et réglèrent sur la bonne chaîne : ni l'un ni l'autre ne voulait manquer l'intervention de miss Bella aux infos de 6 heures.

Sur l'île, Mickey Redfern était dans la cabane, assis sur le lit de camp, en train de contempler, posé en travers d'une chaise, le parapluie de Cedric Longstreet. Il sourit. Le style de Martha lui plaisait – car il était persuadé que c'était elle qui avait retiré cette pièce à conviction de la cellule et l'avait apportée ici, façon de lui montrer qu'elle était au courant de sa présence sur l'île. D'un autre côté, il y avait la possibilité qu'elle ait entrepris de tout enlever de la cellule. Fallait-il qu'elle ait le cœur bien accroché, pour manipuler ces restes. Certes, à ce qu'il en avait vu, Martha n'était pas quelqu'un de délicat ou de fragile. De visage, si, mais pas pour le reste. Malgré sa taille moyenne, son port semblait dénoter une grande force. Ses mains étaient larges et puissantes, et Mickey lui trouvait une démarche de bûcheron. Il ne doutait pas un instant de son extrême féminité, mais la vie sur l'île avait certainement dû la forcer à tenir le rôle schizophrénique de fille et fils de famille. Elle possédait indéniablement la force d'étrangler un homme, ou de le précipiter du haut d'une falaise et, ainsi que Mickey l'avait expliqué plus tôt à Harvey au téléphone, il n'était pas sûr qu'il n'y eût pas qu'un seul assassin en tout et pour tout – encore qu'il ne voulût point écarter l'idée d'une monstrueuse association. Il se demandait pourquoi Martha évitait de le rencontrer face à face. Certainement pas qu'il lui fît peur puisqu'elle l'avait suivi dans la grotte pour prendre le parapluie. Il était vrai qu'elle connaissait sans doute beaucoup mieux que lui les galeries souterraines et pouvait donc s'y déplacer sans risque d'être repérée. Quels autres mystères ce satané endroit recèle-t-il? songea Mickey. Est-il hanté par les âmes des anciens esclaves qui y sont morts? Des Graymoor d'antan y ont-ils péri? Il se leva, regarda sa montre et décida qu'il était temps de bouger s'il voulait rejoindre le continent avant le coucher du soleil.

Il regretta que le parapluie fût dans un tel état de délabrement. L'espace d'un instant, il eut l'idée don-quichottesque de repartir vers son bateau, le parapluie ouvert posé sur son épaule, au cas où Martha l'aurait observé à la jumelle. Mais il se souvint que ce genre de grosse blague pourrait lui valoir la mort. Et il n'était pas encore prêt à mourir.

Au manoir, Helga était prête à avoir une confrontation avec Martha. Elle savait que son bureau avait été fouillé parce que le visiteur s'était trop pressé et avait dérangé dans les tiroirs des objets et papiers qu'elle avait laissés dans un certain ordre. Elle avait l'œil pour les détails, comme ses lecteurs pouvaient s'en apercevoir dans ses livres. Afin de gonfler ses romans jusqu'à une longueur raisonnable et de donner l'impression qu'on en avait pour son argent,

Helga se complaisait dans des descriptions de tentures, de tapis orientaux, de motifs de porcelaine ou de papier mural. Ses lectrices étaient émerveillées et plébiscitaient de telles recherches. Ses critiques, avant de finir par l'ignorer complètement lorsqu'ils s'aperçurent qu'ils n'influaient en rien sur sa popularité ou sur ses ventes, sautaient carrément ces pages et finirent par s'apercevoir que la lecture d'un Helga Graymoor ne leur prenait pas plus de deux heures. Mais à ce moment précis, Helga se fichait de ce qu'on pouvait penser de son talent. Elle se demandait ce que Martha cherchait. Dans le bureau, il y avait un autre tiroir dont ni Martha, ni personne dans la famille ne connaissait l'existence. On ne pouvait y accéder que par l'arrière et il ne s'ouvrait qu'en faisant jouer un certain ressort caché. Helga contourna le bureau, actionna le mécanisme et ouvrit : ses notes et manuscrits n'avaient pas été touchés. Son secret restait inviolé. Je suis certaine que c'est ça que Martha cherchait, songea-t-elle. Pardi. C'est la première fois que je reste aussi discrète sur l'intrigue d'un de mes livres, et ça a éveillé ses soupçons. Est-elle assez futée pour deviner que j'écris au sujet de la tontine, le diabolique mécanisme légal par lequel Andrew s'est vengé des enfants qu'il détestait? « Mon pauvre Andrew », murmura Helga, « pourquoi n'as-tu pu apprendre à me pardonner? Est-ce ma faute à moi si ce pauvre gosse était possédé du démon? Est-ce lui qui t'a envoyé à la mort? Ou est-ce moi la responsable de ces crimes? » Elle referma le tiroir d'un coup sec, se dirigea vers le bar et se versa un verre de porto. Où était Martha? Elle regarda son visage dans le miroir, au-dessus du bar, et se demanda combien de temps il lui restait.

Depuis le fauteuil qui était à côté de la fenêtre de sa chambre, d'où elle avait une vue splendide sur le continent, Martha regardait Mickey s'éloigner dans son bateau. Les jumelles, d'une puissance extraordinaire, avaient été fabriquées spécialement pour son père. Martha se demandait si l'homme au bateau se doutait qu'il était observé : il ne tournait jamais la tête, ni d'un côté ni de l'autre et maintenait un cap rectiligne sur East Gate. La mer était agitée, le ciel lourd de nuages, mais jamais l'homme ne perdait le contrôle de son embarcation. Sous les gants qu'il portait, Martha imaginait des mains fortes et musclées. La largeur impressionnante de ses épaules annonçait un dos capable de soulever de lourdes charges. Elle baissa les jumelles et s'éloigna des fenêtres. Elle pouvait se tromper, tout mélanger. Ce n'était peut-être pas lui qui avait pris la trousse de toilette dans la cellule. Peut-être ne s'agissait-il vraiment que d'un pêcheur qui s'était aventuré dans la grotte par curiosité et avait eu la chance de ne pas s'y perdre. Pourtant, c'était le même bateau depuis trois jours et, à ce qu'elle avait pu distinguer à la jumelle, le même matériel de pêche que celui qu'elle avait vu lorsqu'elle était allée elle-même dans la grotte retirer le parapluie. Une pensée lui vint tout à coup qui la plongea dans l'inquiétude. Elle s'assit dans un fauteuil, joignit ses mains. Et si c'était un policier? Un enquêteur? Mais il avait découvert les restes. Cela aurait dû provoquer tout un ramdam. Pourquoi la police n'était-elle pas venue ici les interroger sur cette horreur qui gisait dans la cellule? Les petits coups donnés à la porte étaient si faibles qu'elle faillit ne pas les entendre.

– Miss Martha?

C'était Juanita, la femme de ménage.

– Entrez, fit Martha.

Juanita pénétra dans la pièce, toujours avec le même sourire affable sur son visage.

– Votre mère aimerait que vous alliez la rejoindre dans la salle d'écriture. Elle s'est servi du porto et n'aime pas boire seule.

– J'y vais, fit Martha. Le porto, c'est juste ce que le docteur a recommandé.

Il était presque 6 heures, et Ike Tabor se sentait très las. Il était allé à la pharmacie de nuit de la Troisième Avenue. Le propriétaire connaissait effectivement Robert Graymoor, qu'il décrivit comme un fort bon client, un monsieur très bien. Il ne pouvait dire si Robert s'était fait livrer une commande vers 3 heures du matin samedi, vu que lui-même dormait à la maison à cette heure- là. Il faudrait demander au responsable de nuit. Sur l'insistance de Tabor, il l'appela lui-même au téléphone : oui, il se souvenait que Robert s'était fait livrer des médicaments mais il ne savait pas trop à quelle heure. Apparemment satisfait de ces renseignements, Tabor s'en fut au bureau de Victor pour avoir une petite conversation avec Mona Norris. Quand la réceptionniste avisa cette dernière qu'un inspecteur de police était au salon d'attente et désirait lui parler, elle répondit qu'elle arrivait tout de suite. Puis elle entra sans frapper dans le bureau de Victor pour lui dire qu'elle allait confirmer son alibi et lui rappeler sa promesse que le service ne serait pas gratuit. Il siffla entre ses dents quelque chose de peu amène et elle se rendit à l'accueil, s'arrêtant en chemin devant un miroir pour s'assurer que sa présentation était toujours impeccable. Tabor la vit s'approcher en ondulant de la croupe. De ce point de vue-là, Victor avait bon goût, estima-t-il. Mona se présenta et Tabor répondit en lui tendant son badge et sa plaque de police. Elle proposa d'aller à la salle de conférence où ils seraient plus tranquilles, ce qui était parfait pour Tabor. En lui montrant le chemin, elle passa devant le bureau de la réceptionniste qui se précipita sur son téléphone pour raconter avec passion à sa copine documentaliste qu'un inspecteur était en train de cuisiner cette pourrie de Mona Norris dans la salle de conférence, je te parie qu'elle a fait un sale coup, d'ailleurs on l'avait toujours dit. Dans la salle, assis côte à côte sur un canapé de cuir, Tabor devait réprimer une furieuse envie de caresser les seins impressionnants de Mona. Non que celle-ci fût à ce point jolie, mais elle était sexuellement provocante – elle l'avait toujours été, même à six ans lorsqu'elle lança sa première opération de séduction sur son cousin Herbert, un vieux de neuf ans.

Tabor commença en disant qu'il ne voulait pas l'embarrasser, mais qu'elle avait certainement dû entendre parler du meurtre de Natalie Graymoor. A quoi elle répondit, en faisant claquer sa superbe langue, que oui bien sûr, c'était affreux, n'est-ce pas, et Tabor lui expliqua qu'ils interrogeaient tous les gens qui la connaissaient, pas seulement la proche famille. Pas de problème, fit Mona qui reconnut avec une timidité feinte, que Victor était resté chez elle depuis environ 1 heure du matin jusque vers 7 heures, où il était finalement retourné chez lui. A sa manière toute faite de répondre, Tabor flaira la menteuse patentée et perdit tout intérêt pour ses seins. Il ne resta pas longtemps avec elle car il était évident qu'elle n'allait pas varier d'un iota pour donner la moindre parcelle de vérité. Il fit part du résultat de ses investigations à Wylie tout en lui lisant le rapport d'autopsie, et celui-ci, après un silence fécond, demanda d'un air rêveur à Tabor de lui refaire une description des somptuosités mammaires de Mona Norris. C'était une erreur, car l'autre ne se le fit pas dire deux fois, ce qui ne fit que redoubler un désir que Wylie savait n'avoir aucun moyen de satisfaire. Tabor était-il sûr qu'elle mentait? Ce dernier répondit qu'ils avaient l'habitude d'entendre dire la vérité d'une voix nerveuse et saccadée, pas comme une récitation bien apprise.

– Qui de vous ou de moi va prévenir les Graymoor qu'ils peuvent disposer du corps demain? demanda Wylie qui combattait une sensation de découragement en apprenant que la si spectaculairement dotée Mona était une menteuse. Au point de se demander si les appas eux-mêmes n'étaient pas postiches.

– Je vais essayer de joindre Robert, fit Tabor en jetant un coup d'œil sur sa montre. Il est peut-être encore à son bureau.

Wylie à son tour regarda l'heure.

– Il est probablement déjà parti pour ne pas manquer l'intervention de Bella à la télé.

– C'est vrai. Alors je vais attendre un quart d'heure et essayer chez lui. Vous faites quelque chose de spécial, ce soir?

– Pas vraiment. Je comptais rentrer chez moi, me mettre les doigts de pied en éventail et réfléchir. Pourquoi, vous partez en bordée?

– Non, j'ai promis à ma femme de rester à la maison. Mais c'est sûr que j'aimerais bien savoir ce que Victor Graymoor fabriquait réellement samedi soir et pourquoi il a été si rapide à persuader sa secrétaire de mentir pour lui. Et aussi cuisiner un peu Robert sur cette histoire de cambrioleur, mais je ne vois pas comment y parvenir sans qu'il se cabre.

– Et Nicholas?

– Quoi, Nicholas? demanda Tabor en se grattant le menton.

– Voyez-vous, Ike, des types à putes, il y en a de toutes sortes. Or Nicholas ne me paraît appartenir à aucune. C'est une poule mouillée, un nourrisson perdu dans la forêt. Il a un comportement aberrant parce que son mariage a capoté en une nuit, mais il n'est pas du genre à se jeter dans les bras d'une prostituée au premier coup de tabac dans son couple. Je le verrais plutôt se réfugier dans ceux de sa mère, ce qu'il va faire dans quelques jours. Et sa femme ne me paraît pas très claire non plus.

– Sacré morceau, commenta Tabor.

Heureusement qu'il rentre à la maison avec bobonne, songea Wylie.

– Sacré faux jeton, répondit-il. (Il n'avait pas son

pareil pour prendre la mesure des gens et les examiner sous toutes les coutures.) Il est très probable qu'il y a un nouvel homme dans sa vie.

– D'accord, mais est-ce que ça a un rapport avec notre affaire?

– Possible, si c'est avec un autre des Graymoor qu'elle fricote.

– Arnold, peut-être?

Hypothèse qui ne tenait pas, pour Wylie.

– Il est aussi fauché que Nicholas, si ce n'est plus. Nicholas a un salaire régulier, au moins. La vie d'Arnold avec les femmes, c'est comme jouer à la roulette russe.

– Harvey, alors? Je me suis un peu penché sur son passé, et je peux vous garantir qu'il est plutôt mouvementé.

– Je ne sais pas. Je ne peux pas me faire à cette idée. Je les aime bien, sa femme et lui.

Surtout sa femme, faillit-il ajouter. Si Harvey prend si souvent la tangente, je suis prêt à offrir une épaule consolatrice à Laura.

– C'est mauvais d'avoir un faible pour des témoins, Norman. Ça peut influencer votre jugement.

– Ne vous faites pas de souci pour moi, Ike. J'aimerais vraiment qu'on puisse boucler cette affaire avant qu'ils nous filent tous entre les doigts pour aller sur l'île.

– On peut toujours espérer un coup de chance, mais je n'y crois pas trop. Vous savez, Norman, il y a quelque chose qui me turlupine. Un peu comme si j'avais entendu un détail à deux doigts de la solution, mais que je n'ai pas su saisir sur le moment. Vous voyez ce que je veux dire? Ça ne vous fait jamais cette impression quand vous interrogez un suspect?

– Tout le temps, Ike. Et ça me donne des insomnies. (Il regarda de nouveau sa montre.) Bon, je file. C'est presque l'heure de Bella Wallace.

– D'accord, mon vieux. On reste en contact.

Bella Wallace, la carnassière, était en train de réaliser un des meilleurs audimat jamais engrangé par les infos de 6 heures sur sa chaîne. Son apparition avait été annoncée entre les émissions toutes les trente minutes pendant les dernières vingt-quatre heures, promettant d'ébouriffantes et croustillantes révélations sur les meurtres des Graymoor. Les spots promettaient tout, sauf le numéro personnel de Bella Wallace et l'identité du meurtrier. Le maquilleur personnel de Bella avait passé des heures à adoucir sa figure. Son coiffeur reprit sa coupe pour atténuer la hauteur de son front. Sa costumière l'avait convaincue d'opter pour le classicisme d'un tailleur bleu et d'un corsage jaune pâle avec une broche toute simple sur le revers gauche de la poitrine. L'éclairagiste promit de la rajeunir de dix ans au moins, et elle se souvint qu'il valait mieux porter des lentilles de contact au lieu de ses immenses lunettes habituelles, car pour les infos, elle devrait regarder directement dans la caméra, ce qui produirait un reflet sur ses verres. Vers 6 heures 20, Bella reçut le top du régisseur de plateau et se rua dans l'histoire des Graymoor comme un loup dans une bergerie. On lui avait accordé cinq minutes, tranche particulièrement généreuse dans un journal qui courait généralement après le temps. Elle sut en tirer le meilleur parti. Sa voix bondit de meurtre en meurtre avec l'agilité d'un chamois, et elle réserva le lien avec Nathan Manx pour la troisième minute. La majorité de ses téléspectateurs fut indéniablement tenue en haleine, même si certains, comme toujours, se demandèrent la raison de tout ce tintouin. Bella poursuivit en annonçant la prochaine réunion de la famille autour d'Helga et informa ses auditeurs que la malheureuse Natalie serait inhumée jeudi, avant de poursuivre par un sinistre « A qui le tour? ».

Dans le salon, Marjorie regarda Nicholas car elle avait cru l'entendre gémir.

Bella concluait sur un travelling en gros plan de la caméra. D'une voix d'outre-tombe, elle interrogea le téléspectateur :

– Qu'en pensez-vous? Va-t-on changer l'expression « vivre comme des frères... (Elle marqua une pause pour se ménager un effet dramatique) en « se *tuer* comme des frères »?

Harvey éteignit nerveusement le poste et se tourna vers Laura qui balançait une jambe, croisée sur l'autre, d'un air menaçant. Elle leva les yeux vers lui.

– Eh bien elle ne nous a rien appris que nous ne connaissions déjà. Tout ce qu'elle a fait, c'est de braquer les projecteurs sur nous. Encore heureux qu'elle n'ait pas montré les photos de famille. Je vois d'ici ce que certaines de mes clientes vont penser.

– A 6 heures, ce ne sont que les actualités régionales, la consola-t-il. Les nationales, c'est plus tard.

– Et alors? Les gens se téléphonent, non? Et quand je pense qu'elle a cette liaison avec Arnold!

– Ce salaud. Un gin vermouth?

– Oh que oui! Tu es sûr qu'Helga n'aura pas vu ça?

– Aucun risque. Tu ne trouves pas que c'était finement joué, le coup du parapluie retrouvé dans la cabane?

Il avait parlé à Mickey juste avant que Bella n'occupe le devant de la scène.

– Je ne sais pas si c'est du courage ou de l'inconscience de la part de Martha – à supposer que ce soit elle.

– En tout cas, ça ne peut pas être Helga.

– Pourquoi pas? demanda Laura. Elle connaît la grotte. En fait, je l'ai toujours soupçonnée d'en savoir davantage qu'on ne croyait. Notre mère détient toute une mine de sombres secrets qui attend d'être exploitée. Il y a longtemps que je me dis ça, et toi aussi.

– Helga est trop placide pour être une meurtrière.

– Il n'est pire eau que l'eau qui dort, lui rappela Laura tout en ayant horreur de recourir à de tels clichés. Et nous connaissons tous son caractère, qui peut devenir épouvantable, parfois.

Harvey apporta les boissons et s'assit à côté de Laura.

– Ni Martha ni elle n'auraient pu aller en ville pour tuer Natalie.

– Pourquoi pas? (Le regard de Laura croisa celui, stupéfait, de Harvey avec une assurance gênée.) Il faut moins d'une demi-heure pour traverser en bateau et prendre une voiture. Après, il y a juste un peu plus d'une heure de route. C'était très faisable.

Harvey se montra fort satisfait de Laura.

– Dis donc, tu as fait travailler tes petites cellules grises! En voilà, une petite futée!

– Harvey chéri, depuis que je suis devenue suspecte, je me raccroche à tout ce que je peux. Que valent les alibis des autres, par exemple? (Elle commença son énumération.) Nicholas avec une prostituée, de la Huitième Avenue qui plus est, le summum de la déchéance pour un homme. Or Nicholas n'est pas du genre à avoir des crises de déchéance. Des crises, d'accord, nous lui en avons vu, mais de déchéance, jamais de la vie. Nicholas est peut-être nigaud, il a quand même une certaine classe. A mon avis, il ment.

– Peut-être qu'en fait, derrière cette querelle matrimoniale, Nicholas et Marjorie se couvrent mutuellement?

Harvey parlait en mâchant une olive, ce qui rendit son élocution difficile. Laura réussit néanmoins à comprendre. Et manifesta son désaccord.

– A d'autres! lâcha-t-elle avec force. Le mariage a

définitivement craqué, et même une pluie d'or ne parviendrait pas à le sauver. Mais il y a un soupçon d'idée, dans ce que tu dis : Marjorie est restée seule toute la nuit.

Harvey détruisit cette théorie dans l'œuf.

– Elle n'était pas là pour tuer Cedric ou Andrew.

– Il y a peut-être deux assassins.

– Mon Dieu, j'ai la tête qui me tourne, dit-il en levant vers le ciel un regard implorant.

– T'as qu'à boire plus lentement, conseilla Laura. Bon, passons à Victor et à sa secrétaire. Ça ne tient pas vraiment debout.

– Je ne dirais pas ça trop vite. Je l'ai vue. Elle est solide.

– Encore que je sois persuadée qu'ils s'envoient en l'air de temps en temps, fit-elle en mordillant une petite peau de son ongle. Et puis il y a Robert et son cambrioleur.

– Je trouve ça rigolo. L'idée d'une intrusion dans le domaine privé de Robert, j'adore. Lui qui m'a toujours paru tellement impénétrable, fermé au monde qui l'entoure. Comment donc a-t-il fait pour réussir si bien en affaires?

– Par Andrew. C'est lui qui lui a tout appris. (Les sourcils de Laura se froncèrent.) Et que dire d'Arnold, alors?

– Je sais. S'envoyer Bella Wallace. Dégoûtant.

– Mais ça, c'était hier après-midi. Ça ne dit rien sur la nuit précédente.

– C'est un véritable casse-tête.

– Ce n'est pas toi l'assassin, dis, chéri?

– Ben si je l'étais, je te le dirais pas : tu irais le raconter à tout le monde.

Il déposa un petit baiser sur les lèvres de Laura, mais elle ne réagit pas. Son regard était lointain, et Harvey se demanda sur quelle planète elle avait atterri. Quelle nouvelle déduction était-elle en train de concocter? Se rapprochait-elle de la vérité?

Quelques heures plus tard, dans un restaurant italien de Greenwich Village qui ne payait pas de mine mais qu'elle adorait pour les quelques fois où elle recherchait l'anonymat, Bella Wallace était en face d'Arnold Graymoor.

– Alors, qu'est-ce que tu en penses? demanda-t-elle. Comment m'as-tu trouvée?

– Je me serais bien passé du « se *tuer* comme des frères. »

Arnold paraissait sincère. Il avait peu d'appétit, ce soir-là.

– J'ai pensé que ça faisait une chute merveilleusement dramatique. Si tu ne finis pas tes gnocchi, ça ne t'ennuie pas que je picore?

– Sers-toi, répondit-il en poussant son plat et en la regardant planter goulûment sa fourchette.

– As-tu parlé avec les autres? demanda-t-elle la bouche pleine.

– Non, silence total. Je n'étais pas chez moi, de toute façon. J'ai regardé l'émission au bar près de chez moi.

– Ah? Et là, on m'a trouvée bien?

– Tu sais, Bella, dans mon bar, les gens viennent surtout pour boire un coup, pas pour regarder la télé. Ils l'ont allumée juste pour moi. En tout cas, je suis bien content que ça ne soit pas passé dans le Connecticut, qu'Helga n'ait pas pu le voir.

– Pourquoi? Et si elle l'avait vu?

– Je préfère ne pas y penser.

Ike Tabor appela Robert chez lui, et Robert le remercia de le prévenir que le corps de Natalie n'attendait plus que le fourgon mortuaire. Tabor, certain que tous les Graymoor avaient branché leur poste sur elle, fut tenté de lui demander quelle avait été sa réaction devant l'émission de Bella Wallace, mais il parvint à refréner sa curiosité et à laisser Robert s'arranger avec les pompes funèbres. Ce que ce dernier fit aussitôt que le policier eut libéré la ligne, après quoi il appela Victor pour lui dire qu'il avait commandé une voiture avec chauffeur qui les conduirait tous deux à East Gate.

– Est-ce qu'on emmène quelqu'un avec nous? demanda Victor.

Robert lui rappela que Harvey et Laura s'occupaient des autres.

– Et tu as regardé cette grosse vache de Bella Wallace?

Robert répondit qu'elle ne lui avait fait ni chaud ni froid.

– Ah! Et son « se *tuer* comme des frères » , ça ne t'a fait ni chaud ni froid? Ça frise la diffamation!

– Victor, le calma Robert, surtout pas de vagues.

Nicholas enrageait. Bella l'avait mis hors de lui. Marjorie essayait la robe noire qu'elle avait ramenée de chez Laura dans l'après-midi à la sortie du travail. Elle lui allait à la perfection. Ce n'était pas sa couleur favorite, mais ça irait pour la circonstance. Depuis le salon, lui parvenaient les bruits de l'énervement de Nicholas qui rudoyait les objets, autour de lui. Elle s'avança vers la porte juste au moment où il criait dans le téléphone : « Cette Bella Wallace, j'ai envie de la zigouiller! »

D'une voix qui fit froid dans le dos à Marjorie.

A l'autre bout du fil, Laura demanda, sur un ton de sœur attendrie :

– Allons, Nicky, est-ce que tu pourrais vraiment tuer quelqu'un?

18

Le cercueil en bois blanc reposait sur deux tréteaux. A l'intérieur, Natalie, vêtue d'une robe grise toute simple, sans aucun ornement, ressemblait à une poupée de cire dans son présentoir. En dehors de la chapelle, le vent sifflait, mugissait, hurlait, et Helga priait le ciel que les enfants arrivent avant que la tempête qui menaçait n'éclate. Elle aurait aimé, également, que la coiffure de Natalie soit moins frivole, mais le coiffeur auquel elle l'avait confiée avait eu besoin de trois verres bien tassés pour toucher le cadavre et s'était déchaîné après le quatrième. Dans la chapelle, avec Helga, se trouvaient les trois membres du personnel de la maison qui, en ces circonstances spéciales, avaient accepté de rester pour la nuit. Juanita, la femme de ménage, trouvait un aspect morbide à cet enterrement, et elle était heureuse d'occuper une pièce qui ne donne pas sur la chapelle. L'office n'étant pas confessionnel, elle réservait son Je vous salue Marie pour l'intimité de sa chambre. Winston, l'homme à tout faire, et Rebecca, la cuisinière-gouvernante, avaient un peu plus tôt, devant des tasses de café, dans la cuisine, évoqué des souvenirs de Natalie enfant, et cette conversation fut leur hommage à la défunte. Le vent, à présent, semblait déterminé à jeter la chapelle à bas. Helga frissonna et resserra son manteau de vison autour d'elle.

– Vous êtes sûr que la tempête ne doit pas éclater avant demain soir? demanda-t-elle à Winston.

– Je ne suis sûr de rien en ce qui concerne le temps, Madame. Mais la météo a prévu des vents forts jusqu'à demain soir, et puis après de la pluie, plein de pluie. On déconseille les sorties en mer aux petites embarcations, aussi.

– Martha est excellente navigatrice. Elle sait se débrouiller avec son bateau par tous les temps.

Helga attendit que quelqu'un acquiesce pour la rassurer, mais personne ne dit mot. Juanita se contenta de se signer par trois fois, et Helga eut envie de lui demander d'en rajouter une quatrième pour faire bonne mesure.

– La décoration florale est superbe, observa Rebecca.

– Merci, ma chère, répondit Helga en la gratifiant d'un large sourire. Martha y a passé des heures. Elle a le sens des couleurs, n'est-ce pas? Winston, croyez-vous que les cierges dureront jusqu'à demain soir?

– Oh oui. Ils ont bien duré, la dernière fois, non? (Winston réprima un frisson. La dernière fois en question, pour l'enterrement des jumelles, les cercueils étaient fermés. Ayant lu dans différents journaux que les corps retrouvés étaient méconnaissables, son imagination avait commencé à le travailler au point de lui valoir plus d'une semaine de cauchemars.) Miss Natalie est vraiment très jolie.

– Trop de rouge, jeta Helga d'un air maussade. Je leur avais pourtant demandé de ne pas forcer sur le maquillage, mais ils n'en font qu'à leur tête. (Elle se leva brusquement.) Il est temps de retourner à la maison. J'aimerais me reposer un peu avant que la famille ne débarque.

Dans l'intimité de ses appartements, Helga s'allongea sur un divan, jouant avec les perles de son collier – qui aurait bien besoin d'être renfilé, songea-t-elle – et réfléchit à l'étrange comportement de Martha lors des trois derniers jours. Le lundi soir après dîner, quand Helga s'était enfin décidée à lui demander si elle avait fouillé dans le bureau, Martha s'était excusée et avait expliqué qu'elle cherchait une lampe de poche égarée. Helga ne voulut pas envenimer les choses en lui faisant remarquer que ce n'était guère l'endroit pour la retrouver, mais le mensonge, et l'aplomb avec lequel il avait été délivré, la choqua.

La veille et le jour même, Martha avait passé des heures hors de la maison. Le bateau était toujours amarré au quai, elle n'était donc pas sortie en mer. Helga supposa qu'elle avait été rôder dans le labyrinthe souterrain – mais pour trouver quoi? De plus, Martha utilisait de façon anormalement fréquente les puissantes jumelles d'Andrew. Que cherchait-elle? Ou *qui* cherchait-elle? Quant aux décorations florales qui plaisaient tant à Rebecca, Helga les trouvait ignobles et comptait bien en faire le reproche à Martha. Les fleurs paraissaient fichues à la hâte, comme si d'autres tâches plus urgentes l'avaient attendue ailleurs. Et la nuit que Martha disait avoir passée dans la cabane était précisément celle où Natalie avait été assassinée à New York. Allons, il ne faut pas extrapoler davantage dans cette voie, se prévint Helga. Je dois faire très attention, me tenir en retrait, observer et attendre, après quoi je pourrai décider et juger. Elle se remit péniblement sur son séant, l'oreille soudain tendue. Etait-ce le vent? Ou les murs qui...

– Qu'est-ce que c'est? articula-t-elle. Hein? Quoi?

– C'est moi, répondit Juanita de l'autre côté de la porte. Juanita! Vous avez besoin de quelque chose?

De beaucoup de choses, aurait voulu crier Helga. De beaucoup de choses. J'ai besoin d'une réponse, mais j'ai peur de l'entendre. Elle se dirigea vers la porte et ouvrit.

– Eh bien, Juanita, qu'y a-t-il?

– Je passais devant votre chambre et j'ai cru vous entendre appeler.

– Non, je n'ai rien dit. Ce doit être le vent.

Le vent secouait impitoyablement East Gate. Des volets claquaient, des enseignes grinçaient. Mickey Redfern, assis au bar de chez Ernie, le café du front de mer, couvait son verre de bière. Il avait regardé la voiture s'arrêter, le chauffeur déposer Robert, Victor, leurs bagages, puis Robert lui donner des instructions. Quand la voiture fut repartie, Mickey vit les deux frères se rapprocher pour une brève concertation.

– Je n'ai pas l'impression que les autres soient encore là, cria Victor par-dessus le vent. Allons boire un verre.

– Aucun signe de Martha non plus, cria Robert à son tour. Le bateau n'est pas amarré au quai. J'espère qu'il ne lui est rien arrivé. Bon, je suppose qu'il n'y a pas de danger à laisser les bagages ici?

Mais Victor se dirigeait déjà vers chez Ernie. Robert se précipita derrière lui. Ils prirent une table près de la fenêtre et commandèrent chacun un brandy. Mickey croquait une chips tout en les observant. Harvey lui avait fourni des photos de tous les membres vivants de la famille, et celle de Victor s'avérait à présent plus que flatteuse. Sur le cliché, il avait un air de star d'autrefois. En chair et en os, c'était un homme fatigué, vieillissant et à la teinture de cheveux trop voyante. Robert correspondait exactement à ce que Mickey attendait : droit comme un i sur son siège, il avait la hauteur arrogante du valet qui se prend pour un roi. Après leur avoir apporté le brandy, le serveur, qui était aussi le barman et en réalité Ernie le patron, rajouta de la bière dans le verre de Mickey. En un aparté de théâtre, il lui désigna Robert et Victor.

– C'est les frères des filles assassinées, fit-il avec son fort accent de Nouvelle-Angleterre.

– Ah vraiment?

– Ils enterrent Natalie demain. C'est celle qui s'est fait rectifier au couteau le week-end dernier.

– Oui, j'ai lu ça.

– Natalie était une brave petite. Elle venait de temps en temps jouer sur mon piano droit. Elle chantait, aussi. Affreusement. Mais elle était gentille. Ma femme et ma fille veulent assister à la cérémonie demain, mais si ce vent continue, je ne sais pas. Ils ont engagé des gardes privés pour éloigner les fouineurs. Vous savez, les journalistes, ce genre de truc. Martha – c'est une autre des filles – elle est venue en ville aujourd'hui et a fait une liste des gens qui pourraient venir. Y en aura pas beaucoup. Les Graymoor, ils restaient surtout entre eux. Le vieux, c'était un tyran.

– Je crois que les frères veulent une deuxième tournée.

Mickey avait vu Victor faire des signes du doigt en direction de Ernie qui ne regardait pas. Il se tourna vers leur table et Victor demanda de remettre ça.

– Celui-là, c'est Victor, chuchota Ernie en versant le brandy. Il se teint les cheveux.

Ernie énonça cette information comme s'il accusait Victor de sorcellerie. L'attention de Mickey se reportait à présent sur Martha qui venait d'apparaître, tout hirsute, sur le quai. Elle vit ses frères assis près de la fenêtre et se précipita dans le café. Les frères se levèrent et l'étreignirent tour à tour. Victor commanda un troisième brandy cependant que Robert approchait une chaise de la table voisine. Martha ne sembla pas remarquer Mickey. Elle ne montra en tout cas aucun signe de reconnaissance, aussi imperceptible fût-il. Il doutait qu'elle ait jamais pu voir son visage, bien qu'il eût senti le double faisceau de ses jumelles lui transpercer le dos. Ernie s'approcha de leur table. Martha se montra avenante. Mickey l'entendit gentiment dire bonjour et s'enquérir de la santé de sa femme et de sa fille. Puis Ernie présenta ses condoléances pour le drame de Natalie. Quand le patron fut revenu au bar, Mickey tendit l'oreille pour essayer de saisir des bribes de la conversation des Graymoor, mais en fut empêché par les hurlements du vent et par Ernie qui continuait à disserter sur Martha et sur le réconfort que sa présence apportait à la vieille dame. Mickey vit alors Harvey s'arrêter et garer la voiture.

– Ah, Dieu merci, voici les autres. Maintenant, on va pouvoir y aller, fit Martha.

Laura fut la première à sortir de la voiture et s'engouffra dans le café.

– Salut Ernie, fit-elle au patron d'une voix chaleureuse. Cinq grands brandies bien tassés, s'il vous plaît. (Martha s'était levée. Elle se précipita vers Laura et elles s'embrassèrent.) Il souffle un de ces vents, dehors! Tu crois que ce n'est pas risqué de traverser?

Avant que Martha ne pût répondre, Harvey, Nicholas, Marjorie et Arnold faisaient leur entrée en groupe, et Martha se trouva soudain entourée d'une forêt de bras tendus. Puis ce fut au tour d'Ernie d'être salué tandis qu'il alignait les verres sur le comptoir. Harvey sortit un billet de sa poche et vit Mickey. Lequel avait le regard plongé dans sa bière, se sentant quelque peu mélancolique et isolé devant cette réunion de famille.

– Ce vent ne me dit rien qui vaille, Martha, fit Nicholas.

Marjorie tenait son verre à deux mains, regrettant de ne pas être déjà à lundi. Laura jeta un coup d'œil furtif vers ce bonhomme morose, au bout du comptoir, et se demanda s'il s'agissait de Mickey Redfern. Arnold choisit ce moment pour glisser à Martha :

– Natalie est bien arrivée?

Ce qui fit frémir Ernie.

– Comment va Helga? s'enquit Robert.

– C'est le rocher de Gibraltar, répondit-elle en levant son verre. A Helga.

Tous portèrent le toast.

Mickey finit sa bière et déposa de la monnaie sur le comptoir. Il récupéra son ciré accroché au mur, derrière lui, et l'enfila non sans peine. En passant à la hauteur de Harvey, il trébucha, se rattrapa à lui et s'excusa. Harvey sentit le petit papier qu'il glissait dans la poche de son manteau. Laura eut alors confirmation qu'il s'agissait bien de Redfern. Quand il fut sorti, elle s'approcha de Harvey comme si elle voulait lui déposer un baiser sur la joue et lui chuchota une question à l'oreille. Il répondit par un clignement de paupières et elle fut satisfaite.

– Allez, toute la bande, dit Martha. Finissez vos verres.

– C'est parti, cria Harvey. On s'arrêtera tous au retour, Ernie!

J'espère, songea Laura. J'espère qu'on sera tous là.

Cependant que les autres s'entassaient avec leurs bagages dans le bateau Graymoor, Harvey mena la voiture au parking, derrière le café. Là, il lut le message de Mickey. « Martha passe un temps anormal dans le souterrain. De retour sur l'île demain après l'enterrement. » Harvey déchira le papier en morceaux qu'il jeta dans le vent après avoir verrouillé la voiture.

– Jolie façon de traiter mon œuvre, fit Mickey qui s'était approché en catimini par-derrière.

– Tu as failli me donner une crise cardiaque, je ne t'ai pas entendu venir.

– C'est étudié pour. L'habitude de la jungle. Si j'avais su que t'allais te pointer ici, je me serais pas crevé à écrire ce message et à faire mon petit numéro chez Ernie.

– Ma femme s'est doutée que c'était toi. A ton avis, qu'est-ce qu'elle fabrique, Martha?

– Je me demande. Au début, j'ai cru qu'elle voulait se débarrasser du squelette, mais il était encore là aujourd'hui. Maintenant écoute, la cabane n'est pas sûre du tout. Martha n'arrête pas d'y débarquer, comme si elle cherchait quelqu'un. Moi, sans doute. Alors je vais me servir de mon sac de couchage. On peut toujours utiliser la cabane comme boîte aux lettres. On laissera les messages sous le poêle. On prévoit une vache de tempête pour demain. Une sorte de mini-ouragan, à l'entendre. Qu'est-ce qui se passe si l'île est coupée des terres?

– On a tout ce qu'il faut sur place. Ce ne sera pas la première fois que nous nous y retrouverons isolés. Ça ne dure jamais longtemps : il y a toujours quelqu'un du continent qui vient voir si ça va.

– Oui, mais si la traversée est impossible?

– Alors on se débrouille.

– Pas de problème pour moi. Je finis par bien connaître cette grotte, maintenant. Elle ne me dit rien qui vaille. Du nouveau sur le meurtre de Natalie?

– Rien, sinon que la police prend toute la famille pour un paquet de menteurs. Ouvre l'œil. Quand Martha commence à devenir méfiante, c'est dangereux. Bon, il faut que je rejoigne les autres, à présent. Toi, surtout pas d'imprudences.

Il s'éloigna à la hâte en direction du bateau, Mickey à l'opposé.

– Eh bien, tu en as mis du temps! cria Martha tandis que Harvey sautait à bord.

– La voiture a calé et ne voulait plus redémarrer. Mais c'est bon, maintenant. Allez, ma chérie, largue les amarres!

Le moteur ronronna, puis Martha mit les gaz et ils s'éloignèrent du quai. Le vent ne montra aucune pitié, il ballotta le bateau comme un jouet dans une baignoire. Marjorie s'accrochait à Nicholas, donnant l'impression qu'ils avaient recollé les morceaux. Elle était absolument terrifiée, et Nicholas lui servait de port dans la tempête. Laura regarda dans sa direction et remarqua la teinte verdâtre peu engageante que prenait son visage. Les hommes de la famille s'agrippaient au bastingage cependant que Martha, protégée des embruns et du vent par plusieurs épaisseurs de cirés, maintenait le cap sur l'île Graymoor.

Laura se cramponnait à Harvey qui fredonnait une chanson de marin. Les bras entourant son mari, elle avait les yeux fixés sur Martha. Si elle voulait, se dit-elle, si elle voulait vraiment, un bon coup de barre et elle pourrait en envoyer plusieurs d'entre nous au bouillon. Juste un bon coup de barre.

Marjorie vomit.

Helga aperçut le bateau à la jumelle. Elle était dans le jardin d'hiver, où apéritifs et amuse-gueule allaient être servis, par Winston et Rebecca.

– Je les vois! s'écria-t-elle. Ça y est! Ils ont presque accosté. Mon Dieu, Marjorie est pliée en deux par-dessus le bastingage. Mais bon, Nicky semble la tenir fermement. Ah, et puis Laura ne lâche pas Harvey. Mes pauvres enfants, ils en ont une tête, avec ce vent!

– Dois-je descendre à la jetée pour les aider à porter les bagages? demanda Winston.

– Pas question. Ils peuvent se débrouiller tout seuls. Je ne veux pas que vous vous mouilliez et que vous attrapiez froid.

Elle baissa ses jumelles. Ils étaient arrivés. La pièce allait commencer.

A New York, Norman Wylie et Ike Tabor, au commissariat de ce dernier, dressaient l'arbre généalogique de la famille Graymoor pour les besoins de leur enquête. Il était grossièrement dessiné sur un tableau du bureau de Tabor, mais cela suffisait. Il avait commandé des sandwiches et du café.

– Dites, Norman, demanda-t-il à Wylie pendant qu'ils mangeaient, quel est le tarif pour violation de domicile par effraction?

– C'est une plaisanterie, n'est-ce pas?

– Du tout. Je me disais que pendant que le chat n'est pas là, les souris dansent. J'aimerais bien jeter un coup d'œil dans l'appartement de Victor et puis faire un saut dans la maison de Robert. Ça vous intéresse?

– Beaucoup.

– Demain soir?

– Banco.

– Ni l'un ni l'autre n'a de domestiques à demeure?

– Pas à ma connaissance.

– Vous ne pensez pas que la secrétaire de Victor utilise l'appartement en son absence?

– Ça serait rigolo, fit Wylie avec une lueur égrillarde dans le regard tandis que Tabor aquiesçait de la tête. Nous téléphonerons chez Robert avant de passer à l'action, au cas où il aurait engagé quelqu'un pour surveiller la maison, après ce soi-disant cambriolage.

– Ouais, soi-disant. Ce corned-beef est dégueulasse.

– Evidemment, c'est de la langue de bœuf, fit remarquer Wylie.

Bella était restée à travailler dans son bureau, et Arabella Keats, sa secrétaire, avait hâte qu'elle quitte le téléphone pour finir de dicter le courrier : elle avait envie de rentrer à la maison à une heure raisonnable. Bella tenait son réalisateur pendu à l'autre bout du fil, dans le cabinet de travail de son duplex de Westchester.

– Réfléchis une seconde, Irv. Par hélicoptère, ils me verraient venir tout de suite.

– Pas si c'est un atterrissage forcé, dit Irv qui avait une fois réalisé un feuilleton d'aventures pour une heure de grande écoute.

– Très drôle. Tu n'aurais pas plutôt dans tes relations un ancien commando qui pourrait me faire entrer discrètement de nuit sur l'île, ou quelque chose comme ça?

– Si, tiens, je connaissais un mercenaire, il y a deux ans. On l'avait engagé comme conseiller pour un des épisodes des *Boomerangs*. Comment s'appelait-il déjà, nom d'un chien? (La femme de Irv passa la tête par la porte et demanda s'il n'allait pas bientôt lâcher ce téléphone, parce que le rôti commençait à se transformer en semelle. Il lui fit signe de sortir.) Ça y est, j'ai trouvé : Mickey Redfern. Il s'occupe de sécurité et d'enquêtes privées, à présent.

– Essaie de me le trouver! s'écria Bella, impatiente. Il *faut* que j'aille sur l'île Graymoor!

– Je ne pourrai rien faire avant le matin, alors il vaudrait mieux que tu rentres. A demain!

Bella claqua le téléphone.

– Où en étais-je? demanda-t-elle à Arabella.

Laquelle lut d'une voix monocorde la dernière phrase inscrite sur son bloc.

– ...Parmi les Graymoor, Arnold semble offrir les meilleures perspectives d'avenir.

– Ah c'est vrai, fit Bella avec un sourire rêveur, j'étais sur Arnold. Eh bien, continuons...

– Helga s'accrochait à nous comme si elle savait que nos jours étaient comptés. (Laura enfilait une jolie petite veste de sa création, après s'être mise en pantalon et en chemisier. Harvey attendait patiemment à la porte, la main sur le bouton, pressé de rejoindre les autres dans le jardin d'hiver, non pas tant pour le plaisir de leur compagnie que pour la profusion qu'annonçait le bar abondamment garni.) Elle a même montré une affection débordante pour Marjorie alors que nous savons ce qu'elle pense d'elle. Et je me demande comment elle se sent, Marjorie.

– Pas à sa place, j'imagine. Allez viens, bouge.

– Il n'y a pas le feu, Harvey. Je sais ce que tu veux, et j'aimerais bien que tu arrêtes de te conduire comme un ivrogne. Est-on censés aller dire des prières à la chapelle après dîner?

– Il ne faut pas contrarier Helga.

– On sera sans doute trop cuits pour prier.

– On pourra toujours admirer les fleurs, dit-il en s'appuyant contre la porte tandis que Laura se remaquillait.

– Qu'est-ce que Mickey Redfern t'a dit, dans le parking?
– T'es trop futée, toi.
– Tu es resté si longtemps, j'ai pensé que Mickey t'avait vu ranger la voiture et avait décidé de rajouter quelques explications à son petit mot.
– J'espère que tu as été la seule à remarquer ça.
– Je crois que oui. Les autres étaient trop absorbés entre eux. Qu'est-ce qu'il t'a dit?

Harvey quitta la porte et s'approcha de Laura. Il lui expliqua ce que Mickey lui avait rapporté du comportement de Martha, ces derniers jours. Elle resta un moment pensive et gratifia Harvey d'un haussement d'épaules fataliste.
– Tu as emporté le revolver?
– Oui, mais j'espère ne pas avoir à m'en servir.
– Moi aussi, chéri, je l'espère. Bon, allons-y. Le spectacle continue.

19

Les papotages allaient bon train, dans le jardin d'hiver. Tout cela semblait tellement artificiel et irréel que Harvey avait l'impression de se retrouver sur la scène de quelque obscur théâtre de quartier où l'on jouait une de ces petites pièces à l'anglaise que Broadway importait dans les années vingt ou trente. Les assassinats, le danger, se trouvaient relégués au second plan derrière les fluctuations boursières et la mode de la saison prochaine. Helga présidait aux libations comme la souveraine d'un royaume mythique, pour la première fois – de mémoire de Harvey – sans reprocher à personne de trop boire. De la cuisine, lui parvenaient les bruits de vaisselle de Rebecca et Juanita qui préparaient le buffet du dîner. Winston se montrait très efficace dans le service, sillonnant la pièce pour pourvoir aux commandes avec la célérité d'une personne moitié moins âgée que lui. Harvey se demandait ce que les domestiques pensaient de cette épée de Damoclès suspendue au-dessus de la famille, à moins qu'ils s'en fichent complètement. Ils devaient bien ressentir quelque chose, tout de même. Rebecca et Winston, qui servaient déjà les Graymoor avant l'adoption de Harvey, presque quarante ans auparavant, ne pouvaient pas ne pas éprouver quelque compassion. Rebecca, célibataire, avait presque été comme une seconde mère pour les plus jeunes des adoptés. Nicholas se tournait le plus souvent vers elle, quand il avait besoin de réconfort, pas vers Helga. Winston, veuf depuis dix ans à l'époque, leur avait appris à pêcher et à faire du bateau, et c'est lui qui les avait initiés aux mystères des galeries souterraines. Juanita avait débarqué depuis peu dans la famille. Harvey la supposait mauvaise nageuse, vu le temps qu'elle avait mis à traverser le fleuve frontalier entre le Mexique et le Texas. Il n'était même pas sûr que sa situation d'immigrante clandestine ait jamais été régularisée. Helga l'avait sortie d'un foyer pour filles-mères à Hartford, l'une des rares incursions d'Helga dans le monde de la bienfaisance – elle était alors en train d'effectuer des recherches pour l'un de ses romans les plus vendus, *L'amour à tort*. Juanita habitait à présent à East Gate avec un homme qu'elle faisait passer pour son mari, mais d'aspect physique assez différent des trois précédents dont elle avait dit la même chose. Son enfant avait été placé auprès de parents adoptifs, après quoi, à la connaissance de Harvey, elle avait décidé de ne plus en avoir. Elle vénérait Helga, qui à son tour avait appris à tolérer ce qu'elle appelait « le catholicisme exacerbé de Juanita ».

Helga avait pendant un temps donné dans le scientisme chrétien, mais s'aperçut bien vite qu'elle ne pouvait souscrire à aucune religion officielle, ce qui était aussi bien étant donné que les enfants étaient de confessions différentes. Elle leur lisait personnellement des passages de la Bible, et y prenait grand plaisir tant les histoires étaient bien construites. Elle finit même par y trouver matière pour ses propres œuvres.

Rebecca annonça le dîner, mais la famille fut longue à quitter le jardin d'hiver. Harvey gardait l'œil sur Laura en pleine conversation avec Marjorie. Martha était assise avec Nicholas sur la banquette du piano et lui tapotait la main, tandis qu'Helga continuait à accaparer l'attention de Robert et de Victor. Seul Arnold se précipita tout droit vers la table qui ployait sous les victuailles, dans la salle à manger. « Je meurs de faim » , chuchota-t-il au passage à Harvey. « C'est une façon comme une autre de mourir, mais peu en usage dans la famille », se retint de répondre ce dernier.

– Tout le monde, à table! cria-t-il.

Laura lui adressa un regard étrange.

Marjorie se leva.

– Oui, il vaut mieux se remettre quelque chose dans l'estomac, dit-elle. Ça sent bon.

Elle quitta Laura qui était en train d'essayer de détourner de Nicholas l'attention de Martha. Heureusement, celui-ci se leva et partit. Laura appela aussitôt Martha.

– Est-ce que ça poserait problème de préparer une chambre à part pour Marjorie? demanda-t-elle.

– Pas du tout, d'autant que Nicholas a lui aussi demandé la même chose. Quel dommage, moi qui croyais que c'était un mariage en béton.

– Non ma chérie, fit Laura en lui prenant le bras pour l'accompagner à la salle à manger, c'était un mariage en carton. Comment vas-tu? Ça fait des lustres. Tu as l'air fatiguée. Tu te couches tard?

– Je suis morte d'inquiétude.

– Je m'en doute. Ne le sommes-nous pas tous?

Laura était impatiente d'informer Harvey des

craintes de Martha. Quelques instants plus tôt, avant de décider de se tenir à l'écart et de méditer sur l'étrangeté de cette soirée, il lui avait demandé si elle ne trouvait pas que la famille se comportait de façon anormalement décontractée.

Robert accompagna Helga à la salle à manger, Victor sur leurs talons. Ce dernier s'arrêta un moment pour parler à Winston et s'enquérir poliment de sa santé. Winston lui exprima avec gravité ses condoléances pour Natalie. Victor soupira et reprit son chemin.

Rebecca semblait s'être surpassée. Harvey fut impressionné en flânant autour du buffet. Non qu'il eût particulièrement faim, mais ce genre d'assortiment offrait un spectacle plus appétissant que celui de sa famille. Une impression de lourdeur avait pesé sur Harvey dès qu'il avait mis le pied sur l'île, une sensation oppressante, presque étouffante de les voir tous coincés sur ce petit périmètre à attendre le coup dur. A New York, il y avait de la place, des taxis, des concierges et parfois même des policiers, encore que rien de tout cela n'eût servi à grand-chose pour Natalie et pour les jumelles. Ici, c'était différent, même en sachant que demain, Mickey Redfern serait là pour veiller sur Harvey et Laura et, si tout se passait comme prévu, piéger l'assassin. Il s'aperçut que Nicholas se tenait à côté de lui et le regardait avec une expression bizarre.

– Qu'est-ce qu'il y a? demanda Harvey.

– Tes lèvres bougeaient. Tu parles tout seul?

– Je parle toujours tout seul, fit Harvey en levant les sourcils. C'est le seul moment où je peux profiter d'une conversation intelligente.

Laura les rejoignit.

– Ils ont l'air sacrément bons, ces œufs à la diable.

– Ils sont pleins de cholestérol, avertit Harvey.

Nicholas en prit deux. Harvey se demanda si cet

acte soudain de bravoure était censé l'impressionner.

Laura attendit que Nicholas pique droit sur un plateau de tranches de jambon pour glisser à Harvey :

– Marjorie va s'installer dans une chambre à part.

– Ennuyeux, ça.

– L'idée de dormir ensemble les dérange. A la maison, Nicholas a été relégué sur le canapé du salon.

– Les séparer en fait des cibles plus faciles.

Laura se demanda si Harvey avait remarqué qu'elle perdait l'appétit.

– Je n'avais pas pensé à ça. Qui donc voudrait tuer Marjorie?

– Ce n'est pas Marjorie qui m'inquiète.

– Ah.

– Cet aspic de tomates est divin, claironna Helga, tandis que Rebecca, postée derrière ses chauffe-plats, se rengorgeait comme un ramier tout fier d'avoir effectué son premier vol en solo.

– Et ça, qu'est-ce que c'est? demanda Victor en titillant une assiette remplie de ce qui ressemblait à un pâté fumant.

– C'est ma croustade aux pommes de terre et aux oignons, expliqua Rebecca comme si elle venait d'inventer le feu. C'était le plat préféré de miss Natalie.

Le silence épais qui s'abattit soudain sur la pièce n'aurait pu être coupé que par une lame tranchante. Ce fut la langue d'Helga.

– Nous n'allons pas passer le week-end à essayer d'éviter l'inévitable. Trois d'entre nous ont été assassinées.

Pas quatre? pensa Harvey. Pas Andrew? Et pour Cedric Longstreet, es-tu ou n'es-tu pas au courant?

– Est-ce bien le moment, mère, pendant que nous

mangeons? fit Robert dont l'assiette était rebondie de nourriture.

– Arrête de jouer à l'imbécile, Robert. Et c'est valable pour vous tous. Il y a de grandes chances qu'un assassin se trouve dans cette pièce. J'espère de tout mon cœur que non, et que les crimes qui ont été commis ne sont que pure coïncidence. Mais je suis écrivain, moi, et ce genre d'intrigue au rabais, ça ne me convainc pas. Je crois que l'un de vous s'est mis en tête d'éliminer tous les autres pour s'octroyer la tontine. Du moins est-ce là le seul mobile qui me paraisse logique.

– Eh bien pour moi il ne l'est pas, brailla Victor. A supposer que l'assassin arrive à éliminer la concurrence, on saurait tout de suite que le survivant est le coupable.

– Victor, fit Helga d'une voix suffisamment percutante pour enfoncer un clou, j'ai toujours su que tu n'étais pas très clair, mais tu n'y vois pas très clair non plus. La réplique à ton objection est pourtant simple. Il n'y en a pas qu'un seul d'entre vous dans la combine... Rebecca, ma chérie, encore un peu d'aspic, mais veillez à ce que je ne me gave pas trop.

Laura était assise à côté de Harvey sur une banquette, dans l'embrasure d'une fenêtre, indifférente au vent qui soufflait contre les vitres, derrière elle, et apparemment sourde aux mugissements de l'océan, en bas des falaises.

– Bravo à Helga. Elle a annoncé la couleur comme un chef.

– Oui, jolie prestation, apprécia Harvey en mastiquant une bouchée de dinde. Seulement la tontine n'explique pas tout. (Laura tendit l'oreille.) L'affaire remonte à beaucoup plus loin. Au temps où Esmeralda a été étranglée, en fait. Quand le cadavre de la chienne a été retrouvé, il y a eu un sacré coup de torchon entre Andrew et Helga, parce qu'il voulait que l'un d'entre nous soit renvoyé dans l'institution où il avait été adopté. (Laura ne mangeait plus du tout, à présent.) Mais Helga a gagné et il n'y a pas eu de bannissement.

– Dommage, fit Laura.

– Exactement, acquiesça Harvey, parce que je pense qu'il s'agit du meurtrier. Tu remarqueras qu'elle a évité toute allusion à Cedric Longstreet.

– Elle le garde peut-être pour le dessert.

– Elle ne sait peut-être pas qu'il est mort, dit Harvey. Et elle n'a pas parlé d'Andrew, non plus.

– Probablement parce qu'il n'y a pas de preuve qu'il ait été assassiné.

– Helga n'a pas besoin de preuve. (Harvey se débarrassa de son assiette sur une desserte proche.) Elle s'est trahie tout à l'heure avec son histoire d'intrigue au rabais qui ne la convainc pas. On dira ce qu'on veut de ses bouquins, il faut reconnaître qu'ils sont solidement construits.

Laura acquiesça de la tête.

– Du béton.

– J'ai ma théorie à moi sur la mort d'Andrew. (Les lèvres de Laura s'asséchèrent soudain.) Je me rappelle très bien ce week-end-là. La tension était extrême entre Andrew et Helga. Il voulait faire quelque chose et elle était contre. Tu les a entendus se disputer dans la salle d'écriture, m'as-tu dit.

– Rectification : j'ai entendu des bruits de dispute. Ça a duré un bon bout de temps. D'autres ont entendu. Je me vois encore sortir, à un moment donné, et trouver Winston qui travaillait dans les massifs d'arbustes juste sous les fenêtres ouvertes. Il avait l'air très gêné, comme si je l'avais surpris en train d'écouter.

– Et après la dispute, quand la plupart d'entre nous sommes partis chacun de notre côté...

– On ne serait pas allés fureter dans la grotte, nous?

– Quoi qu'on ait fait, on l'a fait ensemble. On a un alibi.

– Tout le monde a un alibi, comme pour la nuit du meurtre de Natalie. Question alibis, on fait fort, dans la famille.

– Laisse-moi terminer. Après la dispute avec Helga, il y a eu confrontation entre Andrew et quelqu'un. Il a porté une accusation.

– Tu es sûr?

– Simple hypothèse, mais elle se tient. Ce quelqu'un l'a précipité du haut de la falaise.

Laura regarda Harvey avec une affectueuse admiration.

– Dis donc, tu carbures.

– Ça commence à se mettre en place dans mon esprit. Ce retour sur l'île me donne une nouvelle vision des choses. Comme si tout était étalé devant moi et qu'il ne me restait plus qu'à trouver dans quelle direction regarder. Ce dont je suis sûr, également, c'est qu'il y a eu un témoin de « l'accident » d'Andrew.

– Natalie?

– Très possible. Si c'étaient les jumelles, elles devaient partager le secret parce qu'elles étaient inséparables. Mais elles auraient lâché le morceau, elles n'ont jamais su tenir leur langue.

– Quant à Natalie, elle a pu faire du chantage et...

Harvey l'interrompit.

– Si elle avait fait du chantage, elle serait morte depuis longtemps. Non, elle attendait. Elle a attendu cinq ans, mais là, se faire virer du Dombey a été la fin de tout. Elle est allée chercher où elle pouvait l'argent dont elle avait besoin, et voilà.

– Et dans tout ça, quelque part, intervient Nathan Manx.

– Il n'a qu'un rôle secondaire. Suffisant pour paraître à l'affiche, remarque, mais secondaire. Il n'a pas eu de chance. Ce qui nous amène sur l'île. Et arrête de prendre cet air grave parce que voilà

Martha – sacré bon Dieu, elle n'a pas l'air de tenir très droit sur ses guibolles.

Martha s'installa sur l'ottomane qu'elle avait directement tirée en face d'eux.

– Eh bien, mes chéris, fit-elle sur un ton strident et acéré comme une lame, n'est-ce pas le décor parfait pour un meurtre? (Sa voix portait à l'autre bout de la pièce. Rebecca espéra qu'elle n'avait pas été jusqu'à Juanita, dans la cuisine. Juanita qui tout à l'heure, lorsqu'elle avait entendu la sinistre prédiction de meurtre d'Helga, avait récité une demi-douzaine de chapelets pour chasser les mauvais esprits. Winston venait d'entrer en portant une immense coupe en cristal pleine de fruits divers. Martha tenait un verre de vin blanc, rempli juste avant de rejoindre Laura et Harvey. Elle parvint à ne pas en verser une goutte en dépit des grands gestes théâtraux dont elle ponctuait chacune de ses paroles.) Le décor idéal, même : une île isolée, un vieux manoir mystérieux, le vent qui hurle comme une horde de revenants, un cadavre dans la chapelle, des passages secrets, des panneaux pivotants et tous les autres accessoires d'un film d'horreur, et maman qui laisse entendre qu'elle en aurait peut-être un de nous dans le collimateur.

– Tu sais, ma biche, fit Harvey sur un ton léger, maman a toujours raison.

Il regarda Helga qui fronçait les sourcils d'un air sévère.

– Tu as trop bu, Martha, la réprimanda-t-elle. Je ne t'ai jamais vue comme ça. Qu'est-ce que tu as?

– *Qu'est-ce que j'ai*? Il faut vous faire un dessin? Eh bien j'ai la trouille. Et si je suis sur le point de me faire zigouiller, j'aime autant ne pas le savoir. Fais-moi la peau si tu dois me la faire, qui que tu sois, mais attends que l'alcool m'ait envoyée dans ses limbes.

– Un peu suranné comme langage, tu ne trouves pas? chuchota Laura en aparté à Harvey.

– J'aime assez, c'est émouvant. Je ne l'ai plus entendue aussi en voix depuis le jour où Robert lui avait piqué son vélo.

– Tu devrais monter dans ta chambre, Martha.

Helga avait pris son ton bien connu de croquemitaine, qui donna à Laura une impression de « déjà vu » . Elle se souvenait avoir entendu Helga dire cela à l'un des autres sur ce même ton, exactement, une bonne trentaine d'années auparavant. Mais qui, quand et pourquoi? Ce bannissement avait-il été motivé par quelque chose de plus grave qu'un abus d'alcool?

– Je ne monterai *pas* dans ma chambre, mère. Et j'aimerais que vous cessiez de vous mêler de ma conversation, tous autant que vous êtes. C'est très indiscret. Je m'adresse à Laura et Harvey. Ce sont les seuls à avoir la tête sur les épaules, dans cette pièce.

– Aïe, murmura Laura, ça, c'est le baiser de la mort.

Et regretta, mais trop tard, de l'avoir dit.

Robert essaya avec empressement d'engager la conversation avec Marjorie. Victor rejoignit Arnold devant la coupe de fruits et, sans enthousiasme aucun, Helga risqua quelques mots en direction de Nicholas.

Martha les regarda tous, l'un après l'autre, puis redirigea son attention sur Harvey et Laura.

– Je suis la plus folle du lot, n'est-ce pas?

– Ne sois pas aussi dure avec toi-même, conseilla Laura.

– Dure avec moi-même? Il y a des années que j'aurais dû me secouer les puces, quand j'étais plus jeune et qu'il y avait encore de l'espoir. J'aurais dû quitter cette saleté d'île bien avant la mort d'Andrew et me faire une autre vie. (Laura fut stupéfaite de ce soudain déchaînement d'amertume. Harvey, lui, souhaitait que Martha continue à parler. Et que tout le monde fasse de même, le plus possible : il était prêt à écouter, à présent, à écouter avec la plus grande attention ce qui se dirait et ce qui ne se dirait pas, car il savait que c'était entre les lignes qu'il aurait la plus grande chance de répérer un assassin.) Tu m'avais conseillé de ficher le camp d'ici, Laura. Quand était-ce?

– Il y a longtemps.

– J'aurais dû t'écouter. Ne pas me laisser endormir par la certitude que Robert allait venir me tirer de cet oubli. (Elle prit une gorgée de vin et fit la grimace.) Il est chaud. Je sais, plus c'est chaud, plus ça marche, comme on dit. (Elle sourit à Harvey.) Je parierais que tu as une petite idée sur ce qui se passe réellement par ici. Je parierais, Harvey.

– Je suis aussi perdu que toi.

– Je ne suis pas perdue. Juste furieuse après moi.

Elle regarda son verre d'un air triste.

Laura devinait ce qui n'allait pas. Martha venait d'avoir un tête-à-tête avec Robert et de comprendre qu'il y avait fort peu de chances qu'il lui propose un jour le mariage. À moins qu'elle ne prenne elle-même sa destinée en main, elle était condamnée à rester vivre là avec Helga jusqu'à ce que celle-ci meure ou qu'elles soient toutes deux assassinées.

– C'est horrible, vraiment trop horrible, murmura Martha d'une voix lugubre. Le matin, nous enterrons Natalie, le soir nous regardons Helga ouvrir ses cadeaux d'anniversaire. Le matin nous pleurons, le soir nous l'entendons glousser de plaisir devant son butin. Je n'ai jamais tellement aimé Natalie, mais demain, je crois que je verserai une larme sur elle.

Tu verseras une larme sur toi, songea Laura.

– Aide-moi à me lever, Harvey. (Martha tendit la main et il l'aida à se stabiliser sur ses pieds.) Je crois que je vais prendre du café. Vous voyez, Helga veut que nous descendions tous à la chapelle rendre une dernière visite de famille à Natalie avant de nous coucher, puisque demain les quelques rares élus de l'extérieur vont débarquer pour l'enterrement. (Elle se tourna vers la fenêtre et déclama :) Souffle, vent, souffle! Déclenche-nous une véritable tempête shakespearienne! Que le monde du réel reste à l'écart du monde imaginaire d'Helga.

– Viens, je t'accompagne prendre ton café, fit Harvey en lui offrant un bras qu'elle se hâta d'accepter.

– Je parie que tu n'aurais jamais pensé me voir partir un jour au bras de ton mari, ne put-elle s'empêcher de lancer par-dessus son épaule à Laura tandis qu'ils s'éloignaient.

« Je parie que toi non plus », faillit répondre Laura. Mais elle se retint car Marjorie approchait.

– Merci de m'avoir fait préparer la chambre, dit-elle.

– Pas de problème. Nicholas le voulait aussi.

– Helga a été adorable et très compréhensive. (Toutes deux la voyaient en grande conversation avec Nicholas.) Je crois même qu'elle est bien contente que ce soit fini entre nous. Elle ne m'a jamais acceptée.

– Quelle importance?

– Tu as raison. Quelle importance? Alors dis-moi, je voudrais ton avis. Maintenant qu'Helga est au courant, y a-t-il la moindre raison que je reste ici jusqu'à la fin du week-end?

– D'abord, tu ne peux pas quitter l'île ce soir. Il est trop tard, et il fait un vent de tous les diables.

– Je pensais m'en aller un peu après l'enterrement.

– Il n'y a vraiment plus aucun espoir d'arranger les choses?

– Nicky me déteste. Observe un peu son expression, quand il me regarde. Moi, je l'ai vue : elle est terrible. Laura, cet endroit me fiche la trouille. Je veux m'en aller.

– Attends demain. Et ne parle de ça à personne

d'autre, cette nuit. J'en glisserai un mot à Harvey dès que je pourrai.

Dans la cuisine, Juanita étreignait à deux mains la croix qu'elle portait en permanence autour du cou.

– Je ne veux pas aller dans la chapelle ce soir, dit-elle à Rebecca et à Winston d'une voix entrecoupée de sanglots.

– Personne ne t'oblige, fit Rebecca.

– M'dame Helga, elle a dit qu'elle voulait tout l'monde là-bas. Moi, j'ai d'jà prié pour miss Natalie.

– On ne prie jamais trop pour l'âme des disparus, fit Winston qui se sentait une vocation de prédicateur.

– Santa Maria, pourquoi donc ai-je accepté de passer la nuit ici? Je vais pas fermer l'œil, et même si j'y arrive, j'aurai plein de cauchemars. Et maintenant que M'dame Helga elle a parlé d'assassinats, eh bien je veux plus rester seule.

– Si tu ne veux pas rester seule, fit Rebecca avec irritation, tu ferais mieux de venir avec nous à la chapelle, parce que comme on y va tous, il n'y aura plus que toi à la maison.

Juanita se soumettait, quand elle y était contrainte. Quand l'assistant du shérif qui l'attendait de l'autre côté du fleuve, au Texas, lui avait mis la main au collet, elle s'était pliée à ses exigences en échange de la liberté – ce qui l'avait conduite au foyer pour filles-mères. Maintenant, à court d'arguments, elle fut bien obligée de se joindre à eux. Demain, si elle survivait à cette nuit, elle retrouverait la sécurité de sa maison. Mais Rebecca avait parlé d'avoir à rester pour le service du dîner d'anniversaire d'Helga. Il devait bien y avoir un moyen d'échapper à ça.

Robert était entré dans la cuisine.

– Rebecca, ma chère, qu'est-ce qu'il y a au menu, demain soir? Je demande pour savoir quels vins aller chercher dans les caves. (Il vit Juanita pleurnicher.) Qu'est-ce qui ne va pas?

– Elle a peur, répondit Rebecca.

– Allons voyons, ma petite Juanita, il n'y a aucune raison. (Paroles qui restèrent sans effet.) Vous n'êtes pas en danger.

Il adressa un petit clin d'œil à Rebecca qui se mit à réciter le menu du dîner d'anniversaire.

Emmitouflés dans leur manteau, coiffés qui d'une écharpe, qui d'un chapeau, famille et domestiques luttaient contre la férocité du vent pour avancer vers la chapelle. Martha se tenait à Robert tout en balayant le sol du faisceau de sa torche, devant elle. Harvey, Nicholas et Winston portaient des lanternes. Harvey, qui dirigeait l'arrière-garde de la procession, trouvait cette scène digne d'Edgar Poe. Et quand nous arriverons à la chapelle, se demanda-t-il, découvrirons-nous que Natalie n'est pas morte? Qu'elle s'est levée, qu'il y a eu un miracle?

Il sentit les petits cheveux de sa nuque se dresser.

20

Par bonheur, le pèlerinage ne dura qu'une quinzaine de minutes. De retour à la maison, Juanita se précipita dans sa chambre et se verrouilla à double tour. Rebecca accompagna Martha jusqu'à la sienne et lui apporta tout le réconfort possible car elle fut malade juste après avoir franchi le seuil. Helga, prévenue par Robert que Marjorie voulait quitter l'île juste après l'enterrement, ne voulut rien entendre.

– East Gate va grouiller de journalistes, d'autant que l'île leur est interdite. On va vous reconnaître, et vous savez comment c'est, ces gens-là. Toujours à l'affût, ils vont poser des questions embarrassantes et je n'ai vraiment pas besoin de ça. J'ai déjà assez de problèmes avec ces meurtres abominables. C'est horrible de devoir vivre sous une chape de peur, et le moins que vous puissiez faire, Marjorie Graymoor, c'est de rester sur l'île jusqu'à ce que cette farce ridicule soit jouée. Qu'avez-vous à redouter? Vous n'êtes pas partie prenante dans la ronde infernale de la tontine.

Cette tirade, qui lui fut assenée dans le jardin d'hiver, sembla laisser Marjorie de marbre. Elle se tenait debout derrière le piano et ressortait dans l'encadrement d'une fenêtre aux rideaux noirs avec, semblait-il à Laura, résolution sur le visage.

– Vous avez fait des pieds et des mains pour devenir membre de la famille, alors j'entends que vous vous comportiez comme telle jusqu'à la fin du week-end.

Les yeux de Laura ne quittaient pas Marjorie. Celle-ci fixait Robert, debout au bar avec Arnold, tous deux un verre de brandy à la main. A moins qu'elle ne regardât Arnold? Winston arriva de la cuisine avec un seau à glace. Rebecca descendit pour annoncer que Martha ne se sentait pas très bien et avait demandé qu'on l'excuse. Laura se promit d'aller la voir avant le petit déjeuner et de lui apporter un remède contre la gueule de bois.

– Bon, je resterai, fit Marjorie, si vous insistez.

Harvey offrit gaiement de jouer les serveurs pendant que Winston tenait le bar. Victor essaya de recruter trois joueurs pour un bridge. Helga et Nicholas se proposèrent, mais en l'absence d'un quatrième, Helga réquisitionna Winston.

– Il se débrouille très bien, expliqua-t-elle à Victor. Pas terrible aux enchères, mais pour les faux appels, il est champion.

Rebecca se rendit dans la bibliothèque pour préparer la table de bridge et installer des chaises. Arnold s'était dirigé vers le piano et semblait roucouler auprès de Marjorie. Laura espéra qu'il ne commettrait pas l'idiotie de la séduire sous le toit d'Helga. Elle adressa un chaud sourire à Harvey qui avait passé son bras autour d'elle.

– Je me demande pourquoi les morts ont toujours ce teint cireux, fit-il.

– Quelle belle entrée en matière, répondit-elle. Tu devrais l'essayer, la prochaine fois que tu dragueras dans un bar.

– C'est déjà fait. Dis donc, Arnold et Marjorie ont l'air au mieux. Si on les rejoignait? Il est vraiment trop tôt pour aller au lit.

– Oui, si c'est seulement pour dormir. Mais je ne crois pas qu'ils aient besoin de compagnie.

– Marjorie a peur de quelque chose, dit Harvey.

– Rectification, corrigea Laura : elle a peur de quelqu'*un*. Et ce n'est pas Nicholas. Je l'ai surprise en train de regarder Robert, pendant la péroraison d'Helga. Et si un regard pouvait tuer, je ne te dis pas... Il est vrai qu'Arnold se tenait juste à côté de Robert et que ce pouvait être lui l'objet de son ressentiment. Sauf qu'ils se font des mamours, maintenant. Je crois que je vais devoir le rayer de la liste des candidats. Dis, j'ai pas le droit de boire, moi?

– On va y remédier tout de suite. Qu'est-ce que ce sera?

– Pourquoi pas un bourbon on the rocks?

– Je croyais que tu détestais le bourbon?

– Absolument. Comme ça, je boirai moins.

Arnold s'approcha du bar avec Marjorie.

– Marjorie voudrait prendre un verre, annonça-t-il.

Elle demanda un grand scotch avec de l'eau, que Harvey lui servit. Arnold entourait Marjorie du genre d'attentions qu'il réservait d'ordinaire à des proies plus fortunées. Laura se demanda s'il avait eu vent de quelque magot secret qu'elle détiendrait.

– Est-ce que quelqu'un ne devrait pas aller voir chez Martha?

– Il vaut mieux que ce soit Rebecca, fit Laura. Navrée de la diatribe d'Helga. Tu restes?

– Arnold m'a convaincue que ce serait mieux, fit-elle en le regardant avec les yeux implorants du chiot qui n'a pas trouvé acheteur dans une boutique d'animaux.

– Oui, il est tellement persuasif, fit Laura qui se fit fusiller du regard par Arnold.

– Tiens, où est Robert?

Ils se tournèrent tous vers Harvey. Personne n'avait vu Robert quitter la pièce.

– C'est vrai, où est-il passé? fit Laura. Sûrement pas sorti prendre l'air, il fait un temps à ne pas mettre un chien dehors, cette nuit.

Robert était allé rendre visite à Martha, particulièrement peu attirante, dans son peignoir de bain taille homme, ses pantoufles usées et son visage terreux.

– Tu es sûre que tu n'as besoin de rien?

– Si, que tu m'emmènes hors de cette île.

– Tu ne peux pas abandonner Helga.

– Je n'aime pas ce ton, Robert. Je suis libre de faire mes choix.

– Et où irais-tu? Tu n'as pas d'argent.

– J'ai ce qu'il me faut.

Il s'esclaffa.

– Tu es tellement naïve. C'est un monde méchant, là-bas. Tu te ferais bouffer.

– Qu'est-ce que tu en sais? Je ne suis pas si naïve que ça.

– Dors un peu. Tu te sentiras mieux demain.

– Je ne me sentirai ni mieux ni plus mal. (On frappa doucement à la porte.) Entrez.

Rebecca apparut.

– Oh, je croyais que vous étiez seule!

Rebecca avait déjà fait irruption dans nombre de leurs scènes privées, de par le passé, et elle était habituée à voir cette expression de frustration et de désespoir sur le visage de Martha.

– Robert allait partir, fit cette dernière.

– Bonne nuit, dit-il sur un ton affable avant de sortir.

– Ah, Rebecca! gémit Martha.

La vieille dame prit la jeune dans ses bras et la berça doucement avec tous les mots de consolation de son répertoire.

Dans le jardin d'hiver, Harvey fut le premier à voir Robert rentrer.

– Eh bien le voilà, ce bon vieux Robert! cria-t-il. On se demandait où tu étais passé.

– Je suis allé voir Martha, répondit-il en se servant un brandy.

– Comment va-t-elle? s'enquit Laura.

– Elle survivra.

– J'espère bien, dit-elle. (Les autres la regardèrent avec des réactions diverses. Elle feignit la surprise.) J'ai dit quelque chose?

– Quelqu'un veut faire un poker? demanda Arnold.

– J'ai pas de quoi, répondit tristement Marjorie.

– On ne joue que quelques *cents.*

Laura avait l'impression que Marjorie n'entrait même pas dans cette catégorie financière.

– Je ne sais pas très bien jouer, insista Marjorie.

– Allons, fit Robert, ne fais pas la rabat-joie. (Au regard qu'elle lui lança, rabat-joie n'était pas le mot : Laura crut voir Médée méditer de tuer les enfants de Jason.) Je paierai tes pertes.

– Prends-le au mot, fit Arnold. Ce n'est pas tous les jours que Robert se montre généreux.

Le sous-entendu ironique n'échappa pas à Laura et Harvey. Combien de fois, songea ce dernier, Arnold a-t-il sollicité une aide financière de Robert et s'est-il fait envoyer promener?

– Si on jouait sur la table de la salle à manger?

proposa Harvey en s'avançant, dans l'espoir qu'il serait suivi.

– Est-ce que ce n'est pas un peu loin du bar? demanda Arnold en prenant Marjorie par le bras pour l'escorter jusqu'à la table de jeu.

Laura aurait préféré que Marjorie ne fasse pas cette tête d'enterrement.

Dans sa chambre de motel, Mickey Redfern s'inquiétait du temps. La radio était baissée en attendant le prochain bulletin météo. Il en profita pour vérifier le baudrier qu'il porterait autour de la taille le lendemain, avec son revolver dans son étui, son couteau de chasse dans sa gaine, le tout bien en place. Il jeta également un coup d'œil sur sa puissante torche électrique ainsi que sur ses provisions. Il avait laissé ses affaires de pêche soigneusement cachées dans l'île, derrière la cabane, camouflées sous des broussailles. Il tapota la boussole qui l'avait fidèlement accompagné pendant près de vingt ans dans certaines parties du monde dont même les mercenaires n'avaient jamais entendu parler. Puis il ouvrit une boîte de bière et s'étendit sur son lit. Il se demanda comment les choses se passaient au manoir Graymoor, avec toutes ces tensions. Il avait vu le bateau qui transportait le cercueil de Natalie sur l'île et aurait souhaité que les croque-morts imbibés de bière montrent un peu plus de respect pour leur fardeau. Le dernier soir avant son départ pour East Gate, il était allé au Dombey voir à quoi ressemblait Natalie. Il ne pouvait croire que cette créature hagarde n'avait pas trente ans. Il se souvint de ce qu'il avait pensé, sur le moment : elle a déjà vécu sa vie et elle ne le sait pas. La chandelle est brûlée et elle ne veut pas l'admettre. Il se demanda si lui-même saurait reconnaître quand il serait fini. Probablement pas, il serait bien trop mort pour ça. A la radio, la météo, après avoir prévu un ciel bouché le matin, annonça d'un air guilleret un après-midi cataclysmique, avec fortes pluies et vents de la violence d'un ouragan venant des Bahamas. Mickey n'avait jamais aimé les Bahamas. Il y avait reçu un coup de couteau, un jour, d'une pute portugaise. Il ferma la radio, se leva de son lit, se dirigea vers la fenêtre, tira les rideaux et regarda dehors. C'était vraiment une nuit exécrable. Il pensa à Harvey et Laura, puis les projecteurs de son esprit lui passèrent quelques séquences sur Martha. J'aimerais bien avoir l'occasion de la connaître, songea-t-il – si jamais elle survit. Il referma les rideaux, s'approcha du poste de télévision, mit des pièces dans la fente et sélectionna une chaîne de pornos. Là, il s'allongea sur son lit et se délecta de quelques heures de frustration.

– Nicholas, fit Helga, à toi de demander.

Nicholas émergea de sa rêverie.

– Heu, on pourrait redire les annonces?

Il aurait donné cher pour être ailleurs qu'à cette table de bridge. Le jeu traînait en longueur, était ennuyeux au possible. Winston cherchait ses cartes comme un dentiste aveugle les dents à arracher. Helga se trompait perpétuellement dans les scores, comme si elle était atteinte de gâtisme. Victor voulait plumer les autres et y parvenait. Nicholas n'avait jamais bien su jouer et s'excusait en permanence. Au moment de leur robre final, Helga commençait à compatir avec Marjorie.

– Nicholas, fit-elle en s'obligeant à rester calme, on a déjà redit les annonces. Un trèfle, passe, un carreau, contré, deux cœurs, passe, trois cœurs, et maintenant c'est à toi, mon grand. Qu'est-ce que tu demandes?

– Quatre piques.

– Tu es fou! s'écria-t-elle. Complètement fou! Comment peux-tu annoncer une nouvelle couleur, surtout à hauteur de quatre?

Nicholas abattit son poing sur la table, faisant sursauter les trois autres joueurs.

– Bon sang! Si je dis quatre piques, c'est quatre piques!

Il est fou, se répéta Helga. Fou à lier. Je crois que je vais demander cinq cœurs. Ça va le faire hurler, mais tant pis, ce ne sera pas la première fois.

– Cinq cœurs! trompetta Helga.

– Six piques, renchérit Nicholas.

– Je contre, annonça Victor avec un plaisir sadique.

Winston, qui avait la main, prit un temps infini à choisir une carte. Quand il y parvint, les passions étaient retombées. Helga, la morte, étala soigneusement ses cartes sur la table et se carra dans son fauteuil pour assister au massacre de Nicholas.

– Je ne comprends pas pourquoi je gagne, fit Marjorie d'une toute petite voix, impressionnée par le tas de monnaie qui s'amoncelait devant elle. Je ne joue pas si bien que ça, pourtant.

– Tu te débrouilles comme un chef, grommela Arnold entre ses dents.

Le vent continuait ses assauts. Laura implora Harvey du regard de faire finir cette assommante partie. Robert bâilla. Harvey en profita pour suggérer d'aller au lit. Marjorie embarqua son dernier pot de la soirée et Arnold se demanda s'il serait vraiment mal venu d'essayer d'embarquer Marjorie. Laquelle n'attendait que cela car elle n'avait pas envie de passer la nuit toute seule.

– Bonne nuit, les enfants, grinça Helga depuis la porte. (Elle a dû perdre au bridge, se dit Laura.) Le petit déjeuner sera servi à 8 heures précises. L'office est à 10 heures.

L'instant d'après, elle était partie, suivie par Victor, Nicholas, Winston et leur chœur grec de « bonne nuit » . Marjorie espérait que Nicholas aurait remarqué qu'elle était la grande gagnante, mais si tel était le cas, il ne fit aucun commentaire. Il se contenta de s'éclipser comme un fantôme. Victor ne proposa même pas le coup de l'étrier, bien qu'il parût déjà éméché. Winston demanda si quelqu'un avait besoin de quoi que ce soit, et parut fort aise qu'il n'en fût rien. Robert s'en alla à son tour, et Laura estima préférable de faire également quitter la pièce à Harvey afin de laisser Marjorie et Arnold s'arranger si arrangement il devait y avoir.

– Dormez bien, et faites de beaux rêves, chantonna-t-elle en dirigeant Harvey vers la porte.

Dès qu'ils eurent disparu à la vue des autres, Harvey reprit les rênes et entraîna Laura vers le bar, dans le jardin d'hiver.

– Mais je n'ai plus soif, protesta-t-elle.

– Moi si, j'en veux un dernier et il n'est pas question que je te laisse un instant seule.

– Mon héros, articula-t-elle d'une voix lasse.

Une fois au bar, elle changea d'avis, comme Harvey l'avait prévu, et elle versa deux verres bien remplis.

– Qu'est-ce que tu penses de toutes ces vacheries à la table de jeu? demanda Harvey.

– Quelles vacheries? fit Laura, brutalement réveillée et prête à tuer son mari pour avoir aiguillonné sa curiosité alors qu'elle aurait tant préféré être au lit, bien en sécurité dans ses bras.

– Entre Arnold et Robert.

– Ils s'envoient toujours des piques quand ils sont ensemble. Robert n'aime pas Arnold et ne se gêne pas pour le faire savoir.

– Je crois qu'il a peur de lui, fit Harvey.

– Difficile à dire à mon avis, répliqua-t-elle, surtout ce soir où, à l'évidence tout le monde a peur de tout le monde, dans la famille. Ah, sacré nom!

– Qu'est-ce qui ne va pas?

– Ce sentiment de défiance général. Cette nuit. Notre première nuit sur l'île depuis l'an dernier.

– Depuis le week-end de la Fête du Travail, rectifia Harvey.

– Les jumelles n'étaient pas là.

– Elles y sont encore moins ce soir. (La voix de Harvey resta calme et assurée.) Ne prends pas ça mal, j'essaie seulement de te rappeler qu'il y a de grandes chances qu'un drame se produise avant la fin du week-end. C'est pourquoi je ne veux pas te quitter d'une semelle.

– Alors monte avec moi. Allons-nous coucher. Faisons l'amour.

Ils montèrent. Allèrent se coucher. Firent l'amour. Mais ce ne fut pas de leurs ébats les plus mémorables.

A 8 heures, le lendemain matin à New York, Irv Lewis, le réalisateur de Bella, composa le numéro personnel de Mickey Redfern avant de prendre la voiture pour aller à son bureau, en ville. Sur le répondeur, la voix de baryton macho de Mickey l'informa qu'il était absent pour le moment et comptait être de retour lundi dans la matinée. Lewis poussa un juron puis essaya d'appeler Bella chez elle. Il fut étonné de la trouver déjà réveillée. Quand il lui fit part de la mauvaise nouvelle concernant Mickey, elle poussa le même juron et dit qu'elle le rappellerait plus tard à son bureau. Une tasse de déca brûlant à la main, elle arpenta le salon jusqu'à ce que ce qu'un plan prît forme dans son esprit. Elle revint au téléphone, demanda les renseignements puis la gare Grand Central. Une voix accueillante l'informa que le prochain train pour East Gate partait dans deux heures. Bella ne voulait pas le manquer.

Dans l'appartement douillet qu'il occupait au-dessus de son bar, Ernie mettait sa femme et sa fille en garde. La météo était très menaçante et il tenait à ce qu'elles rentrent de l'île aussitôt la cérémonie terminée. Le pasteur, qui était passé au bar la veille au soir prendre ses trois doubles whiskies habituels, avait confié à Ernie son intention de régler l'office vite fait bien fait. Il n'y avait d'ailleurs pas matière à faire un long panégyrique de Natalie. Elle n'avait pas accompli grand-chose dans sa vie, à part ses trois mariages qui ne constituaient guère à ses yeux un thème exploitable pour un éloge funèbre. La fille d'Ernie se demanda si Nicholas Graymoor était toujours aussi beau et reconnut avoir eu un jour le béguin pour lui. Ernie fut soulagé que ce béguin ne se soit pas développé en quelque chose de plus sérieux. Il aurait été consterné de voir sa fille unique adorée épouser un de ces fous de Graymoor. Il les accompagna au bateau qui attendait pour transporter certains des invités sur l'île. Partout, des journalistes de la presse écrite et audiovisuelle essayaient de louer des embarcations, mais le mot passé par le chef de la police de leur refuser la traversée fut respecté. Quelques reporters de la télévision utilisèrent leur ingéniosité à interviewer le pasteur et des amis de la défunte, considérant qu'un petit papier serait mieux que pas de papier du tout. La femme d'Ernie n'aimait pas la façon dont le bateau tanguait, mais le pilote l'assura que c'était une bonne embarcation. Mrs Ernie avoua avec aigreur qu'elle aurait préféré être sur celui du pasteur parce que Dieu devait veiller sur lui.

– Des harengs fumés, pouah! dit Laura avec dégoût.

Rebecca et Juanita avaient dressé un buffet pour le petit déjeuner. Elles économisaient leur énergie pour le dîner d'anniversaire d'Helga, que Rebecca orchestrait dans la cuisine avec le brio qu'on aurait attendu pour la première d'une grande symphonie. Harvey fit du coude à Laura car Helga se trouvait assez près pour entendre.

– Je croyais que tu aimais ça.

Helga n'avait pas passé une bonne nuit et ne cherchait pas à le cacher. Elle n'était pas femme à masquer ses états d'âme.

– Juste un peu lourd le matin, répondit Laura qui décida de s'en tenir à du thé avec des toasts.

Marjorie et Nicholas se rencontrèrent par accident sur le palier du dessus, Arnold ayant rejoint sa propre chambre en catimini quelques minutes avant le lever du soleil. Marjorie trouvait pesant ce silence entre Nicholas et elle. Elle le lui dit.

– Par politesse pour ta mère, au moins, essayons de nous comporter correctement l'un avec l'autre.

– D'accord, fit-il, je jouerai le jeu. (Ce qui rappela à Marjorie qu'elle avait été la grande gagnante du poker, la nuit précédente. Elle le lui annonça.) Super. Moi, j'ai tout raté, au bridge. Je n'arrivais pas à me concentrer.

– Ah, c'est dommage.

Elle esquissa spontanément un geste pour lui prendre la main mais se ravisa. Ils descendirent l'escalier ensemble. Helga les vit entrer dans le salon où l'on servait le petit déjeuner et se sentit rassurée. Peut-être s'étaient-ils réconciliés. Peut-être avaient-ils parlé, la nuit dernière ou ce matin, compris qu'ils se conduisaient comme des imbéciles. Peut-être étaient-ils vraiment faits l'un pour l'autre, mais tous deux tellement naïfs.

Harvey comptait ses ouailles. Helga et Laura partageaient une table. Nicholas et Marjorie arrivaient. Par la fenêtre, il avait vu Victor se promener dans le jardin. Il n'allait sans doute pas tarder à rentrer et à se jeter, affamé, sur son petit déjeuner. Harvey avait raison : il entra en braillant : « Qu'est-ce qu'on mange? » Arnold descendit sobrement vêtu d'un costume gris foncé et d'une cravate noire. Harvey voyait très bien qu'il avait passé une nuit blanche ou presque. Il regarda Marjorie. Elle entassait dans son assiette œufs, bacon, frites et toasts. Lui aussi, faire l'amour l'avait creusé. Il mangeait des harengs fumés, mais à une table éloignée de Laura qui l'avait banni. Il ne lui vint pas à l'idée de s'offusquer du petit appétit qu'elle montrait.

– Bonjour tout le monde, fit Robert qui entra en se frottant les mains comme un usurier qui aurait conclu une affaire intéressante. (Il embrassa Helga sur la joue et s'en fut chercher de la nourriture. Puis s'assit à côté de Harvey.) Tu as l'air soucieux?

– Quelqu'un a-t-il vu Martha, ce matin? demanda ce dernier en regardant sa montre.

Il y eut différents échanges de regards, puis Rebecca dit :

– Je vais voir où elle est.

Et elle sortit.

– Elle se sera réveillée en retard, fit Victor avec un clin d'œil entendu à Harvey.

– Martha se réveille toujours à l'heure.

En prononçant ces paroles, Helga ne s'était pas aperçue que ses mains avaient commencé à trembler.

Laura les lui prit en se rappelant soudain tout haut qu'elle avait eu l'intention de passer voir si Martha avait besoin d'un remède contre la gueule de bois. Helga lui adressa un regard de gratitude mais retira sa main pour se remettre à manger.

Ne recevant pas de réponse à ses coups répétés sur la porte, Rebecca entra dans la chambre. Elle trouva une des fenêtres grande ouverte. La pièce était glaciale. Rebecca se précipita et se pencha au-dehors. Derrière elle, Martha eut un sursaut en sortant de la salle de bains.

– Qu'est-ce que vous m'avez fait peur!

– C'est vous, qui m'avez fait peur, répondit Rebecca en fermant la fenêtre.

Martha se dirigea lentement vers sa coiffeuse en quête d'un peigne et d'une brosse.

– Oui, c'est vrai, je suis en retard pour le petit déjeuner. Les autres se sont inquiétés. C'est gentil à eux. Dites-leur que je vais descendre dans quelques minutes et que je fais toujours partie de ce monde.

– Et comment vous sentez-vous?

– Vivante, fit-elle en s'emparant de son peigne pour s'attaquer à sa coiffure avec une vigueur inhabituelle.

21

Bella arriva au train de 10 heures pour East Gate avec quelques minutes d'avance. Elle s'était affublée d'une perruque brune et de larges lunettes noires, chaussée de bottes, et portait sa combinaison de ski en dessous d'un manteau d'hiver bien pratique qu'elle avait acheté à Londres des années auparavant. Même son zézaiement notoire était passé inaperçu lorsqu'elle avait acheté son billet. Elle voyageait léger. Son sac à bandoulière, en plus de l'habituel nécessaire féminin, contenait une torche électrique et un revolver automatique. Quelque part à East Gate, devait bien se trouver un marin peu scrupuleux qui n'attendait que de se faire graisser la patte pour mettre le cap en douce sur l'île Graymoor. Elle espérait seulement que les autres acharnés de la presse ne le lui avaient pas soufflé sous le nez.

A 10 heures, Ike Tabor avait déjà contacté le chef de la police de East Gate, qui l'assura que six de ses meilleurs hommes se trouvaient sur l'île pour protéger les Graymoor des intrus. Il l'informa également que tout le secteur se trouvait en plein sur la route d'un ouragan venant des Bahamas, et il espérait, Bon Dieu, que ses hommes ne se retrouveraient pas coincés. Ike espérait aussi, Bon Dieu. Ce qu'il craignait, en plus, c'est que si l'île était isolée par la tempête, sans téléphone, sans électricité, ni moyen d'accès par air ou par mer, l'assassin ne dispose de toute une journée pour s'en donner à cœur joie. Ces préoccupations furent l'objet de son coup de fil suivant, à Norman Wylie. Lequel lui rappela que Harvey Graymoor avait prévu une protection privée, que Tabor qualifia de goutte d'eau dans l'océan. Wylie lui dit de ne pas sous-estimer Mickey Redfern.

– C'est une armée à lui tout seul, ce gars. Il a une sacrée réputation.

– Réputation acquise quand il était plus jeune... grommela Tabor. Enfin bref, parlons de nos affaires à nous. Chez qui entre-t-on en premier ? Chez Robert ? Chez Victor ?

– L'appartement d'Arnold, répondit Wylie, c'est plus petit. J'aime bien commencer bas pour remonter jusqu'en haut.

Ils se donnèrent rendez-vous. Quelques minutes plus tard, Wylie se versa une tasse de café chaud. Il essayait de noyer la désagréable sensation de boule qu'il sentait grandir comme un cancer au creux de son estomac depuis qu'il s'était levé ce matin-là. Mais il n'y avait qu'une façon de coincer un tueur comme l'assassin des Graymoor : sur son propre terrain, sur l'île. Wylie était persuadé qu'il prendrait une initiative, là-bas. Cette situation explosive ne pouvait qu'entraîner une déflagration qui fournirait la solution à la police. Il espérait de toutes ses forces que Tabor se trompait. Et que Mickey Redfern, quelle que fût sa compétence, était équipé pour faire face à la situation.

Peu après 10 heures, Mickey Redfern prit la mer avec son hors-bord. Il avait changé son emploi du temps et décidé d'attendre que les trois bateaux soient partis de East Gate. L'un emmenait l'équipe qui allait creuser la tombe et porter le cercueil jusqu'à la sépulture. Un second, le pasteur, sa femme, l'organiste de l'église et trois petits chanteurs qui avaient été photographiés par des caméramen de télévision. Un de ces garçons nourrissait l'ambition de se lancer dans le show business. Un autre de naviguer – il espérait ne pas être malade. Le troisième ne rêvait ni de scène ni de mer : il voulait braquer des banques. Le dernier bateau était celui des invités sélectionnés de East Gate, la plupart pomponnés et bichonnés comme s'ils étaient les candidats de ce siècle pour rejoindre le peuple élu de Dieu. En plus de la femme et de la fille de Ernie, il y avait trois commerçants et leurs épouses, le principal de l'école et sa fille, un homme et une femme qui avaient été camarades de classe de Natalie au temps de leur adolescence. Un équipage hétéroclite, estima Mickey tout en regardant avec appréhension combien le ciel menaçait au moment où il prenait la mer. Cette fois, il faudrait mettre le bateau à sec sur la plage, de peur de le voir emporté par l'ouragan. Déjà maintenant, il était ballotté comme un bouchon sur un maelström et il avait toutes les peines du monde à maintenir son cap. Pendant quelques secondes atroces, un vent contraire l'assaillit et menaça de le faire chavirer. Il regretta de n'avoir pas consulté son horoscope dans le journal du matin.

Au manoir de Graymoor, Robert et Martha étaient à la fenêtre du grand hall, au rez-de-chaussée, et regardaient les bateaux approcher.

– Ils ont une mer difficile, dit Robert. J'espère qu'ils pourront repartir.

– Ils ont intérêt, répondit Martha. Helga ne voudra rien savoir, s'ils sont bloqués ici. Je demanderai au pasteur d'accélérer l'office.

Dix minutes plus tard, tout le monde était rassemblé dans la chapelle. L'organiste jouait un pot-pourri des chansons préférées de Natalie, ce que Laura trouva déplacé même si la défunte en avait fait la demande dans des papiers déposés à l'étude de Victor.

– Franchement, chuchota-t-elle à Harvey, « L'Amour avec toi » n'est peut-être pas tout à fait le genre, pour un enterrement.

Harvey la fit taire et se demanda d'où venait ce bruit de dentier mal fixé qu'il entendait. Il se tourna discrètement et vit que c'était Juanita qui disait son chapelet. Marjorie ne cessa de s'agiter pendant le morceau suivant, « Te voir de l'au-delà » : ce titre dans les circonstances présentes, lui faisait penser à des fantômes et à la vie après la mort. S'il y avait une vie après la mort, elle espérait y faire un mariage plus réussi. Victor émettait de continuels grognements et Robert lui demanda s'il était malade. Il n'était pas malade, juste impatient de voir l'office se terminer. Martha se massait les tempes du bout des doigts en expliquant à une Helga inquiète qu'elle avait un mal de tête carabiné – est-ce que cette absurdité allait durer encore longtemps? Arnold lorgnait du côté de la fille de Ernie. Qu'est-ce qu'une créature aussi délicieuse faisait dans un bled perdu tel que East Gate? Nicholas gardait la tête baissée. Il avait les yeux rougis et remplis de larmes. « Bonjour les amoureux » lui faisait toujours cet effet. Rebecca tortillait son mouchoir dans tous les sens et s'inquiétait à l'idée que les invités à l'enterrement puissent rester bloqués. Il n'y avait tout simplement pas assez de réserves dans le congélateur pour nourrir tout ce monde. Mon Dieu, qu'on en finisse avec ce récital, que le pasteur dise son office et qu'on les réexpédie chez eux. Winston n'était pas vraiment là. Son esprit était reparti plus d'une quarantaine d'années en arrière, lorsqu'il avait débarqué pour la première fois sur l'île Graymoor et avait accepté de s'engager comme factotum. D'autres candidats avaient passé l'entretien, mais Helga avait insisté pour que ce fût Winston, et comme toujours ou presque à Graymoor, la volonté d'Helga prévalait. Ensuite, les enfants avaient commencé à arriver et Winston comprit que son destin était de rester sur l'île aussi longtemps qu'on aurait besoin de lui. Bien qu'il ait fini par épouser une femme du coin, il n'eut pas d'enfants. La nichée des Graymoor lui suffisait largement. Quant à sa femme, elle s'en fichait éperdument. Elle s'était mariée pour la sécurité, et elle l'avait obtenue d'un homme jamais à la maison, ce qui lui convenait parfaitement. Quand elle mourut, presque personne ne remarqua sa disparition tant elle était passée inaperçue tout au long de sa vie. Winston fut tiré de sa rêverie par le bruit de quelqu'un qui s'étouffait juste devant lui. C'était Laura qui essayait de s'empêcher d'éclater de rire : l'organiste attaquait une interprétation tonitruante de « Mon ensorceleuse, mon envoûteuse ».

Mickey arriva à la crique secrète et sépara tout de suite le moteur du bateau. Il trouva près de l'entrée de la grotte un petit abri où entreposer les éléments et qui fournirait, pensait-il, une protection adéquate contre l'ouragan. Il se donna presque une hernie à transporter le moteur : l'âge le gagnait, songea-t-il un instant avec angoisse. Saleté de temps. Il allait peut-être devoir prendre le risque d'utiliser la cabane, finalement. Son sac de couchage ne servirait à rien si l'ouragan éclatait, à moins qu'il ne décide de pieuter dans une des cellules souterraines. L'expérience ne manquerait pas d'intérêt, au moins.

Le pasteur fut bienheureusement bref et sa femme parvint à chanter le dernier cantique à peu près juste. Les frères de Natalie portèrent le cercueil jusqu'à la fosse. Le cortège funèbre suivait deux par deux, comme si les gens s'apprêtaient à embarquer dans l'arche de Noé. Lorsque la bière fut descendue, le pasteur prononça encore quelques mots qui furent emportés par le vent. Helga jeta la première poignée de terre. Puis regarda ses doigts avec dégoût.

Adieu, Natalie, pensa Laura. Adieu à ta vie de tourments, une vie qui refusait de prendre son essor. Harvey, qui avait passé son bras autour d'elle, sentait son corps trembler. Etait-ce le vent ou la peur? se demanda-t-il. Les invités allaient à présent d'un membre de la famille à l'autre pour présenter leurs condoléances. Martha priait le ciel qu'Helga ne les fasse pas revenir au manoir pour prendre une collation. Celle-ci n'en avait pas la moindre intention. Elle voulait être débarrassée d'eux, de cette journée et se retrouver confortablement assise à son bureau pour travailler. Elle aurait plus tard une conversation sérieuse avec Martha au sujet de son attitude rebelle de la nuit passée. Il y avait une autre conversation sérieuse qu'elle voulait avoir, mais elle ne savait comment l'aborder, celle-là. Elle avait besoin d'un conseil, et elle demandait rarement conseil. Elle devait avancer avec précaution, sur ce sujet. Elle suivit des yeux Winston qui raccompagnait Rebecca et Juanita au manoir. Puis une main la prit par le bras. Elle se tourna et son regard plongea dans les yeux de Robert. Elle accepta son aide, et tous deux luttèrent contre le vent pour rentrer, les autres derrière eux.

L'équipe des pompes funèbres ne mit guère de temps à recouvrir de terre le cercueil. Seul, Nicholas resta en arrière pour tenir compagnie à Natalie, les mains croisées devant lui. Lorsque les autres arrivèrent à la maison, Rebecca se hâta de préparer un bouillon léger qui devait les faire tenir jusqu'au déjeuner.

– Les bateaux sont partis, annonça Victor depuis la fenêtre de la bibliothèque, un brandy à la main. Je ne voudrais pas être à leur place. J'espère qu'ils arriveront sains et saufs.

Harvey n'en crut pas ses oreilles. Il n'avait jamais entendu Victor exprimer la moindre préoccupation pour qui que ce soit ou quoi que ce soit. C'était rassurant : il avait quand même un peu de cœur, après tout. Martha avait apporté son ouvrage à broder, et Laura trouva son inscription « Seigneur bénissez le bonheur de notre maison » assez malvenue en ces circonstances. Marjorie trouva un paquet de cartes, installa la table de jeu et se lança dans une réussite. Arnold cuisinait Martha sur la fille d'Ernie, mais elle ne savait presque rien de la jeune femme et retomba dans sa morosité. Robert, Helga et Rebecca eurent une brève discussion sur les vins à servir pour le dîner, et Robert décida de descendre les choisir avant le déjeuner pour leur laisser le temps de respirer. Helga s'excusa et se retira dans sa salle d'écriture.

– Où est Nicholas? demanda Harvey.

– Il n'est pas rentré avec nous? fit Victor. Marjorie, il n'était pas avec toi?

– Non, j'étais avec Arnold, répondit-elle en battant de nouveau les cartes.

– Par un temps pareil? (Robert avait l'air vraiment soucieux.) Il faudrait être fou.

– Il l'est peut-être.

Paroles que Marjorie regretta aussitôt. Mais peu lui importaient les réactions que cette remarque susciterait; elle se replongea dans sa réussite.

Victor était tourné de nouveau vers la fenêtre.

– Le voilà. Il a dû s'attarder un peu au cimetière. Il est tellement sentimental.

– Il adorait Natalie, dit Laura qui s'en voulait de ne pas être restée avec lui.

Harvey parut soulagé. Plus besoin de s'angoisser, réalisa-t-il, à présent que toute la famille était rassemblée. Mais dès que l'un d'entre eux s'en irait seul, l'angoisse reviendrait. Il se tourna vers Laura, qui allait aider Rebecca à porter un plateau de bols de bouillon. Juanita suivait avec une assiette de biscuits. Laura débarrassa une table pour Rebecca, et Harvey, en la regardant faire, se demanda pourquoi il avait jamais trompé sa femme. Elle était si charmante, si aimante. Si généreuse et compréhensive. Son premier et unique amour. Puis il se souvint quelle peau de vache elle pouvait être quand on lui marchait sur les pieds, mieux valait ne pas la contrarier. Il fut tiré de ses pensées par Robert qui annonçait qu'il descendait chercher du vin dans les caves.

– Certainement pas tout seul, fit Harvey.

– Je vais t'aider, offrit Arnold. (Harvey n'en revenait pas. Arnold ne se proposait jamais pour quoi que ce soit, à moins qu'il n'y ait une femme ou de l'argent à la clé.) Ça fait des années que je ne suis pas descendu dans les catacombes. Je vais chercher des lampes.

Laura apporta un bol de bouillon à Harvey tandis qu'Arnold et Robert se dirigeaient vers la cuisine pour prendre les torches électriques.

– Qu'est-ce qui lui arrive, à Arnold? Il se bonifie, sur le tard.

– Il essaie peut-être de se gagner son paradis, dit Harvey en prenant le bol et en aspirant une gorgée de bouillon.

– J'aimerais bien que tu ne dises pas des choses pareilles, répliqua Laura avec irritation. Je suis déjà suffisamment à cran comme ça. Et je me demande bien pourquoi Andrew n'y a pas fait mettre l'électricité, dans ces caves.

– Il n'était jamais très chaud, pour faire des travaux. Ce bouillon est délicieux. Tu n'en prends pas?

– Tout à l'heure. Nicky? appela-t-elle lorsque son frère entra dans la pièce. Qu'est-ce que tu as?

– Je suis glacé jusqu'aux os, voilà ce que j'ai.

Il se précipita sur la tasse de bouillon que Rebecca lui tendait.

– Natalie t'a fait ses dernières recommandations? demanda Victor.

– C'est vraiment de très mauvais goût, le fustigea Martha en levant le nez de sa couture.

– C'est pas grave, fit Nicholas. (Puis, à Victor.) Si tu t'étais montré un peu généreux avec elle, peut-être qu'elle serait encore vivante aujourd'hui.

– Qu'est-ce que tu veux dire par là? s'indigna Victor, dont le visage cramoisi rendait encore plus criarde que d'habitude la teinture des cheveux.

– Tu sais très bien ce que je veux dire par là. Elle

vivait tellement au jour le jour que c'en était pitoyable.

– Bon, laissez-la reposer en paix, coupa sèchement Martha, sachant très bien qu'il y aurait fort peu de paix pour les vivants ce week-end.

– Allez, on se calme, prévint Harvey.

– Il pleut, annonça Marjorie dont ce fut la plus importante contribution à la conversation.

– Il pleut? s'exclama Laura. Tu parles d'un euphémisme. C'est un déluge! (Elle passa son bras dans celui de Harvey, et ils rejoignirent Victor à la fenêtre.) Je me rappelle une tempête aussi mauvaise que celle-ci quand on était gosses. Tu te souviens, Harvey? On n'avait pas pu quitter l'île pendant des jours!

– Oh, non! gémit Juanita.

– Et on n'avait plus d'électricité, se souvint Nicholas. On utilisait des lampes à pétrole. Tu te rappelles, Laura? Tu m'avais emmené explorer sous la maison et j'avais failli tomber dans la rivière.

– Tu ne savais pas tenir sur tes jambes, fit Laura, peu aimable.

– Et où étais-je, moi, tout ce temps? demanda Harvey.

– Oh, tu as fini par rappliquer, dit Laura. Et puis après, Helga a envoyé Andrew nous chercher tous les trois, et quand il nous a trouvés, il nous a passé un savon parce qu'elle s'était fait du mauvais sang.

– Vous voulez dire qu'on est bloqués ici? chuchota Juanita à Rebecca.

– Allons, allons, fit doucement Rebecca, je vais te prendre sous mon aile.

– Et vous, vous serez sous l'aile de qui? demanda Juanita avec son sens pratique primaire.

Winston entra en apportant les lampes à pétrole.

– Simple précaution, annonça-t-il. Je vais en mettre dans toutes les pièces. Juste au cas où.

Assise à une table de chez Ernie, Bella regardait la tempête se déchaîner, au-dehors. Elle se maudissait d'être ainsi partie bille en tête. A l'inverse de Diogène, c'est un homme malhonnête que Bella avait cherché sans le trouver : il n'y avait pas à East Gate un seul marin assez courageux ou inconscient pour mettre le cap sur l'île par un tel temps de chien. Elle se rendit au bar pour reprendre à boire et se jucha sur un tabouret.

– Ça va se calmer ou pas? demanda-t-elle à Ernie.

– C'est bien parti pour le week-end.

Il posa un bol de bretzels devant elle. Elle se regardait dans la glace, derrière le bar. Complètement hirsute.

– Quelle connerie!

– Pardon?

– De venir ici. Je n'aurais pas dû. C'est une bêtise.

Elle attaqua les bretzels.

– Oh, mais East Gate est superbe, quand il fait beau.

– Je ne suis pas venue ici en touriste. Je voulais essayer d'aller à Graymoor.

Elle ressemblait à un hibou décharné avec ses larges lunettes noires et le chapeau cloche qui maintenait sa perruque en place.

– Eh bien si vous deviez assister à l'enterrement, c'est trop tard. Il a eu lieu il y a deux heures. Tout le monde est rentré de l'office, et ils l'ont échappé belle. Ma femme et ma fille étaient sur l'un des bateaux et ont pris le grain en plein sur la tête. Croyez-moi, elle n'a jamais autant prié de sa vie.

– Y a-t-il un motel correct, dans la ville?

– Un tout à fait bien juste derrière. Je peux vous prêter un parapluie, si vous voulez.

– Pas de gentillesses, je vous en prie, pas de gentillesses. Sinon je vais me mettre à pleurer.

Le déluge força la décision de Mickey Redfern. Il prit le risque de se réfugier dans la cabane, qu'il atteignit trempé jusqu'aux os avec son équipement et ses provisions. Il se demanda s'il oserait allumer du feu dans le poêle, mais il se souvint des recommandations de Harvey et préféra s'abstenir. Il se déshabilla en espérant que ses vêtements ne mettraient pas trop de temps à sécher, s'enveloppa dans une couverture et s'assit pour déjeuner d'un sandwich et d'une bière. Dans quelques heures, vêtements secs ou non, il entrerait dans la grotte. Lors de sa dernière exploration, il avait trouvé la rivière et était tombé sur une des caves à vin. La galerie menant au manoir devait donc se trouver dans ce coin et il était bien décidé à la découvrir aujourd'hui. Il leva les yeux au plafond. La pluie martelait le toit comme si un glissement de terrain s'abattait dessus. Il avait vu des lanternes et un bidon de pétrole dans la réserve. Dès qu'il aurait fini son sandwich, il les allumerait. Ses piles de lampe étaient précieuses, et il craignait de ne pas en avoir assez pour le week-end.

Il était juste un peu plus de midi et il faisait un noir d'encre au-dehors. Plus noir qu'à minuit. Plus noir que dans le cœur d'un assassin. Un noir qui ne semblait pas près de se lever pour les Graymoor.

Pénétrer dans l'appartement d'Arnold avait été un jeu d'enfant pour Ike Tabor et Norman Wylie. Comme dans celui de Natalie, il n'y avait aucune sécurité, juste un simple verrou dont une femme aurait pu venir à bout avec une épingle à cheveux. L'ascenseur monta poussivement jusqu'au dixième étage. L'appartement d'Arnold se trouvait juste en face. Il était équipé d'un verrou Yale. Du gâteau. Une fois à l'intérieur, Norman Wylie fit la grimace. L'air était chargé d'un mélange d'odeurs de lotions d'après-rasage, de parfums de luxe, de talc, de laque et de bacon frit.

– On dirait le palais d'un sultan, commenta Tabor en regardant la décoration.

– C'est qu'il avait quasiment un harem, fit Wylie. Qu'est-ce qu'il y a derrière cette porte?

Tabor l'ouvrit. Elle conduisait à une petite chambre dont le lit défait témoignait du départ précipité d'Arnold, la veille. Un salon, une chambre, une kitchenette, une salle de bains, et c'était tout. Ils passèrent méthodiquement en revue placards et tiroirs et en vinrent à la conclusion amusée qu'Arnold avait dû acheter tout un sex-shop. Rien n'y manquait pour exciter les désirs ou les fantasmes de madame, mais ce n'était pas là ce qu'ils cherchaient. Ce qui les intéressait, eux, c'était un agenda ou un journal intime. Des lettres, des notes qui auraient pu indiquer qu'Arnold avait eu des pensées criminelles. Ils ne trouvèrent rien. Pas d'autre arme que la coutellerie de cuisine habituelle. Rien qui pût ressembler à un stylet, le genre d'arme que l'autopsie avait désigné comme instrument probable de la mort de Natalie. Les inspecteurs ressortirent fort sceptiques quant aux goûts de décoration intérieure d'Arnold. Wylie se dit qu'il était soit innocent, soit très fort. Il en fit part à Tabor.

– Vous n'avez pas remarqué autre chose? demanda ce dernier tandis qu'ils redescendaient par l'ascenseur.

– Quoi donc? demanda Wylie, agacé que quelque chose d'intéressant eût pu échapper à son attention.

– Il n'y avait pas de livres.

– Vous avez absolument raison. Mais quand voulez-vous qu'un type comme Arnold Graymoor trouve le temps de lire?

Dans le motel de East Gate, Bella Wallace ignorait qu'on lui avait donné la chambre qui faisait directement face à celle de Mickey Redfern. Une fois installée, ce qui signifiait avoir ôté ses lunettes, son chapeau cloche et sa perruque, elle essaya de joindre Irv Lewis, son réalisateur, à New York. Impossible de le trouver. Elle essaya alors sa propre secrétaire. Arabella était comme une folle.

– Mon Dieu! On vous croyait disparue!

– Irv ne vous avait pas dit que je voulais aller à Graymoor?

– Irv est à l'hôpital. (Bella poussa un cri.) Un accident de voiture. La bagnole est bonne pour la casse, mais Irv n'est pas trop amoché. Un bras cassé et des contusions diverses. Où êtes-vous?

– A East Gate, et il n'y a pas de train jusqu'à demain, sacré nom. Et on a un ouragan, en plus.

– Je l'entends d'ici.

– J'ai pris une chambre dans un motel.

Bella lui en donna le nom et le téléphone. Arabella fit de même avec le numéro de l'hôpital et celui de la chambre de Irv Lewis.

– Vous avez assez de liquide sur vous? Parce que demain c'est samedi, alors si vous en avez besoin, je peux vous en faire câbler tout de suite.

– Non, j'ai ce qu'il faut. Mais restez à un endroit où je puisse vous joindre demain en cas d'urgence.

Arabella gémit intérieurement.

– Je serai à la maison avec maman.

– Très bien. Je vous téléphonerai plus tard juste pour vous donner des nouvelles.

Elle raccrocha et essaya de joindre Irv. On lui répondit qu'il passait des radios et ne serait disponible qu'après le déjeuner. Elle raccrocha de nouveau. Le déjeuner. C'était ça le problème. Elle commençait à avoir faim. Il fallait se secouer pour se mettre en quête de nourriture.

Laura et Harvey essayaient de s'intéresser à l'un des vieux albums de famille. Ils trouvèrent des photos de Natalie et des jumelles enfants, et Laura en ressentit une gêne. Elle n'avait pas plus pleuré

Natalie que les jumelles. Pleurerait-elle jamais quelqu'un?

– Pourquoi est-ce que je ressens si peu d'émotion? demanda-t-elle à Harvey.

– A propos de quoi? fit-il en s'arrêtant sur un cliché où Andrew et Cedric Longstreet semblaient dans les meilleurs termes.

– De la famille.

– Je ne sais pas. Peut-être parce qu'il n'y a pas de lien de sang. D'ailleurs tu n'as pas la larme très facile en général. Tu devrais peut-être en parler à ton docteur.

Il tourna une page et tomba sur une photo le montrant avec Laura qui tenait la main de Nicholas bébé.

– On n'était pas adorables? s'attendrit-elle, elle qui n'était pourtant pas du genre à s'attendrir.

Elle leva les yeux sur Nicholas qui, de l'autre côté de la bibliothèque, affalé dans un fauteuil, feignait d'être absorbé par le *National Geographic* et n'avait rien de spécialement adorable.

Harvey regardait sa montre.

– Ça va être l'heure du déjeuner, non?

– Tu as raison, fit Laura. Et maintenant que j'y pense, j'ai finalement un petit creux. (Elle s'adressa à Martha qui avait toutes les peines du monde à enfiler son aiguille.) On mange bientôt?

Martha reposa aiguille et ouvrage sur la table.

– Je vais voir ce qui retarde.

Au moment où elle se dirigeait vers la cuisine, Victor arriva du jardin d'hiver.

– Il fait un froid de canard, là-bas, dit-il. Il y a une baisse de tension, ou quoi?

Eh bien nous, on y est toujours, sous tension, songea Laura.

– Winston! Winston? (C'était Helga qui criait depuis le haut des escaliers. Il rappliqua au galop de la réserve. Il arriva dans le grand hall au moment où elle descendait.) Le téléphone ne marche plus. J'essaie désespérément d'appeler le journal du village pour dicter l'avis de décès de Natalie.

Winston essaya à partir du poste du hall.

– C'est vrai, pas de tonalité. Les lignes doivent être coupées. Ça ne va pas tarder pour le courant, je suppose. Je ferais bien d'allumer les lampes à pétrole.

– Où sont les autres?

– Surtout dans la bibliothèque, la dernière fois que je les ai vus, répondit Winston par-dessus son épaule tandis qu'il retournait à la réserve.

Helga se précipita dans la bibliothèque et compta rapidement les présents.

– Où est ta femme? demanda-t-elle à Nicholas.

– Pas la moindre idée. Elle se repose peut-être dans sa chambre?

– Et Robert? Et Arnold? Et Martha? Où est Martha?

Celle-ci revint de la cuisine.

– Je suis ici. Le déjeuner sera prêt dans un quart d'heure.

– Où est Robert? répéta Helga en montant d'une octave.

– Il est descendu dans les caves pour prendre du vin, expliqua Victor. Arnold l'a accompagné.

Harvey s'était levé.

– Ça fait plus d'une heure.

Laura referma l'album et le repoussa de côté. Plus d'une heure, vraiment, que Robert et Arnold étaient descendus à la cave?

– Ils sont peut-être remontés sans qu'on les voie, suggéra-t-elle d'une voix qu'elle aurait voulue moins étranglée.

Martha retourna à la cuisine. Non, Rebecca n'avait vu ni l'un ni l'autre des deux frères manquants. Ils lui auraient apporté le vin directement à elle. Martha se rendit alors dans la salle à manger. Aucune bouteille sur le buffet où on les posait généralement pour les dépoussiérer. Elle revint à la bibliothèque en courant presque.

– Harvey! cria-t-elle. Harvey!

– Qu'est-cc qu'il y a?

– Ils ne sont pas rentrés. Pas trace de vin dans la maison. Harvey, ils sont encore en bas!

22

C'était une des plus violentes tempêtes que la région ait jamais subies. La force combinée des vents cycloniques et des pluies torrentielles était si terrible que des bateaux se trouvaient arrachés à leurs amarres, des arbres déracinés projetés en travers des routes, les rendant impraticables, des toitures soufflées. En sept occasions au moins, des habitations s'écroulèrent. La coupure du téléphone et de l'électricité donna à la majorité des habitants épouvantés de East Gate la sinistre impression d'être isolés du reste du monde dans une ville fantôme. Les eaux montaient et les vagues venaient s'écraser contre les digues qu'elles menaçaient d'emporter. Ernie, recroquevillé dans la cuisine de son appartement, audessus du café, avec sa femme et sa fille, espérait que les volets protégeant son établissement résisteraient. Dans le motel, Bella s'était jointe aux quelques autres résidents et à l'équipe réduite du personnel, tous blottis dans le hall, en train de se demander s'il existait un téléphone rouge entre le Bon Dieu et les athées. Le chef de la police avait ouvert le commissariat pour donner asile aux sans-abri, et se réjouissait que les hommes envoyés sur l'île pour l'enterrement de Natalie aient pu rentrer sans encombre. Sa radio sur batteries lui apprit que toute la côte Est, depuis le Maine jusqu'au sud du New Jersey, était sévèrement malmenée. Il espéra que les réserves d'eau ne seraient pas touchées.

Au motel, Bella arracha au directeur la promesse de ne pas fermer le bar. Si East Gate devait devenir son Samarra et son rendez-vous avec la mort, alors que ce soit dans un état d'oubli total. Après son troisième double scotch on the rocks, elle se sentit suffisamment de grandeur d'âme pour songer à la situation des Graymoor dans leur terrible isolement. Elle se demanda si Arnold pensait à elle, et se maudit de la précipitation qui l'avait conduite dans ce misérable petit bled sans réfléchir plus loin que le bout de son nez.

A New York, le vent et la pluie faisaient trembler les vitres de l'appartement de Victor, et Norman Wylie s'attendait à les voir céder à tout moment. Tabor et lui étaient passés d'un air désinvolte devant la loge, et le gardien les avait pris pour des gens de l'immeuble. « Bonjour la sécurité » , avait commenté Ike Tabor après être arrivé et s'être joué du verrou de sûreté de la porte. Wylie émit un petit sifflement ébahi devant le décor choisi par Victor, des murs crème sur une épaisse moquette violette, avec des huiles provocantes de nymphes et de satyres d'un artiste inconnu de Wylie. A en juger par son œuvre, l'homme devait résider dans quelque maison de santé de style baroque à la campagne.

– Hé, Norman, appela Tabor depuis la porte de la salle de musculation, venez un peu vous régaler les yeux.

Wylie entra. Pour découvrir tout un étalage des instruments de torture de Victor.

– Qui aurait cru? fit-il en donnant une tape sur un fouet tressé avec un manche joliment sculpté à la main.

– N'ai-je pas lu quelque part que Victor voulait se lancer dans la politique? demanda Tabor.

– Il ferait mieux de se lancer dans des soins intensifs, répliqua Wylie.

Ils quittèrent la salle de musculation pour aller fouiner dans les autres pièces.

– Fichu temps, grommela Tabor.

– Il est censé se lever après le week-end.

Il éprouva soudain une certaine morosité. Le mot week-end lui rappelait les Graymoor, en particulier Harvey et Laura. Il se demanda comment cela se passait, là-bas.

– Vous en faites, une tête, observa Tabor. C'est les hot-dogs qu'on a ingurgités tout à l'heure?

– Je pensais aux Graymoor, sur leur île. Dans une tempête pareille, ce doit être l'enfer.

Une vitre se brisa dans le salon.

– Ce n'est guère mieux ici, fit Tabor.

Ils se rendirent dans le cabinet de travail et s'attaquèrent au bureau.

Mickey Redfern n'entendait ni vent ni pluie. Il se trouvait au fin fond des entrailles du labyrinthe souterrain et vivait un moment merveilleusement intense. Il se retrouvait dans son élément : le danger et l'inconnu. Il avait suivi la rivière une dizaine de minutes environ, avançant lentement, avec précaution et sans omettre de marquer son passage sur la roche à coups de pic. L'air rassis était chargé de l'odeur de vieux. Le rayon de sa torche révélait parfois des objets qui le faisaient s'arrêter net. Ce n'étaient pas tant les rats et les souris qui le surprenaient, que les serpents et lézards qu'il lui arriva de rencontrer. Comment se nourrissaient-ils? Il devait y avoir partout des centaines de minuscules fissures menant à la surface. Les rôdeurs étaient des fouineurs notoires : ils furetaient partout, exploraient au hasard pour trouver de la nourriture. Mickey suivait attentivement le bord de la rivière avec le faisceau de sa torche, se doutant qu'il aurait peut-être bientôt à la franchir à gué et à chercher un passage de l'autre côté. L'eau était jusque-là apparue étonnamment fraîche et limpide, à l'exception parfois de quelques plaques de fougères et d'algues ou d'un cadavre d'animal. Mais il remarqua soudain quelque chose de bien différent, quelque chose d'horrible. Cela ressemblait à du sang. Il s'accroupit pour examiner de plus près. Oui, il y avait du sang dans l'eau. Il se releva et dirigea sa torche vers l'amont. Lentement. Car il n'était pas pressé de voir ce qu'il était sûr de trouver.

Dans la bibliothèque, au manoir, Laura était assise en face d'Helga et Marjorie. Nicholas tenait compagnie dans la cuisine à Rebecca et Juanita. Victor était à la fenêtre, apparemment plongé dans la contemplation des éléments déchaînés.

– Elle est folle. Complètement folle.

Helga se redressa et regarda Victor avec inquiétude.

– Qui ça?

– Martha! Martha est dehors!

– Elle a dit quelque chose à propos du bateau, fit Marjorie.

– Je ne l'ai pas vue sortir! cria Helga d'une voix au bord de l'hystérie. (Laura espéra qu'elle n'allait pas faire une dépression.) Quelqu'un l'a vue sortir?

Personne n'avait vu Martha quitter la maison. Elle était partie en douce, comme elle l'avait fait peu après la descente de Robert et Arnold dans les caves à vin. Laura, qui la croyait alors encore pelotonnée au fond de sa bergère à oreilles en train de travailler à son ouvrage, avait été toute surprise de la voir arriver du couloir en disant qu'elle était allée au débarcadère s'assurer que le bateau était en sécurité. Elle avait dû refaire le coup, donc.

– Tu es sûr de l'avoir vue? demanda Laura à Victor.

– J'ai vu quelqu'un descendre le sentier à toute

allure vers le débarcadère. Ce ne pouvait être qu'elle, avec cet horrible ciré qu'elle a.

– Elle est tombée sur la tête, fit Helga qui était venue le rejoindre à la fenêtre. Va la chercher, Victor.

– Il ne va pas nous laisser toutes seules ici? glapit Marjorie. Harvey a dit qu'il ne devait pas nous quitter.

Laura faisait les cent pas, à présent. Harvey était parti avec Winston à la recherche de Robert et d'Arnold. Il était d'abord monté à la chambre passer un gros pull. Quand il était redescendu, la déformation de la poche droite de son pantalon lui laissa supposer qu'il avait pris son arme – du moins l'espérait-elle. Harvey avait vite désigné Winston pour l'assister dans ses recherches. Laura comprenait fort bien pourquoi il ne voulait pas se faire accompagner par un de ses frères. Il pouvait faire entière confiance à Winston, qui, en plus, connaissait les catacombes mieux que quiconque. Harvey se changeait lorsque l'électricité tomba en panne, et que Winston s'était dépêché d'allumer toutes les lampes à pétrole dans les pièces du premier avant de descendre dans les caves. Ce qui avait donné à Laura l'occasion d'un bref conciliabule avec Harvey à l'écart des autres.

– Ne va surtout pas te séparer de Winston! Du genre « Prenez par ici, moi je prends par là ». Restez bien ensemble, tous les deux!

Elle était presque tentée de se joindre à eux et le suggéra.

– Non, ne bouge pas d'ici. Il ne nous arrivera rien. J'ai dans l'idée que Mickey est en train de se balader par là-dessous. On va peut-être se rencontrer.

– S'il n'a pas déjà fait une autre rencontre, dit Laura d'une voix sombre.

– Tu es un véritable boute-en-train, ce soir.

– Il n'y a pas de quoi se taper sur le ventre,

répliqua-t-elle sèchement. Je ne croyais pas que l'horreur surviendrait aussi vite.

– Il ne s'est peut-être rien passé. Ils ont pu se perdre.

– J'espère vraiment que vous rencontrerez Mickey. Il est temps qu'il fasse surface. Que toute la famille sache qu'il a été engagé pour notre sécurité et pour démasquer un assassin. Il faut qu'on arrête tous de se voiler la face.

Helga l'avait entendue et quitta Winston avec qui elle s'entretenait.

– Tu as raison. Il est temps d'arrêter de jouer au chat et à la souris. Nous sommes tous en danger. Terriblement en danger. Et il n'y a plus aucun espoir de recevoir d'aide de l'extérieur. Harvey, tu as une arme? (Il la rassura en tapotant la poche droite de son pantalon.) Eh bien s'il le faut, n'hésite pas à t'en servir. Mais ne...

Sa voix commença à défaillir. Laura l'entoura de son bras et la conduisit vers un fauteuil. Harvey fit signe à Winston et ils se dirigèrent, Winston en tête, vers la porte de la cave qui se trouvait dans le couloir menant à la cuisine. C'est à ce moment que Nicholas avait décidé de rejoindre Rebecca, et Victor de rester dans la bibliothèque avec Laura, Martha, Marjorie et Helga.

Martha était le nouveau sujet d'inquiétude, à présent.

– Tu ne vas pas nous laisser seules, Victor, implorait Marjorie. Tu ne dois pas.

– Laura! (Cette dernière s'arrêta de faire les cent pas et se tourna vers Helga.) Viens avec moi. Marjorie sera tout à fait en sécurité avec Victor. (Laura se précipita à sa suite en haut des escaliers, puis dans la salle d'écriture où elle se mit à fouiller dans un tiroir du bureau.) Bon Dieu! (Elle ouvrit tous les autres tiroirs les uns après les autres, apparemment sans trouver ce qu'elle cherchait.) Il n'est plus là. Ce doit être Martha qui l'a pris.

– Mais qu'est-ce que vous cherchez?

– Mon revolver. Andrew me l'avait donné il y a des années. Une adorable petite arme avec une poignée en nacre. Maintenant, c'est Martha qui l'a.

Elle expliqua qu'elle était déjà venue fouiller dans le bureau, l'autre nuit.

– J'espère bien qu'elle l'a sur elle en ce moment, fit Laura.

– Je n'aime pas la façon dont tu me regardes, dit soudain Helga. Tu ne crois pas à l'existence de ce revolver? Tu crois que toute cette histoire me fait perdre la boule?

– Non. Je crois par contre que vous savez comment mettre fin à cette monstrueuse affaire.

– J'aimerais bien.

Helga s'était laissée choir dans le fauteuil.

– Qui est-ce? Qui se cache derrière tout ça? demanda Laura qui s'était accoudée sur le bureau. Parce que vous le savez, n'est-ce pas?

– Non, je ne le *sais* pas. (Elle allait en dire davantage mais s'arrêta.) J'ai des soupçons. Beaucoup de soupçons, et ils m'effraient.

– Vous voulez qu'on se fasse tous tuer?

– Non, non, bien sûr que non.

– Je vais vous dire, mère : il y a intérêt à ce qu'Harvey rentre sain et sauf. S'il lui arrive quoi que ce soit là en dessous, je deviens folle furieuse. Et s'il le faut, je vous l'arracherai de force, la vérité.

Helga sanglotait doucement. Laura était la première surprise de la dureté avec laquelle elle lui avait parlé, mais elle soupçonnait depuis longtemps sa mère de détenir des indices et peut-être même des réponses. Elle avait terriblement peur pour Harvey. Le fait qu'elle-même puisse être victime n'avait qu'une importance secondaire. Toute sa vie était imprégnée de lui, et s'il disparaissait, elle aimerait autant mourir. Bien sûr, s'il lui survivait, elle savait qu'il se débrouillerait fort bien. Helga se tamponnait les yeux et Laura suggéra de retourner à la bibliothèque.

Harvey et Winston atteignirent les caves à vin sans incident. Elles consistaient en une série d'alvéoles creusés dans le rocher, quatre en tout. Quelle avait été leur destination première, Dieu seul savait, mais c'était le père d'Andrew qui les avait transformées en caves pour les vins fins et les liqueurs qu'il avait importés. Ils approchèrent de la première avec précaution. Il n'y avait personne. Harvey sentait des gouttes de sueur perler à son front. Il jeta à la dérobée un coup d'œil sur Winston qui se dirigeait déjà vers la seconde. Il glissa et faillit tomber dans la rivière, mais Harvey le retint par-derrière. Il n'y avait rien dans la deuxième ni dans la troisième. En revanche, ils trouvèrent la quatrième tout en désordre et imprégnée d'une forte odeur de vin. Il y avait des bouteilles brisées sur le sol, et dans une flaque de vin, Harvey découvrit la liste de Robert. Winston paraissait comme hébété.

– Quelque chose qui ne va pas? demanda Harvey au vieil homme.

– Je me demandais juste : pourquoi ici? Pourquoi Robert est-il venu dans cette cave?

– Sans doute que les vins qu'il avait à prendre s'y trouvaient.

Winston ramassa la liste détrempée et lut ce qu'avait inscrit Robert.

– Non. Tout ça se trouve dans la première. J'ai fait un inventaire ici avec Madame Helga et Rebecca il n'y a pas un mois. Ils n'avaient pas besoin de venir jusqu'ici. Vous avez trouvé quelque chose?

Harvey s'était agenouillé pour examiner de plus près la flaque que Winston avait prise pour du vin.

– C'est du sang, annonça-t-il.

Winston s'agenouilla et l'examina à son tour.

– Seigneur Jésus, murmura-t-il.

Ils se relevèrent et quittèrent la salle, Harvey en premier. Avec sa torche, il éclaira méthodiquement l'amont et l'aval de la rivière, ainsi que l'autre bord. Il balayait lentement les ténèbres puis abaissa le faisceau sur le chemin où ils se tenaient. Tous deux virent le filet de sang qui s'écoulait au-delà des caves.

– Je continue, fit Harvey. Je veux voir ce qu'il y a par là-bas.

– Je ne vous quitte pas d'une semelle, répondit Winston.

Au moment où Laura et Helga descendaient l'escalier pour rejoindre le grand hall, Martha arrivait de dehors. Laura se précipita pour l'aider à refermer la porte, le vent et la pluie jouant les malandrins monstrueux décidés à submerger le domaine. Le souffle court, Martha s'adossa à la porte et déboucla son ciré.

– Tu n'es pas un peu malade? grinça Helga. Tu aurais pu te faire tuer, là-dehors.

– J'avais ça, fit Martha en sortant le revolver à poignée de nacre de sa poche.

Helga se tourna vers Laura.

– Tu vois, je te l'avais dit. Je savais qu'elle l'avait pris.

– Arrête de viser Helga avec ce satané truc, lâcha Laura.

Martha baissa la main. Helga se précipita et lui arracha l'arme des doigts.

– Le bateau a été emporté, dit Martha. Et l'embarcadère ne va pas tarder à le rejoindre. Mon Dieu, c'est une véritable apocalypse, là-bas. (Elle accrochait ses vêtements d'extérieur trempés dans une penderie.) A-t-on retrouvé Robert et Arnold?

– Personne n'est encore rentré. Du moins nous n'avons rien entendu. J'étais en haut avec Helga, dans la salle d'écriture.

– Je cherchais ça, fit cette dernière en montrant le

revolver. Je n'aime pas que tu me voles mes affaires, Martha.

– Je ne l'ai pas volé. Je l'ai emprunté pour me protéger.

– Tu aurais dû me demander.

– Demander un revolver devant tout le monde? Vous êtes folle?

– Non. Mais toi, je crois que oui.

Martha et Laura suivirent Helga dans la bibliothèque. Aucun des hommes n'était de retour.

– Je me sens vraiment inutile! s'écria Victor.

Il se tenait debout près d'une lampe à huile. Les reflets étranges projetés par la flamme vacillante lui donnaient un air méphistophélique. Laura se demanda si Marjorie quitterait jamais le fauteuil dans lequel elle était blottie.

– Il n'y a rien à faire avant le retour des autres, dit Martha.

– Et s'ils ne revenaient pas? demanda Victor en traversant la pièce d'un pas déterminé. On me demanderait d'aller à leur recherche? Et ensuite Nicholas? Et ensuite qui?

– Personne ne te demande rien, Victor, fit Laura, si ce n'est un petit mot de réconfort de temps en temps. Est-ce qu'il t'a réconforté, Marjorie?

– Il n'a pas ouvert la bouche. Je boirais bien quelque chose, pas vous?

– Moi, je mangerais bien quelque chose, répondit Martha. (S'adressant à Helga.) Vous croyez qu'il faut le revolver pour aller à la cuisine?

– Je t'accompagne, dit Laura à Martha.

Elles sortirent. Aussitôt dans le couloir, Martha attrapa le poignet de Laura.

– La corde était coupée, siffla-t-elle. La corde qui amarrait le bateau : sectionnée.

Elle relâcha sa prise et Laura ôta sa main.

– Ne dis rien aux autres, fit-elle d'une voix étrangement calme. Pas la peine de les alarmer inutilement. (Elle réfléchit un moment puis se rappela quelque chose.) Les fusées de détresse : elles sont toujours entreposées dans la cabane?

– Tu n'imagines pas les utiliser par ce temps, sacré nom? raisonna Martha. J'y ai pensé tout de suite moi aussi, mais il faudra attendre que la tempête se calme.

La porte de la cuisine s'ouvrit et Rebecca apparut.

– Il me semblait bien entendre des voix ici. Les hommes sont toujours en bas?

– Oui, répondit Laura.

Rebecca se tenait sur le côté lorsque Laura et Martha entrèrent dans la cuisine. Juanita était assise à une table, la main refermée sur son chapelet. Nicholas épluchait des pommes de terre et se demanda tout haut s'il ne devrait pas, avec Victor, constituer une nouvelle équipe de recherche.

– Pas question, répondit fermement Laura.

– Je suppose qu'aucun d'entre vous n'a grand appétit, fit Rebecca.

– Marjorie, si, dit Martha.

Inexplicablement, Nicholas rejeta la tête en arrière et éclata de rire.

Mickey Redfern découvrit le corps à demi immergé sur le ventre dans la rivière souterraine. L'arrière du crâne était défoncé. Une blessure affreuse. Le corps avait de l'eau jusqu'à la taille et les jambes semblaient désarticulées comme celles d'un pantin. Mickey s'apprêtait à le retourner lorsqu'il entendit des voix appeler des noms, Robert et Arnold. L'une était celle d'un vieil homme. Il reconnut l'autre, celle de Harvey, et il en fut soulagé. Cette découverte allait l'obliger à se montrer au grand jour et à révéler son identité à la famille. La présence de Harvey rendrait la tâche plus aisée.

– Harvey! Harvey!

Mickey fit des signaux de lumière avec sa torche, et Harvey répondit de même.

– Qu'est-ce que c'est que ce type, sacré nom? s'étonna Winston. Ce n'est ni Robert ni Arnold.

Harvey le mit rapidement au courant. Winston trouva très réconfortante l'idée de se faire aider d'un Mickey Redfern. Et la présence du bonhomme était encore plus réconfortante.

Mickey, quant à lui, attendait patiemment que les deux hommes le rejoignent. Ce fut l'affaire de quelques secondes seulement.

– Bon Dieu, s'écria Harvey en voyant le corps.

– Ce n'est pas Robert, n'est-ce pas? demanda Winston d'une voix mal assurée.

Harvey n'eut pas besoin de voir le visage. Il reconnaissait la corpulence du mort et la coupe élégante du veston. Pourtant il s'agenouilla, et avec l'aide de Mickey, retourna le cadavre. Les yeux d'Arnold étaient à demi clos. Du sang lui maculait le nez et la bouche. Mickey expliqua qu'il avait dû saigner plusieurs minutes avant d'expirer.

– Mais comment est-il arrivé aussi loin? s'étonna Harvey. (Il éclaira de sa lampe le chemin que Winston et lui avaient suivi.) Il ne semble pas avoir été traîné.

Il informa Mickey des bouteilles brisées qui se trouvaient dans la quatrième cave.

– Il en avait peut-être les bras chargés quand l'agresseur l'a frappé par-derrière, sans doute avec une bouteille.

– Mais il y a du sang dans la cave, fit remarquer Harvey.

– D'accord : Arnold est frappé, il lâche ses bouteilles, s'effondre à moitié mais parvient à rassembler quelques forces et à tituber hors de la cave. Il est en train de mourir mais ne le sait pas. Il a le crâne défoncé et perd beaucoup de sang. Désorienté, il avance sans s'apercevoir qu'il va dans la mauvaise direction, s'écroule et meurt.

– Robert! appela Harvey.

Mickey dirigea sa lampe vers l'autre côté de la rivière.

– Regardez là-bas.

Harvey et Winston aperçurent une torche brisée et une chaussure. Harvey franchit le cours d'eau pour examiner la chaussure.

– Elle est à Robert! (Il revint en pataugeant, avec les deux objets.) Ça, c'est un peu fort.

Il cria de nouveau le nom de Robert.

– Où est l'autre torche? demanda Winston. Ils en avaient chacun une.

Il prit la chaussure, l'examina et secoua tristement la tête.

– Robert! cria encore Harvey.

Le nom résonna sur les parois et le plafond, mais il n'y avait aucun signe de Robert.

– Il devait se trouver dans une des autres caves quand Arnold a été attaqué, dit Winston. Quand il a entendu les bouteilles se briser, il est arrivé pour voir ce qui se passait, s'est retrouvé en face du meurtrier et a essayé de se sauver.

– Il serait retourné vers l'escalier, dans ce cas, observa Harvey.

– Ce n'est pas la seule issue pour rejoindre la maison d'ici, fit Winston. Il y a des galeries qui aboutissent dans certaines pièces par des panneaux secrets. Dont une juste en face, de l'autre côté de la rivière, un peu en aval de l'endroit où vous avez trouvé la chaussure et la lampe.

Harvey et Mickey échangèrent un regard.

– Allons jeter un coup d'œil, proposa Harvey.

– D'accord, répondit Mickey.

– Et Arnold, si on le tirerait de l'eau? (Harvey s'abstint de corriger la syntaxe de Winston. Tirait, Winston, pas tirerait.) On va pas le laisser là comme ça.

Harvey et Mickey agrippèrent le corps chacun par une épaule et le hissèrent sur le bord.

– C'est bon, Winston, fit Harvey. Montrez-nous.

A New York, Norman Wylie et Ike Tabor achevaient leur fouille de l'hôtel particulier de Robert. Ils avaient commencé par l'étage supérieur pour descendre ensuite. Tabor était en train de forcer un tiroir verrouillé dans le bureau.

– Je trouve toujours très suspects les tiroirs fermés à clé, Norman. Pas vous?

– Pour moi, ça défie l'imagination. Pourquoi un homme verrouille-t-il un tiroir dans une maison qu'il est seul à occuper?

– Une bizarrerie. Pourquoi certaines belles dames parfaitement éduquées se retrouvent-elles clochardes dans la rue? Aaah, ça vient. C'est tout bon. (Il ouvrit le tiroir et regarda à l'intérieur.) On dirait un journal intime.

Il le tendit à Wylie.

– Il y a un fermoir, dit ce dernier. On n'aura aucun mal à le faire sauter.

C'était une découverte, pour Harvey. Il ne se souvenait pas avoir jamais exploré cette galerie dans son enfance, alors que Winston montrait le chemin aussi facilement que s'il faisait descendre la grand-rue d'East Gate à une file d'Indiens. Mickey fermait la marche et jetait d'incessants coups d'œil derrière par-dessus son épaule, en s'éclairant de sa lampe, pour s'assurer qu'on ne les suivait pas. Il avait la désagréable impression qu'ils n'étaient pas seuls. Il ne voyait ni n'entendait rien, à part eux, et pourtant son malaise persistait. La galerie paraissait sans fin. Elle tournait, virait, et par moments, il trouvait heureux qu'aucun d'entre eux ne fût obèse tant le boyau se resserrait.

– C'est un ancien tunnel à esclaves, expliqua Winston. Il y a un livre à la bibliothèque de East Gate qui explique que l'île Graymoor était un des maillons de la filière clandestine pour aider les esclaves noirs à fuir le Sud avant la guerre de

Sécession. C'est ce qui m'a poussé à explorer les lieux quand je suis venu travailler ici. Et ça a été bien utile, la fois où Robert s'est perdu pendant trois jours.

Robert, pensa Harvey, Robert, où es-tu donc passé, sacré nom?

– J'ai besoin d'aller aux toilettes, dit Marjorie.

Victor haussa les épaules et Helga soupira. Les autres se trouvaient encore dans la cuisine.

– Il y en a au jardin d'hiver, dans le vestibule de la cuisine.

Marjorie les avait remarquées la veille au soir. Les deux femmes laissèrent Victor seul. Il se rendit au bar et se versa à boire. Le seau à glace était vide : il poussa un juron et l'emporta à la cuisine, où il ne trouva que Rebecca, Juanita et Nicholas.

– Où sont Laura et Martha? demanda-t-il.

Nicholas se leva lentement.

– Elles ont dit qu'elles retournaient dans la bibliothèque.

– Il n'y a personne dans la bibliothèque, et je ne les ai pas croisées en venant ici. Helga a accompagné Marjorie au petit coin du jardin d'hiver.

Nicholas n'attendit pas d'autres explications. Il se précipita hors de la cuisine.

– Attendez! cria Rebecca, tandis que Juanita laissait tomber son chapelet.

Victor posa le seau à glace et courut après lui.

– Ne nous laissez pas seules! supplia Juanita.

Mais il était trop tard. Rebecca et elle se retrouvaient abandonnées.

Victor entendit Nicholas crier les noms de Laura et Martha, mais il n'était pas dans la bibliothèque. Il avait dû courir vers le petit bureau, tout au fond de la maison. Victor maudissait Nicholas, et Laura, et Martha – et lui-même pour n'avoir pas pris la glace. Il retourna dans la cuisine.

Quand Marjorie sortit des toilettes, il n'y avait plus trace d'Helga.

– Mrs Graymoor? Helga?

En regardant à droite, elle crut voir quelqu'un sortir précipitamment de la salle à manger. La peur la prit. Elle y courut, ses talons claquèrent sur le sol parfaitement ciré. Puis elle se précipita dans la bibliothèque. Personne. « Helga! » , cria-t-elle de nouveau. « Victor! » Puis, en désespoir de cause : « Nicky! »

Il y eut du bruit derrière elle. Elle se retourna, le visage crispé d'effroi. Un panneau de bois s'ouvrait en grinçant.

Winston sortit du mur, suivi de Harvey et de Mickey Redfern.

23

Il y avait une forme d'élégance à l'ancienne dans la façon dont Marjorie glissa évanouie sur le sol. Winston se débarrassa de sa torche électrique, de la chaussure de Robert et s'agenouilla à côté de Marjorie pour lui frictionner doucement les poignets. Il y eut un autre cri perçant à la porte. Il venait de Juanita, cette fois, qui s'était précipitée de la cuisine avec Rebecca et Victor en entendant Marjorie.

– Qu'est-ce que vous lui avez fait? tonna ce dernier. Et celui-là, qui c'est?

Il montrait Mickey. Mickey dont Harvey expliqua la présence, et qui avait l'air d'un véritable arsenal ambulant avec son baudrier orné d'un couteau de chasse, d'un pic, d'une torche électrique et d'une arme de poing.

– Et Marjorie s'est évanouie quand elle nous a vus sortir du mur. (Harvey réalisa qu'on devait le prendre pour un fou, le panneau s'étant remis en place après qu'ils eurent tous trois émergé dans la pièce.) Il y a ici un panneau qui cache l'entrée d'une des galeries souterraines. C'est Winston qui a fait cette découverte.

Rebecca avait rejoint Winston et tenait des sels sous le nez de Marjorie. Juanita eut la présence d'esprit d'apporter un verre de brandy et essayait à présent de lui en verser quelques gouttes entre les lèvres. A Mickey qui débouclait son baudrier, ce tableau évoqua une mini-assemblée de sorcières en train de procéder à un sacrifice rituel.

– Où sont les autres? demanda Harvey à Victor.

– Helga, je ne sais pas. Elle était avec Marjorie tout à l'heure, mais maintenant, je ne sais pas. Ensuite, Laura et Martha ont quitté la cuisine ensemble soi-disant pour revenir ici, mais elles ne l'ont pas fait. Et cet idiot de Nicholas, pris de panique, s'est mis à courir partout dans la maison en braillant leur nom. Dieu sait où il aura atterri. Et vous, vous avez trouvé Robert et Arnold?

– Dis-leur, Mickey. Il faut que je retrouve Laura.

Harvey quitta la pièce au pas de course en appelant sa femme.

Mickey n'y alla pas par quatre chemins. Il leur expliqua qu'Arnold était mort, victime d'une sauvage agression. Juanita se signa. Marjorie poussa un grognement, battit des paupières et, avec l'aide de Winston, se redressa sur son séant. Victor, devenu tout pâle, se sentit lui-même défaillir lorsque Mickey ramassa la chaussure en disant :

– Voilà tout ce que nous avons retrouvé de Robert. Ça et une torche électrique brisée. Je peux me servir à boire?

Sans attendre la réponse, il se versa un grand verre de scotch. Marjorie tremblait dans le fauteuil où elle avait été conduite.

– Alors Robert est toujours là-dessous? demanda

Victor d'une voix rauque en laissant tomber la chaussure que Mickey lui avait remise.

– Sans doute, fit ce dernier avec un haussement d'épaules, à moins qu'il n'ait réussi à regagner la maison par un autre passage. Mais si c'était le cas, vous le sauriez sûrement.

– Et Helga? demanda Winston avec inquiétude. Il faut qu'on la retrouve elle aussi.

– Elle m'a laissée toute seule, pleurnicha Marjorie. Elle aurait pas dû me faire ça.

De nouveau sollicitée, elle expliqua à Winston où elle l'avait vue pour la dernière fois. Il se précipita au jardin d'hiver.

Harvey arpentait le premier étage en criant partout le nom de Laura. La porte de la salle d'écriture d'Helga s'ouvrit et Laura apparut.

– Chéri! Tu es revenu! Sain et sauf!

Elle se rua dans ses bras tendus et il la maintint serrée contre lui, le visage enfoui dans ses cheveux.

– Pourquoi diable es-tu partie seule? demanda Harvey sur un ton de reproche.

– Je ne suis pas partie seule. (Elle retourna dans la salle d'écriture. Harvey l'y suivit et vit Martha qui fourrageait dans le bureau d'Helga.) J'étais avec Martha.

Celle-ci leva les yeux.

– Où sont Robert et Arnold?

Harvey leur transmit la mauvaise nouvelle. Martha s'affala dans le fauteuil d'Helga. Laura dut s'appuyer contre le bureau pour conserver son équilibre. Ses genoux se dérobaient sous elle. Elle entendit Martha dire, d'une voix qui ne lui était pas familière :

– Robert n'est toujours pas réapparu... Et pourtant il sait mieux que quiconque s'orienter là-dessous. La fois où il est resté perdu trois jours, quand il était gosse, il a tout exploré, tout mémorisé. Quand on l'a retrouvé, il ne semblait avoir ni faim ni soif : il était juste fâché qu'on l'interrompe.

Le cerveau de Harvey turbinait... Martha venait de le dire... Le détail qu'il attendait... Le déclic... Cette observation impromptue qui pouvait débloquer son pouvoir de déduction. *Il ne semblait avoir ni faim ni soif : il était juste fâché qu'on l'interrompe.*

– Pauvre Arnold, murmura Laura. Lui, si raffiné, quelle insulte de se faire tuer dans ce trou à rats. (Sa voix prit un ton de colère.) C'est vraiment dégueulasse. Arnold était fait pour mourir dans une suite d'hôtel de luxe sur la Riviera, entouré de quatre domestiques et de six maîtresses. Allons bon, voilà que je rigole et je ne devrais pas. Comment Helga a-t-elle pris ça?

– Je ne sais pas. Elle est partie se balader toute seule.

Martha et Laura fixèrent Harvey avec étonnement.

– Tu ne sembles pas t'inquiéter beaucoup pour elle.

– Helga n'est pas en danger. Il n'oserait pas la tuer.

– Qui? demanda Martha.

– Tu sais très bien *qui.* Robert.

Mickey et Victor partirent à la recherche de Nicholas, laissant Marjorie avec Rebecca et Juanita dans la bibliothèque. Quand Winston arriva au jardin d'hiver, il le trouva plongé dans une totale obscurité. Le bruit de la pluie et du vent prenant d'assaut le bâtiment lui rappelait un raid aérien pendant la guerre. Il chercha dans sa poche une boîte d'allumettes. Il avait laissé deux lampes brûlant à pleine mèche dans la pièce, avec assez de pétrole dans chacune pour durer des heures. Quelqu'un les avait donc délibérément éteintes. Winston trouva les allumettes et en frotta une. Les lampes étaient bien là où il les avait laissées, une sur le piano et la seconde sur le buffet. Cette dernière était la plus proche, et quand il l'eut rallumée, il la leva au-dessus de sa tête.

Helga gisait à terre sur le dos. Sa tête semblait avoir heurté le coin de la cheminée. Il y avait du sang par terre. Winston se précipita vers elle, posa sa lampe au sol puis porta le corps sur un divan. Il appliqua son mouchoir sur la blessure, à la base du crâne.

– De l'aide! appela-t-il. Vite, de l'aide!

Mickey et Victor, qui venaient justement pour inspecter le jardin d'hiver, furent en un instant à côté de lui.

– Helga! cria Victor. Elle n'est pas morte?

– Non, non, dit Winston. Je l'ai trouvée étendue à côté de la cheminée. Comme si elle était tombée et s'était cognée dans sa chute.

– Je ne suis pas tombée, on m'a poussée.

Helga avait parlé d'une voix faible. Ils n'avaient pas réalisé qu'elle était revenue à elle. Victor lui tenait la main cependant que Winston s'occupait de la blessure.

– Helga, fit Winston en lui caressant doucement la joue.

Elle sourit.

– Il m'a poussée. J'ai entendu du bruit ici pendant que j'attendais Marjorie. La pièce était bien éclairée, je n'avais rien à craindre.

Elle essaya de se redresser. Winston et Victor l'aidèrent à s'asseoir.

– La coupure est superficielle, mais il faut la nettoyer.

Helga décocha un regard venimeux à Mickey.

– Mais qui êtes vous, vous?

– Mickey Redfern. Harvey m'a engagé pour vous protéger tous.

– Ha, ha, nous protéger! Ainsi c'est vous qui rôdiez partout sur l'île.

– Exactement.

– Qui vous a poussée? demanda Winston bien qu'il connût déjà la réponse à cette question.

– Robert. Oui, Robert. (Mickey entendit derrière lui un gargouillement , qui ne pouvait émaner que de Victor.) Il est devenu complètement fou. Il a assassiné Arnold. D'après ce qu'il m'a dit, du moins. Est-ce vrai? (Mickey lui raconta sa découverte du corps d'Arnold.) Il veut nous tuer tous. Je me demande pourquoi je suis encore vivante. J'ai bien cru qu'il allait me tuer quand il m'a poussée. Le panneau du mur était ouvert et il y retournait. (Sa voix était dure, à présent.) Il faut l'arrêter. Mais comment? Il peut aller et venir comme un fantôme, là-dedans. Ce n'est pas la première fois. (Sa main s'agrippait à celle de Winston.) On aurait pu, on aurait dû l'empêcher à ce moment-là, seulement on ne l'a pas fait. Fous que nous étions. (Elle ne remarqua pas que Harvey et Laura étaient entrés avec Martha. Laquelle tenait toutes ses notes manuscrites ainsi que le canevas préliminaire du nouveau roman. Helga poursuivait.) Il aurait fallu l'étrangler à la naissance. Comme disait Andrew. J'aurais dû le laisser faire. Ça m'aurait évité de l'aimer si férocement, de façon aussi possessive. (Mickey, qui était allé dans la salle de bains du vestibule, revint avec de l'eau oxygénée et des serviettes. Il prit un soin délicat de la blessure d'Helga, sous l'œil abasourdi de Martha. Elle reconnaissait ce dos, pour l'avoir si souvent vu à la jumelle. Helga la fusilla du regard.) Tu as trouvé le tiroir! Tu as forcé mon bureau, une fois de plus! Comment oses-tu violer ma vie privée? Comment oses-tu?

– Pourquoi n'avez-vous pas étranglé Robert à la naissance? répliqua-t-elle durement. Hein, pourquoi? Au lieu de me laisser perdre la moitié de ma vie à l'attendre? (Elle brandissait les feuilles qu'elle tenait à la main pour bien les montrer aux autres.) Tout est écrit, là. Le nouveau roman, c'est de nous qu'il parle. De la tontine. De Robert, la mauvaise graine. (Helga se mit à sangloter et entoura Winston de ses bras. Laura en fut émue. Elle se demanda s'ils avaient jamais eu une liaison.) La mauvaise graine, répéta Martha dans un souffle? Mais connaissiez-vous ses parents? Saviez-vous qui ils étaient? S'ils portaient le mal, eux aussi?

– Dans un sens, je suppose que oui, répondit Winston. Robert est notre fils. A Helga et à moi.

Dans la bibliothèque, Rebecca et Juanita, assises l'une à côté de l'autre, regardaient Marjorie examiner le panneau du mur par où les trois hommes avaient surgi. Marjorie était en colère. Contre elle-même d'abord, contre Nicholas ensuite pour s'être éclipsé, puis contre la famille Graymoor tout entière et sans ordre particulier. En épouser un avait certes été sa propre décision, mais être obligée de rester sur l'île était la leur, et elle s'en voulait beaucoup de s'être montrée si soumise. Elle allait trouver comment ce panneau fonctionnait, coûte que coûte. Sans trop savoir ce qu'elle ferait une fois qu'elle en aurait découvert le secret, mais elle supposait que Nicholas errait dans les souterrains dans une tentative folle de se montrer brave. Elle voulait se trouver face à lui le plus vite possible. Non pour tenter de sauver leur mariage, mais pour lui présenter des excuses. Du fond du cœur. Elle les lui devait et Marjorie payait toujours ses dettes.

A New York, Norman Wylie et Ike Tabor se trouvaient au commissariat de ce dernier, désarmés et impuissants. Ils avaient lu le journal de Robert. Ils savaient que c'était l'assassin. Mais il n'y avait aucun contact possible avec East Gate. Les lignes téléphoniques étaient coupées, de même que la route qui y menait, d'après la police de l'Etat. Ils allaient devoir attendre une accalmie, puis réquisitionner un hélicoptère de la police. Mais il serait peut-être trop tard.

– Qui sait s'ils ne seront pas tous morts, le temps qu'on arrive là-bas, dit Wylie.

Tabor poussa un soupir et haussa les épaules.

– C'est la vie, Norman.

Winston s'assit à côté d'Helga en lui tenant la main. Mickey avait appliqué un bandage très professionnel sur la blessure de la vieille dame et, debout à côté de la cheminée, il regardait ce tableau de famille à présent incomplet. Laura était assise sur un canapé avec Harvey et Martha, tandis que Victor se tenait près de la fenêtre, se balançant d'avant en arrière sur ses talons, l'air tantôt abasourdi, tantôt triste, mais surtout atterré par le récit d'Helga.

– Andrew et moi nous ne nous sommes jamais aimés. Mais il avait besoin d'une femme. Pour la façade. Moi, j'étais une jeune fille avide qui rêvait d'une vie de luxe, et quand Andrew m'a demandé ma main, j'ai accepté. Je ne savais pas que je me condamnais à une existence de grande solitude sur cette île. Mais ce mariage satisfaisait Andrew. Il faisait taire les ragots qui circulaient sur ses préférences sexuelles, et il était devenu un pilier respecté du monde de la finance. Il allait à New York tous les jours, et j'essayais de faire ce que je pouvais de moi ici. C'est alors que Winston est venu pour son entretien. Le désir s'empara de nouveau de moi : je voulus l'avoir tout de suite.

– Et je n'ai opposé aucune résistance, reconnut-il.

Laura, pas encore assez blasée pour ne pas apprécier une belle histoire d'amour, le gratifia d'un sourire chaleureux.

– Je me suis retrouvée enceinte, poursuivit Helga. Le temps que ça commence à se voir, il était déjà trop tard pour se débarrasser de l'enfant... (Elle baissa la tête. Laura devinait ses pensées.)... Bien sûr, Andrew était furieux. Mais à ce moment-là, je me fichais complètement de ses états d'âme. C'est moi qui avais le dessus. Je l'ai obligé à accepter l'enfant comme si c'était le sien, sous peine de mettre la vérité au grand jour. Chose insupportable pour lui, il a donc adopté Robert à contrecœur.

– Il ne savait pas que j'étais le père, l'interrompit Winston. Dieu sait pourquoi, l'idée ne lui est jamais venue à l'esprit. Il a cru que c'était son associé, qu'Helga voyait de temps en temps avant d'épouser Andrew.

– J'ai alors décidé que c'est ce qu'il me fallait sur l'île. D'autres enfants. Des tas et des tas d'enfants! Andrew n'osait pas aller contre mes désirs. Il s'est vengé plus tard avec la tontine. Mais, à ce moment-là, j'ai été un peu idiote, moi aussi. Un jour, Andrew a suggéré de s'occuper de l'instruction des enfants. Il connaissait un excellent précepteur, un Anglais. J'ai un snobisme pour les Anglais, voyez-vous, et j'ai accepté sans entrevue préalable avec cet homme. Entrée en scène de Cedric Longstreet. Grands Dieux! (Elle avait les mains crispées sur sa poitrine, et Laura craignait qu'elle ne fût au bord de la crise cardiaque.) Cedric Longstreet était l'amant d'Andrew, et je n'ai jamais eu le moindre soupçon.

Martha jeta discrètement un nouveau coup d'œil à Mickey. Il était comme hypnotisé.

– Esmeralda était en fait la chienne de Cedric. Quand elle m'a prise en affection, je ne l'ai pas repoussée. Les enfants l'adoraient. Tous sauf Robert. Il ignorait totalement que Winston et moi étions ses parents naturels, souvenez-vous. Robert aimait beaucoup Andrew et Andrew le rejetait. Et plus il le rejetait, plus Robert était déterminé à le conquérir. Mais un jour, il surprit Cedric et Andrew dans la cabane. Bien sûr ce qu'il vit provoqua chez lui un choc. Il étrangla Esmeralda, et c'est à partir de ce moment qu'Andrew ne voulut plus de lui. Plus de lui sur l'île. Alors Robert disparut. Pendant trois jours. Des expéditions furent lancées à sa recherche depuis East Gate, mais elles n'étaient pas de taille contre mon diabolique de fils. Il connaissait le moindre centimètre carré des galeries souterraines. La faim? Ce n'était pas un problème, il venait piller la cuisine pendant la nuit! C'est ainsi qu'il survivait. Mais il s'était juré de faire partir Cedric Longstreet. Et il y est arrivé.

Harvey se demanda si elle savait que Cedric était mort. Si oui, comment avait-elle pu vivre toutes ces années avec un si horrible secret?

– Vous, mes chéris, fit-elle en s'adressant à Harvey et Laura, vous connaissez l'existence de ses carnets intimes. Eh bien il en a laissé traîner un, à un endroit où il savait pertinemment qu'Andrew le trouverait. Et il a écrit que Cedric lui faisait des avances! A lui, Robert! L'explosion que cela a déclenchée! Le pauvre Anglais a bien essayé de plaider sa cause, mais Andrew, tête de lard et obstiné comme j'aurais dû savoir qu'il était pour avoir été sa secrétaire, l'a renvoyé de l'île. Je n'ai pas la moindre idée de ce qu'il est devenu.

Harvey ne put résister.

– Il est toujours dans l'île.

– Ton humour tordu est vraiment déplacé, Harvey, jeta-t-elle sèchement.

Harvey passa la parole à Mickey, qui les informa de sa découverte des restes de Cedric.

– Je crois que cette dame, là-bas, fit-il en désignant Martha à qui il n'avait pas encore été présenté, pourra corroborer mes dires.

Helga tourna un regard sévère vers elle.

– Martha, tu n'as quand même pas été la complice de Robert!

– Ce n'est pas moi qui ai découvert les restes de Cedric, répondit-elle, c'est Natalie. Le corps était alors dans un tel état de décomposition qu'il était méconnaissable, mais elle a trouvé son parapluie et sa trousse de toilette, et elle est venue m'en parler. Nous avons toutes deux pensé que c'était Andrew qui l'avait tué, et c'est pour le protéger que nous avons décidé de garder pour nous notre macabre découverte. Nous avons supposé que Cedric était revenu dans l'île de son propre chef pour régler ses comptes avec Andrew et qu'il avait été assassiné. Mais ce n'est pas après Andrew qu'il en avait. C'était après Robert. Natalie l'a compris des années plus tard. Elle le lui a dit en face. Il a nié, mais si elle parlait, cela pouvait devenir dangereux pour lui.

– Je crois que Natalie a essayé de le faire chanter, l'interrompit Harvey. Un jour ou deux sans doute avant qu'il ne la tue. Pourquoi a-t-il tué Andrew?

Cette question prit Victor et Martha par surprise.

– Il a *tué* Andrew? fit Victor, sincèrement abasourdi.

– Je crois que oui, répondit Helga. Voyez-vous, quand vous êtes devenus adultes et que vous êtes tous partis vivre votre vie, sauf ma chère Martha et je te revaudrai cela, ma chérie, Andrew s'est adouci. Il a réalisé à quel point cette tontine était une chose horrible. Il m'a dit qu'il allait l'annuler et rédiger un testament en bonne et due forme afin d'établir un partage équitable entre les enfants. Quand Robert l'a appris, lors de ce sinistre week-end, il est devenu furieux. Vous ne comprenez pas? Même pas toi, Harvey? Le train de vie de Robert... Son anglomanie héritée de Cedric... L'hôtel particulier... Le club... *Robert avait pillé la tontine.* Il avait détourné des fonds et tremblait d'être arrêté. Si Andrew n'avait pas fait cette annonce-surprise, Robert aurait peut-être trouvé un moyen de combler le trou. Il est venu me voir et m'a suppliée de lui avancer l'argent, mais je suis loin de posséder une somme pareille. Parce que ce sont des millions, qu'il a détournés! Une somme stupéfiante!

Mickey n'était pas stupéfait, il était abasourdi. L'expression de tristesse qu'affichait Martha lui faisait peine à voir. Martha qui songeait que ces mots d'Helga, *je te revaudrai cela, ma chérie,* la hanteraient tout le restant de sa vie. Je dois m'en aller d'ici. Survivre et m'en aller d'ici. J'ai droit à une nouvelle vie, à un nouveau départ. Elle sentit le regard de Mickey. Elle le lui rendit. Et sourit. Il sourit. C'est peut-être aussi simple que ça de flirter, songea-t-elle avec espoir.

Harvey avait pris la parole à présent.

– C'est alors qu'il a inventé un mystérieux acheteur de nos parts dans la tontine. Ceux qui vendraient survivraient. Les autres seraient tués. Nathan Manx était son intermédiaire. (Il expliqua qui était Manx à Helga, qui ne cessait de hocher la tête d'incrédulité.) Les jumelles faisaient des difficultés, il les a assassinées. Ce qui a éveillé les soupçons de Manx et l'a rendu plus gourmand. Alors Robert l'a tué aussi.

– Notre garçon! gémit Helga à Winston.

Victor repensait aux jours heureux de son enfance, lorsque Robert et lui étaient copains. Robert avait eu tant d'occasions de le tuer, alors. Il frissonna.

– On ne pourrait pas aller dans une autre pièce?

– Bonne idée, fit Martha en se levant. Marjorie est avec Rebecca et Juanita dans la bibliothèque. Je crois qu'il est temps que nous allions les retrouver.

Winston et Victor aidèrent Helga. Martha se dirigea tout droit vers Mickey, la main tendue.

– Vous savez qui je suis et je sais qui vous êtes. Mais comme ça, ce sera officiel.

Ils se serrèrent la main et se dirigèrent ensemble vers la bibliothèque.

Là, ils trouvèrent Marjorie, un verre de whisky à la main, les yeux fixés sur le panneau du mur.

– Mais qu'est-ce que tu fabriques? demanda Laura.

– J'essaie de trouver le mécanisme qui ouvre ce truc. (Elle se tourna vers le groupe.) Nicky n'est pas avec vous? demanda-t-elle. Il est où, alors?

Laura ne répondit pas. Harvey expliqua à Marjorie comment Mickey et lui avaient inspecté toutes les pièces de la maison sans trouver sa trace. Helga émit un sanglot sec et rauque. Rebecca lui apporta un verre de porto.

Marjorie désigna le mur du doigt. Helga tendit l'oreille mais en vain. Cela faisait plusieurs jours qu'elle n'avait plus entendu les murs chuchoter. Peut-être parce qu'ils n'avaient plus de reproches ou de récriminations à lui adresser depuis le moment où elle avait pris la décision de révéler la vérité au sujet de Robert. Elle se demanda si elle finirait jamais son livre. Probablement pas, ce serait trop douloureux. Elle savait qu'inconsciemment, elle avait écrit ses notes sur la famille et la tontine dans l'espoir que Martha finirait par mettre la main dessus et ferait ce qu'elle-même n'avait pu se résoudre à faire : démasquer Robert.

– Vous croyez qu'il est là-dessous? entendit-elle Marjorie demander. Là-dessous avec Robert? Vaudrait mieux pas le laisser. Il faut que quelqu'un aille le chercher. (Ses yeux imploraient Mickey.) Je crois que Nicky connaît la vérité, vous savez.

Pourtant, Marjorie n'avait pas entendu les révélations d'Helga, songea Laura. Elle savait donc que Robert était l'assassin? Et Nicky, comment l'avait-il deviné? Il n'était pas assez malin pour deviner quoi que ce soit.

Marjorie vida son verre d'un trait et dit :

– Je crois qu'il sait que Robert et moi avons eu une liaison.

24

Quand Nicholas arriva dans le petit bureau, la lampe à pétrole solitaire projetait une lueur spectrale.

– Laura? Martha?

Aucune des deux femmes n'était dans la pièce. Mais le portrait d'Andrew était toujours suspendu au-dessus de la cheminée, dominant les lieux, dominant leur vie à tous même après sa mort. L'espace de quelques instants irréels, Nicholas se trouva transporté en arrière dans son enfance. C'est dans cette pièce que la présence du petit prince était sévèrement requise par le tyrannique empereur. Dans cette pièce qu'Andrew prenait ses décisions, distribuait les punitions, tenait ses audiences, toutes choses dont la perspective effrayait un garçonnet de sept ans. Pas étonnant qu'elle n'eût été que rarement utilisée après la mort d'Andrew : elle abritait encore trop de souvenirs horribles d'un homme au caractère horrible. « Je m'en fiche, qu'il soit sensible » , l'entendait-il encore vociférer à Helga. « Il doit se comporter comme un homme. Il doit apprendre à nager, à se battre et à se protéger quand les autres garçons l'embêtent. Allez, durcis-toi, espèce de lopette! Sois un homme! » Et Helga lui avait crié « C'est l'hôpital qui se moque de la charité! » Echange dont Nicholas, terrorisé, n'avait pas compris un mot.

– *Nicky!*

Il pivota sur lui-même.

– Qui est là?

– *Nicky!*

Ses yeux se portèrent sur le mur, derrière la cheminée. La voix venait de l'intérieur du mur! Les murs d'Helga chuchoteraient-ils donc *vraiment*? Ils chuchotent! Ils chuchotent!

– *Nicky la lopette! Nicky le bébête! Nicky la layette! Je t'ai piqué tes joujoux, je t'ai piqué tes bonbons...* (Nicholas était paralysé de terreur.) *Et je t'ai piqué ta femme!*

Nicholas se rua contre le mur et se mit à tambouriner sur le panneau avec ses maigres poings.

– Espèce de salopard! Je sais que c'est toi! Je sais ce que tu as fait! Je vais te tuer, Robert, je vais te tuer!

Lentement, le panneau commença à s'enfoncer. La colère de Nicholas se changea en haine vengeresse, et sans penser un seul instant au danger qui l'attendait, il s'empara de la lampe à pétrole et entra dans le passage secret. « Robert! » , cria-t-il sans s'apercevoir que le panneau s'était refermé derrière lui. Il tenait haut sa lampe. La galerie, devant lui, était longue, étroite et sentait mauvais. Des toiles d'araignée ornaient le plafond. Nicholas se propulsait en avant. Il n'avait plus peur de l'inconnu, plus peur du noir, plus peur de lui-même. « Je vais te tuer! » Si les autres avaient entendu le timbre nouveau, triomphant, de sa voix, ils auraient été impressionnés.

Robert riait. De ce rire imbécile et stupide de son enfance, ce beuglement vexant et moqueur qui faisait détaler les jumelles à toutes jambes.

– Il m'a volé mon yo-yo, avait un jour pleurniché Nicholas.

– Eh bien, va le lui reprendre! avait tonné Andrew.

– Mais il est plus fort que moi!

Plus maintenant, songea Nicholas, plus maintenant. Il est seulement plus vieux, et je vais le tuer.

La bombe que Marjorie pensait avoir lancée ne fit guère plus de bruit qu'un pétard.

– Au moins, tu as gardé ça dans la famille! fut le commentaire de Laura.

– Cet imbécile est sans doute dans les souterrains avec Robert, dit Harvey à Mickey. Il ne fera pas le poids, face à lui.

Nous non plus, songea Laura. Il nous tient tous ici recroquevillés de peur et d'appréhension. Comment le faire sortir de son trou? Comment l'obliger à faire surface et à se montrer au grand jour?

– Il faut le déloger, fit-elle d'une voix ferme et énergique. Le déloger et le tuer au besoin. On n'a pas le choix.

Mickey remettait son baudrier.

– C'est bien beau, chérie, fit Harvey, mais Robert a l'avantage sur nous. Il sait s'y retrouver, là-dessous.

– Toi aussi! (Elle vint se camper face à lui, les mains sur les hanches.) Moi aussi, et Winston aussi!

– Je m'en charge, dit Mickey.

– Pas tout seul, non. (Harvey donna une petite tape sur la joue de Laura.) Je te croyais trop vieille pour jouer les animatrices, toi.

– Winston ne va pas avec vous, décréta Helga, le menton péremptoire. Vous êtes complètement idiots, tous les deux, de vouloir le pourchasser. Vous pouvez le piéger ici. C'est lui qui viendra à nous. Quand il aura faim, il faudra bien qu'il mange. Et donc qu'il passe à la cuisine comme la fois où on le croyait perdu. (La voix d'Helga se teinta d'un certain orgueil.) Il est peut-être malin, il y en a qui le sont encore plus.

– Mais et ce pauvre Nicky, alors?

En disant cela, Martha savait fort bien ce qu'Helga pensait. Lui, on peut le sacrifier. On ne va pas mettre la vie du groupe en danger pour récupérer un jeune crétin sans cervelle. Pauvre Nicholas, songea Marjorie. Personne n'est jamais allé à son secours.

Helga regarda Marjorie. Elle pleurait enfin. Mais pleurait-elle pour Robert ou pour Nicholas? Ou cette pauvre cruche venait-elle enfin de réaliser que son amant était l'assassin qui les menaçait tous?

– C'est pour ça que vous pleurez, Marjorie? Vous avez fini par comprendre que Robert était l'assassin?

– Mon Dieu, gémit-elle, dans quoi suis-je allée me fourrer?

– Il est bien temps, grommela Laura.

– Qu'en penses-tu? demanda Harvey à Mickey, qui serrait et desserrait les poings à mesure qu'il pesait le pour et le contre entre l'héroïsme et la raison.

– Je suis partant. C'est pour ça que tu m'as engagé.

Laura vint se planter devant lui, bras croisés.

– C'est une autre sorte de jungle, là-dessous, vous avez pu le constater. Vous croyez le tenir et il vous tombe sur le dos. Ça nous arrivait tout le temps, quand on était gosses. Alors oubliez mon éclat de tout à l'heure. Helga a raison. Quand il nous a joué le numéro de la disparition, il y a des années, il a fallu douze hommes et trois jours pour lui mettre la main dessus. Il veut nous tuer, qu'il vienne nous chercher. Quant à moi, j'ai faim.

– Mais pour Nicholas? s'écria Martha. Qu'est-ce qu'on fait?

– Je vais prier pour lui, offrit Juanita.

Laura espéra qu'elle avait ses petites entrées auprès du Bon Dieu.

Harvey et Mickey tenaient conciliabule avec Winston. Victor et Martha accompagnèrent Rebecca et Juanita à la cuisine où elles allaient préparer le dîner. Victor comptait en profiter pour s'armer d'un couteau aussi dissuasif qu'efficace. Quelque chose le tourmentait : le faux alibi qu'il avait dû forger à la cravache afin d'expliquer à la police ses mouvements de la nuit du meurtre de Natalie. Allait-il un jour devoir admettre s'être embusqué devant l'appartement d'une grande noire spécialisée dans les gâteries pour masos vieillissants?

– Quel soupir, lui fit observer Martha!

– Tu sais, chérie, il faut reconnaître qu'il y a de quoi.

En réponse à une question de Harvey, Winston dressait la liste des pièces équipées d'un panneau secret.

– En plus de celle-ci, il y a le petit bureau du fond et le jardin d'hiver.

– Plus la cuisine, compléta Helga.

– Et dans les chambres?

– Il y en avait un dans la suite d'Andrew. Mais après sa mort, Helga l'a fait condamner et le mur est bouché, maintenant.

– J'ai toujours pensé qu'il pouvait s'en trouver un dans ma chambre, fit Helga, mais je ne l'ai pas déniché. Ces chuchotements dans les murs, vous savez, il fallait bien que ça vienne de quelque part.

– Sans doute du vent et de votre imagination, dit Laura.

Helga la gratifia d'un sourire de Joconde.

Harvey échafauda un plan qui reçut l'agrément de Mickey. Neuf personnes couraient un danger, et jusqu'à ce que Robert soit mis hors d'état de nuire, il ne faudrait jamais se trouver à moins de quatre ensemble.

– Je voudrais descendre à la cabane, dit Mickey.

– Pourquoi?

– C'est là que sont cachées mes affaires. Des provisions et des munitions. Imagine que Robert tombe dessus?

– Les munitions ne lui serviront pas à grand-chose parce que même s'il a une arme, il y a peu de chances que tes balles soient du bon calibre.

– Une arme, il en a sans doute une. Et il s'est certainement constitué une petite réserve planquée quelque part dans les souterrains. Tout ce qui se passe ici ne sort pas spontanément comme ça de sa tête. Ça fait des mois qu'il y réfléchit.

– Il est fou, dit Helga tandis que Marjorie en était presque à se tordre les mains comme une héroïne de cinéma muet en détresse. Il a complètement perdu les pédales. Il n'y a pas d'issue pour lui, voyez-vous. Comme tous les fous homicides, il s'imagine s'en tirer blanc comme neige s'il survit. Comme ces cinglés embusqués dans des clochers qui tirent sur des innocents. La seule précaution qu'il ait prise pour se protéger, c'est elle. (Elle montrait Marjorie.) Celle-là. Son alibi.

– Allez au diable, vous, répondit Marjorie, penchée en avant, l'air mauvais.

Harvey restait abasourdi du changement qui s'était opéré en elle.

Helga souriait, d'une assurance triomphante.

– Robert avait besoin d'un allié aussi cupide que lui. Marjorie convenait parfaitement pour le rôle. Ils seraient deux survivants qui témoigneraient l'un pour l'autre. Que devait-il se passer, Marjorie? Vous retourniez tous deux sur le continent pour signaler ces horribles meurtres, puis accuser quelqu'un qu'on ne retrouverait jamais et dont les restes auraient été soigneusement cachés par Robert dans les souterrains? Alors, ma chère? Qui? Victor? Je parierais que oui. Il est le candidat le plus plausible. (Mickey était fasciné par les déductions de la vieille dame. Helga poursuivit.) Mais les meilleurs plans ont leur grain de sable. Robert n'avait pas prévu cette affreuse tempête qui a obligé les domestiques à partager notre isolement. Voilà qui impliquait qu'ils soient tués, eux aussi. Et son tableau de marche s'en est trouvé fort perturbé, car je ne crois pas qu'il comptait passer à l'action avant mon dîner d'anniversaire. Mon Dieu, c'est vrai que ça va être mon anniversaire. Drôle de célébration. (Elle se retourna vers Marjorie.) Avez-vous jamais aimé Nicholas?

– Qu'est-ce que ça peut faire? Et c'est quoi, aimer? Rien. Juste un mot.

Elle se dirigea vers le bar et se servit à boire.

Laura était sur le point d'exploser. Juste un *mot*? Pauvre conne. C'est trop tard, pour elle. Elle ne saura jamais.

Elle vit Mickey se diriger vers le couloir.

– Où va-t-il? cria-t-elle d'une voix soudain suraiguë.

Dans le couloir, Mickey trouva le placard où l'on rangeait les cirés et finit par en dégoter un à sa taille. Il s'enfonça un chapeau sur la tête et, l'arme à la main, sortit en direction de la cabane.

Dans son motel, à East Gate, Bella Wallace se demandait ce qui pouvait bien se passer à Graymoor. Cette tempête, si elle durait, n'allait pas tarder à la rendre folle. La météo, qu'elle écoutait au transistor du bar, restait pessimiste. Bella sentait l'ivresse la gagner; elle devrait manger un peu, mais elle n'aimait pas plus dîner seule que dormir seule. Je ne suis pas près de me pardonner ça. Ah non, alors!

Il joue avec moi, ce salopard. Il s'amuse. Nicholas était fatigué. Il lui semblait tourner en rond depuis des heures. La lampe à pétrole brûlait encore, mais pour combien de temps, il l'ignorait. Que ferait Robert, alors? S'il doit me tuer, se dit Nicholas au désespoir, pourquoi ne le fait-il pas tout de suite pour en finir? Je n'ai pas d'arme, juste cette pierre que j'ai ramassée je ne sais plus où. Je suis complètement paumé, là-dedans. Je n'y suis pas allé très souvent. Je veux tuer Robert, mais je n'en aurai pas la possibilité. Il a été plus malin que moi. Il m'a mis en colère pour m'attirer derrière lui, comme quand on était gosses. Une fois, il est arrivé par-derrière et m'a poussé dans la rivière, heureusement que Natalie était dans les parages pour me tirer de là.

Où suis-je, sacré nom? Mon Dieu, ayez pitié de moi. Sortez-moi d'ici. Il leva la lampe : il se trouvait devant une cellule. Il y avait quelque chose sur le grabat. Nicholas s'approcha. Seigneur! Un squelette! Un squelette humain! Il se recula, horrifié, sortit de la cellule et essaya de s'orienter, haletant. Devait-il revenir sur ses pas ou continuer à avancer? Que faire?

– *Nicky.*

Il est derrière moi, réalisa-t-il, il approche. Sa main se crispa sur la pierre. Inutile de se mettre à courir, car où courir? Robert veut me tuer et je ne suis pas de taille à me défendre, ici. Alors je vais attendre. Peut-être que je pourrai lui en coller un bon coup, avec ce caillou. Peut-être. Juste une fois avant de mourir, j'aurai peut-être de la chance.

Dans la salle à manger, ils étaient tous installés à la table du dîner mais personne ne prêtait vraiment attention à la nourriture. La place réservée à Mickey Redfern restait inoccupée. Il était parti depuis plus d'une heure. Laura devinait très bien la préoccupation de Harvey. Mickey est allé dans les souterrains. Il ira jusqu'au bout pour honorer son contrat, quitte à y laisser sa peau. Seule Marjorie mangeait vraiment. Elle avait déjà préparé sa défense au cas où on l'accuserait de complicité. Démence passagère. Car c'est pour cela qu'elle se forçait à manger : il fallait être fou pour ingurgiter comme ça quand la prison vous attend.

– Non je t'interdis d'y aller, dit Laura à Harvey.

– Où ça?

– A la recherche de Mickey.

Le regard d'Helga passait de l'un à l'autre. Elle comprit ce qui se passait.

– Il s'est lancé à la poursuite de Robert?

– Ça en a tout l'air, dit Harvey. Voilà plus d'une heure qu'il est parti. Il était censé se rendre à la cabane. Il devrait être rentré, maintenant.

– Le fou, murmura Martha qui voyait encore une de ses chances s'évanouir.

Dans la cellule, Nicholas avait posé la lampe près du grabat. Il attendait de l'autre côté de la pièce, sur le sol bosselé, transpirant d'appréhension. Des pas approchaient. Lentement. Prudemment. Ils semblaient provenir de la droite de la cellule. Nicholas vit le reflet d'une torche électrique avancer insidieusement par terre, comme un long serpent venimeux blanc vers sa proie. Il leva sa main qui tenait la pierre.

La torche s'éteignit. Les pas continuaient à approcher.

– *Nicky.*

– Répondez.

Nicholas se figea sur place.

– J'ai dit : répondez, articula Mickey entre ses dents.

Nicholas en aurait pleuré de joie. Il n'était plus seul. Il y avait un espoir, une chance.

– Viens me chercher, salopard!

Mickey était à présent dans la cellule. Il éteignit la lampe à pétrole et se posta près du grabat.

– Tu as vu le squelette, Nicky? (La voix de Robert chantonnait les mots d'une façon irréelle.) C'est Cedric! Tu te rappelles Cedric? Avec ses « Je dis » , « N'est-ce pas » , « très cher » , « Mon bon ami »!

Le faisceau de la lampe de Robert léchait à présent le sol de la galerie. Mickey attendait, l'arme au poing. Il avait joué cette scène cent fois dans d'autres décors. Il connaissait son rôle par cœur. Il connaissait la suite de la pièce. Il espérait seulement que Robert n'improviserait pas tout d'un coup quelque variante inattendue.

– Nicky le bébête! Nicky la lopette! Si jamais on te retrouve un jour, tu seras comme Cedric. Un tas d'os avec des lambeaux de tissu! Après, je m'occuperai des autres.

C'est alors qu'il commit l'erreur. Il entra d'un bond dans la cellule, et Mickey fit feu. Robert aurait dû balayer la cellule avec sa torche, avant d'y pénétrer, mais comment pouvait-il imaginer que Nicholas n'était pas seul? Il le savait désarmé, et donc à sa merci. Il avait joué au chat et à la souris suffisamment longtemps, la plaisanterie avait assez duré. Il voulait en finir avec la sale besogne qui l'attendait, filer de l'île, réclamer l'argent d'Helga et se débarrasser de Marjorie. Tout avait été si bien planifié. Mais maintenant, c'était foutu. Il tira deux coups dans la cellule, mais la seconde balle de Mickey lui fit sauter le revolver de la main. Mickey ralluma sa torche. Robert était à genoux en une attitude de supplication. Son bras droit et sa main droite saignaient abondamment. Il leva un regard empreint de douleur et de rage. Il ne reconnaissait pas son adversaire.

– Bonjour. Je suis Mickey Redfern. Un ami de votre frère Harvey.

Nicholas gloussa de rire.

La famille et les domestiques se trouvaient dans la bibliothèque lorsque Martha poussa un cri. Le panneau secret s'ouvrait. Harvey sortit son revolver de sa poche. Victor, qui tenait un couteau de cuisine, le brandit au-dessus de sa tête d'une main tremblante. Laura le trouva ridicule à souhait dans cette attitude. De plus, elle pouvait distinguer des racines d'un gris révélateur dans ses cheveux, et elle se demanda si c'était la trouille qui l'avait amené à négliger sa teinture. Marjorie se faisait toute petite derrière Winston qui entourait Helga d'un bras protecteur.

Mickey Redfern se tenait dans l'encadrement du panneau, portant Robert en travers de ses épaules comme un gros gibier abattu. Il se débattait, mais sans grand effet.

– Redfern, fit Harvey admiratif, tu es vraiment extra.

Mickey sourit, le cœur de Martha chavira. Puis Nicholas fit son apparition derrière le chasseur et sa prise.

– Nicky! Nicky! Fou de Nicky! s'écria Laura en se précipitant sur lui et en lui jetant les bras autour du cou. Fou mais courageux Nicky!

Une explosion de voix emplit la pièce. Winston s'en fut quérir une corde pour ligoter Robert. Mickey envoya Juanita chercher de quoi prodiguer les premiers soins au prisonnier. Helga dit à Robert des choses qu'elle n'aurait jamais osé écrire dans son manuscrit, et Nicholas à Marjorie des vérités qui la laissèrent blême et pantoise. Harvey versa à boire à tout le monde.

– Où allons-nous garder Robert, jusqu'à ce qu'on puisse appeler du secours?

Il n'y avait aucun lieu sûr. Il fallait donc le laisser ligoté : il connaissait trop de moyens de s'échapper ignorés de tous les autres. Winston considéra son fils d'un air triste. Robert était assis, immobile, un sourire étrange et énigmatique figé sur les lèvres. Ce sourire donna le frisson à Laura. Elle avait l'impression qu'il essayait de leur dire quelque chose, de leur dire que le mélodrame n'était pas encore joué, qu'il avait peut-être encore une corde à son arc.

Le lendemain matin, malgré la pluie persistante, Norman Wylie et Ike Tabor trouvèrent un pilote qui accepta de décoller avec un hélicoptère de la police. L'île Graymoor n'était pas sur leur territoire, mais s'ils arrivaient là-bas les premiers pour prendre en charge Robert Graymoor, il serait bien temps après de s'inquiéter des répercussions auprès de la police du Connecticut. Ils avaient son journal intime, qui contenait ses confessions. Comment il avait assassiné les jumelles, et Nathan Manx, et Natalie. Ils n'avaient guère eu de peine à trouver la canne-épée qui, une fois le pommeau dévissé, découvrait un long stylet effilé. Elle se trouvait dans un petit cabinet avec d'autres coûteux objets de collection d'artisanat britannique. Quant aux meurtres plus anciens, ils en auraient plus tard la solution : aucun doute là-dessus.

Quand ils furent en l'air, Wylie se demanda pourquoi il n'avait plus eu de nouvelles de Bella Wallace. En avait-elle eu assez de son sujet sur la police? De lui? En tout cas, elle allait avoir du sensationnel avec l'affaire Graymoor. Il se demanda si Arnold Graymoor n'était encore qu'une de ses passades d'un soir.

– Sapristi, vous en faites une tête, remarqua Ike Tabor.
– Je pensais à Bella Wallace.
– Ah, ça explique tout.

La police de East Gate avait vu les fusées de détresse. La tempête s'était suffisamment calmée pour qu'ils envoient un bateau sur Graymoor. Dans la bibliothèque, Helga discutait d'une proposition d'achat de l'île qu'elle avait reçue d'un promoteur immobilier. Victor dit qu'il allait l'examiner pour elle. Robert, qui avait passé une nuit inconfortable, ligoté à sa chaise, s'anima soudain.
– Cette île vaut des milliards! cria-t-il. Ne vendez qu'au prix fort, vous m'entendez?
– Oui, mon cher, dit Helga, nous t'entendons.
Bien protégés dans leurs cirés, Harvey et Laura se rendirent à l'embarcadère pour accueillir le bateau. Simultanément, ils entendirent un hélicoptère.
– Il atterrit! s'écria Laura.
L'appareil se posa sur la pelouse, juste en face de la maison. Wylie et Tabor en descendirent. Laura et Harvey s'avancèrent à leur rencontre. Le pilote resta à bord, laissant le moteur tourner. Ils conduisirent les deux inspecteurs au manoir tout en échangeant des explications. Trois minutes plus tard environ, le bateau de la police accostait. Deux adjoints du shérif en descendirent et aidèrent Bella Wallace à mettre pied à terre. Sans un mot de remerciement, celle-ci s'élança au pas de course sur le sentier qui montait au manoir au moment précis où Norman Wylie et Ike Tabor sortaient de la maison en encadrant Robert, à présent menotté. Ils le traînèrent quasiment jusqu'à l'hélico, suivis de Laura et Harvey.
– Hé! Attendez! s'égosilla Bella. Attendez! Qui est-ce que vous emmenez là? Attendez!
La police du Connecticut en était encore à se demander ce qui se passait que l'hélicoptère avait déjà décollé. Toute la famille était aux fenêtres à

regarder. Helga griffonnait des notes sur un bloc. Un peu plus tôt, Winston et Nicholas étaient allés rechercher le corps d'Arnold et l'avaient déposé dans sa chambre. Martha s'occupait des préparatifs pour l'enterrement. Mickey s'était rendu à la crique secrète pour remonter le moteur sur son hors-bord de location. Si l'accalmie se confirmait, il avait promis à Martha de l'emmener sur le continent où elle pourrait accomplir ses démarches auprès des pompes funèbres, après quoi ils déjeuneraient chez Ernie.

– Oh, regarde qui voilà? fit Laura qui marchait bras dessus bras dessous avec Harvey. Bella Wallace! L'omniprésente Bella Wallace!

Il se demanda comment elle allait réagir à l'annonce de la mort d'Arnold.

– Qui était-ce? cria-t-elle. Qui est-ce qu'ils ont embarqué?

– Robert, répondit Harvey. Notre frère Robert.

– Entrez donc, proposa Laura. Vous êtes dans un état!

– Pour ça, j'ai passé un sale moment. Mais ce n'est pas l'important. Qu'est-ce qui s'est passé, ici? Et où est Arnold?

Harvey était resté en arrière pour accueillir la police de East Gate et expliquer le pourquoi de l'intervention de Wylie et de Tabor. Par une fenêtre, il vit Laura présenter Bella à Helga et Martha. Helga l'examina comme une tache sur une lamelle de microscope. Martha lui offrit un sherry. Laura sortit de la maison pour voir comment Harvey se débrouillait avec la police. Ils ne comprenaient pas de quoi on leur parlait : ils étaient venus porter assistance aux Graymoor. Pour une affaire de meurtre, apparemment, c'était une autre histoire.

Malgré la pluie persistante, Laura s'éloigna du groupe. Les mains enfouies dans les poches de son suroît, elle contourna la maison et se dirigea vers la falaise. Tant de choses la préoccupaient – sur elle-même, elle et Harvey, les membres survivants de la famille. Mais ce qui la troublait surtout, c'était son dernier regard sur Robert, que les inspecteurs entraînaient hors de la maison. Quand il était passé devant elle, sa bouche avait articulé trois mots qui allaient la hanter pour le restant de ses jours :

– *A ton tour!*

EPILOGUE

Helga leva son verre de champagne pour répondre aux nombreux toasts. Le dîner avait été somptueux. Elle avait ouvert et découvert ses cadeaux avec toutes les marques de surprise et de gratitude. Un étranger arrivant à ce moment-là aurait été bien en peine d'imaginer les tragédies que venait de vivre la famille. C'était comme si Puccini avait soudain décidé de rajouter après coup un intermède endiablé de geishas après le suicide de Cio-Cio San dans *Madame Butterfly*.

– Aux absents! dit laconiquement Helga.

Laura blêmit cependant que les autres buvaient une gorgée de champagne. Elle se réconforta en se rappelant la façon dont Harvey l'avait serrée lorsqu'elle lui avait fait part du sinistre *A ton tour!* de Robert. Winston mit son bras sur les épaules d'Helga tandis que Juanita remplissait leurs verres. Martha et Mickey Redfern étaient à l'autre bout de la bibliothèque, plongés dans une chaleureuse et intime conversation. Ils avaient passé un délicieux après-midi au village, après que Martha eut réglé l'enterrement d'Arnold pour le lendemain.

– N'est-ce pas un peu précipité? avait fait remarquer Helga.

– A quoi bon attendre? avait répondu Laura avec son sens pratique habituel.

Elle voulait partir de l'île. Retrouver le cadre sécurisant de sa maison et de son bureau. Passer davantage de temps avec Harvey. Se préparer à toute la fange qui remonterait inévitablement à la surface lors du procès de Robert. Elle avait regardé partir le bateau qui ramenait Marjorie sur le continent avec envie. Elle espérait que la police ne la tracasserait pas. Qu'elle la laisserait disparaître. Disparaître de leur vie, de celle de Nicky surtout. Nicky avachi sur le canapé, à côté de Victor, le regard morose plongé dans son verre vide.

– Le verre de Nicky est vide! cria Victor à la cantonade.

Juanita se précipita, une bouteille de champagne fraîchement ouverte à la main. Harvey avait fait le premier service, tout en répondant aux questions de Bella Wallace qui avait finalement décidé de rester sur l'île pour peaufiner son sujet sur les Graymoor : son producteur projetait à présent de l'intercaler dans le programme du début de la semaine à venir. Les Graymoor, c'était un scoop. Du sensationnel. Du scandale. Des meurtres. Laura réprima un frisson. Harvey croisa son regard et lui souffla un baiser silencieux.

– Qu'il est gentil, fit Bella qui adorait son métier de reporter mais ne voyait pas d'un bon œil la perspective de passer encore une nuit toute seule.

Elle se promit d'appeler Wylie dès son retour en ville le lendemain.

– Eh bien, à quoi penses-tu? (La voix d'Helga, qu'elle n'avait pas entendue approcher, fit sursauter Laura.) Si tu voyais ton expression! Tu n'as pas peur que Bella te vole Harvey, au moins?

– Pas de danger. (Laura prit Helga par le bras et la mena à l'écart des autres.) Je pensais à la tontine. Cette maudite, cette infernale tontine.

J'ai horreur des enterrements. Il y a celui d'Arnold, demain, espérons que ce sera vite fait bien fait. Il faut que je retourne à New York et que je fasse des plans. La tontine. Des plans pour la tontine. Mais prudence, prudence. D'abord attendre. Attendre de voir ce qui va se passer pour Robert. Et puis jouer serré, jouer très fin. Alors, j'aurai la tontine. Ils comprendront vite que je ne suis pas aussi stupide que ça. Oh oui, je vais jouer fin. Et procéder par élimination.

Les Maîtres du Roman Policier

Première des collections policières en France, Le Masque se devait de rééditer les écrivains qu'il a lancés et qui ont fait sa gloire.

ALEXANDER David
2099 La tour prends garde...

ANDREOTA Paul
1935 La pieuvre
1975 Zigzags

BALL J.
2091 Dans la chaleur de la nuit

BARDIN John F.
2025 Qui veut la peau de Philip Banter?

BAXT George
2049 Le meurtre d'Alfred Hitchcock
2085 Crime et sentiment
2030 Par élimination *(mai 93)*

BERKELEY Anthony
1911 Le gibet imprévu
2008 Sans remords
2116 Le meurtre de Piccadilly

BOILEAU Pierre
2114 Les rendez-vous de Passy
1938 La pierre qui tremble
1774 Six crimes sans assassin

BOILEAU-NARCEJAC
1748 L'ombre et la proie

BONETT J. & E.
1916 Mort d'un lion

BRETT Simon
1972 Les gens de Smithy's
2102 Salades grecques

BURLEY W. J.
1762 On vous mène en bateau

CARR John Dickson
1274 Impossible n'est pas anglais
1785 Le sphinx endormi
1794 Le juge Ireton est accusé
1802 Le marié perd la tête
1843 Les yeux en bandoulière
1850 Satan vaut bien une messe
1863 La maison du bourreau
1883 Je préfère mourir
1891 Le naufragé du Titanic
1906 Meurtre après la pluie
1910 La maison de la terreur
1917 L'homme en or
1934 La flèche peinte *(juil. 93)*
1991 Hier, vous tuerez
2001 Capitaine Coupe-gorge
2005 Le mort frappe à la porte
2007 Il n'aurait pas tué Patience
2012 Celui qui murmure
2016 Le secret du gibet
2018 L'habit fait le moine
2024 Ils étaient quatre à table
2027 A la vie, à la mort
2033 Un coup sur la tabatière
2041 Les meurtres de la licorne
2045 Les démoniaques
2053 Le manoir de la mort
2056 Les neuf mauvaises réponses
2065 La mort sous un crâne
2078 La fiancée du pendu
2087 La maison de la peste
2096 La mort dans le miroir
2104 Le squelette dans l'horloge
2108 Le chapelier fou
2125 Le fantôme du cavalier *(mai 93)*

COLLINS Max Allan
2113 Le barbier aveugle
2017 Pas de pitié pour ceux qu'on aime

CRISPIN Edmund
1839 Un corbillard chasse l'autre
1935 Prélude et mort d'Isolde

DELTEIL Gérard
2030 Votre argent m'intéresse

DIDELOT Francis
1784 Le coq en pâte

DUCHATEAU A.P.
1984 La 139e victime
2020 Palmarès pour cinq crimes

ELLIN Stanley
1670 Le compagnon du fou
1682 La puce de Beidenbauer
1702 La douzième statue
1729 La dernière bouteille

FAIR A.A.
1745 Bousculez pas le magot
2013 Une belle jambe
2028 Dans le bain
2062 Meurtre légal
2072 La piste effacée
2081 Une affaire en or
2089 Le dessus du panier
2101 Les femmes sont friponnes
2107 Un colt dans le corsage
2117 Qui rira le dernier?
2134 Cousu de fil blanc *(juin 93)*

FAST Julius
1901 Crime en blanc

FREEMAN Austin
2127 Les jeux sont faits

GASPAR José da Natividade
457 Les corps sans âme
597 Congrès gastronomique

GERRARD Paul
1945 La chasse au dahu
1964 La javanaise
1985 Les incandescentes
2003 Le masque de verre
2019 La tournée du bourreau
2031 Le 36e dessous
2052 La porsche jaune
2066 Le pas des lanciers
2105 Le train du Mardi-gras

GOODIS David
1823 La police est accusée

GRISOLIA Michel
1847 La madone noire
1874 La promenade des anglaises
1890 650 calories pour mourir

HALTER Paul
2035 La tête du tigre
2059 La septième hypothèse
2100 La lettre qui tue
2124 Le diable de Dartmoor

HARDWICK M. ET M.
2068 La vie privée de Sherlock Holmes

HAUSER Thomas
1853 Agathe et ses hommes

HILL Reginald
2055 Un amour d'enfant
(Prix du Roman d'Aventures 1991)
2080 Le partage des os
2090 C'est veuve et ça ne sait pas
2121 La vie en roses

JEFFERS H. Paul
1807 Irrégulier, mon cher Morgan

KAMINSKY Stuart
2011 Le flic qui venait du froid
(Prix du Roman d'Aventures 1990)
2021 Quand Moscou fait la bombe
2042 Quand Moscou fait son cirque
2057 Qui a peur du grand méchant ours?
2086 Entre la faucille et le marteau
2128 Le caméléon rouge *(mai 93)*

KASSAK Fred
1943 Nocturne pour assassin
1981 Une chaumière et un meurtre
2004 Plus amer que la mort
2022 Crêpe-Suzette
2054 Bonne vie et meurtres
2061 Voulez-vous tuer avec moi?
2112 Carambolages

LEBRUN Michel
1970 Un revolver, c'est comme un portefeuille
1993 Les ogres

LECAYE Alexis
2047 Chronique d'un juge ordinaire
2060 Meurtres en trente-six poses
2098 Julie Lescaut
2132 Les deux justiciers *(mai 1993)*

LE MARREC Philippe
2123 Tout abus sera puni
(Prix du Festival de Cognac 1993)

LOVESEY Peter
2014 Pour le meilleur et pour la mort
2026 Tourne et tais-toi
2046 Abracadavra
2076 Le prince et les sept cadavres

MÉNARD Emmanuel
2084 La dernière victime
(Prix du Festival de Cognac 1992)

MILNE A.A.
1527 Le mystère de la maison rouge

NARCEJAC Thomas
2115 La police est dans l'escalier

POSLANIEC Christian
1998 Les fous de Scarron
(Prix du Festival de Cognac 1990)

QUENTIN Patrick
251 L'assassin est à bord
1947 La mort fait l'appel

RAWSON Clayton
2082 Les pieds au plafond

RICE Craig
1835 Maman déteste la police *(juil. 93)*

ROSS Keeley
2110 L'ombre d'une chance

SÉCHAN O. et MASLOWSKI I.
395 Vous qui n'avez jamais été tués
(Prix du Roman d'Aventures 1951)

SINIAC Pierre
1983 Sombres soirées chez Mme Glauque
2023 Mystères en coup de vent
2071 Aime le Maudit
2106 Monsieur Cauchemar

STAGGE Jonathan
1789 Du sang sur les étoiles
1809 La mort et les chères petites
1833 Pas de pitié pour la divine Daphné

STEEMAN Stanislas-André
84 Six hommes morts *(juil. 93)*
284 L'assassin habite au 21
1772 Quai des Orfèvres (Légitime défense)
1864 Le condamné meurt à 5 heures
1955 Madame la mort
2006 La maison des veilles
2029 Feu lady Anne (L'adorable spectre)
2040 Haute Tension
2063 Impasse des boîteux
2077 Virage dangereux
2122 Faisons les fous

STERLING Thomas
1992 Le tricheur de Venise

SYMONS Julian
2048 Un manuscrit en or massif

TERREL Alexandre
1757 La morte à la fenêtre
1777 L'homme qui ne voulait pas tuer
1792 Le croque-mort de ma vie
1867 Le croque-mort et sa veuve
1925 Le croque-mort a croqué la pomme

THOMAS Louis C.
1780 Poison d'avril
1969 La mort au cœur
2032 Les trente deniers
2051 Coup de sang
2073 Malencontre

UNDERWOOD Michael
1817 Trop mort pour être honnête
1842 A ne pas tuer avec des pincettes

VANCE Louis-Joseph
2118 Le loup solitaire

VERY Pierre
1987 L'inconnue du terrain vague
2009 M. Marcel, des Pompes funèbres
2034 Le thé des vieilles dames
2038 M. Malbrough est mort
2069 Les veillées de la tour pointue
2135 Le réglo *(juin 93)*

VICKERS Roy
2083 Et la servante est rousse

WALSH Thomas
1872 Midi, gare centrale

WAUGH Hillary
1814 Cherchez l'homme
1840 On recherche...
1884 Carcasse

Les Reines du Crime

Nouvelles venues ou spécialistes incontestées, les grandes dames du roman policier dans leurs meilleures œuvres.

ARMSTRONG Charlotte
2074 Et merci pour le chocolat
1740 L'étrange cas des trois sœurs infirmes

BACHELLERIE
1791 L'île aux muettes *(Prix du Roman d'Aventures 1985)*
1795 Pas de quoi noyer un chat *(Prix du Festival de Cognac 1981)*
1796 Il court, il court, le cadavre

BARNES L.
2126 Le blues de Miss Gibson

BLACKMON Anita
1956 On assassine au Mont-Lebeau

BRANCH Pamela
2131 Un lion dans la cave

BRAND Christianna
1877 Narcose

CANNAN Joanna
1820 Elle nous empoisonne

CHRISTIE Agatha
(86 titres parus, voir catalogue général)

CORNWELL Patricia Daniels
2092 Postmortem *(Prix du Roman d'Aventures 1992)*
2120 Mémoires mortes

CURTISS Ursula
1974 La guêpe

DISNEY D.C. & PERRY G.
1961 Des orchidées pour Jenny

GOSLING Paula
1971 Trois petits singes et puis s'en vont
1999 L'arnaque n'est plus ce qu'elle était
2088 Pour quelques flics de trop
2111 Larmes fatales

HOWE Melodie Johnson
2095 La monnaie de sa pièce

HUGHES Dorothy B.
2043 Voyage sans fin
2070 La boule bleue

JAPP Andréa H.
2044 La Bostonienne *(Prix du Festival de Cognac 1991)*
2119 Elle qui chante quand la mort vient

JONES Cleo
1879 Les saints ne sont pas des anges

KALLEN Lucille
1836 Quand la souris n'est pas là...

LANGTON Jane
2037 Le poète meurt toujours deux fois

LONG Manning
1831 On a tué mon amant
1988 Aucun délai

McCLOY Helen
1841 En scène pour la mort
1855 La vérité qui tue
2067 La vierge au sac d'or
2079 Celui qui s'échappa

MILLAR Margaret
1928 Le territoire des monstres
1994 Rendons le mal pour le mal
1996 Des yeux plein la tête
2010 Un doigt de folie

NATSUKI Shizuko
1959 La promesse de l'ombre *(Prix du Roman d'Aventures 1989)*
2039 Hara-Kiri, mon amour

NIELSEN Helen
1873 Pas de fleurs d'oranger

PARETSKY Sara
2050 Au point mort
2103 Qui s'y frotte s'y brûle
2136 Sous le feu des protecteurs *(juin 93)*

RADLEY Sheila
2058 A tous les coups l'on perd

RENDELL Ruth
1451 Qui a tué Charlie Hatton ?
1501 Fantasmes

1521 Le pasteur détective
1532 L'Analphabète
1563 L'enveloppe mauve
1582 Ces choses-là ne se font pas
1589 Etrange créature
1616 Reviens-moi
1629 La banque ferme à midi
1640 Un amour importun
1649 Le lac des ténèbres
1688 Le maître de la lande
1718 La fille qui venait de loin
1747 La fièvre dans le sang
1773 Qui ne tuerait le mandarin?
1815 Morts croisées
1951 Une amie qui vous veut du bien
1965 La danse de Salomé
1978 La police conduit le deuil
1989 La maison de la mort
2000 Le jeune homme et la mort
2015 Meurtre indexé
2036 Les désarrois du Professeur Sanders

RICE Craig

1835 Maman déteste la police *(juil. 93)*
1862 Justus, Malone & Co
1899 Malone cherche le 114
1962 Malone met le nain au violon

RUTLEDGE Nancy

1830 La femme de César

SEELEY Mabel

1885 Il siffle dans l'ombre

SIMPSON Dorothy

1852 Feu le mari de madame

TEY Josephine

2094 Jeune et innocent
2137 En trompe l'œil *(juin 93)*

THOMSON June

1857 Finch se jette à l'eau
1948 Dans la plus stricte intimité
1995 Bouillon de minuit

UHNAK Dorothy

2093 Le Registre
2109 La main à l'appât

ULLMAN A. & FLETCHER L.

2075 Raccrochez, c'est une erreur

VARGAS Fred

1827 Les jeux de l'amour et de la mort
(Prix du Festival de Cognac 1986)

IMPRIMÉ EN FRANCE PAR BRODARD ET TAUPIN
Usine de La Flèche (Sarthe).
ISBN : 2 - 7024 - 2357 - 4
ISSN : 0768 - 1089

H 52/0525/7